灭秦 4

龙人◎著

文化艺术出版社

Culture and Art Publishing House

图书在版编目(CIP)数据

灭秦.4/龙人著.—北京:文化艺术出版社,2005.9
ISBN 7-5039-2836-0

Ⅰ.灭… Ⅱ.龙… Ⅲ.长篇小说-中国-当代
Ⅳ.I247.5

中国版本图书馆 CIP 数据核字(2005)第 105461 号

灭　秦4

著　　者　龙　人
责任编辑　张勃倩
装帧设计　门乃婷
出版发行　文化艺术出版社
地　　址　北京市朝阳区惠新北里甲 1 号　100029
网　　址　www.whyscbs.com
电子邮箱　whysbooks@263.net
电　　话　(010)64813345　64813346(总编室)
　　　　　(010)64813384　64813385(发行部)
经　　销　新华书店
印　　刷　北京顺义向阳印刷厂
版　　次　2005 年 10 月第 1 版
　　　　　2005 年 10 月第 1 次印刷
开　　本　710×1000 毫米　1/16
印　　张　17
字　　数　380 千字
书　　号　ISBN 7-5039-2836-0/I·1286
定　　价　22.00 元

◀ 灭秦内容简介 ▶

　　大秦末年，神州大地群雄并起，在这烽火狼烟的乱世中。

　　随着一个混混少年纪空手的崛起，他的风云传奇，拉开了秦末汉初恢宏壮阔的历史长卷。

　　大秦帝国因他而灭，楚汉争霸因他而起。

　　因为他——霸王项羽死在小小的蚂蚁面前。

　　因为他——汉王刘邦用最心爱的女人来换取生命。

　　因为他——才有了浪漫爱情红颜知己的典故。

　　军事史上的明修栈道，暗渡陈仓是他的谋略。

　　四面楚歌动摇军心是他的筹划。

　　十面埋伏这流传千古的经典战役是他最得意的杰作。

　　这一切一切的传奇故事都来自他的智慧和武功……

◄灭秦五阀简介►

入世阁

阁主大秦权相赵高,身怀天下奇功"百无一忌",又借助官府之力,使得入世阁渐渐强大至有力压其它四阁的趋势。而克制他的皇道武学"龙御斩"又消失江湖,故更令其横行无忌。

流云斋

西楚最强大的门派,在其斋主项梁的经营下,统一了西楚武林,将各门各派的人才尽归入旗下,在万里秦疆烽火四起之时,趁虚而入想一举夺得大秦江山。镇斋神功"流云真气"霸道无比,其侄项羽凭此功而搏得西楚霸王的英名。

知音亭

亭主五音先生是乱世武林中修为最高的几位强者之一,门下高手无数,纪空手就是得其之助,才能在乱世中立足,镇门神功"无妄咒"可以控制天下任何绝学导气时的经脉流向,使其敌不战自败,唯一弱点是不能驾驭中咒者的思想。

听香榭

一个神秘而又古老的组织,当代阀主吕姘是一个不达目的势不罢休又有着很强征服欲的女人,其门中的"附骨之蛆""生死劫""红粉佳人"三大奇毒,控制着无数的武林高手。天下最可怕的杀手主使人。

问天楼

春秋战国卫国亡国后的复国组织。当代阀主卫三公子,一个怪物中的怪物,虽身怀上古绝学"有容乃大"奇功,横行天下稀有敌手,但其性格反复无常让人捉摸不定,他可以为达目的而不择手段,又可为复国献出自己唯一的生命。刘邦的亲生父亲,纪空手的强敌。

◆主要人物简介◆

最聪明的女人——红颜

知音亭的小公主,拥有着高贵典雅的气质,空谷幽兰般的容貌。音律与武学修为都已达到很高的境界,性格平和坚强,其聪明之处便是在乱世众雄中选择了纪空手,而一代霸主项羽却为搏其一笑拥兵十万,相迎十里。反而树立了纪空手这位宿命中的强敌。

最可悲的女人——张盈

"入世阁"阁主赵高唯一的师妹,天生媚骨,媚术修为之高已达到媚惑天下众生之境。因赵高修练镇阁神功"百无一忌"自闭精气,冷落了她,使其成为了秦末武林中最可怕的魔女。终死在了扶沧海的'意守沧海'的奇功之下。

最可爱的女人——凤影

"问天楼"刑狱长老凤五之女,是位惹人疼爱的小美人,温婉娴静,清纯可爱。在韩信危难中与其结缘,成为韩信的至爱,江湖传言韩信背叛兄弟助刘邦争夺大秦疆土都是为了此女。

最幸运的女人——吕雉

"听香树"真正的主人,是位有冒险精神,性格坚毅果断的美女。因修练镇树神功"天外听香"需保住处女元阴,而无法享受鱼水之欢。后听香树发生内乱,她受其姐暗算,与纪空手有了合体之缘。得到了补天异气之助,不但将神功修练到至高境界,还成为了纪空手的妻子。

最善良的女人——虞姬

大秦美女,容貌清丽脱俗,是位惹人怜惜的娇弱美人。性格外柔内刚,坚信缘由天定,对纪空手一见钟情,为救情郎情愿被刘邦充当礼物送给项羽。刘邦也因此事而钻进了纪空手布下的圈套,不但痛失至爱,还差点在鸿门宴中身陷万劫不复之境。

最不幸的女人——卓小圆

"幻狐门"当代门主,性格如水般变化无常,媚功床技天下无敌,由于此门是问天楼中的一大分枝,她自然而然成为了刘邦的情妇,后被纪空手以偷天换日的手法易容后送给项羽,变成一个媚惑项羽的工具。

最成功的英雄——纪空手

一位混混与无赖眼中的神,一段段传奇中的人物。他身具龙形虎相,偶得补天异宝,踏足江湖后在项羽的十万大军前,夺走他心中的美人——红颜。又从刘邦的陷阱中将他送给项羽的礼物——虞姬据为己有。江山美人让他树敌无数,战争与血腥使他明白世间的残酷。仁义二字让他变得强大无比,这只因他坚信——仁者无敌!

最无情的君主——刘邦

卫国的皇室后裔,身具盖世奇功"有容乃大"。但名利使他仍容不下身旁具有高才智的兄弟,为搏强敌的信任,他可以送上心爱的女人与父亲的生命。"一将功成万骨枯",是他一生奉行的箴言。这只因——帝道无情!

最霸气的男人——项羽

其天生神力,加之家族的至高武学"流云道",更使他身具盖世霸气,纵横大秦疆域所向无敌。然而,为搏红颜一笑,树下了纪空手这位宿世之敌。西楚的疆土毁在其一意孤行,四面楚歌、十面埋伏各种奇计使其在楚汉相争中败得无回天之力。乌江之畔,横剑脖颈只表达心中的霸意——"霸者无俱"!

最危险的敌人——韩信

乱世中的将才,纪空手儿时的好友,因能忍别人不能忍之事,使他很快在乱世中崛起。却因抵不住名利的诱惑,出卖兄弟。霸上一战他为保存实力,亲手放走他今生"宿命之敌"。为自身的利益,他可出卖一切可以利用的东西。可惜等其拥有争霸天下的实力时,却得不到任何的主持力,这是他一生中最残酷的打击。但他至死仍不明白这是否是——"宿命之意"!

最聪明的隐士——张良

知音亭五音先生放入江湖中的一枚隐子,此人精通兵法,又足智多谋,是乱世中不可多得的谋士,在刘邦身旁尽心尽力助其发展势力,纪空手复出后因他之助不费一兵一卒得到大汉所有的军队。此人唯一弱点——不懂丝毫武学。

最倒霉的铸师——轩辕子

　　天下三大铸剑师之一,因爱人之抚隐于市集铸练神刃,刀成之际,定名"离别",实属凶兆,身受数大高手围攻而血战至死。后此刀在纪空手之手力战天下知名高手威扬天下。

最可怕的剑手——龙赓

　　天生为剑而生的人,因身具剑心,故能将剑道练至无剑的至高境界——心剑。五音之死令其复出,纪空手得其之助,才弃刀进入至高武学的殿堂——无我武道。

最富有的棋手——陈平

　　夜郎国的世家子弟,在夜郎陈家置办赌业已有百年,凭的就是'信誉'二字,创下了无数财富,是各大争夺天下势力眼中不可多得的财力支柱。

最失败的盗神——丁衡

　　五音旗下的五大高手之一,偷盗之技天下无敌,虽盗得天下异宝"玄铁龟",却无缘目睹其宝让纪空手成为一代霸者的机会。

目　录

第一章
指间乾坤

刀既出，势如疯狂，乍出虚空，便闻刀风呼啸，仿佛自四面八方挤压而来。

张乐文只有一咬牙，挺叉而上。

虽然小船空间不大，但两人游走自如，不嫌狭小，面对纪空手有若飞鸟游鱼般无迹可寻的刀法，张乐文竭尽全力，硬拼三招，正要退时，东木残狼寻机而进，加入战团。

湖面上顿生浓烈无比的杀气与战意，便连徐来清风，也无法挤入这肃杀而凝滞的空气。

纪空手周旋于两大高手之间，如风飘忽，如山凝重，无时无刻不驾驭着刀意。当他的心中无刀时，却感到了刀的灵魂，刀的生命，甚至将自己的血肉与之紧紧联系在一起。

他从来没有感受过这样自由的心境，更没有想到刀的生命会是如此的清晰美丽，一切都是在漫不经心间产生，就好像一切都是上天早已注定。

用刀至此，已臻登峰造极、出神入化的禅境。

不过十数招后，纵是以二搏一，东木残狼与张乐文都近乎绝望，因为无论他们怎么努力，都始终处于下风，险象环生。

一声清啸，纪空手踏前一步，刀随势走，没有半点花巧变化，直劈出去。

东木残狼与张乐文顿感如山压力狂奔而至，这看似平平无奇的一刀，却藏巧于拙，根本不容人有任何格挡的机会，惟有退避。

"噗……噗……"一退之下，便是湖水，两人再也没有翻出水面一战的勇气，沉潜而去。

纪空手没有追击，也不想追击，只是将自己的目光锁定住那艘巨大楼船。

他心里清楚，真正的凶险还在后面，但他却丝毫无惧。

明知山有虎，偏向虎山行！

如果将这座巨大楼船比作虎山的话，纪空手已别无选择。

小船悠然而动，无人弄桨，无人摇橹，只有纪空手伫立船头。

眼看距那艘巨大楼船尚有三丈之距时，纪空手一声长啸，整个人就像一头矫健的鱼鹰般滑过水面，腾上半空，稳稳地落在大船的船头。

大船上却如死一般寂静，根本没有一丝活人的气息，在这静默的背后，不知等待纪空手的会是什么？

不知道，至少纪空手无法知道。

他深深地吸了一口气，让自己的心完全平复下来。当他的功力略一提聚时，甚至不想继续向前。

这并非是他改变了主意，抑或是他发现这是空船，而是踏前一步之后，他已然感觉到自己面临着极度的危险，似乎在这大船之中有人正张网待捕，等待着自己的到来。

在刹那之间，他的脑海里转过无数的念头，甚至想到了放弃，但是一思及陈平那忧心忡忡的目光，一想到夜郎国即将面临的战火，他已无法放弃。

李秀树是否已经算定了纪空手他们的心理，所以才布下了这个无法回避的死局？

甲板过去，就是前舱大厅，门半启，看不到一个人影。

湖风从船甲板上徐徐吹过，带来一股湖水的清新。当纪空手的足音踏响在甲板上时，因宁静而更生寂寥。

这船上表面的一切看上去都是那么地平静，无声无息，没有一点要发生事情的样子。但是纪空手自体内异力提升之后而引发的灵觉，却使他丝毫不误地掌握到针对他所设的重重杀机。

他一步一步地前行，刀已被他暗中收入袖中，尽量让自己的每一个动作放缓、放慢，保持一种缓慢的流畅，同时脑筋高速运转。

目前最大的问题是只能前进，不能后退，更不可以一走了之。他必须找到灵竹公主，并将她带回通吃馆，以化解陈氏家族面临的压力，消弥可能因此诱发的一场战争。

他只能靠自己，胭脂扣的毒让他失去了龙赓这个强助，使得他此行已变成了一场输不起的豪赌。一旦输了，就彻底输了，连翻本的机会都不可能再有。

面临如此巨大的压力，别人想一想都会头痛，可是纪空手居然还笑得出来。

他无法不笑，只有笑，才可以释放他心中这种如大山般沉重的压力。在他的个性中，正因为他有着对一切都满不在乎的潜质，才能使他在乱世的江湖中走到今天。

他笑得很恬静，只是在嘴角处悄悄流露出一丝笑意，一笑之后，先前还一片模糊的意识立时变得清晰起来，如刀刻般清晰。

他终于来到了舱厅的门边，深深地吸了一口气后，便要推开这扇半启的门，可是当他的大手只距门板不过三寸时，却悬凝不动了。

他已感觉到在这扇门后，有危机存在！虽然这种危机似有若无，却逃不过他如苍狼般敏锐的直觉捕捉。

他停下了动作，然后将身子向左偏移了三尺左右，这才挥掌而出。

"轰……"掌力隔空而发，轰向了木门的中心，碎木飞射间，却听得十数声"嗖嗖"地连响爆起，十几道如电芒般快捷的青芒破门而出，分呈十数方向标射。

其速之快，绝非人力所为，箭带青芒，表示箭上淬有剧毒。敌人用的是弩，一种以机括控制的短箭，速度快到了不容人有半点反应的地步，若非纪空手的直觉敏锐，只怕难过此劫。

更让纪空手感到心惊的是，对方竟然在箭上淬毒，这就说明对方完全不择手段，只想置纪空手于死地。

这不由得不让纪空手将自己的神经如弦紧绷，随时将自己的灵觉提至极限，以应付可能发生的突变。

袖衣轻舞，飞刀在手，纪空手不敢大意，等了半晌功夫，这才踏着碎木走上了舱厅。

舱厅长而狭小，如一条宽敞的甬道，而不像是一个待客的场所。厅中的装饰豪华，布置典雅，若非是面对强敌，纪空手真想坐下来品一品茶，喝一喝酒，不啻于一次惬意的享受。

可这只是他心中的一种奢望，当他的人步入厅室时，他感到了数股若有似无的杀气如阴魂般浮游于这空气中。

三股杀气，三个人，埋伏于舱厅的木墙之后，分立两边。当纪空手人一入厅，就已处在了他们的夹击之中。

但最具威胁的敌人，不在其中，而是在舱厅尽头的那面布帘之后。纪空手并不能确定此人的存在，却能感受到对方那无处不在的威胁，其武功之高，比之他纪空手也未必逊色多少。

他几乎确定此人正是北域龟宗的宗主李秀树，但是静心之下，却否定了自己的判断。

这绝非是他凭空臆想，而是他的一种感觉，一种没法解释的感觉。每次当他有了这种感觉的时候，通常都不会有错。

这是否说明对方的强大已经超出了纪空手的想象？

纪空手再一次深深地吸了一口气，让自己紧张的情绪得以舒缓，经过了一番思量与算计之后，他决定主动出击。

他必须主动出击，这是他惟一的一线生机，若等到对手攻势形成之际再动，就是一条死路。

这当然只是一种对形势的估计，如果对了，抑或错了，都无法预知是个怎样的结局。

"咻咻咻……"他的脚在舱板上动了三下，就像是连续踏出了三步，其实他却原地未动，只是将自己的气机向前移动了三步，让对方对他现在的位置产生一种错觉。

当他做好了这个前期动作之后，他的刀锋斜立，一点一点地抬至眉心。

在抬刀的过程，就是敛聚内力的过程，当补天石异力积蓄到顶峰之时，他的手腕轻轻一振，庞大无匹的劲力蓦然在掌心中爆发，七寸飞刀暴涨出数尺刀芒，化作一道闪电般刺向了木墙。

几乎在同一时间之内，他手中的飞刀没有在空中作出一丝的停留，划开木墙，同时飞腿弹去，仿似鬼魅般的身形破墙而入。

这一连串连续复杂的动作，完全在眨眼间完成，以肉眼难以察觉的高速，以无比精确的准度，演绎出了一种极致的武学。

当这一切已然发生之时，那布帘之后的高手方才有所察觉，杀气在最短的时间内提至巅峰，却已救应不及。

"扑……"飞刀的寒芒形如火焰，若穿透一层薄纸般毫不费力地划入木墙，刀虽在木墙之外，刀芒却已没入墙中。

"喀……噗……"没有惨呼，只有血肉翻开的声音与骨骼碎裂的异响，喷射的血箭溅向木墙，如点点红梅般触目。

"喀喇……通……"几乎是同一时间，纪空手的飞腿如电芒闪至，踢中了木墙之后的另一名杀手。木墙以中腿处为中心现出无数道裂纹，寸寸碎落之下，一个狰狞恐怖的面孔已是七窍流血，现出木墙之外。

当纪空手以最快的速度闪入木墙之后时，剩下的那名杀手已是满脸惊骇。他显然没有料到一个人可以将身体的极限发挥到如此完美的地步，一惊之下，同样以近乎极限的速度飞逃而去。

纪空手并不追击，卓立于木墙之后，轻轻一推，这面木墙已然垮塌，木屑四飞间，那道布帘赫然在目。

布帘之厚，使人无法窥探到布帘之后的动静。但那道凝重如山的杀气在流动的空气中缓缓推移，令纪空手无法小视帘后之人的存在。

纪空手淡淡地笑了一笑，同时感到了对手的可怕。

他刚才发出一连串的攻击，虽然是全力施为，但他的注意力始终放在布帘之后的敌人身上，因为他心里十分清楚，木墙之后的人无论有多么凶悍，都及不上这位隐身布帘之后的高手，只有将之从布帘后引出来，纪空手才有面对他的机会。

而现在，场上形成了一个僵局！

无论是纪空手，还是这位高手，他们都不敢贸然行动，因为他们都非常清楚对方的分量。谁敢贸然而动，就等于让尽先机。

纪空手的眉锋一跳，淡淡而道："阁下是谁？何以躲在这布帘之后不敢见人？如果你觉得这样站着很有趣，那就恕我不能奉陪了。"

"你就算觉得无趣，也只有奉陪到底！这是一个无法回避的事实。"一个冷冷的声音似乎在纪空手的耳边响起，又似响在苍穹极处："只有闯过了我这一关，你才有可能见到灵竹公主。"

纪空手的手心微紧，抓紧了手中的刀柄。单凭听觉，他已经感到了对方的内力之深，的确是一个可怕的对手。

"你似乎很懂得我此刻的心理。"纪空手形似聊天，一脸悠然道。

"不是我懂，而是李宗主将你的心理摸得很透，所以他再三嘱咐我，不到万不得已的时候，不要动手。时间对你来说，尤其宝贵。"那人的声音很冷，如一潭死水般宁静。

"那我们就这样耗下去？"纪空手笑了，语带调侃，一点都不显得着急。

"不，因为我也是一名武者，更是一名枪手，当看到别人在我面前使出绝妙的刀法时，我就会忍不住手痒，无论是谁的叮嘱都会被我抛之脑后！因为每当武者提到'刀枪'二字时，总会将刀排在枪之前，所以我平生最恨刀客！"那人冷笑一声，充满了无穷的傲意。

纪空手冷然道："你很自负，通常自负的人都不会有很好的结果，相信你也不会例外。"

他说完这句话时，呼吸为之一窒，眼芒为之一亮，那厚重的布帘无风自动，倒卷而上，自暗黑的空间里走出一个人来。

杀气使得舱房内的气压陡增，带着一股血腥，使空气变得沉闷至极。纪空手只感到来人踏前而行，犹如一堵缓缓移动的山岳，气势之强，让人有一种难以逾越之感。

纪空手的手心渗出了丝丝冷汗，并非因为这暗黑中走出之人，而是这人手中的那杆丈二长枪。对于纪空手来说，他并不害怕高手，虽然他步入江湖的时间只有短短数年，但他见过的高手实在不少，其中也有扶沧海这类使枪的高手。可是来人虽然也是以长枪为兵器，却完全不是与扶沧海同一类型，在霸烈之中似乎带着一股邪气，让人仿佛看见了暗黑世界里的一只怪兽，恶心而恐怖。

"你岂非与我同样的自负？"那人站到纪空手眼前的两丈位置，声音极冷，脸上却似笑非笑。

"也许吧，也许我们是同一类人。"纪空手微微一笑，心里却暗道："在自负与自信之间，谁又分得清什么是自信，什么是自负？这本就是只差一线的东西，惟一的不同就只有结果。"

"很高兴能认识你这样的高手，我叫李战狱，希望你不会让我失望。"那人抬头笑了一笑，显得极有风度，也非常狂傲。

"真是幸会，我想，如果我们真的交上了手，也许感到失望的人会是我。"纪空手淡淡而道，眼中已多了一丝不屑。

他表面上虽然一副悠然，神情自若，其实在他的内心，依然不敢有半点的放松。因为他知道站在自己面前的人，已是李秀树这一方中非常厉害的高手，人称"枪神"，乃北域龟宗第四号人物。

李战狱算得上是北域龟宗元老极人物，年长李秀树四岁，其武功造诣之高，足可跻身江湖一流，只是他对权势的兴趣不大，心性淡泊，是以江湖上听过他名号的人并不多，纪空手也是偶然听车侯谈起，有些印象，才能在见到真人时对号入座。

不过李战狱虽然厉害，也有一个弱点，就是过于自负，常常自诩自己的枪法无敌于天下，不容别人有任何的置疑。纪空手当然不会放过利用的机会，是以不遗余力地激怒他，以便自己有可乘之机。

果不其然，李战狱的脸色陡然一暗，犹如六月天的猪肝般十分难看，杀机骤现。

他绝不容许有人这样轻视自己，要证明自己的实力，惟一的办法就是出手。

"小子狂妄，你就等着受死吧！"李战狱暴喝一声，踏前一步，长枪已然贯入虚空。

长枪如龙，天马行空。

万千枪影幻生于一瞬之间，犹如点点雪花，又如漫天星光，若潮涌至。

"轰……"纪空手没有料到李战狱一出手攻势就如此霸烈，错身一退，便听枪锋疾扫，所遇物什一切尽碎。

这声势的确吓人，风声鹤唳，空气紧张，不过纪空手却早有准备。他的飞刀极短，只宜近身相搏，正与李战狱的长枪反其道而行之，是以他没有犹豫，身形一动，人已挤入李战狱的七尺范围。

以己之长，克敌之短，这本就是制敌的手段之一。纪空手不出手则已，一出手便已找到了对付李战狱的最好方法。

"轰……轰……"李战狱双手握枪，枪身如游蛇般滑腻，连出三招，俱被纪空手躲过，双方的兵器竟未接触一下。

纪空手之所以如此，是因为他的飞刀乃轻灵之物，无法与长枪的声势争锋，所谓"一寸短，一寸险"，他若想寻得胜机，惟有在险中求。因此，他利用"见空步"的飘忽身法，在高速变化中再寻机出手。

李战狱似乎看穿了纪空手的心思，心中一震，陡然冷静下来。虽然在此之前他从未与纪空手交过手，但他不得不承认，纪空手是他所遇到的年轻一辈中的顶尖人物，对武道的认识甚至远胜于己。要想在今日一战中成为胜者，他绝对不能操之过急。

所以他一改当初大开大阖、横扫八方的枪路，枪势一变，如灵蛇吞缩，长短变幻频繁,意欲与纪空手形成短兵相接之势。

纪空手心中的惊骇无与伦比,这是他第一次看到有人可以将长枪使得如此圆滑自如,虽然论及枪法的气势,扶沧海绝不弱于李战狱,甚至远比他大气,但李战狱的枪法诡异多变,竟能将长枪当作短戟使用,这种手法的确是闻所未闻,堪称一绝。

一时之间,纪空手的脚步乱了一乱,险些被枪锋刺中。

"让你见识一下,看看是你无知,还是我狂妄!"李战狱手腕振出,脸若冰山,冷冷地道。

纪空手立处于下风,无奈之际,不敢再固守不攻。

"啸……"一声长啸,声裂半空,舱板为之抖动。就在这长啸之中,纪空手的飞刀破空而出。

他出刀,不是因为他找到了胜机,也没有寻到长枪的破绽。李战狱的枪法变化多端,声势如风,似是完全融入了这片空间,要想在刹那间找到破绽,无异于异想天开。不过,刀既出,他的刀锋还是点在了枪尖之上。

"叮……"刀的确点在了枪尖之上,却不作任何的停留,而是顺着枪身下滑。

"哧……"一溜火星划过虚空,更发出一种刺耳的金属脆响,声色俱动,使得这空气蓦生一幅怪异的画面。

李战狱一声冷哼,倒退一步,突然将枪身伸长,本身只距几寸的距离,忽又拉开了丈许。

但纪空手既已出手,就绝不罢休,因为他的刀势已成,就必须流畅,即使前面是刀山,是火海,他也毫不退缩!

"呼……"刀芒吞吐,约摸三尺,闪跃空中之际,竟似欲与这长枪交缠一起。

李战狱吃了一惊,没有料到纪空手会与他玩命。他虽已老了,当然不会傻到与纪空手同归于尽,所以,他只有再退。

但是他一退之后,却看到了纪空手嘴角处流露出来的那一丝笑意。

他何以会笑? 在这个紧张的时刻,纪空手居然还能笑得出来,这不由得让李战狱怔了一怔。

一怔之下,李战狱这才醒悟到,自己在无意之间犯下了一个大错,一个绝对不可饶恕的错误!

——纪空手之所以陷入这个杀局之中,是为了灵竹公主而来。

——能不能救出灵竹公主,关系到陈氏家族的安危,夜郎王国的和平,事关重大,以纪空手的个性,又怎会置之不顾?

——既然纪空手无法置之不顾,那么,他又怎会与自己同归于尽?

等到李战狱想通了此中关节时,却已迟了,先机已失,眼中所见,尽是漫空乍现的刀芒。

刀芒乍现,既没有诗情,也没有画意,如拙劣之极的涂鸦之笔划过虚空,给人一种说不出的感觉。

"好，果然是好刀法！"李战狱的眼眸中闪过一丝讶异，忍不住叫起好来。当他看到这种蕴含着武道至理的刀法时，眼中似已没有敌我之分，而是沉浸在一种求道的氛围里。

他之所以惊讶，是因为他可以清晰地感受到纪空手看似随意的这一刀中涵括的一往无回的气势，更在刀出的同时衍生出不可预知的无数变化。

这是一种高手的直觉，也是高手具备的敏锐感应，当这种直觉进入李战狱的意识之中时，他已经意识到，绝对不能让纪空手将这一刀的意境发挥至淋漓尽致！因为这一刀包含了太多的后续之招，一旦攻击，便如高山滚石，决堤洪流，必定势不可挡！

这无疑是反璞归真、化繁为简的一刀，刀虽简朴，但惟有置身局中，才能感受到刀意中的至美之处，让人回味无穷。

李战狱无法再欣赏下去，只有出手，他绝不能让纪空手的飞刀挤入自己气场的三尺之内，否则他就算长枪变成短戟，也无力回天了。

李战狱的出手绝对快，快到连他自己都感到吃惊的地步。这固然有他实力上的原因，更主要的一点是死亡的威胁逼发了他身体的潜能。

"叮……"李战狱的长枪弹出的不仅快，而且准，完全是在概率极小的情况下点击在了刀锋之上，但是这一次，小小的飞刀竟然悬凝不动，李战狱执枪的虎口一麻，人却倒退数步。

快、准、灵，这三个字，对于枪术来说是非常重要的要素，而且长枪的长度一般都在一丈以上，其本身的重量已然可观，一旦出手，必是刚猛沉重。但是当李战狱这一枪刺出的刹那，他却感到了自刀身透发而来的如山洪爆发般的巨大力道。

这的确让人感到不可思议，谁也不会想到一把小小的飞刀，到了纪空手的手中竟能生出如此神奇的力道。

李战狱脸色一变，厉嚎一声，长枪再次迎刀而上。他绝不相信自己的力道不如纪空手，更不想让纪空手的刀变成自己今生的绝唱。

"嘶……"虚空仿佛被撕开了一道无形的裂缝，裂缝深邃而苍茫，如一道内陷的漩涡，将长枪的光芒尽数吸纳。

没有光芒的丈二长枪，犹如一杆没有生命的死物，存在于虚空，机械而空洞。

在裂缝的极处，突然生出一点寒芒，仿似苍穹中的一颗流星，划过这漫漫虚空，越来越大，愈大愈亮，就在李战狱以为这是一种幻觉时，那薄如蝉翼的飞刀已然乍现在他的面前。

"叮叮叮……"刀势已成，疾若流星，飞刀如灵动的生命，以自己的节奏与频率向李战狱发出了一波又一波的如潮攻势。

李战狱的脸色已经十分的难看，紫红得像是涂了一层朱砂，毫无生机，虽然他的丈二长枪不断飞舞，尚可穷于应付，但他却无法找到纪空手刀的轨迹与规律。

枪能控制八方，范围之大，可达数丈；飞刀只有七寸，却能在长枪控制的范围之内游走自如。纪空手的每一刀都似乎是任意为之，兴之所致，犹如天马行空，根本不知其终点会在何处。但他的刀总能在最恰当的时间进入到最合适的地点，从而创造出最大的威胁，使得他的每一刀都在平淡之中演绎出极致的美感。

战到此时，胜负已不言而喻，惟一的悬念就是李战狱还能支撑多久。

纪空手此次夜郎之行，经过龙赓的指点迷津，整个人在气质上已有了脱胎换骨的变化。他的悟性本就极高，又不断地在生死之间与众多高手周旋，在实战中积累了丰富的经验，令他即使面对李战狱这样的强手，也自始至终有着必胜的信念。

假以时日，当他真正将自己体内的潜能完全发挥出来时，距武道极巅也就不再遥远，最终可以步入那天下武者无不神往的玄奇境界。

"呀……"纪空手暴喝一声，眼见李战狱的枪法中终于露出一点破绽，再不犹豫，飞刀振出，在虚空之中幻化出一道奇异的轨迹。

李战狱大惊之下，长枪竟以暗器的方式脱手标射而出。他的应变不谓不快，长枪的去势更如电芒闪出，同时他整个人犹如箭矢般倒射入帘。

这一连串的动作一气呵成，果见奇效，等到纪空手荡开长枪，赶入布帘之后时，李战狱的人影已掠出五丈，正向尾舱隐去。

纪空手没有丝毫的犹豫，这只因他此刻手中之刀，随时可弃！

像李战狱这样的高手，存在于世就是一种威胁，所以纪空手出手之时，就已起杀心，当然不想让李战狱从自己的眼皮底下溜掉。

纪空手的脸上似笑非笑，如刀般的眉锋却陡然一跳。

"嗖……"刀终于出手，还原了它本来的面目。飞刀原是暗器，是以飞刀既出，恰似飞行于空中的游龙，直奔李战狱的后背而去。

金属与空气磨擦的声音好不刺耳。

一溜火星在空中闪过，更添诡异。

虚空中除了空气，没有其它的物质，飞刀掠过虚空，又怎会有火星？有动静？

这只因为飞刀之快，已经超出了速度的范畴，在这一刻，刀已不再是刀，而是一种现象，一种玄乎其玄的现象。

这是否意味着李战狱的一只脚已经踏入了鬼门关？

然而飞刀最终的落点，却并不是在李战狱的后背，而是落在了一只铁手上。

"叮……"地一声，发出清晰的声响，一只乌黑发亮的铁手平空而生，横亘于虚空中，正好挡在了飞刀的去路上。

而李战狱的身影迅即消逝在了尾舱。

纪空手心中一惊，似乎没有料到自己的飞刀离手，竟然仍无功，这简直令他感到匪夷所思。因为他这一刀，已是精华所在，完全表现出他此刻对武道最深刻的认识。

这是谁的手？怎么可能挡得住纪空手的飞刀？这是不是说明铁手的主人本就是一个深不可测的高手？

不知道，没有人知道这些问题的答案，至少在这一刻，纪空手无法知道。

但是纪空手却感受到了这个人的存在，这种感觉很清晰，使得纪空手的身形停了下来。

浓烈的杀机已经弥漫了前路。

虽然纪空手不知道对方是谁，但那种沉寂如死的气息令他的心中依然感到了几分吃惊。

铁手一点一点地回缩而去，慢慢地在虚空中消失。纪空手的飞刀倒射入木，直没至柄，只留下一缕丝织的红缨轻轻晃动。

那暴露出来的杀机并没有随着铁手的消失而消失，反而在刹那间融入空气，化成了虚空中的一份子，犹如这空中缓缓流动的风。

这一切十分的诡异，却无法摧毁纪空手无畏一切的勇气，更无法让他改变继续向前的决心。在经历了短暂的沉默之后，他冷笑一声，踏步前行。

地上一片狼藉，全是烂碎的木屑和家什，当纪空手的脚踏在上面时，他似乎根本不知道还有危机的存在。只在不经意间，手腕一翻，多出了一把与先前一模一样的飞刀，悠然地把玩翻飞于指间。

他只走了七步，刚刚七步，似乎经过精确的计算与测量，便站到了铁手出现的空间前方。

他的脚步虽然停止，但从他的刀锋中涌出一股气流，直指脚步前方的舱板，"咚咚……"作响，就像是人的脚步声一般。

当这种响声响起四下之时，"轰……轰……"两边的舱板与地板同时爆裂开来，弧光闪烁，阴风骤起，雪一般锃亮的刀光在那段空间交织出一张杀气漫天的罗网。

在纪空手的前方，竟然爆开了一个漩涡的磁场，气流狂涌，压力沉重，吸纳着方圆数丈内一切没有生命的物体，混乱中，清晰可见那灿烂而令人心悸的点点寒芒。

纪空手的飞刀跳了一跳，几受牵引，大手一紧之下，这才悬凝空中。

如果不是纪空手灵光一现，以气代步，也许此刻的纪空手已是一个死人。因为他明白，对方布下的这个杀局，是一个无人可解的杀局，只要自己身陷其中，就绝无侥幸。

十数名高手藏身舱板之后，甲板之下，在同一时间内出手，无论出手的角度，还是出手的力道，都整齐划一，形同一人，在这样强劲的杀势之下，试问有谁可以躲过？

纪空手却躲过了，虽然他的脸色已变，但他的整个人屹立如山，就像一杆迎风的长枪傲立，全身的功力已在瞬间提升至掌心。

罗网的尽头，是人影，当这十数名高手从暗黑处出手，发现他们所攻击的只是一团空气时，无不为之一愕。

就在敌人错愕之间，纪空手出击了，他所攻击的地方正是这群敌人最不希望对手发觉的地方。

动如脱兔，可以形容一个人的动作之快，而纪空手的攻击之快，已无法用任何词汇可以形容。

他的飞刀没入虚空，刀锋胜雪，藏锐风中，霸烈无匹的杀气犹如怒潮汹涌，带出的是一股令人窒息的死亡气息。

面对这些高手，纪空手夷然无惧，而这些东海高手，却无不心惊，因为他们从纪空手那如花岗石般坚硬的脸上，联想到了地狱中的死神。杀气的来源，就在那七寸飞刀的一点刀锋之上。

纪空手的眼眸中已有光，是泛红的血光，当亮丽的刀光划过虚空时，已有人倒下。

所以当这些高手稳住阵脚，战刀排列有序，重新锁定纪空手时，在纪空手的面前，只剩下了七个人，而其他的人已成了无主的冤魂，就在刀光乍现的刹那，他们便完成了这种角色的互换。

这些忍道高手并不为同伴的死而心惊，反而更加激起了他们心中的战意。他们的脸色苍白而迷茫，就像是得了失心疯的病人一般，但他们表现出来的有序与冷静，显示出他们的思维绝对清醒，绝对正常。

纪空手面对这种强手，已无法心惊，无法思索，他当然不想陷入这七把战刀组成的重围之中，所以他当机立断，一声低啸，冲破头顶上的楼板。

"裂……"楼板破出一个大洞，却不见阳光，只有一片暗黑。这只因为这本就是一艘楼船，纪空手只是冲向了顶层的一间舱房。

骂声从洞口下响起，却没有人沿洞追来，纪空手微微喘了一口气，才看到这间舱房无门无窗，只有一张舒适豪华的大床置于中央，锦帐虚掩，香气袭人。

当纪空手的眼睛适应了这暗黑的光线时，他不由吃了一惊，因为他发现在这锦帐之中软被半遮，一个滑若凝脂的胴体露出大半个香肩，黑发蓬松，似在酣睡。

"这船上怎会有女子出现？难道说……"纪空手的心中一动，虽然无法看清这女子的面容，却一眼就认出搭在床栏边的衣物正是灵竹公主常穿的饰物。

纪空手犹豫了一下，并没有立时上前，因为他看到那堆衣物中竟然还有女人所穿的小衣与裙裤。

"异邦女子风俗不同，是以讲究裸体入睡，而我乃一个堂堂男子，焉能做出轻薄的举动？"纪空手自从踏入江湖之后，无赖习气已锐减不少，换作以前，他倒也不在乎，只管叫醒她来随他走。如今他身分不同，已成大师风范，自然不敢贸失行动。

当下他轻咳了一声，沉声道："灵竹公主，在下左石，特为相救公主而来，还请公主穿好衣物，随在下走一趟。"

他的声量虽低，却隐挟内力，束音成线，相信纵是熟睡之人也会惊醒，但让纪空手感到诧异的是，灵竹公主竟然没有一丝的动静。

纪空手心中奇道："莫非这灵竹公主并非与李战狱合谋，而是中了迷魂药物，致使神智尽失，遭到劫持？"

他微一凝神，耳听灵竹公主的呼吸声虽在，却缓疾无序，正是中毒之兆。

当下纪空手再不犹豫，暗道一声"得罪"，竟然连人带被裹作一团，挟于腋下，便要破墙而去。

木墙厚不及五寸，以纪空手的功力，破墙只是举手之劳的小事，但是他的身形刚刚掠到木墙边，就伫立不动了。

他无法再动，因为他的手刚刚触到木墙的时候，突然心中一紧，警兆倏生。

流动的空气中弥漫着两道似有若无的淡淡杀气，一在木墙之外，一在纪空手身后的三丈处，一前一后，已成夹击之势。

纪空手并不为他们的出现感到意外，反之，他们若是不出现倒显得是出人意料之外了。灵竹公主既然是他们手中的一张王牌，他们当然不会不看重她。

所以纪空手显得十分的冷静，丝毫没有惊惧。他惟一感到奇怪的，是在他身后的这道杀气有种似曾相识的感觉，就像是伴随着自己，一直没有消失过一般。

他有一种回过头来看看的冲动，却最终没有这么做，因为他心里明白，此刻自己的一举一动都有可能成为对方选择出手的最佳时机。最好的办法就是不动，让对方根本无从下手，形成僵局。

"放下你手中的人，你也许还有逃生的机会。"在纪空手身后的那人竟然是刚才还非常狼狈的李战狱！听其语气，他似乎已经忘了刚才的教训，重新变得孤傲起来。

"你似乎很天真，天真得就像一个未启蒙的孩童。"纪空手笑了一笑，声音却冷冷地道。

"天真的应该是你。"李战狱的声音里带着一种讥讽的味道："如果你认为你带一个人还能在我们的夹击之下全身而退的话，那么你不仅天真，而且狂妄，狂妄到了一种无知的地步！"

"败军之将，何须言勇？"纪空手的脸上闪现出一丝不屑。

"你真的以为我不是你的对手？"李战狱说得十分古怪，好像刚才那一战逃的不是他，而是另有其人。

"难道这还要再向你证明一次吗？"纪空手正欲笑，可笑意刚刚绽放在他的嘴角间时，却像凝固了一般。

第二章
兵临城下

　　纪空手已无法笑，也笑不出来，因为他突然间感到李战狱的确像换了个人一般，就像他手中紧握的那杆枪，锋芒尽露。

　　这是种很奇怪的现象，没有人能在一瞬之间让自己的武功形成如此之大的反差。当这种现象出现时，就只有一个原因，那就是刚才的一战中李战狱有所保留。

　　刹那间，纪空手明白了一切，更明白了自己此时此刻才置身于一场真正的杀局之中。

　　楚汉相争，马跃车行，敌我之战，刀剑之争，惟有胜者才能控制全局。

　　纪空手的心底涌起了无限的杀机，对他来说，既然这一战决定生死，他就绝不会回避！

　　"现在你还有刚才的那种自信吗？"李战狱显然捕捉到了纪空手脸上稍纵即逝的表情，却想不到纪空手并没有太过的吃惊，反而变得更为冷静。

　　"自信对我来说，永远存在，否则我就不会一个人来到这里了。"纪空手淡淡而道。

　　"你的确是一个值得我们花费这么多心血对付的人，同时也证明了我们宗主的眼力不错，预见到了可能发生的一切事情，所以你如果识相，就不要作无谓的反抗，不妨听听我们之间将要进行的一场交易。"李战狱以欣赏的目光在纪空手的脸上停留了片刻，然后眼芒暴闪，与纪空手的目光悍然相对。

"你们想要怎样？"纪空手的目光如利刃般锋锐，穿透虚空，让空气中多出了几分惟有深冬时节才有的寒意。

"不怎么样，我只是代表我们宗主和你谈一个我们双方都感兴趣的话题。"李战狱笑了笑，终于将自己的目光移开。的确，纪空手的目光不仅冷，而且锋锐，与之对视是一件很吃力的事情。

纪空手禁不住将腋下的人挟得紧了一些，沉吟半晌，道："为什么要和我谈？我只是一个喜欢武道的游子，你们凭什么相信我能和你们谈这笔交易？"

"这的确是一个有些冒失的决定，当我们宗主说起这件事情的时候，我也提出反对，可是我们宗主说得很有道理，由不得我们不信。"李战狱每每提起李秀树时，脸色肃然，情不自禁地流露出一股敬仰之情。似乎在他的眼中，李秀树本不是人，而是他心中的一个高高在上的神。

"哦？他说了些什么？我倒有些兴趣了。"纪空手似笑非笑地道。

"他说，无论是谁，只要敢到这里来，其勇气和自信就足以让我们相信他有能力来谈这笔交易。这样的人，惜字如金，一诺千金，答应过的事情就绝不会反悔。试问一个连死都不怕的人，又怎会轻言失信？"李战狱淡淡地道。

纪空手没想到李秀树还有这么一套高论，不由得为李秀树的气魄所倾倒，更为拥有李秀树这样的对手而感到兴奋。对他来说，对手越强，他的信心也就越足，惟有征服这样的强手，他才能体会到刺激。

"承蒙你们宗主这么看得起，我若不与你们谈这笔交易，倒显得我太小家子气了。"纪空手淡淡一笑道："请说吧，在下洗耳恭听。"

李战狱道："我们的目的只有一个，就是不能将夜郎国铜铁的贸易权交到刘邦和项羽的手中，只要你们能满足我们的这个条件，不仅灵竹公主可以安然而返，而且从今日起，金银寨又可恢复它往日的平静。"

纪空手沉吟了片刻，道："如果你是我，会不会答应这个条件？"

李战狱怔了一怔，道："会，我一定会！"

"能告诉我为什么吗？"纪空手语气显得极为平静。

"这是显而易见的，若没有了灵竹公主，这个后果谁也担负不起，以漏卧王的脾气，一场大规模的战争将不可避免地要发生在这片富饶的土地上，而这，正是你们最不想看到的。"李战狱似乎胸有成竹地道。

纪空手拍了拍自己腋下的被团，道："这就怪了，灵竹公主明明在我的手中，你怎么却睁眼说起瞎话来？"

"是的，灵竹公主的确是在你的手中。"李战狱的脸上露出了一丝古怪的表情："不过，你却无法将她从这条船上带走。这并不是我们小看你，无论是谁，武功有多高，但多了灵竹公主这样的一个累赘，都不可能在我们手中全身而退！"

"只怕未必！"纪空手非常自信地笑了。

"你很自信，但自信并不等于实力，一件本不可能完成的事情单单拥有自信是不够的。"李战狱的脸部肌肉抽搐了一下,从眉锋下透出一股杀机道:"退一万步讲,就算我们拦不住你,我们还可以杀掉灵竹公主!"

纪空手的心中一震,冷冷地道:"你们若杀了灵竹公主,难道就不怕漏卧王找你们算账?"

李战狱冷酷地一笑道:"漏卧王能够登上今天这个位置,我家宗主功不可没,所以他对我们宗主十分信任,视如手足。如果我们略施小计,移花接木,栽赃嫁祸,将灵竹公主的死推到你们的身上,他没有理由不信,更不可能怀疑到我们头上。"顿了顿,嘿嘿一笑,又接道:"更何况漏卧王一向对夜郎国虎视眈眈,正苦于出师无名,就算他对我们的说法将信将疑,也绝对不会有任何的异议。"

纪空手的心仿佛突然掉入一个深不见底的冰窖中,顿感彻寒,他相信李战狱所言并非危言耸听,都是极有可能发生的事情。面对两大高手他已殊无胜算,若再要分心分神保护灵竹公主的安全,岂非更是难上加难吗?

纵是处于这种两难境地,纪空手也无法答应李战狱提出的这个要求。铜铁贸易权的归属,正是纪空手与陈平、龙赓实施他们的计划中的关键,根本不可能让步。

而若假装答应对方的要求,使得自己与灵竹公主全身而退,这不失为一个妙计,但纪空手自从认识五音先生之后,便坚持信乃人之本,不足于取信一人,又安能最终取信于天下?这等行径自是不屑为之,也不愿为之。而让他最终放弃这种想法的,还在于在他的身上,有一种不畏强权强压的风骨,犹如那雪中的傲梅,愈是霜冻雪寒,它开得就愈是鲜红娇艳。

"可惜,我不是你。"纪空手冷哼一声,飞刀已然在手。

"这么说来,你一定要赌上一赌?"李战狱的脸上露出一丝诧异。

"你们宗主的确是超凡之人,所以他把一切都算得很准。可是,无论他如何精明,也永远揣度不到人心,我心中的所想,又岂是你们可以猜得透的?"纪空手目中冷芒如电,骤然跳跃虚空,身上的杀气浓烈如陈酿之酒,弥漫空中,无限肃寒。

"我们虽然猜不透你的心中所想,却能知道你今天的结局。只要你一出手,就会为你现在的决定而后悔!"李战狱深切地感受到了纪空手那把跳跃于指掌间的飞刀上的杀机,那种浓烈的味道几乎让他的神经绷紧到了极限。于是,他的手已经抬起,凛凛枪锋如暗夜中的寒星,遥指向纪空手的眉心。

"纵然如此,我也是义无反顾。"纪空手暴喝一声,犹如平空炸响一串春雷,激得李战狱的心神禁不住发生了一下震颤。

只震颤了一下,时间之短,几乎可以忽略不计,但是纪空手的目力惊人,早有准备,又岂会错过这个难得的机会?

其实,经过了刚才的一战,又目睹了纪空手与人交手,李战狱对纪空手已是不无忌惮,是以即使在说话之间,他也将功力提聚,随时准备应付纪空手凌厉的攻击，可是他没有料到纪空手的声音也是一种武器，一震之下，心神为之一分，而这一切正在纪空手的算计之中。

纪空手的确是一个武道奇才，凭着机缘巧合，他从一名无赖变成了叱咤天下的人物，但正是他在无赖生涯中养成的求生本能与灵活的机变，使他的感官异常敏锐，在捕捉与制造战机方面有着别人不可比拟的优势。

正因如此，当这震撼对方心神的一刻蓦然闪现时，纪空手并没有出刀，而是整个人突然消失于虚空，当真是骇人听闻。

没有人可以平空消失，纪空手当然也不例外，何况他的腋下还挟着一个灵竹公主。李战狱一惊之下，立时明白纪空手的身影进入了自己视线的死角，是以长枪悬空，并未出手，只是用敏锐的感官去感受着纪空手的存在。

虽然刀还没有出手，但刀的锋芒却无处不在。尽管纪空手腋下挟了一人，身形却丝毫不显呆滞，当他出现在李战狱的视线范围时，飞刀竟然只距李战狱的手腕不过一尺之距。

如此短的距离，李战狱根本来不及应变，不过幸好他的袖中另有乾坤，袖未动，却标射出两支袖箭。

纪空手没有料到李战狱还有这么一招，惟有改变刀路，反挑箭矢，李战狱趁机退出两丈开外。

而两丈，正是长枪的最佳攻击距离。

是以李战狱再不犹豫，手臂一振，枪影重重，迅疾掩杀而来。

纪空手不敢大意，刀锋直立，紧紧地锁定对方枪锋的中心。

"叮叮……"无数道清脆的声响在这静寂的空间爆开，便像是小楼窗前悬挂的一排风铃，毫无韵律的美感，便却带来一种震撼人心的力量。

一连串的攻守之后，两人的身影在虚空中合而又分，如狸猫般灵巧，刚一落地，纪空手却不再进攻，只是凝神望着两丈开外的李战狱，心中有几分诧异。

经过了这刹那间的短兵相接，纪空手既没有占到先机，也不落下风。一来是因为毫无保留的李战狱的确是个不容小视的对手，气势之盛，并不弱于他；二来他的身上多了一个累赘，使其动作不再有先前的完美流畅，不仅如此，他还得时刻提防着别人对这个累赘的偷袭。这样一加一减，使得纪空手似乎坠入困境。

不过，他相信对方的感觉一定比自己难受，这是他的自信，也是一种直觉。因此，他一旦等到机会，依然会毫无顾忌地抢攻。

心念一动，手已抬起，就在李战狱认为最不可能攻击的时候，纪空手的刀已缓缓划出。

刀未动，刀意已动；刀一动，刀意已然漫空，纪空手似是随手的一刀中，其刀意随着刀身出击的速度与角度衍生出无穷无尽的变化，所以这表面上看来非常简单直接的一刀，落在李战狱这行家的眼中，却深知其不可捉摸的特性，如若被动等待，必然挡格不住，惟一的对应之策，就是以攻对攻。

"刷拉拉……"枪身在虚空中发出如魔音般的韵律,震颤之中,已化作无数幻影,迎刀而上。

"轰……"两股庞大的劲气在半空中相触,爆生出呼呼狂风,枪锋与刀芒分合之间,仿佛凌驾云雾的两条气龙,交缠相织,平生无数压力。

"轰隆……"木舱显然无法负荷如此强劲的力道,突然向四周爆开,碎木激射,一片狼藉。

饶是如此,纪空手的攻势依然流畅,根本不受任何环境的影响,飘忽的身法形同鬼魅,在密布的枪影中腾挪周旋。

李战狱越战越心惊,他忽然发现自己的长枪正陷入到一股粘力之中,挥动之际,愈发沉重。

然而就在他心惊之际,纪空手的身体开始按着逆向作有规律的旋转,好像一团游移于苍穹极处的光环,一点一点地向外释放能量,使得长枪无法挤入这无形的气墙。

这种旋转引发的结果,不是让人神眩目迷,就是眼花缭乱,一切来得这么突然,完全出乎了李战狱的意料之外。

他惟有退,以他自己独有的方式选择了退。

不退则已,一退之下,他才发觉自己犯了一个大错。

此时纪空手的气势之盛,沛然而充满活力,就像是漫向堤岸的洪流,因有堤岸的阻挡而不能释放他本身的能量,可是李战狱的这一退,恰似堤岸崩溃,决堤之水在刹那间爆发,已成势不可挡。

"你去死吧!"纪空手突然一声暴喝,飞刀的刀芒已出现在气势锋端,犹如冬夜里的一颗寒星,寂寞孤寒,代表死亡。

纪空手的人已在半空之中,相信自己此刀一出,必定奠定胜局。

他有这个自信,只源于他有这样的实力,然而,他要面对的强手绝不只李战狱一个,至少还有一只铁手。

这只铁手的主人既然能够替李战狱挡下一刀,那其武功就差不到哪里去。而就在纪空手暴喝的同时,这道神秘的人影终于出现了。

他一出现,便如狂风暴掠,森寒的铁手已以无匹之势袭向了纪空手的背心。而与此同时,李战狱一退之下,却迎刀而上,丈二长枪振出点点繁星般的寒芒,直指纪空手的眉心。

场中的局势已成夹击之势,就在纪空手最具自信的时刻,他已面临腹背受敌之境。

但是这些都在纪空手的意料之中,他丝毫没有任何的惊惧,真正让他感到可怕的是,杀机也许根本就不在这两人的身上,真正要命的,还是自己腋下的这个人。

这个人之所以要命,是因为她的手中有一把锋利无匹的匕首,当这把匕首穿透棉絮刺向纪空手时,这的确可以要了纪空手的命。

　　纪空手的反应之快，天下无双，甚至快过了他自己的意识。当这股杀机乍现时，他的整个人便有了相应的反应，厉嚎一声，将腋下的人重重地甩了出去。

　　可是匕首的锋芒依然刺进了纪空手的身体，深只半寸，却有一尺之长，剧烈的痛感让他在瞬间明白，怀中所拥的女子绝不是灵竹公主！她才是对方这个杀局中最重要的一环，只要她一出手，胜负就可立判。

　　一切的事实都证明了纪空手的判断十分正确，可惜只是太迟了一点。

　　他敢断定此人不是灵竹公主，是基于他对灵竹公主的认识，以灵竹公主的相貌，虽入一流，然而其武功却只能在二、三流之间，否则的话，纪空手也不会这么容易为人所乘。

　　他一直认为，灵竹公主的失踪只是她与李秀树串通演出的一场戏，是以当他认定床上所睡的人是灵竹公主时，对她也略有提防，在攻击李战狱的同时总是让自己的异力先控制住灵竹公主的经脉，然后才出手。所以当怀中的女人骤然发难时，虽然出乎他的意料之外，却让他在最危急的时刻作出了必要的反应，才使他将受伤的程度降至最低。

　　"裂……"那紧裹着佳人胴体的锦被在半空中突然爆裂开来，一阵银铃般的笑声伴着一个有着魔鬼般身材的女人出现在纪空手的眼前。

　　这女人美艳异常，笑靥迷人，在她的手中，赫然有一把血迹斑斑的匕首，犹如魔鬼与天使的化身，让人在惊艳中多出一分恐怖。

　　但是纪空手根本没有时间来看清这女人的面目，虽然他掷出那女人的线路十分巧妙，正好化解了李战狱长枪的攻击，却仍无法躲过那只铁手的袭击。

　　"砰……"一声闷响，铁手砸在了纪空手的左肩上，差点让纪空手失去重心，一口鲜血随之喷出，犹如在天空中下起了一道血雾。

　　虽然击中了目标，但"铁手"满脸惊惧，斜掠三步，避开了这腥气十足的血雾。

　　他之所以感到不可思议，是他的铁手明明冲着纪空手的背心而去，就在发力的瞬间，他甚至可以预见到纪空手的结局，然而他万万没有料到，纪空手能在这一瞬间将身体横移，致使自己这势在必得的一击只是击中了对方并不重要的部位，而没有形成致命的绝杀。

　　"呼……"纪空手的刀锋连连出手，三招之后，他的人终于脱出了三人的包围，转为直面对手的态势。

　　虽然他的伤势不轻，但在生死悬于一线间，其体内的潜能完全激发出来，加之腋下的累赘尽去，使得他的实力并未锐减，反而有增强之势。

　　直到这时，他才有机会看到那笑声不断的女人，一眼看去，不由为之一怔，似乎眼前所见到的风景与自己的想象迥然有异。

　　他一直以为怀中的女人不着一缕，是以才会以锦被将其裹挟得严严实实，却没有料到在她的身上还有一件大红肚兜。这倒不是纪空手联想丰富，而是因为那搭上床栏上的小衣与裙裤让他产生了这种误会。

"看来这世上能如张盈、色使者那类的女子毕竟不多，至少眼前的这位美女还懂得找件东西遮羞。"纪空手思及此处，忍不住想笑，看他轻松悠然的表情，谁也想不到此刻的他已身受重伤，而且还要面对三大高手的挑战。

这也许就是纪空手成功的诀窍，惟有良好的心态，乐观的心情，以及永不放弃的精神，才是构成每一个成功者的决定性因素。当纪空手一步一步地崛起于江湖的时候，回首往事，不乏有运气的成分掺杂其中，然而单凭运气，是永远无法让纪空手不断的创造出每一个奇迹的。

奇迹的背后，往往拒绝运气。惟有强大的实力与非凡的创造力，才是奇迹得以发生的最终原因。

而此时的纪空手，能否再一次创造奇迹，以受伤之躯，自三大高手联击之下全身而退？

血，依然在流；伤口，依然作痛。纪空手脸上却没有一丝凝重，甚至多出了一丝笑意，似乎根本没有意识到问题的严重性。

"灵竹公主不在船上，会在哪里？李秀树既然有心置我于死地，又怎么迟迟没有现身？"这个念头一出现纪空手的思维中，就被他强行压了下去，因为他明白，此时不是想这些问题的时候，那只是未来的事，而他看重的，也是必须看重的，应该是目前，是现在！

三大高手并没有急于动手，而是各自站立一个方位，形成犄角之势，大船上仿佛陷入了一片死寂。

夕阳斜照在湖水之上，远处的船舫依然来往穿梭，显得极是热闹。谁也想不到就在这百米之外的小岛边停靠的这艘大船上，在爆发一场血与火的搏杀。

纪空手的脸上依然带着淡淡的笑意，脸色渐渐苍白，他闻到了血的腥味，感觉到一种向外流泄的生命。力量就像是伤口一点一点向外渗透的鲜血，正一步一步地离他远去。

自己还能支撑多久？纪空手问着自己，却无法知道答案。无论生命将以何种形式离开自己，他都不想让自己死在这里，所以，他必须出击。

湖风吹过，很冷，已有了夜的气息。天气渐暗，远处的船舫上已有了灯火点燃，惟有这片水域静寂如死，像史前文明的洪荒大地。

看着对方一步一步地踏前而来，长枪、匕首、铁手都已经锁定住自己，纪空手的心里不由多了一分苦涩，他惟有缓缓地抬起手中的飞刀，向前不断地延伸着，仿佛眼前的虚空没有尽头。

血在流，但他体内的异力依然呈现着旺盛的生机。当他的刀锋开始向外涌出一股杀气时，李战狱望了望自己的同伴，三人脸上无不露出一股诡异。

这实在令他们感到不可思议，也令他们更加小心。

突然间，纪空手发出了一声近乎是狼嚎般的低吟，悲壮而凄凉，却昭示出一种不灭的战意。初时还几如一线，细微难闻，仿似来自幽冥地府，倏忽间却如惊雷炸起，响彻了整个天地。

在啸声乍起的同时，三大高手在同一时间内出手，就像是在狂风呼号中逆流而行，而纪空手不过是吹响了战斗的号角，使得整个战局进入了决一雌雄的最后关头。

他们三人出手的刹那，都在心中生出了同一个悬疑，那就是此刻的纪空手，将用什么来拯救他自己的生命？

时间与速度在这一刻间同时放慢了脚步，宛如定格般向人们展示着这场厮杀的玄奥。

长枪、铁手、匕首自不同的角度，沿着不同的线路，以一种奇怪的缓慢速度在虚空中前进……

纪空手的七寸飞刀更如蜗牛爬行般一点一点地击向虚空至深的中心……

一切看似很慢，其实却快若奔雷，正是有了这快慢的对比，才使得在这段空间里发生的一切都变得玄乎其玄。

每一个人都明白自己的意图，奇怪的是，他们也彼此清楚对方的心迹。

纪空手出刀的方式虽然无理，甚至无畏，但它最终的落点，却妙至毫巅。

因为李战狱三人发现，如果事态若按着目前的形势发展下去，肯定就只有一个结局。

同归于尽！

这当然不是李战狱三人所愿意的，没有一个武者会在占尽优势的情况下选择这样的结局，除非是疯子。

他们当然没有疯，就在这生死悬于一线间，三大高手同时闷哼一声，硬生生地将各自的兵器悬凝于虚空之上，一动不动，如被冰封。

纪空手当然也没疯，似乎早就料到了这样的态势。他所做的一切就为了等待这一刻的到来，他绝没有理由错过这个稍纵即逝的时机。

"嗖……"他手中的刀终于再次离他而去，虚空之中，呈螺旋形一分为三向四周射去，逼得三大高手无不后退一步。

然后他惊人的潜能就在这一刻爆发，悲啸一声，以箭矢之速冲向船舷。

他想逃，他必须得逃！

当李战狱他们发现纪空手的真实意图时，再想拦截已是不及，因为他们谁也没有料到纪空手会在这个时候逃，更想不到他能将攻防转换做得如此完美。

在进退之间，由于是不同的形式，由进到退，或是由退到进，在转换中都必然有一个过程，这也是李战狱他们无法预料的。因为纪空手由进到退，速度之快，根本就不容他们有任何的反应，仿佛整个过程已可忽略不计。

然后，他们便听到了"砰……"地一声，正是某种物体坠入水中的声音。

望着已经平静的湖水，李战狱、"铁手"以及那如魔鬼般的女人半天没有说话，似乎依然不敢相信纪空手能在这种情况下全身而退。

无论如何，这都像是一个奇迹。

"宗主的眼力果然不错,此人对武道的理解,已然进入了一个全新的境界,远远超出了吾辈的想象,所以我们此次夜郎之行,此人不除,难以成功,怪不得宗主要费尽心计来策划这么一个杀局。"李战狱轻叹一声,言语中似有一股无奈。

"他的可怕,在不于其武功,我倒认为在他的身上,始终有一股无畏的精神让我感到震撼。我真不敢想象,当我一个人独自面对他的时候,我是否还有勇气出手!""铁手"脸上流露出一种怪异的表情,忍不住打了个寒噤。

"你不可能有这样的机会了。"那如魔鬼般的女人咯咯一笑,眉间杀机一现,略显狰狞。

"哦,这倒让人费解了。""铁手"冷然一笑道:"难道说我就这么差劲?"

"敢说'只手擎天'差劲的人,放眼天下,只怕无人。"那如魔鬼般的女人笑道:"我这么说,只因为可以断定此人未必能活得过今夜。"

"莫非……"李战狱与"铁手"吃了一惊,相望一眼,无不将目光投在那如魔鬼般女人的脸上。

那如魔鬼般的女人淡淡一笑道:"其实我并没有做什么,只是我这样的一个弱女子,人在江湖,不得不有一些防身绝技,所以通常在我的兵器上都淬了毒。"

她的话并非让李战狱太过吃惊,倒像是他意料之中的事,因为这如魔鬼般女人的真实身分就是东海忍者原丸步。

东海忍者能够崛起江湖,最大的特点就是不择手段,脱离武道原有的范畴置敌于死地,所以它给人留下的印象就是凶残。原丸步无疑是其中的佼佼者,制毒用毒,堪称行家中的行家,胭脂扣就是她创造出来的极为得意的一种毒。

"铁手"却皱了皱眉头道:"我好像并没有看出此人中毒的迹象,他最后的一次出手,不仅充满了想象,富于灵感,而且力道之劲,哪里像一个中毒者所为?"

"用毒之妙,就是要在不知不觉中让敌人中了毒而不自知,便是旁人也无法一探究竟,这才是用毒高手应该达到的境界。我在匕首上所用之毒,名为'一夜情',这名称浪漫而旖旎,惟有身受者才知道浪漫的背后,是何等的残忍,因为它本是采用春药所炼制,一中此毒,必须与人交合;与人交合,必然脱阳而死,所以一夜情后,中毒者能够剩下的,不过是一堆白骨而已。"原丸步的笑依然是那么迷人,却让李战狱与"铁手"无不打了个寒噤,倒退了一步。

"这么说来,此人真的死定了。"李战狱看着不起波纹的湖面。自纪空手落水之后,就不曾再有过任何动静,他在想:或许用不着"一夜情"的毒发,纪空手就已经死了,这绝不是不可能发生的事情。

"他若不是死定了,我又何必拦阻你们下水追击呢?此乃天寒时节,湖水最寒,我实在不忍心让你们因此而大伤元气。"说到这里,原丸步已是媚眼斜睐,神情暧昧,有一种说不出的轻佻流于眼角。

一连三天都没有纪空手的消息，陈平与龙赓虽然已经恢复了功力，但心中的焦急使得他们就像热锅上的蚂蚁，坐立不安，翻遍了整个金银寨，也不见纪空手的身影。

"屋漏又逢连夜雨"，就在陈平与龙赓为纪空手生死未卜而感到焦虑的时候，夜郎王陪同漏卧国使者来到了通吃馆内，大批武士三步一岗，五步一哨，一脸凝重，使得气氛顿时紧张起来。

陈平急忙上前恭迎，礼让之后，众人到了铜寺落座。夜郎王看了一眼陈平，摇摇头道："灵竹公主失踪，你责无旁贷，如今漏卧国使者带来了漏卧王的最后通谍，若是今夜子时尚无公主的消息，漏卧国将大兵压境，兴师问罪。"

陈平一听，已是面无血色，轻叹一声道："臣辜负了大王对臣的期望，实是罪该万死。假如夜郎、漏卧两国因此而交战，臣便是千古罪人。"

"哼！"一声冷哼从漏卧国使者的鼻间传出，这位使者其貌不扬，却飞扬跋扈，一脸蛮横，冷笑道："你死尚不足惜，可灵竹公主乃千金之躯，她若有个三长两短，纵是杀了你全家，只怕也无以相抵。"

陈平的眉锋一跳，整个人顿时变得可怕起来，厉芒暴出道："陈平的命的确不如公主尊贵，但也不想糊里糊涂而死，你既是漏卧王派来的使者，我倒有几个问题欲请教阁下！"

漏卧国使者冷不丁地打了个寒噤，跳将起来，虚张声势道："你算什么东西？竟敢这般对本使说话？"

夜郎王眼见陈平眉间隐伏杀机，咳了一声，道："他不算是什么东西，只是我夜郎国赖以支撑的三大家族的家主而已，你虽然贵为漏卧国使者，还请自重。"

夜郎王说得不卑不亢，恰到好处，无形中让陈平有所感动。眼看国家面临战火，身为一国之君并没有一味迁怒于臣子，一味着急，反而首先想到维护自己臣子的尊严，这夜郎王的确有其过人之处。

漏卧国使者见夜郎王一脸不悦，不敢太过狂妄，收敛了自己的嚣张气焰，道："大王请恕在下无礼，实在是因为敝国公主平白失踪，让人极为着急所致。再说夜郎、漏卧两国一向交好，倘若为了这种事情大伤和气，正是亲者痛、仇者快，岂不让两国百姓痛心？"

"正因如此，我们更要冷静下来，商量对策，使得真相早日大白。倘若一味怪责，只怕于事无补。"夜郎王道。

"大王见教得是。"漏卧国使者狠狠地瞪了陈平一眼道。

陈平微微一笑，并不在意，而是上前一步道："灵竹公主此行夜郎，住在临月台中，为的是观摩两日后举行的棋赛。这一切似乎非常正常，并无纰漏，但只要细细一想，就可发现其中问题多多。"他的目光在夜郎王与漏卧国使者的脸上扫了一下，继续说道："第一，灵竹公主每年总有三五回要来通吃馆内一赌怡情，一向住在通吃馆的飞凰院，可是这一次，她却选择了临月台；第二，她所带的随从中，这一次不乏有生面孔出现，就是这一帮人，就在公主失踪的头天晚上，还企图对我不利。我想请问，这一帮人究竟是什么人？何以能打着公主的幌子进入我通吃馆内？他们与公主的失踪究竟有什么联系？"

漏卧国使者似乎早有对策，微微一笑道："你所说的问题，其实都不是问题。灵竹公主心性乖张，飞凤院住得久了，自然烦闷，所以搬到临月台小住几日，这是再正常不过的事情。你之所以有此怀疑，不过是巧合罢了；第二，她所带的随从中，是否有你说的这一帮人存在，空口无凭，尚待考证，至于你说的这些人曾经企图对你不利一事，无根无据，更是无从谈起，所以我无法回答你的问题。我只知道，人既然是在你通吃馆内失踪的，你就有失职之责，若今夜子时再无公主的消息，就休怪我国大王不仁不义！"

陈平淡淡一笑，笑中颇多苦涩，道："欲加之罪，何患无辞？既然如此，我也无话可说，请使者大人先下去休息，今夜子时，我再给你一个交代。"

漏卧国使者冷哼一声道："我心忧公主安危，哪里还有闲心休息？还请大王多多用心才是。"

夜郎王的脸上现出一丝忧虑，一闪即逝，淡淡而道："这不劳使者操心，灵竹公主既然是在我国失踪，本王自然会担负起这个责任，你且下去，本王还有事情要与陈平商议。"

漏卧国使者不敢再说什么，只得去了。

当下陈平跪伏于地，语音哽咽道："微臣无能，不仅没有办好大王委托的事情，而且出此纰漏，惊动了大王圣驾，真是罪该万死！"

夜郎王一脸凝重，扶起他来道："这事也不能怪你，本王看了你就此事呈上的奏折，看来漏卧王此次是有备而来，纵然没有灵竹公主失踪一事，他也会另找原因，兴师问罪。因此，本王早已派出精兵强将，在漏卧边境设下重兵防范，一旦战事爆发，孰胜孰负，尚未可知，本王岂能将此事之罪怪责到你的头上呢？"

"可是此事的确是因微臣而起，纵然大王不怪罪，微臣也实难心安。"陈平一脸惶然道。

夜郎王道："身为一国之君，本王所考虑的事情，更多的是放在国家的兴衰存亡之上，区区一个漏卧王，尚不是本王所要担心的。本王担心的倒是两日之后的棋赛之约，此事关系铜铁贸易权的归属，谁若得之，中原天下便可先得三分。"

陈平道："照大王来看，在刘、项、韩三方之中，谁最有可能最终成为这乱世之主？"

"这就是本王要让你举办棋赛的原因。"夜郎王一脸沉凝道："因为目前天下形势之乱，根本让人无法看清趋势。这三方中的任何一人都有可能成为这乱世之主，所以我们谁也得罪不起。谁都明白，真正能够撼动我夜郎百年基业的力量，是中原大地。"

"于是大王才将这贸易权的决定权交给微臣，让微臣摆下棋阵，以棋说话？"陈平微微一笑道。

"这是惟一不会得罪这三人的决定方式，能否得到这贸易权，就在于棋技的高下，赢者固然高兴，输者也无话可说，只能怨天尤人。如此一来，在无形之中我夜郎便可化去一场倾国劫难。"夜郎王的目光炯炯，沉声道。

"但是现在灵竹公主失踪，漏卧王又陈兵边境，只怕棋赛难以进行下去了。"陈平轻叹了一口气道。

"没有任何事情可以阻挡本王将棋赛举办下去的决心，如果过了今夜子时，灵竹公主依然没有消息，本王不惜与漏卧大战一场，也要保证棋赛如期举行！"夜郎王刚毅的脸上棱角分明，显示出了他果敢的作风与坚毅的性格。

陈平深深地看了夜郎王一眼，没有说话，他所担心的是，任何一场战争，无论谁胜谁负，最终遭殃的只能是百姓，所以若能避免不战是最好的结局。但他却知夜郎王绝不会为了一些百姓的死活而干扰了他立国之大计，在夜郎王的眼中，更多考虑的是一国，而不是一地的得失。

夜郎王显然注意到了陈平略带忧郁的眼神，缓缓一笑道："当然，身为一国之君，本王也不希望在自己国土上发生战事，所以此时距子夜尚有半日时间，能否不战，就只有全靠你了。"

陈平苦涩地一笑，道："三天都过去了，这半日时间只怕难有发现。微臣与刀苍城守几乎将金银寨掘地三尺，依然一无所获，可见敌人之狡诈，实是让人无从查起。"

"谋事在人，成事在天，真是尽力了，本王也不会怪你。"夜郎王一摆手道。

"也许我知道灵竹公主的下落，不知大王与陈兄是否有兴趣听上一听呢？"就在这时，铜寺之外传来一阵爽朗的声音，随着脚步声而来的，竟是失踪三日之久的纪空手，在他的身旁，正是龙赓。

陈平不由大喜，当下将他二人向夜郎王作了介绍。

"左石？"夜郎王深深地凝视着纪空手，半晌才道："你绝非是一个无名之辈，但你的名字听起来怎么这样陌生？"

"名姓只是代表一个人的符号，并没有太大的意义，一个人要想真实地活着，重要的是过程，而不是想着怎样去留名青史。"纪空手微微一笑道："否则的话，活着不仅很累，也无趣得紧，又何必来到这大千世界走上一遭呢？"

他说的话仿如哲理，可以让人深思，让人回味，就连夜郎王也静下心来默默地思索，可陈平与龙赓不由相望一眼，似乎不明白失踪三日之后的纪空手，怎么说起话来像打机锋，深刻得就像是他已勘破生死。

难道这三天中发生了什么意外事情，让他突然悟到了做人的道理？抑或是他曾在生死一线间徘徊，让他感悟到了生命的珍贵？

第三章
刀剑同行

　　纪空手跃入水中的刹那，顿时感到了这湖水的彻寒。

　　但他惟有让自己的身体继续沉潜下去，一直到底，然后在暗黑一片的湖底艰难前行。

　　走不到百步之遥，他陡然发觉自己的身体向左一斜，似乎被什么物体大力拉扯了一下，迅即融入到一股活动的水流当中，缓缓前移。

　　随着移动的距离加长，纪空手感到这股暗流的流泻速度越来越快，牵引自己前行的力量也愈来愈大，刚刚有点愈合的伤口重又撕裂开来，令他有一丝目眩昏晕之感。

　　他心中一惊，知道自己必须在最快的时间内离开这道暗流，而且必须尽快浮出水面。虽然自己凭借着补天石异力还可以在水下支撑一定的时间，但体内的血液始终有限，一旦流尽，便是神仙也难救了。

　　幸好距这暗流的终点尚有一定的距离，所以暗流产生的力量并不是太大，纪空手的异力在经脉中一动，便得以从容离开这道暗流的轨道。

　　他对位置感和方向感的把握似乎模糊起来，无奈之下，只能沿着湖底的一道斜坡向上行进，走了不过数百步，坡度愈来愈大，他心中一喜，知道自己已经离岸不远了。

　　血依然一点一点地在流，如珠花般渗入冰寒的湖水，形成一种令人触目的凄艳。纪空手的身形拖动起来缓慢而沉重，越来越感觉到自己难以支撑下去了。

　　不自禁地，他想到了红颜，想到了虞姬，甚至想到了虞姬体内未出世的孩子。在他的心中，顿时涌出了一股暖暖的柔情，支撑着他行将崩溃的身体。有妻如此，夫复何求？有子如此，夫复何求？纪空手甚至生出了一丝后悔。

　　他真的后悔自己为什么不能与她们相聚的时间变长一点，为什么不能放弃心中的信念，去享受本属于自己的天伦之乐。他身为孤儿，自小无家，所以对家的渴求远甚于常人，可是当他真正拥有家的时候，却没有将自己置身于家中，去感受家所带来的温暖，这难道不是一种讽刺？

　　但是纪空手的心里却十分明白，他不能这样做！他已别无选择，当他踏入这片江湖的土地上时，就注定了不属于自己，也不属于某一个人，他只属于眼前这个乱世，这个江湖。

　　这岂非也是一种无奈？

　　好冷，真的好冷，纪空手只感到自己的身体仿佛置身于冰窖之中，几乎冰封一般。当他感觉到自己的血液也凝固的时候，也许，他就离死不远了。

　　想到死，纪空手并不惧怕，却有一种深深的遗憾，他心里清晰地知道，成功最多只距他一步之遥，跨出这一步，他就可以得到这乱世中的天下，可是就在他欲迈出这一步的时候，他才知道，成功已是咫尺天涯。

　　他只感到自己的思维已经混乱，一种昏眩的感觉进入了他的意识之中，非常的强烈，然后，他就觉得自己的身体陡然一轻，向上浮游，升上去，升上去……就如霸上逃亡时所用的气球……

　　他失去知觉时听到的最后一点声音，是"哗啦……"一声，就像是一条大鱼翻出水面的声音。

　　……

　　一缕淡淡的幽香钻入鼻中，痒痒的，犹如一只小虫在缓缓蠕动。

　　这是纪空手醒来的第一个意识，当他缓缓地睁开眼睛时，这才知道此刻正置身于一个女人的香闺之中，躺在一张锦被铺设的竹榻上。

　　"你终于醒了。"一个银铃般的声音传了过来，接着纪空手的眼前便现出一张美丽而充满青春活力的俏脸。

　　纪空手微微一笑，点了点头。

　　阳光明晃晃的，影响了他的视线，使他要换个角度才能看清这女子的装束。她相貌娟秀，身段苗条美好，穿一身异族服饰，水灵灵的眼睛紧盯着纪空手的脸，巧笑嫣然。

　　"你是谁？我怎么会在这里？"纪空手感到自己的伤口已然愈合，不痛却痒，似有新肉长成，淡淡的药香自伤处传来，显然是被人上药包扎过。

　　"我叫娜丹，是这座小岛的主人。你昏倒于岸边，所以我就叫人把你抬到这里来。"少女笑吟吟地看着他，没有一点居功自傲的样子，好像出手救人是她本应该做的事情。

"难道这里只是湖中的一个小岛?"纪空手显然吃了一惊。

"你不用怕,只要到了我这座无名岛,就没有人敢上岛来追杀你。"娜丹的嘴角一咧,溢出了一股自信。

纪空手怔了一怔,看看自己的伤口包扎处。谁见到了这么长的伤口,一眼就可以看出这是被人刺伤的,娜丹这样聪明的女孩,当然不会看不出来。

"你真的有这么厉害?难道你是天魔的女儿?"纪空手很想放松一下自己紧张的神经,是以随口一说。

"也许在别人的眼中,我比天魔的女儿更可怕。"娜丹莞尔一笑,语气很淡:"因为我是苗疆的公主,说到毒术与种蛊,天下能与我比肩的人不多,最多不会超过三个。"

纪空手并不感到吃惊,只是笑了笑道:"幸好我没有得罪你,否则你给我下点毒,或是种点蛊,那我可惨了。"

娜丹的目光紧盯住纪空手的眼睛,一动不动道:"你已经够惨了,不仅受了伤,而且你的身体的确中了毒,是一种非常下流的毒。"

说到这里,她的脸禁不住红了一下。

纪空手又怔了一下,他还是第一次听人这样来形容毒的,不由奇道:"下流的毒?"

"是的。"娜丹的脸似乎更红了,但是她的目光并未离开纪空手:"这种毒叫‘一夜情’,是一种用春药练成的毒药。中了此毒之人,必须与人交合,然后脱阳而亡。"

纪空手没有料到她会这么大胆,毫无避讳就将之说了出来,不过他听说苗疆的女子一向大方,对男女情事开放得很,是以并不感到惊奇。他感到诧异的倒是娜丹前面说过的一句话,既然自己中了毒,何以却没有一点中毒的征兆?

娜丹显然看出了他眼中的疑惑,淡淡而道:"你之所以还能活到现在,是因为你中毒不久,就深入冰寒的湖水中,以寒攻火,使得毒性受到克制,暂时压抑起来,再加上我正好是个解毒的高手,所以就将这种毒素替你祛除了。"

"这么说来,我岂非没事了?"纪空手笑道。

"恰恰相反,你身上的春药还依然存在,春药不是毒,只是催情物,是以没有解药可解。"娜丹的脸更红了,就像天边的晚霞,低下头道:"除了女人。"

纪空手吃了一惊,他倒不是为了娜丹最后的这句话而吃惊,而是就在他与娜丹说话之间,他的确感到了丹田之下仿佛有一团火焰在慢慢上升,他是过来人,当然知道这将意味着什么。

他感到体力已经迅速回复过来,当下再不迟疑,挣扎着便要站将起来。

"你要干什么?"娜丹一脸关切,惊呼道。

纪空手苦笑一声道:"在下既然中了此毒,当然不想等到毒发之时害人害己,在姑娘面前出丑,是以只有告辞。"

娜丹以一种诧异的眼神盯着他道:"你难道在这里还有女人不成?"

纪空手摇了摇头道："没有。"

娜丹道："你可知道中了春药的人若是没有女人发泄，几同生不如死？"

"纵是这般，那又如何？"纪空手的脸上已有冷汗冒出，显然是凭着自己强大的意念在控制着药性的发挥，终于站起身来道："姑娘的救命之恩，在下没齿难忘，他日再见，定当相报。"

他跟跄地走出香闺，才知这是一座典雅别致的竹楼，掩映于苍翠的竹林中，有种说不出的俊秀。可惜他无法欣赏眼前的美景，药性来得如此之快，让他的浑身如同火烧一般，情绪躁动，难以自抑。

只走出几步，他整个人便坐倒在竹楼之下，气息浑浊，呼吸急促，身下的行货如枪挺立，硬绷得十分难受。

他头脑猛一机伶："静心！"只有静心，才能使潜藏在自己体内的兽性受到制约，可是当他深深地吸了一口气时，仿如一团火焰的气流却涌上心头，几欲让他头脑爆裂。

直到这时，他才豁然明白，在这个世上，的确是除了女人，再无这种春药的解药了。因为此时此刻，他脑子里所想的，不是红颜，就是虞姬，全是他们之间缠绵动人的场面。

昏昏然中，他已完全丧失了理智，开始撕裂自己的衣物。

就在这时，一声悠扬的笛声响起，在刹那间惊动了纪空手已然消沉的意志。当他满是血丝的眼睛循声而望时，却看见一个少女的胴体在清风中裸显出来，该凹的凹，该凸的凸，健美的体形始终跳动着青春的旋律。

"红颜，真的是红颜！"纪空手喃喃而道，几乎不敢相信自己的眼睛，缓缓站了起来，一步一步向那美丽的胴体靠了过去。

当他相距胴体不过三尺之距时，已闻到了一股淡淡的处子幽香，这幽香恰似一粒火种，诱发了他心中不可遏制的兽性。

他低嚎一声，犹如一匹发情的野狼般扑了上去……

当他醒来时，他的人依然躺在竹楼香闺的床榻上，斜照的夕阳从竹窗中透洒进来，斑斑驳驳，分出几缕暗影。

在他的身旁，多了一位如花似玉的美女，赤裸着身体，正是娜丹。

纪空手不由大吃一惊，再看自己的身上，竟然是同样的自然天体。

"难道刚才发生的一切并不是梦，并不是红颜与我共赴巫山云雨，而是……？"想到这里，纪空手几乎吓出了一身冷汗，随手找了一件锦缎裹在身上，再看娜丹时，却见她的脸上似有一股倦意，安然沉睡，犹胜春睡海棠，脸上隐有泪光，但又有一丝满足和甜美散发出夺人神魂的艳光。

"怎么会是这样呢？"纪空手蓦然恢复了自己丧失理智前的所有记忆，当时自己明明走出了竹楼，远离美女，何以最终两人却睡到了一起？

更让纪空手感到心惊的，是床榻锦被上隐见的片片落红的遗痕，这一切证明了一件事，那就是娜丹以处子之身化去了他所中的春药之毒，这无法不令纪空手感到内疚与感动。

纪空手缓缓地站到了窗前,轻轻地叹息了一声。他之所以叹息,是不明白娜丹何以会对萍水相逢的自己作出如此巨大的牺牲,更让他感到惭愧的是,即使是在丧失意识的时候,他也只是将身下的女人认作红颜,而不是娜丹。

背后传来娜丹惊醒的娇吟声,她显然听到了纪空手的这一声叹息。

她没有说话,只是静静地看着纪空手那健美有力的背影,俏脸微红,似乎又想到了刚才可怕却又甜美的一幕。

"还痛吗?"纪空手不敢回头看她,只是柔声问了一句。

"你为什么不敢回头?"娜丹却没有回答他的话,只是轻轻地问了一句。

"对不起,我不是故意的,我从来没有想过要冒犯于你。"纪空手缓缓地转过头来,与娜丹的目光相对。

娜丹淡淡一笑道:"你没有必要内疚,一切都是我心甘情愿的,因为,我喜欢你。"

她的确是敢爱敢恨,在某种意义上来说,她似乎比纪空手更有勇气。

纪空手只能默然无语。

"在我们苗疆,处子的丹血本就是献给最心爱的情郎的。从第一眼看到你时,虽然你脸无血色,昏迷不醒,但我却知道你就是我等了多年的情郎。所以,我一点都不后悔。"娜丹嫣然一笑,就像是一朵才承雨露的野花,娇艳而充满了自然清新的韵味。

纪空手本就不是一个太拘小节之人,娜丹的大度让他有所释怀,面对少女热烈的爱,他不忍拒绝,一把将之搂入自己的怀中,道:"你这样做岂不是太傻?"

娜丹摇了摇头道:"就算我不爱你,也依然会这样做。因为我们苗疆人没有见死不救的传统,能为一条人命而献出自己的处子之身,这不是耻辱,而是我们苗疆女人的无上光荣。"

纪空手还是头一遭听到这种论断,虽觉不可思议,但仍为苗疆女子的善良纯朴所感动。

"我一定不会辜负你的。"纪空手轻抚着她光滑的背肌道。最难消受美人恩,对纪空手来说,他愿意为自己的每一次风流付出代价。他始终认为,这是男人应尽的责任。

"你错了,我爱你,却不会嫁给你,因为我知道你的身边还有女人。按照我们苗疆女子的风俗,我把处子之身交给我爱的人,却把自己的一生交给爱我的人,只有这样,我才是最幸福的女人。"娜丹笑得很是迷人,毫不犹豫地将纪空手紧紧抱住,轻喘道:"所以,我并不介意你再来一次,希望这一次当你兴奋的时候,叫的是我的名字。"

纪空手还能说什么呢?他什么也不必说,他只是做了他应该做的事,那就是以自己最大的热情去融化怀中的女人,在她的心上,深深地刻下自己的名字。

……

"给你下毒的人一定是个高手!"娜丹说这句话的时候,衣裙整齐,就靠在纪空手的身上。当她听完纪空手所讲述的经过时,脸上出现了一种对英雄式的狂热崇拜。

"不错,李秀树身为高丽亲王,他的手下的确是高手如云,这一次我能死里逃生,不得不说是侥幸所致。"纪空手经历了生死一战之后,不由得对李秀树作出了重新的估量。

"幸运永远不会眷顾于同一个人,如果有,只是因为他有超然的实力。"娜丹紧盯着纪空手的眼睛,微微一笑道:"这是我们族人中的一句谚语,却是你的最好写照。没有人会拥有永远的运气,只能是拥有永远的实力,你能创造出这样的奇迹,绝非侥幸可得。"

纪空手笑了笑,便要去搂她的小蛮腰,谁知她却像一只滑溜的鱼儿般挣了开来,发出了一阵银铃般的笑声。

"我不许你摸,摸着我我就想要,那样只怕要累垮你。"娜丹的眼睛一眯,斜出一片迷人的风情。

"你真像是一只吃不饱的小馋猫,不过,就算累垮了我,也是我心甘情愿的。"纪空手笑嘻嘻地与之捉起了迷藏,只几下,就将她拥入怀中,两人坐于窗前,静观着天上的那一轮明月。

"你后悔吗?"纪空手突然问了一句。

"你怎么会说起这个话题?"娜丹笑了一笑,有几分诧异。

"因为我只是一介游子,过了今晚,也许我就会离你而去。"纪空手淡淡而道,眉间却隐含一丝伤感。

"你本就不属于我,所以我并不后悔,我只是想问,你究竟是左石,还是纪空手?"娜丹平静地说出了惊人之语。

纪空手的脸色一变,只是深深地盯了她一眼,道:"我就是纪空手。"虽然他刻意想隐瞒自己的身分,但面对娜丹那双清澈纯真的眼睛,却不忍以谎言相对。

他与红颜的故事,早已传遍了天下,所以当他在失态之下叫出"红颜"的名字时,娜丹就已经明白骑在自己身上的猛男是谁,她并没有感到太多的意外,因为她一直有这样的直感,那就是自己喜欢的男人,本就不应该是一个平凡的人。

只有非凡的英雄才能驯服这匹美丽而充满野性的烈马,这种梦幻般的画面正是娜丹所求的,所以当纪空手向她道出身分之后,她只是幽然一叹:"该走的终究要走,其实在你的心中,已经装不下任何东西,你所装下的,只有天下。"

"对不起……"当纪空手说出这三个字的那一刹间,他突然觉得自己好累好累,身心俱疲,仿佛在自己的身上背负了一座沉重的大山,压得他几乎喘不过气来。

他只不过是淮阴城的一个整天无所事事、无忧无虑的小无赖，不过是机缘巧合，才使他涉足江湖。在他小的时候，最远大的抱负也无非是娶妻生子，平安一生。而如今，上天却要让他去面对天下，去面对那永无休止的争斗搏杀，他又岂能不累？

他真想就呆在这个岛上，接来红颜、虞姬，与美人相伴，归隐山林，终老此生，那岂非也是一桩令人幸福的事情？到了那个时候，什么天下，什么百姓，什么恩怨情仇，什么人情淡薄……统统都滚他娘的蛋，俺老纪只想抱着老婆，逗着儿女，过一过只有柴米油盐的日子，大不了再做一回无赖。

他真的是这么想的，至少在这一刻，当他看到娜丹那明眸中透出的无尽留恋时，他有一种不可抑制的冲动。

可是，他知道，他可以这么想，却不能这么做，这是别无选择的事情。人与畜生最大的区别，就在于他明白在自己的身上，除了吃喝拉撒之外，还有一种责任。

"你来这里，难道就是为了向我说出这三个字的吗？"娜丹欲笑还嗔，斜了他一眼道："其实我知道你现在的心里，想的最多的人并不是我，而是另一个女人。"

"我可以发誓……"纪空手有些急了，却见娜丹的香唇贴了上来，堵在了他的嘴上。

半晌才到唇分时刻，娜丹带着微微娇喘道："我说的是灵竹公主。"

纪空手搂着她盈盈一握的小蛮腰，眼睛一亮道："莫非你认得她？"

"岂止是认得，我们简直是最要好的朋友。漏卧王一向与我父王交好，所以我们在很小的时候就已认识，结成了最投缘的姐妹，每年的这个时候，我们都会相约来到夜郎住上一阵，惟有今年，她比我来得早了一些，彼此间还没有见上一面。"娜丹微微笑道。

"可是她却失踪了。"纪空手心有失落，既然她们还没有来得及见面，娜丹当然不会知道有关灵竹公主更多的消息。

娜丹从怀中取出一个香囊，清风吹过，满室皆香，纪空手深深地吸了一口气道："好香！"

"我真想把它送给你留作纪念，可是却不能，因为它们原是一对，象征着我与灵竹公主的友谊。"娜丹一字一句地道："这香囊中的香气十分特别，不管是揣在怀里，还是藏于暗处，我只要放出一种驯养的山蜂，若灵竹尚在十里范围之内，它就可以带我找到。"

纪空手不由大喜道："既然如此，我们还犹豫什么呢？"

娜丹摇了摇头道："我不能带你去，除非你能答应我一件事情。"

纪空手奇道："什么事？"

"因为我和灵竹是要好的朋友，所以无论灵竹怎么得罪了你，你都一定要原谅她。"娜丹的脸上现出了少见的严肃，幽然接道："我知道她是一个心地善良的姑娘，若非情不得已，她绝不会去轻易伤害别人的。"

纪空手蓦地想到那一夜在铁塔之上，灵竹公主那有些怪异的眼神，心中一动道："其实我知道她是心地善良的姑娘，她所做的一切也无非是兑现当年她父王对李秀树的一个承诺。我目前要做的事情，就是找到她，将之毫发无损地交到漏卧王手中，让漏卧王没有出兵的借口，仅此而已，并没有其它的恶意。"

"她害得你这么惨，难道你不恨她？"娜丹看了看他那尺长的伤口道。

"我没有理由恨她，因为我知道她的背后是李秀树。就算我有恨她的理由，却因祸得福，让我得到了你，这足以让我忘却这段仇恨。"纪空手说到最后，似笑非笑，将娜丹紧紧地揽入怀中。

……

当一群细小的山蜂嗡嗡飞向半空时，纪空手与娜丹也乘舟离开了小岛，直到这时，纪空手才发现这小岛并非如自己想象中的那般宁静，在竹影暗林中，数十道人影悄无声息地担负着小岛的安全警戒。

"看来你的派头并不小。"纪空手微微一笑，道："我第一次看到你时，以为来到了蓬莱仙岛，碰上了一个出尘脱俗的仙子，心里还好生激动哩！"

娜丹并没有笑，只是紧紧地拉着纪空手的手道："我也不想这样，可是谁叫我是苗疆的公主呢？若不是想自由自在地过一种普通人的日子，我也不会每年跑到夜郎来了。"

"其实世上的事就是这样，当你一无所有的时候，便希望拥有一切，而当你拥有一切的时候，所得到的东西就成了你的累赘，反而让你失去了自由。"纪空手微微笑道，说出了一句近乎哲理的话，然而他的笑意刚刚浮现脸上，却突然凝固。

"难道自己所做的一切不是正像这样吗？"纪空手心中一震。他曾经一无所有，随着个人的努力，得到了权势，得到了地位，得到了以前连想都不敢想的东西，但却并不感到幸福，当责任成为一种枷锁，禁锢了自由时，他才发觉，也许随意的生活才是人最大的幸福。

他苦笑了一声。

很快舟抵湖岸，两人下船，不疾不徐地跟在山蜂之后，穿街过巷。

"如果另一只香囊不在灵竹公主身上，我们恐怕就会白走一趟了。"纪空手拉着娜丹的小手在人流中穿行，突然想到了什么，似声道。

这种可能性并非不存在，对于纪空手来说，此时的时间是最重要的，如果再不能找到灵竹公主，那么对于夜郎这个国家，对于夜郎这个国家的子民，无疑是一场大的灾难。

"就算白走一趟，我们也要走，难道不是吗？毕竟我们别无选择。"娜丹安慰他道。

再走两条大街之后，纪空手突然发现眼前的建筑与店铺都有种似曾相识之感，正欲说话，却听娜丹"咦……"了一声，道："这不是北齐大街吗？"

纪空手灵光为之一现，刹那之间，他终于明白了灵竹公主的藏身之处。

"最危险的地方，其实也是最安全的地方。因为在每一个人的意识之中，都认为危险的地方戒备森严，没有人会甘冒风险藏匿其中。正因人人都有这样的想法，就往往会将最危险的地方忽略。这样一来，反成了对方最安全的地方。"纪空手在夜郎王、陈平、龙赓三人的注目之下，展开了他的大胆推理。他之所以如此自信，是因为还有娜丹站在门外，那群山蜂就停在门外的一丛茶花中。

"李秀树无疑是一个非常聪明的人，他布下的每一个局都经过了巧妙的构思而成，是以结果总能出人意料之外。我们听到灵竹公主失踪的消息之后，一开始就步入误区，认为灵竹公主已被李秀树劫持出了通吃馆，而且派出的人也一直跟踪到了八里香茶楼。"纪空手的思路非常清晰，是以讲述起来丝毫不乱："于是，有了这个先入为主的思想，我便顺着这条线路追查过去，很快就发现李秀树好像是有意让我发现他们的行踪，有诱敌深入的感觉。"

"你既然预感到了这种危机，何以还要继续前行？"夜郎王似有不解道。

"因为我别无选择。"纪空手看了看陈平与龙赓，微微一笑道："他们都中了胭脂扣的毒，在这种情况下，我惟有义无反顾。"

陈平与龙赓的眼中无不流露出一种东西，就是感动。

"然而事态的发展显然出乎了我的意料，在经过了生死博杀之后，我发现，无论是李秀树，还是灵竹公主，他们根本不在那艘大船上，他们只是以灵竹公主作幌子，为我专门布下了这场杀局。"纪空手看似轻描淡写，一句带过，但陈平与龙赓却知道纪空手必定经历了九死一生，才能得以全身而退。否则，以纪空手的身手，又怎会受人如此重创？

"他们不在船上，会在哪里？"纪空手笑了笑道："这已经成了我心中的一个悬念，只有当我与娜丹公主来到北齐大街时，才蓦然明白了李秀树玩的花样。"

"娜丹公主？"夜郎王与陈平吃了一惊，显然对这个名字并不陌生，向门外看去，只见娜丹盈盈一笑，然后转头望向那一丛盛开的茶花。

"如果我不是遇上了娜丹公主，只怕我已经葬身鱼腹了。"纪空手知道娜丹不想介入到这种是非漩涡，是以才不进来。由此可见，她能出手相救自己，的确是出于一片真情，这不由让纪空手感激地望了她一眼，苦涩而道。

龙赓轻轻地拍了一下他的肩道："我想，从此之后，这种事情不会再发生了，因为在你的身边，至少还有我。"

他说这句话时，整张脸就像是一块铁石，也许无情，却坚定，更有一种对信念与朋友的忠诚。

"当然不能少了你。"纪空手微笑而道："以李秀树的武功与心智，要想置他于死地，没有你还真是不行。"

夜郎王一怔，道："这灵竹公主与李秀树到底藏身在哪里呢？"他一直等着纪空手说出结果，心里都有几分急了。虽然他从纪空手的话里隐约猜到了一些，却不敢肯定。

陈平和龙赓都将目光投在纪空手的身上，只听得纪空手一字一句地道："如果我所料不错，他们应该一直就在临月台。"

这个结果虽然有些匪夷所思，却是最有可能出现的结果。惟有如此，才能解释李秀树的所作所为，才使得一切事情变得合乎情理。金银寨人口不过数万，以陈平的势力尚且查不到他们的一点线索，这只能说明他们的藏身之处就在通吃馆内。

这就是所谓的"灯下黑"。

因为李秀树算定了人们通常的思维习惯，既然灵竹公主是在通吃馆内失踪的，就不会有人想到灵竹公主会藏身通吃馆。这样一来，通吃馆反而成了最安全的地方，即使纪空手、陈平等人把金银寨搜个底朝天，也不会想到灵竹公主其实就在他们的眼皮底下。

这个计划不仅大胆，而且奇绝，也惟有像李秀树这样的奇才能够想得出来。虽然纪空手从一开始就有些疑心，却也没有料到李秀树会如此狡诈。

然而天网恢恢，疏而不漏，却让纪空手遇见了娜丹。偏偏娜丹又与灵竹公主相识，当那群山蜂追着香气来到北齐大街时，纪空手灵光一现，才终于明白了李秀树这个大胆的计划。

"我们现在应该怎么办？"夜郎王的脸上出现了几分惊喜，随即又多了几分隐忧。当他得知灵竹公主的下落时，心里不松反紧，又担心起灵竹公主此刻的生死来。

"现在最大的问题，就是灵竹公主在李秀树的手上，虽然这里面不排除灵竹公主是和李秀树合伙串谋演了这么一出戏，但我们还得防范李秀树在形踪暴露之后，狗急跳墙，真的将灵竹公主劫作人质，甚至有可能对灵竹公主下毒手。"纪空手的眉头紧皱，考虑到采取行动之后有可能引发的结果，心里也有几分隐忧。因为他心里明白，对手既然是李秀树，那么就有可能发生一切可能的事情，无法以常理度之。

"灵竹公主一死，只怕我们与漏卧国的这一战就势难避免了。"陈平一脸沉重地道。

"所以我们要防患于未然，尽量避免这种情况的发生。为了保险起见，从现在开始，我们对临月台采取明松暗紧的方式，在临月台四周布控，形成一个非常严密的包围圈，然后由我与龙兄设法潜入临月台，营救灵竹公主。"纪空手沉吟半响，说出了自己的营救方案。

龙赓一脸凝重道："可是我们无法确切的知道灵竹公主的具体位置，贸然行动，一旦被李秀树发现了我们的行踪，只怕会加速灵竹公主死亡的速度。"

纪空手微微一笑道："谁说我们不知道灵竹公主的藏身位置？也许人不知

道,但有一种东西肯定知道。"说到这里,他的目光已落在了门外嗡嗡直飞的那群山蜂上。

临月台位于铜寺铁塔不过数百米之距的一个小岛上,以廊桥走道与其它建筑相连。既不排除在整个通吃馆建筑群之外,又是一个单独的整体,环境幽雅,风格迥异,怪不得灵竹公主会看中此地,成为自己在通吃馆的落脚点。

夜郎王与纪空手等人守在临月台出口的一个隐密所在,看着上百名夜郎高手悄然进入指定位置,形成了数道伏击圈后,这才望向纪空手与龙赓道:"此事事关我夜郎国的和平大计,只有辛苦二位了。"

纪空手与龙赓望了陈平一眼,然后对夜郎王恭身行礼道:"大王但请放心,我们一定尽力而为。"

纪空手转身的一刹那,与人在一株树后的娜丹相视一眼,见她一脸紧张与关切,心中一动,微微地笑了一下,这才开始行动。

为了避免临月台中的人起疑,娜丹只放出了七八只山蜂引路,纪空手与龙赓伏下身去,沿着廊桥的底部爬行而去。

桥下便是平滑如镜的湖水,桥桩深入湖水之中,一眼望去,足有上千根之多,惟有如此,才能承荷起这千米廊桥的重量,而纪空手与龙赓正可藉着这些粗若桶形的桥桩掩身前进。

这两人不仅武功高绝,而且心智出众,往往一个眼神,已知对方心意,是以两人配合十分默契,很快行至廊桥的一半,正在这时,纪空手的心中一动,似乎听到了什么动静。

他的耳目之灵,自从有了补天石异力辅助之后,方圆十丈范围的动静都难以逃出他感官的捕捉。

此刻天色渐暗,本来他们可以在天黑之后行动,但由于时间紧迫,必须争分夺秒,是以才会决定提前行动。

然而行动提前,势必给他们的行动带来诸多不便,生怕自己的行踪被敌人所发现。因为他们心里清楚,这临月台看似宁静,其实步步惊心,稍有不慎,形势就会急剧变化,朝不利于他们的方向发展。

纪空手听到的是两股似有若无的气息,气息的来源就在前方十丈外的桥桩之后。李秀树显然考虑到了敌人有可能从桥下侵袭而来,是以在桥下设伏了哨岗,这无疑给纪、龙二人前行增加了不小的难度。

从气息中听出,敌人的身手一般,充其量只是二三流角色,但要想悄无声息地将之干掉,肯定不行。因为在临月台上肯定还设有瞭望哨,监视着廊桥上下的动静。

纪空手的目光与龙赓对视一眼,似乎都认识到了问题的棘手。虽然他们可以等下去,但那空中的山蜂却不等人,慢悠悠地在空中嗡嗡飞行。

所以两人没有犹豫,以最快的速度沉潜入水中,没有发出一丝的声响,只在他们入水处生出一个内陷式的漩涡，泛出数道波纹扩散开来。

两人屏住呼吸，沉潜至水下一丈余深，然后形如大鱼前游。暗黑的水下世界并没有让他们丧失应有的位置感与距离感，凭着敏锐的感官触觉，他们在水下自如地游动着。

一盏茶功夫之后，就在纪空手看到小岛没入水中的山体时，他看到前方数丈处悬挂了一片网状物，连绵之长，环绕了整个小岛，显然是李秀树为了提防敌人从水下侵入布下的机关。

敌人防范如此严密，的确让纪空手感到了一种心理上的可怕，这也使得他在思想上给自己敲响了警钟。

他在水中给龙赓作了一个向上窜的手势，沿着桥桩缓缓地向上浮游，就在距水面不过数寸的空间里，贴耳倾听了一下水面上的动静，这才慢慢地冒出水面来。

廊桥的尽头是一座水榭，沿水榭往上，便是一行直通岛中的台阶，掩于树影之中，清风徐动，一片宁静。

纪空手并没有在思想上有任何的松懈，反而更加小心翼翼，因为他心里清楚，在静默的背后，涌动的是无限的杀机。

夜色一点一点地弥漫空际，迷蒙的月色下，山蜂依然嗡嗡前行，两人借着地势的掩护，从台阶两边的山石树木间向岛中跟进。

台阶直达一座几重房楼的大院，进入院里，守卫渐渐森严起来。每道建筑之前都挂满风灯，亮如白昼，纪空手与龙赓避过几处暗岗暗哨，终于看到了那七八只山蜂飞入了一座掩映于茶树之中的阁楼。

这座阁楼面积不大，却精致小巧，透过窗棂，灯光渗出，将阁楼四周的环境映衬为一个明暗并存的世界，更将这暗黑的空间衬得十分诡异，如同鬼域一般。

虽然相距还有十数丈，但在纪空手的心里，已经感受到了那似有若无、无处不在的压力。

山蜂既然飞入阁楼，那么证明了灵竹公主必在楼中，可是问题在于，这阁楼中除了灵竹公主之外，还有谁？

未知的世界总是让人感到新奇，在新奇之中必然觉得刺激，伴随刺激而来的，却只有杀机隐伏的危机。

纪空手当然不会幼稚到真的相信阁楼里会这般的宁静，他的飞刀已然在手，握刀的手上渗出了一丝冷汗！他虽然不能觉察到敌人的确切位置，但却可以感觉到敌人的气机正一寸一寸地逼近，那种无形却有质的杀气犹如散漫于寒夜中的冰露般让人情不自禁地心悸。

他与龙赓对视了一眼，只见龙赓的脸上也是一片凝重，毫无疑问，龙赓必定也感觉到了这股气机的威胁。

"嗖……"纪空手脑中灵光一现，飞刀蓦然出手。

"嗦啦……"一声轻响，沿飞刀所向的空间，突然多出了十数支劲箭，势头之烈，端的惊人。

纪空手与龙赓没有一丝的犹豫，就在箭出的同时，他们至少发现了三处敌人的藏身所在。

剑与人几成一体，和着清风而出，有一种说不出的飘逸。龙赓的身形快逾电芒，甚至赶到了清风的前端。

"扑……扑……"寒芒一闪间，龙赓的手腕一振，连刺五剑，正好刺入五名敌人的咽喉！其出手之快，这五人中竟然没有一人来得及做出反应。

与此同时，纪空手扑向了另一处藏敌之所，拳芒暴出，无声无息，却控制了前方数丈范围。当他的拳头连中三名敌人的胸膛时，就如击中面团一般，发出一种近似于无的沉闷声。

当两人完成出击之时，几乎用了同样的时间，刚刚掩好身形，便听到窗前闪出一道人影，低声哼道："谁！？"

窗外除了风声之外，并无人应答。

那人迟疑了一下，"呼……"窗户一张一合之下，一条人影如夜狼般窜出，竟然是那位"只手擎天"！

那只铁手在暗影中竟有光泽泛现，而他的脸上更透发出一股无法抑制的杀意。

此人出现在临月台，这就证明了纪空手判断的准确。如果纪空手要想在不惊动他人的情况下将之刺杀，难度实在不小。不过，纪空手似乎没有考虑这些，而是又从怀中取出了一把飞刀在手。

"铁手"显得十分谨慎，当他没有听到窗外的回音时，心里就"咯噔"了一下，隐隐觉得有点不对劲，等他来到窗外，闻到风中挟带的一丝血腥气时，他已然感觉到了杀机的存在。

然而他既没有叫喊，也没有退缩，而是等了半天，才踏步向前，这顿时令纪空手与龙赓都松了一口气。

这绝不是运气使然，而是"铁手"身分之高，乃是仅次于李秀树之下的人物，虚荣心与自尊心使他不能喊，也不能退，而是必须向前。

即使如此，"铁手"也显得非常机警，绝不冒进，一步一步地向纪空手藏身的一棵大树逼来。

就在这时，从小岛外的远处突然响起了一片隐隐约约的人声，虽然听不清晰，但四周的火光却映红了半空。

纪空手心中一喜，知道这是夜郎王与陈平按照原定计划采取公然闯入的方式，以吸引敌人的注意力，便于纪空手与龙赓能够更好地行动。时机拿捏之妙，恰到好处，这怎不让纪空手感到欣喜？

"铁手"又怎知其中的奥妙？本来疑心极重的他，禁不住停下脚步，怔了一怔。

一怔的时间，极短极短，也就是将流畅的意识顿了一顿的功夫。

然而，就在这一怔间，"铁手"似乎惊觉到了什么。

——在他左手方的茶树间，一道寒芒破影而出，无声无息，犹如疾进中的鬼魅。

"铁手"想也没想，就将铁手迎空振出，同时身形只进不退，连冲数步。

寒芒是剑锋的一点，带出的气势犹如烈马，树叶齐刷刷地断裂，却没有发出金属碰撞的脆响。

剑与铁手根本就没有接触，龙赓的意图，本就不是为了攻击而攻击，他的出手是另有深意。

剑从铁手边堪堪掠过，气流窜动间，龙赓的身形一闪而灭，又窜入一片茶树中间。

"铁手"不由愕然，刚刚缩回扬在虚空中的铁手，自己的背部竟然被一股平空而生的刀风紧罩其中。

这无疑是决定纪空手与龙赓此行是否成功的一招，是以纪空手出刀之际，不遗余力，一刀破空，誓不回头。

"铁手"眉锋一跳，心中大惊，纪空手杀出的这一刀其势之烈，角度之精，犹如梦幻般的神来之笔。

"铁手"虽然看不到背后的动静，却对这种刀势似曾相识。当这一刀挤入自己身体七尺之内时，他这才猛然意识到，自己所要面对的敌人竟是纪空手！

他的心里顿时漫涌出一股巨大的恐惧，想喊，却已喊不出，因为刀势中带来的压力足以让人窒息。

他十分清楚自己绝不会是纪空手的对手，而且在纪空手的一边，还有那名剑术奇高的剑客。然而，他的心里并不甘心束手待毙，而是心存侥幸，无论如何，他都必须出击。

"呼……"铁手如风轮般甩出，一振之下，犹如莲花绽放，在虚空之中幻生千万寒光，直迎向纪空手的飞刀。

他这形如格挡式的出击，还有一层用意，就是希望闹出一点动静，以惊起阁楼中人的注意。

"砰……"纪空手看出了"铁手"的意图，绝对不会让他创造出这种机会。就在刀势最烈的时候，他的飞刀偏出，趁着侧身的机会，陡然出脚。

脚的力道不大，却突然，就像是平空而生的利箭，踢向了"铁手"的腰间。

"铁手"要想避让时，已来不及，闷哼一声，已然倒退。他退的是那般无奈，竟忘了在他退却的方向，有一丛茶树，而在茶树的暗影里，还有一股凛凛的剑锋。

这不能怪他，因为他没有丝毫的喘息之机，整个人的意识都围绕着纪空手那飘忽不定的刀芒而转动，使得他在一刹那间竟然忘记了身后还有强攻守候。

美丽而跃动的弧线闪没虚空，如诗一般的意境展露于这夜空之中……

第四章
飓风行动

这一刀划出虚空,的确很美,仿佛在纪空手的手中,拿的不是刀,而是画师手中的笔,平平淡淡地画出了一种美的极致。

"铁手"眼中绽射出一道光芒,脸上尽是惊奇之色,他显然没有料到这一刀是足以致命的,整个人仿佛浸入了刀中所阐释的意境之中。

他没有任何格挡的动作,只是再退了一步,心中期待着这一刀中最美时刻的到来。

然而,他却没有看到这一刻的到来,在无声无息中,他感到身后突然有一道暗流涌动,以无比精确的角度,直透入他的心里。

是剑,来自于龙赓手中的一把剑。当这一剑刺入虚空时,其意境同样很美,可惜"铁手"却无法看到,永远无法看到。

"铁手"缓缓地倒下了,倒下的时候,两眼依然睁得很大,瞳孔中似乎依然在期待着什么。

他至死也没有明白,无论是刀,还是剑,它们最美的时刻,总是在终结的那一瞬间。热血如珠玉般散漫空中,犹如欢庆之夜半空中的礼花般灿烂……

"铁手"倒下的时候,他甚至来不及惊讶,而真正感到吃惊的人,居然是纪空手!

因为他怎么也没有料到,以"铁手"的武功,竟然在自己与龙赓的夹击之下几无还手之力。

这的确让人感到不可思议，"铁手"曾经与纪空手有过交手，在纪空手的印象中，此人单打独斗，也许不是自己的对手，但若是真正的击败他，恐怕不费点精神也难以办到。

难道说自己一旦与龙赓联手，彼此之间就能相得益彰，发挥出不可估量的威力？

纪空手带着这种疑惑，望向龙赓，然后彼此间都流露出心领神会的笑意。

然而在纪空手的心里，并没有感到有任何的轻松，虽说刚才的交手没有发出太大的动静，但以李秀树的功力，只怕还是难于逃过他的耳目。既然如此，何以这阁楼中依然能够保持宁静？

这令纪空手心生悬疑，同时更不敢有半点大意。他与李秀树只不过有一面之缘，但在一系列的事件中，他已领教了不少李秀树的厉害之处，面对这样的强敌，不容他有任何的疏忽。

他没有继续迟疑下去，作了一个手势，示意龙赓多加小心，同时蹑着脚步向阁楼逼近。

站到阁楼之外，纪空手的心里忽然生起了一种十分怪异的感觉，竟然感应到阁楼中只有一个人的气息。

只有一个人，是谁？为什么只有一个人？这令纪空手大惑不解。

不过对他来说，他遇上这种事情，通常就只用一种办法，那就是推开门看，而不会去胡思乱想。因为他始终认为，人的思想是考虑有一些价值的事情的，而不必浪费在这种马上便可以看到的事情之中。

"吱呀……"门果然开了，却不是纪空手用手推开的，也不是龙赓用剑抵开的，而是有人从门里拉开的。

门分两扇，站在门里的人竟然是灵竹公主！她的脸上毫无表情，目光无神，似乎有几分冷漠。

"你们终于来了。"灵竹公主淡淡而道，好像她事先预料到了纪空手会找到这里一般。

"你果然在这里！"纪空手的神情放松了不少。能够看到灵竹公主平安无事地出现在自己的眼前，纪空手便感到了自己所做的一切努力都没有白费。

"本公主一直就在这里，这里既是本公主所选的寝地，本公主不在这里，还会在哪里？"灵竹公主淡淡一笑，仿若无事般道。

纪空手的眼中暴出一道厉芒，直直地盯在灵竹公主的脸上，冷冷地道："你如果觉得这是一场好玩的游戏，那么你就大错特错了！你可知道，为了你失踪的事情，你的父王此刻正率兵三万，驻于夜郎国界，一场大战就要因你而起。"

他看着灵竹公主渐渐低下了头去，顿了顿道："战争是残酷的，一战下来，白骨累累；一人战亡，殃及全家。若是因你之故而伤亡千人，就将有数万人因你的这个游戏而痛苦一生。你于心何忍？"

灵竹公主的俏脸一红，显然心有触动，低语道："本公主也没有料到事情会变成这样，当年父王承诺高丽亲王，答应为他做成一桩大事，事隔多年，他既寻上门来，本公主为了兑现父王当年的承诺，当然只有出手相助。"

"你说得不错，一诺千金，重情重义，本是做人的本分，但是为了取信一人而损害到千万人的利益，这不是诚信，而是伤天害理！"纪空手缓缓而道："李秀树的用心之深，手段之毒，远非你这样的小姑娘所能了解的，如果夜郎、漏卧真的因你而发生战争，那么你将因你的无知成为漏卧的千古罪人！"

灵竹公主抬起头来，故意挺了挺胸脯道："本公主不是小姑娘，用不着你来对我说三道四！"

纪空手瞄了一眼她胸前高挺的部位，微微一笑道："你既然明白其间的利害关系，那是再好不过了，我也懒得多费口舌。我只想问你，李秀树他们现在哪里？"

这才是纪空手关心的话题，然而纪空手知道灵竹公主的个性乖张，性格倔强，倘若一上来就提起这个话题，她未必就肯——作答。而此刻灵竹公主的嘴上虽硬，可心里已经意识到了自己一时任性造成的恶果，已有补救之心，是以他才出口相询。

果不其然，灵竹公主迟疑了半晌，才吞吞吐吐地道："其实就在你们到来之前，他们还在这里，等到他发现来人是你们时，已经知道形迹败露，所以当机立断，抢在你们进来之前就走了。"

"走了？去了哪里？"纪空手心中一惊，问道。

"当然是离开了临月台，至于去了哪里，本公主就不得而知了。"灵竹公主道。

纪空手紧紧地盯着她略带红晕的俏脸，摇了摇头道："你在说谎！"

"放肆！"灵竹公主的眉头一皱，脸上顿有怒意："你既不信，无须再问，就算问了，本公主也再不作答！"

纪空手吐了吐舌头道："你又何必生气呢？我说此话，必有原因。你说李秀树他们已经离开了临月台，可我们明明人在外面，怎么就没有看到他们的身影呢？难道说我们的眼睛都已瞎了？"

他说出这话来，灵竹公主果然气鼓鼓地别过脸去，一副充耳不闻的样子。

正当纪空手无计可施之时，一阵脚步声从外面传来，竟是夜郎王与陈平率人闯了进来，在他们的身后，娜丹也跟随而来。

灵竹公主见了娜丹，好生亲热，两人叽叽喳喳地说了好一阵子，却听纪空手道："你好像还没有回答我的问题。"

灵竹公主怔了一怔，瞪他一眼。娜丹问明原由，红着脸在灵竹公主的耳边低语了几句。

灵竹公主脸上好生诡异，目光中似有一丝幽怨，冷冷而道："李秀树早在你们进入临月台前，就派人挖了一条通往岛外的暗道，那里藏了几条小舟，不经廊桥，他们就可出岛而去。"

纪空手心中一惊，这才知道自己与李秀树每次交锋，竟然都落入下风。对于这一点，他本该事先想到，毕竟北域龟宗与东海忍道都擅长土木机关，挖掘地道最是内行。

在灵竹公主的引领下，果然在一面墙下发现了一条可容双人并行的地道，龙赓正要跳入，却被纪空手一把拦住。

"此时再追，已经迟了，而且李秀树显然并不惧怕我们追击，否则他也就不会留下灵竹公主了。"纪空手非常冷静地道。

龙赓一怔之下，顿时会意。以李秀树的行事作风，他若真怕人发现地道，肯定会杀人灭口，所以他留下灵竹公主的原因，一来是不怕有人追击，二来灵竹公主既然性命无忧，他算定纪空手等人自然不会穷追猛打。当务之急，是要将灵竹公主送回漏卧，以消弥即将爆发的战争。

纪空手沉吟良久，突然低呼了一声："李秀树果然是李秀树，行事简直滴水不漏。"

众人无不将目光注视在他的身上，搞不懂他何以会发出这番感慨。

纪空手道："既然灵竹公主安然无恙而回，那么我们现在要做的第一件事，会是什么？"

陈平道："此时距子时尚有几个时辰，如果我们即刻启程，快马加鞭，可以在子时之前赶到边疆，将灵竹公主交到漏卧王手中。"

纪空手点点头道："此事如此紧急，当然不容出半点纰漏，所以我们通常只能派出大批高手加以护送，但这样一来，又势必造成整个通吃馆内兵力空虚。"

陈平恍然大悟道："然后李秀树就会趁这个大好时机，开始对房卫与习泗下手。"

"不仅如此，为了掩人耳目，他也肯定会对卞白下手，造成一种假象。这样一来，他们便可顺利完成此行的最终目的了。"纪空手断然道。

"那么我们现在应该怎么办？"夜郎王情急之下道。

"大王不必操心，此事交给我办就成了。"纪空手微一沉吟，已然胸有成竹。

当下纪空手与龙赓、陈平站到一边，开始商议起行动的方案，而夜郎王与刀苍城守出了临月台，准备了一百匹快马守候城门外，只等纪空手他们商量妥当，即刻启程，赶往漏卧边境。

"李秀树绝对想不到我们会识穿他玩的把戏，所以这一次对我们来说，是一个机会。"纪空手的眉间已隐生杀机，他已经非常清晰地意识到，李秀树这帮人的活动能量之大，非同小可，已经成为了他们完成计划的绊脚石，如果不能加以铲除，必生无穷后患。

龙赓的眼睛一亮道："我们虽然人数不少，却缺乏那种对成败起到决定性因素的高手，如果我与你都护送灵竹公主前往漏卧边境，只怕难以顾及到这里，势必不能对李秀树构成致命的威胁，除非……"

他显然已经猜测到纪空手心中所想，却没有继续说下去。

纪空手道："护送灵竹公主一事，的确重要，但李秀树既然决定对房卫与习泗下手，就不会将自己的注意力放在那上面，所以护送公主一事，反而变得安全。以夜郎王身边的高手，再加上刀苍手下选派一帮精锐，已足够完成任务。"

"你的意思是说，由大王亲自护送灵竹公主前往？"陈平一怔道。

"这看似有些风险，其实非常安全。一来夜郎王已在边境驻有重兵，以应不测之变，在双方实力相当的情况下，漏卧王绝不敢轻举妄动，公然出兵一战；二来灵竹公主既然回到漏卧，漏卧王便出师无名，假若硬要出兵一战，士气不振，难有作为；三来漏卧王此次出兵，肯定与李秀树的鼓动大有关系，灵竹公主既然由我们送回，他肯定会有所联想，算到李秀树这边大势已去。有了这三点，再加上夜郎王亲临，给他一个台阶下，漏卧王又何乐而不为呢？"纪空手说出了他的推断。

"那我们事不宜迟，即刻去办。"陈平看看天色，心里有些急了。

纪空手微微一笑道："话虽如此说，但我们却不能如此做，至少要像李秀树所期望的那样，精英尽出，护送灵竹公主回国。惟有如此，他才相信我们在通吃馆内的实力空虚，方敢放手一搏。"

龙赓笑道："然而我们大张旗鼓地出了城后，便悄悄地给他杀一个回马枪！"

"不仅如此。"纪空手望向陈平道："在通吃馆内，对房卫、习泗、卞白三个点上的布防，表面上是一视同仁，分出同等的兵力布置守卫，但我们的重点却在房卫身上，只要房卫无事，就无碍于我们大计的实施。至于习泗、卞白，生死由命，也就随他们去吧。"

三人哈哈一笑，一个围杀李秀树的杀局就在这一笑中酝酿而成。

这三大棋王中，卞白乃韩信的人，纪空手不看重他尚且有理可寻，而习泗来自于项羽，房卫来自于刘邦，无论项羽、刘邦，都与纪空手有不共戴天之仇，何以纪空手会轻习泗而重房卫，生怕房卫受到别人的攻击呢？这其中难道另有图谋？

纪空手的这一着棋的确让人匪夷所思，以李秀树的才智，也绝对想不到纪空手会有这样的打算。所以当纪空手与李秀树再一次正面交锋的时候，从一开始，李秀树似乎就在算计中落了下风。

他还能扳回来吗？这没有人知道，世事如棋，当棋子还没有落到盘上的一刹那，谁又能推算出这是一着妙手，还是一着臭棋呢？

夜到子时，最是沉寂。

夜深，如苍穹极处般不可测度；夜静，静如深闺中的处子守候明月。明月照人，月下的人影无疑是最孤独，最寂寞的，对影望月，当然成了画师手中最能表现静默的画卷。

清风徐来，微有寒意，吹动起茶树繁花的枝叶，沙沙轻响，宛若少女沉睡中

043

的梦呓。

月华淡如流水，树影婆娑，摇曳于七星亭的院墙内外，整幢建筑就像是一头蛰伏已久的巨兽，静默中带出一种让人心悸的氛围。

七星亭乃是通吃馆内有名的建筑，不大，却精美，房卫与乐白、宁戈所带的上百名汉王军队中的精锐高手就住在此间。

在七星亭的外围，陈平已派出一部分力量作了例行的防范布署，而他府内的高手却在他的分派下，进入了事先指定的位置，迅速埋伏于各个交通路口。

虽然一切行动都在秘密进行之中，但是仍然没有逃过房卫等人的耳目。就在陈平刚刚布置完毕之后，房卫派人悄悄将陈平请入七星亭的内室之中。

"看陈爷如临大敌的样子，莫非是得到了不利于老夫的消息？"房卫恭身行礼之后道。

"房先生不必担心，我的确是听说有人将在今夜子时对你不利，但以我陈平的力量，足以确保你的安全。"陈平微微一笑道。其实他进入七星亭后，一路留心观察，发现七星亭内的戒备森严，高手如云，并非如自己想象中的弱不禁风。

"既然有人于我不利，老夫又岂能袖手旁观，让陈爷来为老夫担当风险？老夫此行，手下倒也不乏一些高手，如果陈爷有什么地方用得着他们的，尽管开口。"房卫显得十分客气。

"房爷此话正好说到点子上了，我的确想请房爷身边的高人作好准备，以应不测之变。"陈平的脸色一肃，颇显凝重地道："因为此次敌人的来头不小，实力雄厚，弄不好就是一场生死搏杀。"

房卫奇道："此人是谁？难道说他与我有仇？"

"此人虽然与先生无仇，却与汉王有怨，他明知此次的铜铁贸易权的归属对汉王来说十分重要，所以才蓄意破坏，甚至不惜刺杀于你。"陈平顿了顿道："此人正是高丽国亲王李秀树！"

"李秀树？"房卫对这个名字并不太熟悉，将目光投向了身边的乐白。

乐白忙道："此人不仅是高丽国的亲王，亦是北域龟宗的宗主，以主爷身分，兼统棋道宗府、东海忍道，其势力之大，未必在五阀之下。他们的势力范围一向在中原以北，只在近一两年才出现南下的迹象，致使江湖传言，他与韩信暗中勾结，联手图谋中原大好河山。"

房卫倒抽了一口冷气，这才明白陈平此举，绝非小题大做。

陈平告辞而去，他的身影是在数道目光的锁定下离去的。在暗黑的虚空中，同样有一双深邃的眼睛亮着厉芒，注视着陈平远去的背影。

夜色依然朦胧。

在朦胧的月色之下，数十条暗黑的人影渐渐向七星亭靠拢，当先一人，就是李秀树。

在他的身后，有东木残狼、原丸步等一众高手，精英尽出，似乎对今晚的行动势在必得。

李秀树的确有这样的自信，这不仅是因为他本身具有雄厚的实力，而且他相信自己调虎离山之后，通吃馆已是一片空虚，自己完全可以如一股飓风般横扫，以达到最终目的。

所以这次行动的代号，就叫飓风。

望着七星亭里的一片暗黑，李秀树敏锐地感受到了那种似隐似现的重重杀机。在暗夜里，他的目光就像是带着寒意的发光体，仿佛预感到了其中的危机。

然而他并未将这一切放在眼里，此次夜郎之行，真正让他感到有所忌弹的，只有两个人，那就是纪空手与龙赓。

龙赓的可怕之处，在于他超凡脱俗的剑道，李秀树虽然没有与之交手，却亲眼目睹过他在剑道中演绎的内容，那种深邃，那种博大，连李秀树这样的一代宗师都难有必胜的把握。

而那个名为"左石"的年轻人，从表面上看，他似乎远不如龙赓那般锋芒毕露，就像是一块深藏泥中的宝石，光华尽敛。但李秀树却知道他是属于那种在闲庭信步中乍现杀机的高手，不动而已，一动必是惊天动地，往往左右着整个战局的走向。

如此厉害的两个人，的确在无形中给了李秀树极大的威胁，所以他才会精心设下杀局，来对付他们。当杀局失败之后，李秀树意识到有这两个人的存在无疑是自己完成此行任务的最大障碍，于是他宁可放弃用灵竹公主的生死来引发二国之战的计划，而改用灵竹公主的安全问题来调动他们，离开金银寨。

当他手下的眼线前来禀报，说是亲眼看到龙赓与左石护送着灵竹公主离开了金银寨时，他才算真正的松了一口气，开始谋划今晚的行动计划。

今晚的行动十分简单，就是杀！只要杀掉房卫与习泗，一切就可大功告成。

这本是下下之策，但事已至此，却成了李秀树惟一的选择。所以他要求自己属下的只有一句话，那就是"只许成功，不许失败"！

然而他的人到了七星亭外，却没有马上进去，而是各自守候在既定的位置上，等待着他的命令。

这就是李秀树与别人的不同之处，他行事的作风，类似于猎豹，当他没有十足的把握时，绝不轻易出手，宁可多费时间在一些准备的工作上；然而他一旦出手，就绝不回头，所以攻击的必定是敌人要害。

这种方法需要时间，需要耐性。当你付出了之后，就会收到意想不到的效果。

李秀树从来没有怀疑过这种方法，也尝试到这种方法给他带来的成功，所以他静静地伏在一座小山丘上，俯瞰着眼下这片暗黑的空间。

他已经感到了一股浓烈的杀机，弥漫于七星亭上空，然而他并不感到吃惊。

经过了灵竹公主失踪一事之后，通吃馆内的戒备必定大大加强，房卫也会加倍提防，还有刀苍所布置在三大棋王外的兵力也定会增多，如果这处没有杀机出现，李秀树反而会感到惊讶。

按理说在得到了龙赓与纪空手不在金银寨的消息之后，李秀树应该轻松才对，可是他却没有，在一刹那间，他的心灵中仿佛出现了一丝不祥之兆，使得他原本紧张的神经负荷起更大的压力。

这令他有些怀疑起自己的直觉来，因为自他踏入江湖的那一天起，其直觉就从来没有出现过一次失误，难道说自己真的老了，以至于失去了敏锐的判断？

他不知道，也无法知道，只是摇了摇头，将自己的注意力重新集中在七星亭里。

明月当空，夜色朦胧，李秀树耳目并用，甚至用一种灵觉去捕捉七星亭内的任何动静。很快，他就清晰地知道在哪一条道路上，埋伏了多少人；在哪一栋建筑旁，暗伏了多少杀机。当这一切汇成图像印入了他的脑海时，他已经形成了自己对事态的评估与判断。

他的右手缓缓地向空中伸去，很慢，很缓，就像是承荷了一座大山！目光再一次透过暗黑的夜色巡视部下。在这些人中，不乏有身经百战的高手，每一个人都精神抖擞，信心十足，作好了战斗的准备。他们的目光无不盯注在李秀树的这只大手上，等待它伸至极限，等待它停顿下来，等待它如流星般挥落……

当这只大手挥落的一刹那，飓风行动就将开始，这是他们事先约定的信号。而在整齐计划中，因为分工的不同，每一个人的行进路线都将不同，每一个人出发的时间也不尽相同，惟一相同的，就是他们所攻击的都是同一个目标。

大手终于重重地挥下！

第一组人马出发了。这一组人马只有三人，人数不多，却是精锐中的精锐！李战狱、东木残狼、张乐文，这三人加在一起，就像是一个无敌的组合。他们的任务，就只有一个——刺杀房卫！

他们三人无疑是飓风行动的核心，其他的小组都是围绕着他们展开行动的，就像是一把锋利的剑，他们三人无疑是剑的剑锋，而其他的人则是剑背、剑身、剑柄，只有当它们组成一个完美的整体后，剑才可以发挥出最大的威力。

这三人的武功不凡，人又机警，行动起来犹如狸猫，毫无声息地进入了七星亭。三人似乎都具备了非常敏锐的感官，得以从容绕过敌人的防线，直接到达了七星亭的中心——七星楼。

七星楼分三层，每层都高达一丈有五，要想爬到顶端，绝对不是一件容易的事情。李秀树之所以要派出这三人，是因为他知道房卫就在七星楼中，却无法知晓其具体位置。为了使得整个刺杀更具突然性，他要求李战狱、东木残狼与张乐文各守一层，一旦发现目标，立即实施攻击。

他将这次行动取名为飓风，当然力求整个行动能如飓风般迅速、突然，带有惊人的震慑力。

　　所以当他看到李战狱三人进入到预定位置之后，毫不犹豫，将手下的人马兵分三路，沿三个方向进入到事先设定的线路上待命，等候他最终动手的信号。

　　他的手已伸入怀中，再伸出来的时候，指间已经多了一管礼花，而这管礼花一升入空中，就是整个行动开始的信号。

　　手在空中悬凝不动，在他作出决定之前，习惯性地审视了一下自己这次行动的整个方案。

　　——由李战狱、东木残狼、张乐文三大高手联袂出击，事先守候在七星楼内。

　　——然后三路人马分三个方向攻向七星楼。此攻乃佯攻也，目的就是为了吸引对方的注意力，从而为李战狱三人刺杀创造机会。

　　——楼外既有动静，房卫绝对不会坐视不理，必然出来观望，只要他一现身，就很难再有活着的机会。

　　——房卫一死，飓风行动便已结束，趁着局面混乱，己方就可全身而退。

　　这个方案的确非常绝妙，而且有效，美中不足的，是没有明确撤退的行动和路线。不过这本就不是李秀树考虑的范围，他做事从来就是为达目的，不择手段，纵然己方有一定的伤亡，他也只会认为这是成功所必须付出的代价。

　　李秀树的心中不免有几分得意，虽然飓风行动还没有开始，但他却预见到了行动的结果——他实在想不出自己会失败的理由。

　　然而就在这一瞬间，那种曾经在他心头出现的不祥之兆如幽灵般再窜了出来，令他又有了几分惊骇。

　　林间有风，枝叶轻摇，沙沙的枝叶摆动声和着繁花送来的清香，使得七星亭上的空间显得悠远而宁静。

　　在这宁静之中，李秀树仿佛感应到了一股不同寻常的气息，犹如梦幻般若有若无，弥漫于这段空间之中。

　　他不能确定，当他企图寻找到这股气息的来源时，刹那之间，杀气又似乎全部收敛，就像是一种错觉，在这个世上根本就没有这种气息存在。

　　李秀树的脸色变了一变，在他的记忆中，他从来没有遇到过这种情况。

　　也许自己真的老了？李秀树的心里涌出一股悲哀。

　　但这一战关系到他此行夜郎的成败，也许是巨大的压力让他紧张起来，神经绷直到了一定的极限，所以才产生了错觉。

　　这是他给自己的一个解释，还有一种情况，就是这不是错觉，这股杀气的确真实存在。

　　如果是后一种情况，李秀树真的想不出在这通吃馆内，除了那个叫"左石"的年轻人与龙赓之外，还有谁？

　　这种气息绝不是普通的高手能够拥有的，惟有超强的高手才能在呼吸之间将这种气息自然地流露出来。在不知不觉中化作空气的一份子，让所有的生机融入这片虚空之中，不分彼此，使人根本无法分辨出来。

然而，在不能确定的情况下，李秀树更愿意将自己的这种发现归类于错觉，因为他心里清楚，今夜已是他最后的，也是惟一的机会，如果再不动手，他的夜郎之行将以失败告终。

所以，他只犹豫了一下，手臂终于振出。

"嗖……"半空中顿时传出一声短促而尖锐的呼啸，随着"砰……"地一声炸响，一道美丽而绚烂的礼花冲天而起，如繁花般绽放。

好美的一幅图画，只是在暗黑的夜空下，这美丽的背后，似乎并不单纯，隐藏着一股淡淡的，如烟花般飘渺的杀机。

烟花升起的那一刹那，撕破了夜空的宁静，喊杀声起，数十人影兵分三路，喊打喊杀地直奔七星亭上的七星楼。

这些人无疑都是李秀树手下最精锐的人马，行动之快，闪亮的刀芒如疾风速移，若入无人之境一般飞速向前移动了百步左右。

这实在太顺利了，对方好像一点反应都没有，静谧得有些反常。

眼看他们冲到七星楼前的一块广场，突然一声炮响，原来以七星楼为中心点，四面已经全被上千的战士包围了起来，四面八方，一里之内全是闪烁的光点，无数支火把陡然亮起，向着敌人掩杀而来。

李秀树人在局外，虽然这一切在意料之中，但他仍然感到有些吃惊，不自禁地将目光锁定在七星楼上。

七星楼却静得可怕，在同一个空间里出现静闹两个截然相反的世界，这实在让人心惊，让人觉得不可思议。

无论是李战狱，还是东木残狼、张乐文，他们此刻的心情同样紧张，静伏在守候点上，握着兵器的手甚至渗出了丝丝冷汗。

虽然自火光起，他们等候的时间并不长，但楼中的人显然不像他们事先预料的那般冲出楼来观察动静，反而龟缩不动，这不由得不让他们三人有意外的惊惧。

难道说这楼里根本就没有人？

李战狱心中暗暗吃惊，如果说房卫不在楼中，不仅整个飓风行动徒劳无功，而且他们也难以制造出大的混乱来掩护自己全身而退。现在惟一的办法是，既然楼里无人出来，那么他们只有破门而入，展开搜寻，直至将房卫击杀。

"啪……"一声很轻很细的声响传入李战狱的耳朵，李战狱突生警兆，立感不妙，因为他感觉到楼中并非全无动静，一团暴涌而来的气机正如电芒般的速度向自己迫来。

"蓬……"他所正对的房门裂成了无数块木条，若箭雨般直罩李战狱的身体而来，紧接着一点寒芒闪烁在这木条之后，刺破了夜空的宁静，也刺破了这原本静寂的空气。

李战狱的脸色陡然一变。

他对李秀树制订出来的行动方案近乎迷信，从来就没有怀疑过半分。这倒不是李秀树自踏足江湖以来，鲜有失手的纪录，而是这次行动本来是经过了准确无误的计算之后，再反复推敲才出炉的，绝不可能出现任何纰漏。可是当惊变陡然发生时，一下子就将李战狱的心理完全打乱，失去了他原本应有的自信。

这就好像是一个人自以为自己一直在算计别人，可到了最后，却发现自己早在别人的算计之中，这种心理上的打击实在让李战狱感到难以承受其重。

然而李战狱并没有因此而乱了手脚，他并不是第一次面对这种危机。虽然来人的剑势极端霸烈，但他对自己的长枪同样抱有不少的信心。

危机是一种涌动的杀意，不可捉摸，飘忽不定，比烈焰更野，比这流动的空气更狂，剑芒闪烁间，跳动着一种有如音乐的韵律。

那破空之声慑人心魂，是气流与剑身在高速运行中发出的磨擦声，像是幽冥中的鬼哭，又像是荒野中的狼嚎，暗黑的剑流泻于暗黑的夜，形成一种令人心悸的妖异。

李战狱的眼神为之一亮，犹如暗夜中的一颗启明星，当寒芒乍起的一瞬，长枪已如一条怒龙般标出。

"当……"剑与枪在刹那间交击一点，脆响暴出，打破了本已宁静的平衡。

气流随之而动，风啸随之而起，两人一触而分，李战狱这才看清对手的面目。

来人竟是乐白！虽然李战狱并不知道对方的名字，也不知道对方是谁，却从对方刚才的那一剑中认了出了来人绝对是一位不容小视的高手。

没有人敢小视乐白，他是问天楼四大家臣之一，混进入世阁卧底，又成为赵高最为倚重的三大高手之一，像这样一位在五阀之中都能排得上号的人，试问天下有谁胆敢不将之放在眼里？

李战狱当然也不会小视他！此刻的李战狱有些动容，因为他完全没有料到，在七星楼里还有这样的好手存在。刚才的那一剑，不仅角度精妙，更在于气势之流畅，平添了不少力道，李战狱的虎口至今犹有发麻之感。

"呀……"不过，没有任何理由不让李战狱出手，他必须出手，所以长枪再次振出，划出一道亮丽的弧线振入虚空，织就了一道密如蛛网的气旋。无论是谁，只要进入气旋，必将被利刃般的气流分割肢解。

乐白当然感应到了对方那浓烈无比的杀气与战意，虽然他同样对眼前的敌人十分陌生，却从敌人的反应与气势中感觉到了一种可怕的战意。

这一刻间，乐白没有任何考虑的机会，惟有斜身避让，然后出剑。

乐白的身体犹若一道旋风，与剑同舞，在半空中旋动成一团暗云。当暗云乍出时，李战狱只感到自己的视线模糊，心生茫然。

剑在何处？人在何方？

李战狱无法知道，只有疯狂地舞动着枪锋上的气旋，不容对方的剑有半点挤入的机会。

剑就是剑，剑是有实质的组合体，然而剑在乐白手中，似已不再是剑，更像是呼啸于空气中的一道飓风，无处不在地显示出异样的凄厉。

李战狱的眼睛变得好亮，对手如此强大，使他从对手的剑迹中看到了死亡的威胁，同时也激发了他体内的所有潜能。

劲气在手中一点一点地提聚，长枪每每颤动一下，手中的力度便增强一分。当李战狱感到自己手上的血管有一种几欲爆裂的感觉时，他竭力攻出了震撼人心的一枪。

他要击杀对手，以最快的时间将敌人置于死地！无论对手有多么的强大，他都绝不容许这种可怕的敌人活在世上，对他的行动构成任何阻碍。

这是一种疯狂的想法，对手越强，这种想法听起来便越有神经质的味道。但李战狱并不觉得这是不可能完成的事情，一种来自于心底的威胁改变了他正常的思维，使他狂妄自大到认为自己已是无所不能的神。

有的时候，人的精神的确可以决定一切，特别是在生死之间，危险可以使人的潜能迅速提升至极限，而李战狱的这一枪，无疑已经证明了这一点。

"呀……"一声惨叫声来自楼下，使得弥漫在七星楼间的气氛为之一紧，显得更加惊心动魄。

死去的不是乐白，也不是李战狱，但李战狱听出了死者的声音，竟然是伏击在楼下的张乐文。

这令李战狱感到惊骇莫名，张乐文死了！这实在让人有些不可思议，因为他们的行动无疑是保密的，没有人事先会知道他们要攻击的位置。然而事态的发展却像是一个布下的陷阱，早已等着自己三人掉入进去一般。

但李战狱已没有时间再去思考，在他的面前，还有一把随时可以致人于死地的剑。乐白的人就像他手中的剑那般稳定，没有半点波动的心情，平静得可怕，足以让任何人感到可怕。

他的步法进退有度，身影如梦如幻，攻防有张有弛，若流水般自如，每一个动作都展现出一个高手应有的气势与魄力，更有一种无法形容的动感与力度。

李战狱在乐白的剑势之下一点一点地丧失着自信，他生于高丽，长于北国，武功之强，只佩服过李秀树，却从不承认别人的武功会超过自己。此次夜郎之行，他先是遇上了纪空手，接着又遇到乐白，使得他受挫之下，不得不承认自己以往的认识是多么的幼稚。无论是从招术的精妙还是功力的深浅来看，他都不可能是这两人的对手。然而在他的内心深处，还有一股如凶悍勇猛之兽般的战意，一旦将之激发，他相信自己还有机会。

若猛兽猎食般的战意，到底强到什么程度？没有人知道，就算有人知道，也无法形容得出来，李战狱当然亦说不清楚。但李战狱却确定自己的体内真有这股东西的存在，只要当它出现的时候，身体的各个感官都有一种如野兽般的感觉,使得全身的生理机能变得异常敏锐,似有一种超能量的物质在支配着他的思维。

"呼……"长枪破入虚空,暗影浮动,气旋翻涌,就在乐白一步一步地逼近李战狱三丈范围之内时,李战狱"嗷……"地一声狂嚎,目赤如火,发须俱张,在乐白没有作出任何反应之前,长枪直奔乐白的咽喉。

这一枪来得突然,就像平空而出,若烈马奔涌,更像是一道撕裂云层的闪电,几乎突破了速度的极限。

在一刹那间,李战狱甚至坚信,这是一招绝对致命的杀招!无论对手曾经有多么的强大,他最终的命运都只能是倒下!

但是,世事难料,这个世界上本就没有太多的绝对,连六月飞霜都有可能出现,一个人的生死又怎能没有变数?

凛凛的枪锋快而且准,的确挤入了乐白密布的剑气中,只距乐白的咽喉仅七寸,但是陡然之间,这七寸的距离就像是一道不可逾越的鸿沟,竟成了枪锋永远无法企及的距离。

这只因为,长枪突然凝固在了虚空之中,仿佛被冰封一般。

这一切来得如此突然,如此不可思议,难道说李战狱突然良心发现,以至于及时收力? 抑或因为……

其实不为什么,只因为在长枪的枪头处,多出了一只手,一只非常稳定而有力的大手,就像是一座横亘于虚空的山峰,阻住前路,不容枪尖有半寸的进入。

第五章
汉王刘邦

　　这一切都在李战狱的意料之外，却在乐白的意料之中，即使在枪锋逼向自己咽喉七寸时，他也没有惊慌过，因为他坚信，这只大手的主人总是会在最需要的时候出现。

　　一只黑黑的手，青筋凸起，牢牢地锁住枪身。当李战狱的目光向上一抬时，忍不住打了一个寒噤，因为他从来没有见过有谁的眼睛是这般的阴沉，这般的深邃，这般地寒彻人心。

　　那双眼睛之中有一种让人神经崩溃的强大自信，更有一丝近乎怜悯的同情。他的眼睛里何以会出现同情？同情的对象又是谁？

　　李战狱禁不住吞了一口口水，却难以咽下，发出一种"咕咕……"的可怕之声。拥有这种目光的人，同情的对象当然不是他自己，那么，难道对方同情的人竟是他李战狱？

　　这似乎太不可思议了，令李战狱机伶的兽性像碰到强大的猎人般随之泯灭，一股莫大的恐惧若潮水般漫涌全身。

　　此时此刻，死亡似乎并不是一件十分遥远的事情，那只大手紧握枪身，悬凝空中，纹丝不动，但那手上的力度跳跃着一股浓烈的死亡气息，如幽灵般弥漫空中。

　　手，不是兵器，只不过是人体的一部分。可当它透出杀意时，却是天下间最灵动、最机敏的杀人凶器，因为它有生命，有思想，更有血与肉的灵动。

李战狱惟有退，弃枪而退！

他本不想弃枪，在这种情况下，弃枪终究是一件十分凶险的事情，然而他却不得不弃，他也曾经试着想将长枪抽回，但枪身却如大山般沉重，沉重得让人无法撼动。

脚步如履冰面，滑退若飞，李战狱的这一退足有七丈，眼看就要退出七星楼，退到一片茶树繁花之中。

他不由得暗自窃喜，有了林木的掩护，有了暗夜的遮隐，他完全可以发挥出北域龟宗特有的逃生术，这本就是他所学的拿手绝技。

就在他抬眼来看的一瞬间，那双眼睛却依然在前，相距不过一尺，让人几疑这是幻觉。

李战狱无法不惊，他明明退了七丈，怎么还会与这双眼睛相对？这清澈深邃的眼眸，莫非是阴魂不散的幽灵？

"呼……"他在惊惧之下，猛然出拳。

这一拳没有角度，没有变化，却充满力道！当劲气在拳心蓦然爆发时，这大巧若拙的劲拳直奔那双眼睛而去。

他只想一拳将这双眼睛打爆，将这眼睛里蕴含的自信与激情统统打至无形。

没有人会怀疑这一拳的力量，也没有人会怀疑这一拳的霸烈，如此充满力度的一拳，李战狱根本不相信有人可以不屑一顾。

然而，问题却不在这里。

问题是这一拳是否真的能够击出去。

就在李战狱的脸上露出狰狞的笑容时，突然，他听到了一种骨骼碎裂的声音，"喀……喀……"之音犹如夜鹰的厉啸，让人心生悸寒。

他的脸上肌肉为之一紧，笑容顿时僵住。然后他便感到了一种剧痛来自手心，那种彻骨之痛，犹如负荷了千斤之物的挤压，骨与肉顿成血酱。

他怎么也没有料到，自己的这一拳不但没有击出，反而被人迎拳握住，捏得残废。

那双眼睛里依然闪现出同情之色，直到这时，李战狱才蓦然惊觉，自己的确是值得同情。

可惜的是，这一切都太迟了一些。

他已经感到了有一道寒气直钻入心，那种莫名的感觉，就像是掉入了一个无边无际的暗黑空间。

"有容乃大……你……你……到底是谁？"这是李战狱挣扎着说出的最后一句话，他的眼睛瞪得圆圆的，仿佛死得并不甘心。

"我就算说了，你也未必能听得进去。"那双眼睛的主人缓缓地抽剑回鞘，闻了闻夹在花香中的那股血腥，淡淡一笑道："本王就是刘邦！"

当烟花绽放半空的时候，李秀树的脸上情不自禁地露出了一丝微笑。

他无法不笑，他相信自己的计划，更相信自己属下的办事能力。当命令发出的时候，他已在静候佳音了。

不过，这种好心情并没有维持多久，甚至不过是昙花一现。突然间，他感到自己的背上一阵发紧，警兆顿生。

在他的身后，依然是一片茶树，树上繁花朵朵，在清风的徐送下，满鼻花香。

然而花香之中却隐藏着一股似有若无的肃杀，不是因为这深冬的夜风，而是因为在花树边，平空多出了一个人。

一个手中有刀的人，刀虽只有七寸，人却达八尺有余。当人与刀构成一幅画面时，却有一种和谐的统一，让人凭生寒意。

肃杀、厉寒，没有一丝生机，人与刀出现于天地间，犹如超脱了本身的事物，给人格格不入之感，更有一种孤傲挺拔之意。

这是一种感觉，一种很清晰很真实的感觉，当李秀树产生这种感觉时，他的整个人就像岩石一般伫立不动，因为他心里十分清楚，虽然彼此相距九丈之远，但只要动将起来，这根本算不得距离。

他没有动，还有另一个原因。虽然他没有回头看一眼，却心如明镜，知道身后之人能够在自己毫无察觉的情况下，进入到自己身边的十丈范围之内，除了那位名为"左石"的年轻人外，还会有谁？

他一直感到有些奇怪的，就是左石的身分。以其人之武功，绝不会是无名之辈，可自己的确是人到夜郎之后才听说过这个名字，如果他是化名乔装，那么其本身又会是谁？

李秀树也怀疑过左石就是纪空手的化名，却不敢确定。他知道，纪空手所用的是离别刀，兵刃对于一个武者来说，它就是另外一种形式的生命，不到万不得已，谁也不会轻易舍弃。

他又怎知纪空手之所以要舍弃手中的离别刀，只是为了得到更多更深的武道真谛！他又怎知此刻的纪空手，已达到了"心中无刀"之境，无论是离别刀，还是七寸飞刀，在他的眼中，都只是一种形式的攻防手段，随意拿起一物，他都可以将之发挥出离别刀与飞刀可以达到的刀境。

但纪空手只所以仍不弃飞刀，是因飞刀本就是一种舍弃时才可以发挥真正威力的武器。

正因为如此李秀树才不敢确定，而感到了纪空手的可怕。像这样冷静而极富内涵的年轻高手，他也曾看到过一位，那就是他一力扶持的韩信，但平心而论，他觉得眼前此人若与韩信相比，当是有过之而无不及。

纪空手的目光悠远而深邃，抬起头来，紧紧地盯住李秀树的背影。他心中的惊讶并不下于李秀树看到他时的程度，因为虽然两人之间从未交手，但纪空手的心里已经感觉到了自己面对的正是一位比之五阀亦不遑多让的超级高手。

李秀树深深地吸了一口气，脚下微动，缓缓地转过身来。

一刹那间，四目相对，两道眼芒如电火般在虚空中碰撞交触，两人的心头无不为之一震。

一股莫名的战意自纪空手的心头生起，透入神经，自然而然流露出一种狂热而亢奋的野性，不经意间，他跨出了一步。

随意地一步，只有三尺不足，然而当这一步踏出之后，这段空间已无风，只有一种无奈和肃杀，随着空气而渐渐凝固。

杀气漫出，如弓弦一般紧绷，使得人有一种喘不过气来的感觉。

一步、两步、三步……

当两者相距只有三丈时，纪空手才终于停止了脚步，整个人步履一斜，不丁不八，有若渊亭岳峙一般，透出一股慑人般的凝重。

他的眼芒有若刀锋一般锐利，坚定而自信，紧紧地盯住李秀树的眼眸，一刻都未放松。

李秀树的耳际传来了七星楼的喊杀声，知道战事已起，时间不多，犹豫了一下，才冷冷地道："你究竟是谁？何以要与老夫作对？"

纪空手悠然一笑，嘴角间泛起一丝淡淡的冷漠，道："我是谁并不重要，重要的是我不能不与你作对！"

"哦？"李秀树眼中流露出一丝诧异，道："莫非我们有仇，还是有恨？"

"我们无仇也无恨，只因道不同，所以不相为谋，我们注定了天生就是对手。"纪空手的声音有若淡淡的清风，在不经意间透出一股肃杀。

"这个世界上，没有天生的敌人，也没有天生的朋友，人生不过短短数十年，过得舒心就好，又何必多结冤家，多树强敌呢？也许再进一步，我们是很好的朋友，这又何尝不可能呢？"李秀树淡淡而道，他实在没有必胜的把握，所以不敢轻举妄动。

"不可能！我们绝对不可能成为朋友！"纪空手脸色肃然道："你身为高丽亲王，却远到夜郎，可见你的野心之大，已入邪道，而且你的行事作风从来就是为达目的，不分善恶，不择手段，正是魔道中人的特性。虽然我不是除魔卫道之士，但是只要稍具正义感之人，都不可能与你同流合污，成为朋友，所以我们注定会成为冤家对头。"

"你一心与我为敌，莫非认为凭你的武功已经足够将老夫击败？"李秀树冷冷地看了纪空手一眼，手已经按在了剑柄之上。

"我不知道，但是我想，在这个世界上本就没有不可能的事情，就算我击败了你，也不是一件奇闻。"纪空手淡淡一笑，自有一股透入骨子里的傲意。

"你不可能击败老夫，这是绝对的！"李秀树也笑了笑，就在他拔剑的同时，突然在纪空手旁边的几丛茶树中现出几条人影。

纪空手显然没有料到李秀树还留有这么一手，自己之所以事先没有察觉，是因为这几个人来自于地下，自闭呼吸，自绝生机，擅长于一种传说中的"瑜迦术"。这种来自于异邦武道的功夫，纪空手虽然不曾亲见，却听五音先生说过，是以一怔之下，已然明了。

"原来你还有埋伏。"纪空手的脸色变了一变，摇了摇头道："看来谁要与你作对，都不是一件很容易的事情。"

"你现在才知道，只怕迟了。"李秀树猛一挥手，只见那三名杀手同时暴吼一声，自三个不同的方位如电扑出，快得让人目眩。

纪空手的眼角微张，眉锋跳动，冷冷地道："迟与未迟，只有动手后才能见分晓！"

他的飞刀早已在手，脚步前移，丝毫不惧，反而迎向来敌。

他完全无视对方从不同角度攻来的利刃，更不将这三名杀手放在眼中。他讲究气势，是以一出手便先声夺人。

这种无畏的打法显然出乎敌人的意料之外，因为这种打法近乎无理，有点像是街头混战时的把戏，简直有失高手风范。

然而纪空手要的就是这种效果，只有这样，他才可以及时摆脱这三人的纠缠，直面李秀树，如果一味纠缠下去，势必影响到自己的激情与战意。

饶是如此，这三人也无法占到丝毫便宜，一怔之下，纷纷避让纪空手划来的刀势。

李秀树的眼睛一亮，似乎看到了纪空手的刀势来路，细细品味之下，却又摇头，还是没有琢磨出纪空手的武功路数来。

以他丰富的阅历与惊人的眼力，江湖中所不知的门派实在不多，然而纪空手刀出的刹那，他始终有一种似是而非的感觉，根本不能与他记忆中任何一个门派的武功对号入座，这让他感到惊诧莫名。

他却不知，纪空手的这一生所学，根本就不拘泥一招一式的模式，也不强求刀中应有的变化，他只追求武道中的至深境界，兴之所致，一切随意，每每由感而发，恰是刀招最该出现的地方，是以他的刀看似有招，实乃无招，李秀树又怎能识破他的刀路在？

那三名杀手无疑也是一等一的高手，又岂甘心被纪空手一刀逼退？当下人随剑走，气流窜动间，如风般扑至。

"呼……"在双剑掩护之下，一剑自匪夷所思的角度中杀出，刺入了纪空手飘动的衣袂之中，李秀树刚要喝彩，却见那持剑之人脸上并无惊喜，反而一脸凝重。

那是因为在纪空手的另一只手上，同样还有一把飞刀，当来人近距离逼进时，他的飞刀出手，以最快的速度贯入了其眉心。

这一招叫出其不意，也是纪空手惯用的手段。当别人都认为他只有这一只手可以杀人的时候，真正致命的，反而是他另一只手上的飞刀。

"砰……"刀既出，他的脚尖踹起，正好击中另一名杀手的膝部，便听得"喀喇……"一声，腿骨折断，那人翻滚在地。

无论是纪空手的刀，还是他的脚，出击的时机都把握得十分精妙，分寸拿捏得恰到好处，是以才能趁敌不备，一击得手。可是当他的飞刀刺向最后一名杀手的时候，此人显然早有准备，反手一剑，竟然将纪空手逼退半步。

纪空手"咦……"地一声，不觉有几分诧异。表面上看，他好像悠然轻松地出手，在刹那间毙敌一名，伤敌一名，仿如信手拈花，好不从容，但实际上他动手之前，已经算好了自己每一步的后续之招，这一连串的攻击，实是涵括了他对武学最深刻的认识，代表了他本身实力的最精华，所以居然还有一人未被受制，自然出乎了他的意料之外。

"叮……"但惊诧归惊诧，纪空手的身手丝毫不慢，刀走偏锋，贴上剑身一擦，一溜火花嗤嗤作响，直削敌人手腕。

刀式的角度之刁钻，方位之怪异，完全有绝不空回之势。然而就在纪空手以为势在必得时，刀却陡然失重，竟然刺入空处。

纪空手心中不由骇然，便在这时，一道剑光一晃，直迫他的胸口而来。

他这才知道，这三人能够成为李秀树的贴身近卫，端的都是不可小视的人物。刚才自己的那一刀之所以失手，就是因为敌人在刀削手腕的一刹那，剑柄离手，换到了另一只手上，然后毫无半点呆滞地反守为攻。

这换手剑看上去简单，但纪空手却知道要想做到分寸俱佳，丝毫不差，没有十年功夫绝对不行。眼见来剑汹汹，仓促之间，纪空手突然身体横移半尺，竟然用腋窝夹住了剑身。

杀手脸上的表情顿时僵住，就像是大白天撞见了吊死鬼一般，简直不敢相信自己的眼睛。他实在没有料到，对手的招式竟会这般古怪，每每出人意料，却能让人体会到那种处处受制的难受。

他的信心为之丧失，便要弃剑而逃，但就在这时，一道惊人的剑气狂泄而来，迅如狂飙，平生于他的背后，他心中一喜，知道李秀树终于出手了！

若山洪般狂泄的剑气似一道闪电，又似一股毫无规律的飓风，骤然而生，充盈着一种毁灭一切的气势。李秀树在这个时候出手，的确是把握住了时机，惟有如此，当他的这名杀手感到了这股剑气时，纪空手却浑然未觉。

因为，就在纪空手夹住那杀手的来剑的一瞬间，他与杀手、李秀树这三点之间，联成一线，如果李秀树此刻出手，正好是纪空手视觉的盲点。

再则，当李秀树刺出这一剑的时候，就已经准备要牺牲自己的这名手下。因为他考虑到，真正要让自己的这一剑有所作为，必须突然，而要做到真正的突然，最好的办法就是让剑从自己的手下身上透身而过，再攻向纪空手。如此精妙的杀招，如此无情的杀招，若非是李秀树，又有谁能应景生情，瞬间想到？

这的确是势在必得的杀招，因为谁也不会料到，李秀树竟然不惜以自己手下的生命作代价，以完成这致命的一击。

纪空手呢？他能想到吗？

刘邦竟然也到了夜郎！

057

这无疑是一个让人吃惊的消息。

此时天下已成三分之势，表面上看，项羽号称西楚霸王，建都彭城，下辖九郡，各路诸侯慑其威而归顺，拥兵百万，声势最劲，君临天下，指日可待。然而无论是刘邦，还是韩信，他们虽然名为项羽手下的一路诸侯，但都拥有属于自己的强大力量，韬光晦隐，奋发图强，渐成均衡之势，使得天下局势扑朔迷离。逐鹿中原，谁为霸主，尚拭目以待。

在这个紧要关头，刘邦竟然远离南郑根本之地，却到了千里之外的夜郎，其用心实在让人无法揣度。虽说铜铁贸易权对于汉军来说十分重要，甚至决定了汉军今后的战力是否强大，但是绝不至于让刘邦在这个时候来到夜郎。

既然如此，那么刘邦夜郎之行究竟有何居心呢？这就像是一个谜，除了他自己外，再无一人知道。

七星楼中，激战正酣，随着张乐文、李战狱之死，东木残狼人在顶楼之上，正与宁戈拼杀不休，陷入孤局。

刘邦缓缓地回到楼中，既没有关注楼外的战局，也没有观望头顶上的这一战，而是一脸凝重，若有所思道："一个小小的夜郎国，竟然多出了这么多的高手，看来李秀树此役是势在必得。若非我们事先有所准备，只怕这一战胜负难料。"

在他的身后是乐白与房卫，两人同时恭声道："这全是汉王运筹帷幄，才使得我方胜券在握。"

"本王并非无所不能，如果不是陈平事先提醒，并且派人守护在外围，今夜死的人只怕就是你们了。"刘邦皱了皱眉道。

"想不到韩信竟然如此背信忘义，先拿我们的人祭刀！当年若非是汉王刻意栽培，他又怎能有今日的这般势力？"乐白愤愤不平地道。

"韩信一向不甘人下，胸怀大志，有今日的背叛是必然之事。当年本王在鸿门时就料到会有今天，若非本王留有一手，抓住了他的一个致命弱点，又怎会大胆地扶植他，让他在这么短的时间内崛起于诸侯呢？"刘邦微微一笑，似乎并不着恼韩信的背信之举，倒像是早有意料一般。

乐白迟疑了片刻，硬着头皮道："汉王深知驭人之道，为属下所佩服，但韩信此人，无情无义，最是善变，不可以常理度之，要想真正让他为汉王所用，恐怕还需多做几手准备。"

刘邦点了点头道："你所说的也是实情，本王自会多加考虑。本王此刻担心的，是韩信既然与高丽国勾结一起，实力必然大增，他能利用高丽国来壮大声势固然是好，可万一若反受高丽国所控制，那么就会后患无穷，于我大大的不利！"说到这里，他的眉头紧皱，显然意识到了问题的严重性。

"照属下来看，这种可能性并不大。"乐白道："毕竟韩信是一方统帅，手握重兵，高丽国若想控制他，似乎并不容易。他与高丽国的关系，更像是一个同盟，互助互利，各取所需。"

刘邦冷冷地道："他们这个同盟，只是由利害关系结成的同盟，一旦到了无利可图时，这个同盟自然也就崩溃了，消散无形。"

"哗啦啦……"就在说话间，猛听得头顶上一声暴喝，瓦片与碎木如飞雨泻下，去势之疾，煞是惊人。

"以宁戈的武功，怎么还没有将对手摆平？"刘邦皱了皱眉，带着几分诡异地道。

"这几人肯定是李秀树手下的顶尖人物，武功之高，令人咋舌。刚才一战，若非是汉王及时出手，只怕属下至今还是胜负难料！"乐白想到李战狱那疯狂的一枪，心中依然有几分悸动。

刘邦侧耳听了一听，沉吟片刻道："宁戈未必是此人的对手！"

乐白奇道："汉王何以这般肯定？此时楼顶上只闻禅杖声，不闻刀声，可见宁戈已经控制了整个局势，何以汉王反而认为宁戈实力不济呢？"

刘邦脸色阴沉地道："宁戈此刻已尽全力，满耳所听，尽是禅杖舞动的呼呼之声，可见其内力消耗之大，已难支撑多久，倒是他的对手刀声不现，劲力内敛，讲究后发制人。走！你们随本王上去看看！"

刘邦当先上楼，才上楼顶，却见明月下，禅杖与刀寂然无声，宁戈和东木残狼相对而立，脸色凝重，似已到了生死立决的关头。

刘邦第一眼看到的，并不是东木残狼的人，而是他手中的刀。这种战刀有异于中原武林之刀，更类似于剑的形状，身兼刀剑的优点，有着非常流畅的线型。假如加以改良，最适合于马上近搏，这给刘邦留下了深刻的印象。

惟一美中不足的，是这种战刀的刀柄过长，必须双手互握，才能大显战刀的威力。刘邦对这种刀柄的设计心存疑问，一时之间，又无法细细研究，便将它搁置心头，留待日后再找铸兵师交流。

当刘邦的注意力从刀转向人的时候，不由再一次惊讶起来，因为东木残狼此刻脸上的表情他似曾相识，在刚才的一战中，曾经在李战狱的脸上也出现过。

这种表情的出现，让刘邦感到心惊。在他的直觉中，东木残狼已不像人，而更像是一头凶残的猎豹，带着野兽的敏锐与霸道！这种异变的迹象，很像是传说中的一门武功心法，当这种武功心法运用到人的身上时，可以使一个武者的功力在瞬息间提升至极限，发挥出意想不到的功效。

既然李战狱会这种武功心法，那东木残狼也必定会，看来这种绝技在李秀树旗下的子弟中已是非常流行，这使得刘邦不得不重新估量起李秀树与韩信的实力来。

以李秀树、韩信的武功，放眼天下，能与之匹敌者已经不多，如果他们再因异变而使功力在瞬间提升，那么其武功岂非已变得非常可怕？

他不敢再想下去，只是将目光盯注在伫立于瓦面上的两人，全神贯注地凝视着异变之后的东木残狼。

然而无论是宁戈，还是东木残狼，他们都没有觉察到刘邦的到来，而是双目如鹰隼般瞪视着对方，一眨不眨，似乎在他们的眼中，只有彼此，再无其它。

眼芒如寒月的光辉，渗入虚空。

四周旋起激烈的气流，忽上忽下，忽左忽右，不停地窜动不休。屋顶上的青瓦不时挤裂开来，迸成碎片，随着气流激飞半空。

宁戈卓立不动，双脚微分，单手握紧禅杖，数十斤重的兵器拿在手中，浑如无物般轻松。他的另一只手紧握，骨节暴响，青筋直凸，禅杖的铲锋泛出一片白光，遥指高楼另一端的东木残狼。

东木残狼双手互握，刀成斜锋，整个人冷静异常。他的眼芒暴闪虚空，隐生毫光，犹如一头蛰伏于山林的野狼，正瞪视着眼前的猎物。

"嗷……呜……"东木残狼发出了一声近乎野狼般的凄嚎，终于结束了这短暂的僵持。两人心里都十分清楚，这暂时的平静不过是一种过渡，随之而来的，将是彼此决定生死之时！

东木残狼的人如风般跃起高楼的半空，刀亦如风，以一种超长距离的俯冲直劈向宁戈的头颅。

其速之快，确已超出了人类的范畴；其动作之敏锐，犹如一头奔行中的猎豹，给人以强悍的力度感与流畅之美。

宁戈冷笑一声，手臂一旋，如风车四转，舞动禅杖，洒出万千寒光，将自己紧紧罩入其中。

东木残狼并不因此改变自己行动的路线，反而加速向前，眼见刀芒就要与禅杖生出的寒芒交触的一刹那，他的手腕一振，全身劲力蓦然在掌心中爆发。

"叮……轰……"一连串的兵刃交击炸出窜涌不休的气流，使得整个空间的气氛紧张至极，衣袂飘后，须发倒竖，两人的眼睛已然如火般赤红，似已着魔。

两条人影窜动于气流之中，时分时合，眨眼间互攻十数招，漫天都是刀芒杀气。

宁戈的手臂已然微麻，心中不由大骇。他天生神力，加之祖传绝技，在力道增补方面素有心得，算得上是江湖上最具神力之人。谁知与东木残狼这番力斗之下，竟然落入下风，这的确让他感到莫名惊诧。

然而他一生与人交手，最喜恶战，敌人愈强，愈是能激发他心中的战意，当下斗得兴起，倏地寒芒尽收，化作一道电芒似的强光，拦腰截向东木残狼。

东木残狼显然没有料到宁戈竟然强行反攻，在这种情况下，由守为攻无疑十分艰难，强力为之，必有破绽。

果然，宁戈的颈项之上全无防备，已成空门，机会稍纵即逝，又岂容东木残狼有半刻时间多想？当下毫不犹豫，腰身一拧，整个人直如陀螺般旋飞空中，借这旋转之势，双手执刀，平削而出。

间不容发之际，东木残狼在距禅杖锋芒不过寸许处让过攻击，手腕一翻，刀锋一改方向,向宁戈的颈项斜劈而至。

他这一让端的巧妙,腰力之好,超出了人的想象空间。而更让人心惊的是他的战刀无处不入,气势之盛,犹如高山滚石,势不可挡,大有不夺敌首誓不收兵之势。

他一出手,就知道自己已经胜券在握了,他想不到宁戈还有什么办法来躲过自己这势在必得的一击。

无论出现什么变故,宁戈这一次看来都是死定了。

然而,就在东木残狼手腕一翻的刹那,他看到了宁戈的脸,看到了在他的脸上有一丝坚决而凄然的笑意。

东木残狼禁不住怔了一怔,他想不出宁戈在此刻还能笑得出来的理由。

"砰……"禅杖从中而断。

在宁戈的手上,变成了两截近似板斧的怪异兵器。

他没有想到去格挡东木残狼的战刀,也无从格挡,他的人反而像一发穿膛的炮弹般跃出,迎向了东木残狼挥出的那一片刀芒。

东木残狼根本来不及作任何的闪避,战刀舞动,照准宁戈的头颅旋飞出去! 很快便听到了骨节碎裂的声音,甚至看到了一个血肉模糊的头颅飞上半空。

然而在同一时间内,他感到自己飞行空中的身体陡然一轻,一股锥心钻肺般的剧痛让他模糊的思维陡然变得异常清晰。宁戈撞上来的同时,根本无畏于生死,却用自己手中的两截怪异之刃深插入东木残狼的腰腹,拦腰截去。

东木残狼终于明白了,宁戈的确是没有办法躲过自己这必杀的一刀,正因为他知道自己必死,所以就不惜一切,来了一个同归于尽。

这是东木残狼今生中的最后一点意识。

然后高楼之上,除了依旧浓烈的血腥外,又归寂然。

半晌之后,才从刘邦的嘴里发出了一声近似于无的叹息。

这既是纪空手视线中的盲点,他又怎能看到呢?

他看不到,也无法听到,虽然李秀树的剑势烈若飓风,却悄然无声。

但纪空手却能感觉到! 事实上当他出手的刹那,他就将自己的灵觉紧紧地锁定在李秀树的身上,一有异动,他便能在最短的时间内捕捉到。

李秀树的剑芒终于从自己属下的身体中透穿而过,向前直刺,然而刺中的,是一片虚无。

虚无的风,虚无的幻影。当李秀树终于选择了一个最佳的时机出手时,目标却平空失去了,仿佛化作了一道清风。

"轰……"汹涌的剑气若流水般飞泻,击向了这漫漫虚空。

茶树为之而断,花叶为之零落,李秀树这势不可挡的一剑中,已透发出霸者之风。

当纪空手的身形若一片冉冉飘落的暗云出现在李秀树的眼前时，已在三丈之外，他望了一眼横在两人之间的那具死尸，嘴角处泛出了一丝似是而非的笑意。

李秀树的身形也伫立不动，缓缓地将剑上抬，随着剑锋所向，他的眼眸中射出一道寒芒，直逼纪空手的眼睛，浑身上下散发着一股霸烈无匹的气势。

他的耳边依然传来喊杀不断的声音，身后的半空已被火光映红。飓风行动最大的特点就是突然，要在最短的时间内清除目标，然后全身而退，可是事态的发展似乎并非如李秀树意料中的那么顺利，这让李秀树隐隐感到了一丝不安。

不过，他已无法再去考虑其它的人与事，在他的面前，已经摆下了一道他还从未遇到过的难题，这位名为"左石"的年轻人的确让他感到了头痛。

在纪空手的脸上，面对那如惊涛骇浪般的气势，他似乎并不吃惊，只是冷然以对。他的脸绽露出一丝悠然之笑，十分的优雅，让人在他的微笑中读出了一种非常强大的自信。

"好！好！好！想不到在年轻一辈中，还有你这样的一号人物，的确值得老夫放手一搏！"李秀树知道时间对自己的宝贵，所以他别无选择，必须出手。

然而在出手之前，他的整个身体都在微微地做着小范围的调整，每一个动作都如行云流水般流畅，那么自然、优雅，不着痕迹，没有一丝的犹豫与呆滞。当他的人最终与手中的剑构成了一个优美的夹角时，身体已如大山般纹丝不动，竟然形成了一个近乎完美的攻防态势。无论是攻是守，都无懈可击，不显丝毫破绽。

李秀树没有动手，他本可以在第一时间选择出手，却没有，因为就在他即将出手的刹那，他完全找不到可以下手的机会，也无法揣度出纪空手的意识与动向。虽然他的气势如虹，无处不在，但却完全感觉不到纪空手的气机，就像是一个本不真实的幻影，既是幻影，又从何来而来的生机气息？

李秀树心中一惊，相信纪空手对武道的理解已经超过了自己。若非如此，他绝对不会找不到纪空手的气机痕迹。但他知道，纪空手或许真的将自己融入了自然之中，这也未尝没有可能，因为武道的最终极点，就是玄奇的天人合一。

天就是天，人就是人；人既生于天地之间，其心之大，或可装下天，或可装下地，天地自然也在人心之中。当心有天地时，天就是人，人就是天，天人方可合一，这本就是武道的至理。

这的确是一个可怕的对手，虽然超出了李秀树的想象，但李秀树却不相信纪空手已经达到了天人合一的境界。

因为他没有感到纪空手的气机所在，却感觉到了一把刀，一把七寸飞刀。他的心里微有诧异，是他只感觉到了刀，却感觉不到人，难道说眼前的年轻人已将自己的生命融入于刀中，不分彼此？

李秀树没有再迟疑，缓缓地踏前一步，一步只有二尺九寸，但只踏出这么一步，天地竟然为之而变，整个空间里的空气就像是遇到了一道凹陷下去的地缝，突然急剧下沉，仿佛被一股漩涡之力强行吸纳，气流通过两人的脚面，气势也随之疯涨，残花碎叶随着气流在半空中旋飞不停。

李秀树的眉锋微微一跳，刹那之间，他不仅感受到了那把七寸飞刀，同时也感到了纪空手的存在。

人在，刀在，既然人与刀已在，就必然有迹可寻。这至少说明，纪空手距天人合一的境界尚有一段距离，正因为有这么一段距离，所以当李秀树的气势锋端强行挤入这段空间时，使得纪空手的心境为之一动，本来无懈可击的气机因此而扯裂出一道缝隙，从而出现了一丝破绽。

破绽既出，稍纵即逝，李秀树当然不会放过这种绝佳的机会。然而，纪空手比他动得更快。

李秀树的眼中闪过一丝异样的色彩，就在他决定出手的瞬间，看到了在虚空之中那把缓缓蠕动的刀。

刀，当然是纪空手的刀，慢如蜗牛爬行，一点一点地在虚空寸进。但这种慢的形态，似乎已超越了速度与时空的范畴，使得快慢这种相对的形态形成了一种和谐的统一。

李秀树心中一惊，因为他也无法判断此时的刀是快是慢。他只知道，无论是快是慢，都必然潜藏杀机。

刀已如风般隐入了一道旋风之中，让人分不清哪是刀，哪是风。

李秀树冷哼一声，手臂一振，剑漫虚空，剑锋带出的暗影自眼芒所向而升起，然后扩散成一张恶兽的大嘴，似乎欲吞噬这空中的一切。

当暗云与旋风悍然相触时，"轰……"然一声暴响，残花碎叶犹如陡然发力的暗器般向四方迸裂，与空气急剧磨擦，使得这寒夜陡生一股热力，甚是莫名。

眼看暗影罩空，纪空手突然发力加速，手中的刀若劈开云层的一道电芒。

出乎纪空手意料的是，李秀树居然不退反进，迎刀而上。

这的确让人不可思议，在如此霸烈的刀势之下，李秀树竟表现得如此自信。

也许，他真的应该自信，因为他以自己属下的三条性命，换来了一点点的先机。

只是一点先机，对李秀树这等高手来说，已足够了。

纪空手顿感不妙，李秀树踏前之时，身形随之而动，将他用刀弥补的破绽重新撕裂，使得本身非常严密的气机又裂出一条缝隙。

剑气随之渗入。

纪空手之所以能够在短短数年崛起江湖，跻身于一流高手之列，是在于他无意中得到了千年一遇的补天石异力，以及其超乎寻常的智慧。论及临战经验之丰，他绝对比不上李秀树；论及时机的把握上，他与李秀树仍然有细微的差距。更何况李秀树在动手之前，已细细研究过他的出手，是以两人甫一交锋，纪空手顿时落了下风。

李秀树当然知道自己的长处，也十分擅于把握机会，但让纪空手感到可怕的是，李秀树竟然能在没有机会的情况下创造机会，只此一点，已足以让他全力而为。

于是他只有再次出招，用自己的刀来减缓心中的压力。

"呼……"刀终于升起于虚空的极处，如流星划过漫漫的空际。在这一刻间，刀已不再是刀，因为纪空手的心中无刀，心中既然无刀，眼中又怎会有刀？

虚空之中，只有无边的杀气。

"好妙的一刀！"李秀树忍不住在口中叫道，他的剑随之漫入虚空，太极生两仪，两仪生四象，四象生八卦……在无穷无尽的变化之中，剑锋化作一道异光，生出一股霸烈无匹的吸力，强行吸纳着空中一切的异体。

剑在旋动，形成一个巨大的黑洞，在不断地扩大、推进，"呼呼……"之声刺人耳膜，显得是那般地诡异，那般地玄奇。

李秀树消失了，纪空手也不见了。

只有剑在，而刀不存！

其实刀在，人亦在，只是纪空手已将自己融入刀中，刀就是人，人就是刀，如一阵清风，悠然地横过这漫漫的虚空。

心中无刀，只因他的本身就是刀。

这才是人刀合一的境界。

这也是两大高手的真正对决。

他们的武功，已经突破了人体的极限；他们的速度，已经超越了时空的范畴。沙石飞扬，残花激卷，在一片虚无的空间，构筑成一道亮丽而玄奇的画面。

"哒……"李秀树在飞旋中突然一声暴喝，剑芒陡长七尺，强光乍现，横劈向两人相隔的空间，气流如潮水般飞涌，形成无数个可以撕裂空气的漩涡。

纪空手心中生惊，没有料到李秀树的一剑之威竟然形同狂飙般霸烈！他惟一的应对方式，就是退！用一种疾泄的方式直退，然后再寻机反击。

然而他一退之下，顿感周身的压力全消，仿佛有一种失重的感觉。他怎么也不会想到，李秀树竟然也会在这个时候抽身疾遁，突然消失在暗黑的夜色中。

这一逃的确让纪空手大吃一惊，同时也让他领教了李秀树的高明。

就连纪空手，也不得不为李秀树能在这种情况之下还能保持高度的冷静而感到佩服不已。

也许再战下去，李秀树可以占到上风，甚至可以将纪空手置于死地，但李秀树的头脑始终非常清晰，明白这一战只是他与纪空手之间的较量，就像是棋局中某一着的得失。而他今天来到这里的目的，是击杀房卫之后全身而退，此刻房卫生死未卜，自己手下的人马还在酣战，他又岂能为一着之得失而误了全局？

所以从一开始，李秀树就不想与纪空手有过多的纠缠，只是他选择退走的方式怪异了一些，但不可否认，这种方式不仅成功，而且有效。

　　等到纪空手明白了这一点后，数十步外的林木间又升起了一道炫目的烟花，照耀半空，煞是好看。

　　纪空手明白，这是李秀树下令撤退的信号。

第六章
异变奇术

战事来得突然，去得也快，七星亭似乎已恢复了往日的宁静。

虽然场面经过了打扫处理，看上去却依然留有不少打斗的痕迹，浓浓的血腥弥散于空中，使气氛显得还是紧张了些。

陈义代表陈平送来了酒菜，与房卫客套了几句，以示慰藉，而刘邦依然藏于幕后，未现真身。

对刘邦来说，此时还不是他露面的时候。他当然不能现身，以他此刻的身分地位，假如被人知道他到了夜郎，必将成为夜郎国人注目的焦点，这恰是他最不愿意看到的事情。

距七星亭百步远的铜寺中，纪空手、龙赓、陈平三人相对而坐。有了上次铁塔的教训，这次在铜寺之外，陈平派出精锐高手负责戒备。

"这一次七星亭一战，李秀树手下的高手几乎折损了大半，只剩下二三十人跟随李秀树逃出了金银寨，至今去向不明。"陈平的脸上并无喜悦之情，心头反而更加沉重。因为他派出守卫七星亭的人员中的伤亡人数是李秀树一方的数倍之多，加上房卫方面的伤亡人数，此战孰胜孰败，实是很难鉴定。

惟一让他感到轻松一点的是，房卫安然无恙，这样一来，一切还可以按照原计划进行。

"如此说来，李秀树在夜郎的行动基本应该告一段落了。接下来，就是两天后的棋赛，这也是我们计划中的重中之重，出不得半点纰漏。"纪空手沉吟了片刻道。

龙赓和陈平脸上同时生起一丝疑惑道："你何以敢肯定李秀树就不会再杀一个回马枪呢？"

纪空手道："因为李秀树是一个聪明人。"他顿了一顿道："七星亭一战，他的实力受到折损，空前惨痛，这显然出乎了他的意料之外。他是那种只为自己而生，不为别人而死的人，要他为了韩信的利益而去卖命，这显然不符合其性格。所以我想，他应该不会重蹈覆辙，再回夜郎。"

"那他这一趟夜郎之行岂不是一无所获？"陈平摇了摇头道。

"就算一无所获，他也足以在韩信面前交差了。何况还有一卞白，如果卞白能在棋赛上有所作为，岂非一样也能达到目的？"纪空手笑了笑，脸色突然凝重起来："我之所以可以肯定李秀树不会再插手夜郎之事，是因为我和他有过一次交手。当时他已占到先机，却为了顾全大局而激流勇退，说走就走，可见此人能忍常人所不能忍之事，更不会为了一时之气而使自己冒全军覆灭之虞。"

龙赓眉头一皱道："他难道真有这么厉害？竟然与你交手，犹能抢到先机！"

纪空手苦笑道："此人的确了得，他的武功固然可怕，但心智之高，算计之精，才是最让人感到头痛的地方。"

纪空手向来以智计闻名，却给了李秀树这样的评语，可见李秀树的确是纪空手心目中的强敌。

"但无论他如何了得，最终却还是栽到了你的手上，这就叫魔高一尺，道高一丈！"陈平不由哈哈一笑道。

纪空手微微笑道："他只是运气不佳而已，正好逢上我运数旺盛的时候，所以只是侥幸得手罢了。纵观他这一系列的手段，细细品来，构思精巧，心思缜密，想来若不成功当真稀奇，谁知机关算尽，终究不成，看来真应了那句老话：谋事在人，成事在天。"

龙赓细细一想，也觉确是如此，不由兴奋地道："看来老天爷也向着我们，此计若成，先生在九泉之下亦可瞑目了。"

纪空手心头一震，轻叹一声道："要让先生在九泉之下瞑目，我们要走的路还长得很。他老人家虽然盛年之时归隐江湖，其实一直心系天下苍生，惟有天下一统，盛世降临，才算了结了他这一生未遂的夙愿。"

龙赓与陈平同时沉声道："我们愿随公子一起，去完成先生这未遂的夙愿。"

纪空手心中感动，道："若得二位相助，何愁大事不成？只是此事不能操之过急，只有一步一步地来，我们才有希望去最终实现它。"

他的眼睛望向龙赓，突然想到了什么，道："你那边有什么发现？"

龙赓闻言肃然道："果然不出公子所料，刘邦的确是藏在七星楼中。"

他此言一出，陈平已是霍然色变，站将起来道："他竟然到了我通吃馆内，那我们还等什么？"

"我们必须等下去，因为，这绝不是我们动手的最佳时机！"纪空手缓缓地摇着头，与陈平四目相对。

陈平默默地看着纪空手的眼睛，希望能从这双深邃的眼睛中看到一些什么。

"时机，什么才是时机？此时此刻，难道不是击杀刘邦的最好时机？"这只是他的心里话，并没有将之说出来。

他没有说出来的原因，是从这双深邃的眼睛中看到了一种真诚。他没有理由去质疑一切，更没有理由不相信朋友，纪空手既然认为这不是最佳时机，就必然有其充足的理由。

果不其然，纪空手的脸色变得十分凝重，缓缓而道："如果我们现在动手，成功的机率的确很大，但弊大于利，我们只能是得不偿失！"

他的目光再一次投向陈平，道："第一，从七星亭一战就可看出，刘邦即使人在夜郎，也依然拥有较强的实力。如果我们贸然行动，即使胜了，也未必就能杀得了刘邦；其二，就算我们杀得了刘邦，然而，我们此时人在夜郎，杀了刘邦之后，必然会给夜郎国带来不小的祸患，甚至是一场战争，这岂不是有违我们的初衷？而最重要的一点是，击杀刘邦绝不是我们的最终目的，在我的计划中，刘邦早晚得死，但他的死只是一种手段，而不是目的，选择让他在什么时候死，才是我计划中最关键的一个着重点。"

"什么计划？"陈平脱口问道。

"一个超越了你们原定计划范畴之外的计划，它的庞大，大到了你们不可想象的地步，所以我又叫它——'夜的降临'！因为只有黑暗才能隐盖一切！"纪空手一字一句地道。在说出这些话之前，他的灵觉早已飘游于十丈范围的空间内，确定在这段空间只有他们三人的时候，他才开始说话。

无论是龙赓，还是陈平，他们都不由自主地怔了一下。在他们两人之间，的确是有一个复仇的计划，而目标就是刘邦！身为五音先生的弟子，他们当然不能坐视五音先生的死而不理，更不能容忍师门的仇敌依旧在这个世上逍遥，所以他们制订了一个非常周密而严谨的计划，就是为了将刘邦置于死地！

然而纪空手心中的计划竟然超越了这个计划的范畴，那么它又是一个怎样的计划？在这个计划中，它的最终目标不是刘邦？难道会是……天下！

这一串串的悬疑涌上心头，令龙赓与陈平都有莫名之感，两人眼中都期待着纪空手能为他们解开心中的谜团，但纪空手只是微微一笑，不再说话。

这既然是一个黑暗的计划，当然就要冒天大的风险，不仅如此，要完成这个计划，还需要有精密的算计与无畏的勇气，这并不是一般的人可以承受的心理负荷。

虽然龙赓与陈平都是非常优秀的人，也绝对是靠得住的朋友，但这个计划带给人的压力实在太沉、太重，犹如大山挤压，纪空手宁愿自己一个人去背负它，也不想牵连到他们。

这究竟会是一个怎样的计划呢？

纪空手既然不说，龙赓与陈平也没有再问下去，他们心里十分清楚，纪空手之所以不说，当然有他不说的理由，他们之间既然是朋友，就没有理由不相信纪空手。

于是他们绕开了这个话题，又回到了龙赓在七星楼发现刘邦的这件事情上。纪空手更想知道，将近一年未见的刘邦发生了怎样的变化。

"我按照公子的吩咐，就埋伏在七星楼外的假山后，那里的位置不错，正好可以观察七星楼中的动静。当李秀树派来的三大高手分别进入楼层之时，楼中的人先发制人，很快就占据了主动，后随着刘邦的出现，一举奠定了胜局。"龙赓的眼中似有一份惊奇，显然对自己所见到的事情有几许疑问。

"当时刘邦有否出手？"纪空手最关心的正是这个问题，他相信以龙赓的眼力，只要刘邦出手，就必然能看出其武功的深浅。

"他出手了，而且一招就结束了李战狱的性命。从他出剑的招式来看，其剑法博大精深，深不可测，绝对是个难缠的角色。"龙赓一脸肃然道。

"如果换作是你，要想胜他，会有多大把握？"纪空手希望通过对比，以更确切地了解刘邦拥有的真正实力。

龙赓沉吟了一下，眉头紧锁道："这无法比较。"

他说的是实情，两大实力接近的高手决战，真正能够决定胜负的因素并不在于武功，他们往往比的是对环境的熟悉，对地形的观察，以及心理的承受能力……等等此类这些看似细微的东西，甚至可以说，感性决定一切，出手前那一刹那的感觉最为重要。正因为属于感性的东西皆是虚无变幻之物，是以，龙赓无法作出自己的判断。

"如果换作是我，我会有多大胜算？"纪空手虽然知道龙赓很难回答这个问题，可还是问了出来。

龙赓与他的目光相对，一字一句地道："虽然你是我见过的少有的武道奇才，但我仍然要说，面对刘邦，你也没有必胜的把握！除非你真的能够做到心中无刀的境界！"

纪空手微微一笑道："心中无刀，的确美妙，那种境界十分玄奇，让人有触摸到武道至高处的感觉。可惜的是，我只有偶尔为之，等待灵觉的爆发，却自始至终不能将这种美妙的感觉紧紧地抓于手中。"

他的脸上微现红晕，仿如醉酒的感觉，似乎沉醉在那种晕晕然的境地，然而这种神情只在他的脸上一闪即过，淡淡笑道："假如是你我联手，会有几成把握？"

这一次龙赓回答得很快，连想都没想就道："这只有一种结果，那就是他死定了！必死无疑！"

纪空手深深地凝视他一眼道："我等的就是你这句话，如此一来，我就放心了。"

两人对视而笑了起来，充满了十足的自信。的确如此，当这两大天赋异禀的武道奇才一旦联手，试问天下，谁可匹敌？

但龙赓的笑容却一笑即收，代之而来的是一脸凝重，沉吟半晌，才一字一句地道："不过，今天的一战，却让我看到了一件非常古怪的事情，那就是在李战狱与东木残狼的身上，又出现了江湖中传说的'异变'，如果李秀树与韩信也深谙此道，只怕我们真正的大敌就是这二人了。"

"异变？"纪空手显然是第一次听到这样的名字，不由一怔道："这难道是一种非常可怕的武功吗？"

"异变一术，来自于天竺异邦，相传在周武王建国一战中，由其谋臣子牙引入中原，用之于兵，遂得天下无敌之师，灭商立周，功不可没。后来这种异术传入江湖，被人用之于武道，的确有一定的奇效，只是此术过于繁琐，程序复杂，要想精通，十分艰难，而且此术最易走火入魔，一旦受害，轻则功力大减，致人残废；重则一命呜呼，难保性命。是以才在数百年前遭到中原有识之士的禁绝，从此销声匿迹，不复存在。想不到它又在今日得以出现。"龙赓的眉头紧锁，忧心忡忡。

"真有这么可怕？"纪空手将信将疑。

"异变一术，其实就是在某一个时段里，当修练者运用它之时，便可在一瞬间激化人的原始本能，因此修练者不仅可以拥有野兽般的力量和敏锐，同时也有着人类的思维与意识，使其攻击力迅速提升数倍，从而在瞬间决定战局。然而奇怪的是，我明明看到李战狱与东木残狼都出现了异变的迹象，何以并没有看到他们异变之后产生的效果？反而其功力有不增反减的感觉。"龙赓摇了摇头，感到不可思议。

"你可以确定他们所使之术真是异变吗？"纪空手道。

"我虽然从未见过异变，但对异变并不陌生，先生博学多才，藏书甚丰，其中有一本名为《脱变》的手册中记录的正是有关异变的图解说明。当时我甚为好奇，便请教先生，先生言道：'异变不过是旁门异术，讲究速成，妄想捷径，这已是入魔之兆，真正的武者是不屑为之的，因为是魔三分害。当一个人入魔太深时，他最终的结局，只能是遭魔反噬，绝无例外。'"龙赓点了点头，非常肯定地道。

"这就奇了，异变既是旁门异术，修练者等同于饮鸩止渴，何以李战狱和东木残狼还要修练呢？更让人觉得古怪的是，李秀树曾经与我有过交手，何以在他的身上并未出现异变？"纪空手提出了自己心中的疑团。

陈平一直只是静静地听着，没有说话，直到这时他才想了一想，插嘴道："莫非李秀树根本不知道异变一术，而李战狱与东木残狼一直偷瞒着他？"

纪空手摇了摇头道："这种可能性不大，李战狱与东木残狼都是李秀树所倚重的高手，一向在他的身边走动，如果是这两人无意得到异变一术的修练之法，是很难瞒过李秀树的耳目的。"

龙赓的眼神陡然一亮，道："还有一种情况，就是李秀树得到了异变之术后，不知其利弊何在，为了慎重起见，他选择了与自己武功差距不大的李战狱与东木残狼作为实验者。"

纪空手一拍掌道："以李秀树的性格为人，这是最有可能出现的情况。我所感到不解的是，李秀树是从何处得来的异变之术？何以得到之后不敢放心修练？此人既然将异变之术传给李秀树，说明他们之间的关系已然到了一种比较亲密的状态，可李秀树似乎并不完全信任他，像这样的人，会是谁？"

"韩信？"陈平与龙赓同时叫道。

"对，此人很可能就是韩信。可是，他为什么要这样做呢？"纪空手的眉头一皱，这才是他最终想知道的答案。

纪空手的判断十分准确，李秀树自七星亭一战之后，就像一阵风般消失于空气中，去向不明，无影无踪。

夜郎王也回到了金银寨，一场涉及到夜郎、漏卧两国安危的战争因为灵竹公主的出现而消弥无形。漏卧王虽然野心极大，对夜郎国虎视眈眈，但他也深知师出无名，难以得到将士与国人的拥护，再加上李秀树失败的消息传来，他惟有退兵。

夜郎王为了显示自己的大度，在漏卧王退兵之际，特意邀请漏卧王与灵竹公主再返金银寨，以观摩即将举行的棋王大赛之盛况。漏卧王为示心中无鬼，只得同意灵竹公主代自己走上一趟。

一切都在按部就班地进行。

腊月十五，大吉，相书云：诸事皆宜。

棋王大赛便在这诸事皆宜的日子里拉开了开赛的帷幕。

装饰一新的通吃馆内，成了金银寨最热闹的所在。园林广阔，环境优美，其间布置豪华气派，古雅中显着大气，自是出自于名家设计，从点滴间已可看出夜郎陈家的雄浑财力物力，同时也体现了夜郎王对这次棋王大赛的重视程度。

他无法不重视，在这三方棋王的背后，有着中原三大势力的支撑，无论这三大势力最终是谁一统天下，都可以左右他夜郎小国的命运，所以他一个也得罪不起。惟一的办法，就是尽自己一方地主之谊，至于铜铁贸易权，那就各凭天命。

他之所以要举办棋王大赛的一个重要原因是，他相信陈平的棋技！如果没有这个作为保证，万一出现通负的局面，那岂不更是火上浇油？

这的确是夜郎立国以来少有的一件大事，是以全城百姓与邻国的王侯公主着实来了不少，在这些宾客之中，既有懂棋之人，为欣赏高水平的棋赛而来，也有对棋一窍不通者，他们大多是抱着凑凑热闹的心情而来，更主要的是对棋赛的胜负下注博戏。

有赌的地方，永远不会寂寞、冷清，这是一句名言，也是至理。

所以通吃馆内气氛热烈，人气十足，也就不足为奇了。

然而通吃馆在热闹之余，却戒备森严，数千军士与陈府家丁穿上一式整齐的武士服，三步一岗，五步一哨，把守着通吃馆内的所有建筑与通道，随时保持着在最短时间内的应变能力。

一切事务均是井井有条，闹而不乱，仿如过节一般。

棋赛的举办点被安排在铁塔之上，一张棋几，两张卧榻，置两杯清茶，布置得十分简单，在棋几的中间放一张高脚凳，由四方棋王公选出来的德高望重者入座裁判，以定胜负。

然而距铁塔不过数百步远的的万金阁，却不似这般清静。整个阁楼全部开放，摆座设席，可容数百人同时就位，在正门所对的一方大墙上，摆下一个长约四丈，宽四丈的棋盘，棋子宛如圆盘，重叠一旁，在棋盘的两边，各放一条巨大木匾，左云：静心；右云：黑白。正是道出了棋之精义。

在万金阁入座之人，不是持有千金券者，就是有钱有势的主儿。其他无钱无势的客人只能呆在通吃馆前的大厅里，观棋亦可，赌钱也行，倒也其乐融融。

纪空手等人到达万金阁内时，除了三方棋王未至之外，其余宾客早已入席闲聊，吹牛谈天，闹得万金阁犹如集市。

今天果真是诸事皆宜的大吉之日，天公作美，阳光暖照。茶树随清风摇曳，送来阵阵花香，使得这盛大的棋赛更如锦上添花。

纪空手似是不经意间地向大厅扫了一眼，微微一笑，这才挨着娜丹坐在陈平席后。

他心里十分清楚，虽然李秀树已经去向不明，但在这三方棋王中，斗争才刚刚开始。面对这喧嚣热闹的场面，他似乎看到了潜藏其中的危机。不过，他充满自信，相信无论风云如何变幻，尽在他大手一握之中。

他的眼光落在了棋王大赛的主角身上，一看之下，不由一怔。

在这种场合之下，又在棋赛即将开始之时，陈平的整个人端坐席间，一动不动，闭目养神，显得极是悠然。他似乎并没有意识到自己参加的是一场关乎他个人荣誉和国家命运的棋赛，倒像是等着品尝素斋的方外之士，给人以出奇的镇定与自信。

"龙兄，依你所见，陈爷的棋技与另三大棋王相比，能否有必胜的把握？"这个问题一直藏在纪空手的心里，如鲠在喉，现在趁着这份闲暇，终于吐了出来。

龙赓并没有直接回答纪空手提出的这个问题，只是笑了笑道："你猜我刚才进来之前做了一件什么事？"

纪空手摇了摇头，知道龙赓还有下文。

"我把我身上所有的钱财都押了出去，就是赌陈爷赢。"龙赓压低声音道。

娜丹奇道："看来你还是个赌中豪客。"

龙赓笑道："可惜的是，我口袋里的银子只有几钱，一两都不到，庄家拒绝我下注。"

纪空手哑然失笑道："我虽然对棋道不感兴趣，但若是要我选择，我也一定会选陈爷赢。"他看了一眼陈平，接道："其实世间的很多事情都是相通的，所以才会有'一事通，万事通'的说法。真正优秀的棋手通常也与武道高手一样，每到大战在即，心态决定了一切，只有心中无棋，才不会受到胜负的禁锢，从而发挥出最佳的水平。"

龙赓深感其理，表示赞同。

鼓乐声喧天而起，随着门官的唱喏，在夜郎王的陪同下，三大棋王依次步入厅堂，坐在了事先安排好的席位上。

随着主宾的到来，万金阁的气氛变得肃穆起来，嘈杂的人声由高渐低，直至全无。

纪空手的目光紧盯住房卫身后的一帮随从，除了乐白等人，刘邦扮作一个剑手赫然混杂其中。

只不过一年的时间未见，刘邦变得更加可怕了，虽然他的打扮并不起眼，但稳定的步伐间距有度，起落有力，显示出王者应有的强大自信，顾盼间双目神光电射，慑人之极。若不是他刻意收敛，在他周围的人必定会全被他比了下去。

当两人的目光在无意中相触虚空时，有若闪电交击，一闪即分，刘邦的脸上有几分惊讶，又似有几分疑惑。

刘邦脸上的表情尽被纪空手收入眼底，这令纪空手心中窃喜，因为刘邦脸上的这种表情，正是纪空手所希望看到的。

他这看似不经意地一眼，其实是刻意为之。他必须知道，经过了整形术的自己是否还能被刘邦认出，而眼睛往往是最容易暴露整形者真实身分的部位，如果刘邦不能从自己的眼神里面看出点什么来，那就证明了自己的整形术是成功的。

这很重要，对纪空手来说，这也许是他的计划能否成功的最关键一步，所以他没有回避，而是直接面对。

从刘邦的表情上看，他显然没有认出这位与自己对视的人会是纪空手，他只是有一种似曾相识之感，所以才会流露出一丝惊讶。

随着众人纷纷入席之后，夜郎王终于站在了棋盘之前。偌大的厅堂，倏地静了下来，数百道目光齐聚在他一人身上，期盼着棋赛由他的口中正式宣布开始。

夜郎王目视送礼，与三大棋王对视一眼之后，这才干咳一声道："三位棋王都是远道而来的贵宾，能齐聚我夜郎小国，是我夜郎的荣幸，也是本王的荣幸。棋分黑白，规矩自定，关于棋赛的各项规矩，三位棋王也已经制定完毕，而棋赛的彩头，相信各位也做到了心中有数，在此本王也就不再多言了。本王想说的是,虽然是小小的一盘棋,却千万不可伤了和气,落子之后,必分输赢,赢者无须得意,输者不必气恼,胜负乃是天定。"

他的话中带出一丝无奈,面对三强紧逼,他的确为难得紧,只希望陈平能一举击败三大棋王,他也好有所应对。

众人虽不明就里,但也从夜郎王的脸上看出了一些什么,正感大惑不解时,卞白已微笑道:"既然棋分胜负,那么裁判是谁?"

夜郎王不慌不忙地道:"至于裁判的人选,此事关系重大,恐怕得由三位棋王公选一位才成。"

卞白淡淡而道:"能够裁决胜负者,无外乎要具备三个条件:一,德高望众,可以服人;二,棋艺精湛,能辨是非;三,不偏不倚,保持公正。在下心目中倒有一个人选,不知房爷与习爷能否同意?"

房卫与习泗冷哼一声,道:"倒想洗耳恭听。"

"所谓求远不如就近,依在下看来,大王正是这裁判的最佳人选,二位难道不这样认为吗?"卞白看了他二人一眼道。

卞白的提议的确是最合适的人选,能让三位棋王可以放心的,也只有夜郎王。

既然裁判已定,陈平缓缓地站将起来,将手一拱道:"谁先请?"

"慢!"卞白一摆手道:"在下心中还有一个问题,想请教陈爷。"

陈平道:"请教不敢,卞爷尽管说话。"

"陈爷乃棋道高人,敢以一敌三,可见棋技惊人。不过事无常势,人有失手,万一陈爷连输三局,我们三人之间的胜负又当如何判定?"卞白话里说的客气,其实竟不将陈平放在眼里。

陈平也不动气,微微一笑道:"若是在下棋力不济,连输三局,三位再捉对厮杀,胜负也早晚会分,卞爷不必担心。"

"好,既然如此,在下不才,便领教陈爷的高招。"卞白本是棋道宗府之主,平生对棋道最是自负,自然瞧不起夜郎国中的这位无名棋手。当下也不想观棋取巧,想都不想,便要打这头一阵。

此话一出,房卫与习泗自然高兴。这第一战纯属遭遇战,不识棋风,不辨棋路,最是难下,照这二人的意思,谁也不肯去打这头阵,想不到卞白倒自告奋勇地上了。

当下卞白、陈平与夜郎王一起上了铁塔,三人各坐其位,薰香已点,淡淡的香味和着茶香,使得铁塔之上多了一份清雅。

在这样的环境下对弈,的确是一件让人心情愉快的事情。当卞白缓缓地从棋盒中拈起一颗黑子时,他突然感觉到,一个懂得在什么样的环境里才能下出好棋的人,其棋技绝不会弱。

想到这里,他的心不由一凛,重新打量起自己眼前的这名对手来。

其实在万金阁时,他就刻意观察了一下这位夜郎陈家的世家之主。当时给他的感觉就是一个挺普通的人，除了衣衫华美之外，走到大街上，都很难将他分辨出来。

可就是这样的一个人，当他坐到棋几前，面对着横竖十九道棋格时，整个人的气质便陡然一变，眼芒暴闪间，仿佛面对的不是一个方寸之大的棋盘，而是一个横亘于天地之间的战场，隐隐然透着一股慑人的王者风范。

"你执黑棋？"陈平望着卞白两指间的那颗黑子，淡淡一笑道。

"难道不可以吗？"卞白心里似乎多出了一份空虚，语气变得强硬起来，仿佛想掩饰一点什么。

"当然可以。"陈平笑了起来："无论你执什么棋，都必输无疑！"

卞白深深地吸了一口气，压下心中的怒火道："你想激怒我，从而扰乱我对棋势的判断与计算？"

"你错了，棋道变化无穷，更无法判断它的未来走势。当你拈起棋子开始计算与判断的时候，你已经落入了下乘。"陈平淡淡而道。

"难道你下棋从不计算？"卞白还是第一次听到这样匪夷所思的论断，虽然他排斥这种说法，但在他的内心里，却充满了好奇，因为他很想知道别人对棋道的看法。

"我曾经计算，也对棋势作出判断，然而有一天当我把它当作是有生命的东西的时候，我赋予它思想，它回报我的是一种美，一种流动的美。"陈平说完这些话后，缓缓地从棋盒中拈起了一颗白子。他的动作很优雅，棋子在他的手上，就像是一朵淡雅而幽香的鲜花。

卞白的眼里闪出一片迷茫，摇了摇头，然后手指轻抬，"啪……"地一声将棋子落在了棋盘上。

"我不知道什么叫美，我只知道，精确的计算与对棋势的正确判断是赢棋的最有力的保障，我愿意用你认为下乘的手段来证明给你看。棋既分胜负，决输赢，就没有美的存在。"卞白已是如临大敌，再不敢有半点小视之心，手势一摆道："我已落子，请！"

陈平微微一笑，不再说话，只是将手中的棋子当作珍宝般鉴赏了一下，然后以一种说不出的优雅将它轻轻地放在了他认为最美的地方。

万金阁，一片寂然。

虽然相隔铁塔尚有一段距离，没有人可以看到陈平与卞白的这一战，但是通过棋谱的传送，这一战中双方的招法已经真实显现于阁里大厅中的大棋盘上。

随着棋势的深入，这盘棋只用了短短的十数着，就完成了布局，进入中盘阶段。观棋的人无不窃窃私语，面对陈平每一步怪异的招法无不惊叹。

房卫与习泗最初还神色自若，等到陈平的白子落下，两人的脸色同时一变，显得十分凝重。

他们敢以棋王自居,对于棋之一道自然有其非凡之处,而且对棋势的判断更达到了惊人的准确。可是当他们看到陈平所下出来的每一步棋时,看似平淡,却如流水般和谐,让人永远也猜不透他下一步棋的落点会在哪里,这令他们感到莫名之下,心生震撼。

"如果是我,当面对着这种唯美的下落时,我将如何应对?"习泗这么想着,他突然发现,陈平的棋虽然平淡如水,却无处不在地表现着一种流动的美,这种美在棋上,更渗入到人的心里。

纪空手不懂棋,却已经知道这盘棋的胜负已在陈平的控制之中。这一次,他不是凭直觉,而是凭着他对武道的深刻理解,去感受着陈平对棋道所作出的近乎完美的诠释。

武道与棋道,绝对不属于同类,但武至极处,棋到巅峰,它们都向人们昭示了一点共通的道理,那就是当你的心中没有胜负的时候,你已经胜了,而且是完胜。

因为心中没有胜负,你已不败。

"你在想什么?"娜丹轻推了纪空手一下,柔声问道。

纪空手笑了笑道:"我在想,当这盘棋结束的时候,这汉中棋王与西楚棋圣是否还有勇气接受陈平的挑战?"

娜丹咯咯笑了起来,眼儿几成了一条线缝,道:"你是否能猜到我此刻在想什么?"

纪空手压低嗓音道:"这还用得着猜吗?"在他的脸上显现出一丝暧昧,似笑非笑,让人回味无穷。

娜丹的俏脸一红,眼儿媚出一缕秋波,头一低,道:"虽然我们苗疆女子愿意将自己献给所爱的人,再找一个爱自己的人相守一生,但是我想,如果他是同一个人,那该是多么美妙的事情。"

纪空手伸手过去,将她的小手紧紧握住,道:"这并非没有可能,其实在这个世上有很多事情都是这样的,当你付出的时候,迟早都会有所收获,爱亦如此。"

娜丹的眼睛陡然一亮道:"你没骗我吧?"

"我对爱从不撒谎,知道我为什么会喜欢你吗?"纪空手道。

娜丹抬起头来,以深情的目光凝视着他。

"因为你不仅柔美似水,更是一个懂得美的女人。当我走进你的世界里时,你带给我的总是最美的色彩。"

这像是诗,有着悠远的意境,飘渺而抽象,但娜丹觉得自己已经抓住了什么。

棋到八十七手,卞白陷入了深深地思索。

而对面的座上是空的。

陈平双手背负,站在铁塔的栏杆边上,眺望远方。他的目光深邃,似乎看到了苍穹极处的黑洞,脸上流露出宁静而悠然的微笑,似乎感受到了天地间许多至美的东西。

"好美!"他不经意间低语了一句,像是对自己说的,又像是对别人说的。

卞白却听到了,抬起头来,眼神空洞而迷茫。

"我的眼中,并没有你所说的流动之美,所见到的,只有无休止的斗争,力量的对比。"

"这并不奇怪,因为你是美的破坏者,而不是创造者。你的棋太看重于胜负,具有高速思维与严密的逻辑,所以你的棋只能陷入无休止的计算与战斗之中。"

"你说得如此玄乎,恐怕只是想扰乱我的思维吧? 到目前为止,棋上的盘面还是两分之局,你的美并未遏制我的计算与力战。"

"那么,请继续。"陈平轻叹了一口气,有一种高处不胜寒的寂寞。

第七章
智者游戏

"这第八十八手是卞白出现的一个疑问手,这一着法看似精妙无比,有着非常丰富的变化,但当陈平这八十九手应出的时候,再来品味整个棋面,卞白的棋已渐渐地被陈平所左右。"习泗的声音不大,却是对着房卫而说的。

这似乎不可思议,两个对立的人为了一盘棋展开了彼此间的交流,这并不是说明他们已放弃了自己的立场,而是这一盘棋实在是他们平生看到的非常经典的一战,人入棋中,已是忘乎所以。

刘邦没有说话,只是皱了皱眉头。

但全场之人的注意力全部聚在了他们二人身上,这两人身为棋王,无疑对这一盘棋的走势有着权威性的评断。

"其实,卞白的棋在布局的时候就已经出现了问题。"房卫提出了自己的异议,虽然他们都是天下顶尖的棋手,但由于性格不同,对棋道的理解不同,使得他们各自形成了与对方迥然不同的风格。

从地域划分来看,这次棋王大赛汇集了东、西、南、北四大流派的顶尖高手加盟参战,房卫与习泗便是东部与西部的代表,他们能够在各自的地方称王,就已经证明了他们本身的实力。以他们的身分地位,也绝对不会轻易地服谁,所以在他们之间一旦出现分歧,必然会固执己见,坚持自己的观点。

"房兄的认识似乎有失偏颇,在卞白下这第八十八手棋时,盘面上的局势最多两分,谁也不能在棋形棋势上占到上风,如果卞白在这第八十八手棋上改下到这个位置，形势依然不坏。"习泗所指的是在黑棋左下角选择大飞，这手棋的确是当时盘面上的最佳选择，但房卫却凭着自己敏锐的直觉，感到了仍有不妥的地方。

两人站将起来，来到了摆棋的那块大棋盘前，指指点点，各抒己见，争论越发激烈，就好像他们不是观棋者，而是下棋者，置身其中不能自拔。

纪空手的目光看似始终没有离开过这两人的舌战之争，其实他的注意力更多的是放在刘邦身上。为了不引起刘邦的警觉，他与龙赓在低语交谈，以此来掩饰他真正的意图。

"什么是围棋？"纪空手对棋道一窍不通，所以看到房卫与习泗对棋所表现出来的痴迷感到不解。

"围棋的起源甚古，始于何年，无法考证，但在春秋列国时已有普及，以黑白双方围地多少来决定胜负，规则简单，却拥有无穷变化，是以能深受世人喜爱。下棋按照过程分为布局、中盘、收官三个阶段，他们所说的飞、封、挖、拆、跳、间均是围棋招式的术语，是用来攻防的基本手段。"龙赓身为五音门下，虽然不是专门学棋之士，但对棋艺显得并不陌生，娓娓道来，俨然一副行家模样。

纪空手听得云里雾里，一脸迷茫，不过他从双方的棋艺中似乎看到了一股气势，同时也感到了这黑白两分的世界里涌出的流畅之美，让人仿佛驰骋于天地，徜徉于思想的张放之间。

"这岂不像是打仗？"纪空手似乎从这棋中闻到了硝烟的气息。

"这本来就是一场战争，围棋源于军事，兵者，诡道也，下棋者便如是统兵十万的将帅，可以一圆男儿雄霸天下的梦想。其中的无穷变化，暗合着兵家诡道之法，虚虚实实，生生死死，让人痴迷，让人癫狂，是以才能流行于天下。"龙赓道。

纪空手心中一动，道："我是否可以将之理解为能在棋中称霸者，必可在世上一统天下？"在一刹那间，他甚至怀疑，陈平除了是五音先生门下的棋者之外，是否会与那位神秘的兵家之士是同一人？

这固然有些匪夷所思，却未尝就没有可能。

龙赓只是轻轻摇头道："不能，在行棋与行军之间，有一个最大的区别，就是这棋道无论具有多少变化，无论多么像一场战争，但它仅仅只是像而已，而绝不是一场战争，充其量也只是智者之间的游戏。"

说到这里，龙赓的身体微微一震，道："凭我的感觉，陈平与卞白的这场棋道争战应该是接近尾声了，最多五手棋，卞白将中盘认输！"

果然，在铁塔之上，当卞白行至第一百四十七手棋时，他手中所拈的黑子迟迟没有落下。

"卞爷，请落子。"陈平的脸上依然透着一股淡淡的微笑，优雅而从容，显得十分大气。

卞白的脸色变了一变，额头上的根根青筋冒起，极是恐怖，眼神中带着一份无奈与失落,喃喃而道:"这么大的棋盘上,这颗子将落在哪个点上?"

"你在和我说话吗?"陈平淡淡而道。

卞白缓缓地抬起头来,整个人仿佛苍老了许多,茫然而道:"如果是,你能告诉我吗?"

"不能。"陈平平静地道:"因为我也不知道棋落何处。"

卞白深深地看了他一眼,缓缓地站将起来道:"我输了。"

他说完这句话时,脸上的紧张反而荡然无存,就像是心头上落下一块重石般轻松起来,微微一笑道:"可是我并不感到难受,因为无论谁面对你这样的高手,他都难以避免失败一途。"

"你错了,你没有败给我,只是败给了美。"陈平说了一句非常玄奥的话,不过,他相信卞白能够听懂这句话的意思:"美是无敌的,是以永远不败。"

卞白败了,败得心服口服。

他只有离开通吃馆,离开夜郎国。

随着他的离去,韩信的计划终于以失败而告终。

铜铁贸易权之争,就只剩下刘、项两家了。

然而无论是房卫,还是习泗,他们都是一脸凝重。虽然他们对自己的棋艺十分自信,可是当他们看到陈平与卞白下出的那一盘经典之战时,他们谁也没有了必胜的把握,更多的倒是为自己担起心来。

的确,陈平的棋艺太过高深莫测,行棋之间完全脱离了攻防之道,算计变化,每一着棋看似无心,全凭感觉,却在自然而然中流动着美的韵律,感染着对手,在不知不觉中已经左右了整个棋局。

不过,这并非表示房卫与习泗就毫无机会,随着夜色的降临,至少,他们还有一夜的时间准备对应之策。

一夜的时间,足以存在着无数种变数,且不说房卫与习泗,就是那些押注买陈平输的豪赌之人,也未必就甘心看着自己手中的银子化成水。

所以,人在铜寺的陈平,很快就成了众矢之的。夜郎王显然也意识到了这一点,派出大批高手对铜寺实施森严的戒备,以防不测。

就在纪空手与龙赓为陈平的安全苦费心思的时候,陈义带来了一个令人意想不到的消息——习泗不战而退,放弃了这场他期盼已久的棋赛。

在铜寺的密室里,纪空手三人的脸上尽是惊诧莫名之状,因为他们谁也没有想到,习泗会做出如此惊人之举。

"虎头蛇尾。"纪空手的脑海中最先想到的就是这样一句成语:"你们发现没有,无论是卞白,还是习泗,他们在棋赛开始之前都是信誓旦旦,势在必得,何以到了真正具有决定性的时刻时,却又抽身而退?难道说在韩信与项羽方面都不约而同地发生了重大的变故?"

陈平摇了摇头道:"这不太可能,卞白输棋而退,李秀树又遭重创,韩信因此而死心,这尚且说得过去。而习泗既是项羽所派的棋王,论实力是这三方来头最大的,应该不会轻言放弃。"

"也许是习泗看到了你与卞白的那一战之后而心生怯意,知道自己赢棋无望,不如替自己寻个台阶而去,这种可能性并非没有。"龙赓想了想道。

纪空手的眼睛盯着供桌上的一尊麒麟,摇头道:"习泗只是项羽派来的一个棋手而已,他的职责就是赢棋,而没有任何的决定权。所以我想,习泗退走绝对不是他本人的主意。不过,这其中最主要的原因,恐怕还是习泗棋艺上技不如人,迫使项羽以退为进,另辟蹊径。"

他缓缓地看着陈平与龙赓道:"对于项羽,我和他其实只有一面之缘,但我却知道此人刚愎自用,凶残狠辣,绝对不是一个容易对付的角色。像这样的一个人,若非他没有绝对的把握,恐怕不会轻易言退。"

"你的意思是说,习泗的退走只是项羽所用的一个策略,他的目标其实仍然盯着铜铁贸易权?"龙赓沉吟片刻道。

"是的,习泗的退走只是一个幌子,其目的就是想掩饰项羽的真正意图,以转移我们的视线。"纪空手缓缓而道:"在这种非常时期,对任何一方来说,铜铁贸易权都是非常重要的,就算自己无法得到,他们也绝不会让自己的对手轻易得到。"

"难道你认为项羽也如刘邦一样暗中到了夜郎?"龙赓突然似想到了什么,惊呼道。

纪空手看着龙赓,一脸凝重,一字一句地道:"既然刘邦能够来到夜郎,项羽何以又不能在夜郎出现呢?如果没有项羽的命令,你认为习泗敢在这个关键时刻不战而退吗?"

龙赓肃然道:"如果事情真的如你所言,项羽到了夜郎,那么对我们来说,问题就变得十分棘手了。"

龙赓的担忧并非毫无道理,项羽年纪轻轻便登上阀主之位,其武功心智自然超乎常人,有其独到之处。虽然在龙赓的记忆里,项羽只是一个人的名姓称谓,但项羽此时号称"西楚霸王",凌驾于众多诸侯之上,单凭这一点,便足以让任何对手不敢对他有半点小视之心。

"项羽身为流云斋之主,流云道真气霸烈无比,当年我在樊阴之时,就深受其害,迄今想来,仍是心有余悸。"纪空手显然意识到了问题的严重性,缓缓而道:"最可怕的还不是他的武功,而是他自起事以来从未败过的战绩。兵者,诡道也,若没有超乎常人的谋略与胆识,没有滴水不漏的算计与精密的推断,要在乱世之中做到这一点是几乎不可能的事情。以他的行事作风,不动则已,一动必是必胜一击。若是他到了夜郎,就表明他已对事态的发展有了十足的把握。"

陈平沉吟片刻道:"项羽虽然可怕,但是我想,他亲自来到夜郎的可能性并不大。虽然他的眼里，铜铁贸易权的确十分重要，但是一场战争可以让他改变任何决定。"

"战争？"纪空手与龙赓同时以惊诧的目光望向陈平。

陈平道："对于项羽来说，他的敌人并非只有刘邦与韩信，但在众多诸侯之中，刘邦和韩信可说是项羽的心腹，因此他封刘邦为汉王，让其居于巴、蜀、汉中三郡，而把关中地区分为三个部分，封给章邯、司马欣、董翳这三位秦朝降将，企图钳制刘邦。同时将韩信封为淮阴侯，让他固守远离巴蜀千里之外的江淮，以九江王英布来遏制韩信。然而项羽在戏下挟义帝之名封王之时，曾经将齐王田市迁徙，另封为胶东王，而立齐王手下的田都为新的齐王，这自然引起了齐王部将田荣等人的不满，不仅不肯将齐王送到胶东，反而利用齐国现有的力量反叛项羽，抗击田都，使得这场战争终于在五天前爆发了。"

"五天前？夜郎与齐国相距数千里之遥，你是从何得来的这个消息？"纪空手心生诧异道。他素知五音门下用鹞鹰传书的手段，是以能够通传消息，一日之内，可以知晓千里之外所发生的事情。不过，这种手段乃知音亭所独有，陈平不可能学得这门技艺，除非他另有法门。

"我也是从别人口中得到的这个消息，此人与公子十分相熟，专门以巴蜀所产的井盐与我夜郎做铜铁生意。"陈平微微一笑道。

"后生无？"纪空手的心中陡然一惊道。

"正是此人。"陈平道："公子若要见他，只须多走几步即可，他此刻正在我通吃馆内。"

纪空手脸色一紧道："我绝不能让任何人知道我此刻就在夜郎，否则也不会易容乔装来找你们了。对我的计划来说，我真实的身分无疑是整个计划的关键，除了你们两人外，知道这个秘密的人就只有虞姬与红颜、娜丹。"

顿了一顿，接道："因为，在今后的一段时间里，当刘邦争取到了铜铁贸易权之后，我将以陈平的身分进入巴蜀，伺机接近刘邦。"

这是他第一次向别人吐露自己心中的计划，无论是陈平，还是龙赓，都丝毫不觉得有任何的诡异。因为他们两人所预谋的行动就是在刘邦争取到铜铁贸易权之后，他们可以名正言顺地藉此接近刘邦，然后伺机复仇。

而纪空手的计划中，只不过将自己整容成陈平，使得这个刺杀的计划更趋完美，更有把握。

不过，陈平和龙赓看着一脸坚毅的纪空手，心里都觉得纪空手的计划未必会有这么简单。如果刺杀刘邦真是纪空手此行夜郎的最终目的，那么他完全可以在这个时候动手，根本不必等到刘邦回归南郑之后。

纪空手微微一笑，显然看出了他们眼中的疑惑，道："不错！你们猜想的一点都没错，我之所以不在夜郎动手，有三个原因，一是我不想让夜郎国卷入到我们与刘邦的纷争之中；其二是我发现刘邦的武功之高，已达深不可测之境。在他心怀警觉的时候动手，我们未必有一击必中的把握；第三个原因，也是最后一个原因,那就是刺杀刘邦只是实施我计划的一个关键手段,而绝不是目的!"

他的眼眸中闪动着一种坚定的色彩,显示着他的决心与自信,仿佛在他的眼里,再大的困难也不是一座不可逾越的山峰,最终他将是成功的征服者!这似乎是不可动摇的事实。

"我现在所担心的是,项羽与田荣之间既然爆发了战争,一旦这个消息传到了刘邦的耳中,他绝对不可能继续呆在夜郎。"纪空手的眉间现出一丝隐忧道。

"何以见得?"陈平道:"眼看这铜铁贸易权就要立见分晓了,他怎会在这个时候抽身而退?"

"因为这是一个战机,一个意想不到的战机。刘邦只有利用这个战机出兵伐楚,才是明智之举,一旦错失,他必将抱憾终生。"纪空手的脸上已是一片肃然,仿佛看到了一场惊天动地的大决战就在眼前爆发。

"如果刘邦走了,即使房卫夺得了铜铁贸易权,我们岂非也要大费周折?"陈平道。

"所以,我们就只有一个办法,趁着今夜,我们先行拜会他!"纪空手胸有成竹地道。

说完从怀中取出了随身携藏的小包裹,当着陈平与龙赓的面,妙手巧施,只不过用了半盏茶的功夫,便将自己变成了另一个陈平,无论模样神情,还是举止谈吐,都惟妙惟肖,形神逼真。

陈平与龙赓一看之下,无不大吃一惊,显然没有想到纪空手所使的整形术竟然达到了如此神奇的地步。虽然他们之前所见的人也并非是纪空手的真面目,然而当纪空手变作陈平时,两相对校,这才显出纪空手这妙至毫巅的整形手段来。

"你变成了我,那么我呢?"陈平陡然之间对这个问题产生了兴趣。

"你当然不再是你,你已变成了纪空手。当我们到了南郑之后,你却出现在塞外,或是江南,只有这样,刘邦才想不到他所面对的人不是陈平,而是纪空手。"纪空手微微一笑,似乎早已想透了这个计划中的每一个环节。

"你敢肯定刘邦看不出其中的破绽吗?"龙赓眼睛一亮道。

"正因为我不能肯定,所以今夜拜访刘邦的,就是你与我,我也想看看刘邦是否能看出我只是一个冒牌的陈平。"纪空手笑得非常自信。

七星楼中,刘邦、房卫、乐白三人同样置身密室之中,正在议论着习泗不战而退的事情,这个消息的传来,显然也大大出乎了他们的意料之外。

"项羽绝不是一个轻易言退的人,他做事的原则,就是为达目的,不择手段,这一点从他当年与纪空手结怨的事情中就可看出。"刘邦沉吟半晌,依然摸不着半点头绪,但他却坚信在这件事情的背后,一定有着非常重要的原因,要不然这就是项羽以退为进所采取的策略。

昔日项羽列兵十万，相迎红颜，此事早已传遍天下，房卫与乐白当然不会不知。不过说习泗此番退去是另有目的，房卫并不赞同。

"习泗不战而退，或许与陈平表现出来的棋艺大有关系。"房卫似乎又看到了陈平那如行云流水般的弈棋风格，有感而发道："我从三岁学棋，迄今已有五十载的棋龄。在我的棋艺生涯中，不知遇上过多少棋道高手，更下过不少于一千的经典对局，却从来没有见过像陈平这样下得如此之美的棋局。他的每一着棋看似平淡，但细细品味，却又深奥无穷，似乎暗含至深棋理，要想赢他，的确不是一件容易的事情。"

"你认为习泗不战而退的原因，是怯战？"刘邦问道，同时脸上显出一丝怪异的神情。

房卫读懂了他脸上的表情，苦笑道："应该如此，因为我曾细细研究过陈平与卞白的这场对局，发现若是我在局中，恐怕也只能落得与卞白相同的命运。"

"这么说来，明天你与陈平之间的棋赛岂非毫无胜机？"乐白不禁有几分泄气，想到此番来到夜郎花费了不少心力，到头来却落得个一场空，心中难免有些浮躁。

"如果不出意外，只怕这的确是一场有输无赢的对局。"房卫看了看乐白，最终一脸苦笑地望向刘邦。

刘邦的脸上就像是一潭死水，毫无表情，让人顿生高深莫测之感。他只是将目光深深地瞥了房卫一眼，这才缓缓而道："出现这种局面，殊属正常，事实上本王对这种结果早有预料，所以才会亲自赶来夜郎督战。"

房卫奇道："莫非汉王对棋道也有专门的研究？"

刘邦摇头道："本王对棋道一向没有兴趣，却深谙棋道之外的关节。当日夜郎王飞书传来，约定三方以棋决定铜铁贸易权时，本王就在寻思：这铜铁贸易权既然对我们三方都十分关键，那么夜郎王无论用什么方式让其中的一方得到，都势必引起另外两方的不满。最保险的方法，就是让我们三方都别想得到，这样一来，反而可保无事。于是本王就料到代表夜郎出战的棋手绝对是一个大高手，若是没有必胜的把握，夜郎王也不会设下这个棋赛了。"

房卫听得一头雾水，道："汉王既然知道会是这样一个结果，何以还要煞费苦心，远道而来呢？"

刘邦沉声道："本王一生所信奉的办事原则，就是只要事情还没有发生，你只要努力，事情的发展最终就是你所期望的结果。毕竟，你与陈平之间还未一战，谁又能肯定是你输他赢呢？"

"但是，棋中有古谚：棋高一招，缚手缚脚。以陈平的棋艺，我纵是百般努力，恐怕也不可能改变必败的命运。"房卫已经完全没有了自信，陈平对他来说，就像是一座高大雄伟的山峰，根本不是他所能逾越征服的。

刘邦深深地望着他道："如果在明天的棋赛中陈平突然失常，你认为你还会输吗?"

"棋道有言:神不宁,棋者乱! 心神不宁,发挥无常,我的确这么想过,但是除非有奇迹出现,否则这只是一个假设。"房卫以狐疑的目光与刘邦相对。

"这不是假设,而是随时都有可能发生的事情。"刘邦一字一句地道:"你听说过摄魂术吗?"

房卫点了点头道:"这是一种很古老的邪术,可以控制住别人的心神与思维,难道说汉王手下,有人擅长此术?"他精神不由一振,整个人变得亢奋起来。

"这不是邪术,而是武道中一门十分高深的技艺。在当今江湖上,能够擅长此术的人并不多见,恰恰在本王手下,还有几位深谙此道。"刘邦微微一笑道:"不过,摄魂术一旦施用,受术者的表情木讷,举止呆板,容易被别人识破,所以要想在陈平的身上使用,绝非上上之选。"

房卫一怔之下,并不说话,知道刘邦这么一说,必有下文。

果不其然,刘邦顿了一顿道:"但是,在这个世上,还有一种办法,既有摄魂术产生的功效,又能避免出现摄魂术施用时的弊端,这就是苗疆独有的'种蛊大法'!"

房卫与乐白大吃一惊,显然对种蛊大法皆有所闻,然而他们不明白刘邦何以会提到它? 既然这是苗疆所独有的大法,在他们之中自然无人擅长。

刘邦道:"'苗人'二字,在外人眼里,无疑是这个世上最神秘的种族。他们世代以山为居,居山建寨,分布于巴、蜀、夜郎、漏卧等地的群山之中,一向不为世人所知。但是到了这一代的族王,却是一个极有抱负、极有远见的有为之士。为了让苗疆拥有自己的土地,建立起一个属于他们自己的国度,他四处奔波,竭精殚虑,最终将这个希望寄托在了本王的身上,这也是本王为何会出现在夜郎的原因。"

房卫与乐白顿感莫名,因为自刘邦来到夜郎之后,他们就紧随刘邦,寸步不离,并没有看到他与外界有任何的联系,想不到他却在神不知、鬼不觉的情况下竟然与苗王达成协议,建立了同盟关系。难怪房、乐二人的脸上会是一片惊奇。

刘邦的眼芒缓缓地从他们脸上一一扫过,这才双手在空中轻拍了一下,便听得"吱吖……"一声,从密室之外进来一人,赫然竟是娜丹公主。

房卫与乐白心中一惊,他们明明看到娜丹公主在万金阁时坐在陈平身后,却想不到她竟会是自己人,这令他们不得不对刘邦的手段感到由衷佩服。

然而娜丹公主的脸上并无笑意,冷若冰霜,只是上前向刘邦盈盈行了一礼之后,便坐到一边。

这的确是一个让人意外的场面,假如纪空手亲眼看到了这种场面,他的心里一定会感到后悔。

因为娜丹恰恰是知道他真实身分的少数几人之一!

"娜丹公主既然来了,想必事情已经办妥了吧?"刘邦并不介意娜丹表现出来的冷傲，微笑而道。

娜丹冷冷地道："我们苗人说过的话，永远算数，倒是汉王事成之后，还须谨记你对我们苗疆的承诺。"

刘邦笑了笑，深深地凝视着娜丹的俏脸道："人无信不立，何况本王志在天下，又怎会失信于一个民族？只要本王一统天下，就是你们苗疆立国之时，娜丹公主大可不必担心。"

"如此最好。"娜丹公主从怀中取出一根细若针管的音笛，交到刘邦手中道："娜丹已在陈平的身上种下了一种名为'天蚕蛊'的虫蛊，时辰一到，以这音笛驱动，'天蚕蛊'很快会脱变成长，这便能让陈平在数个时辰内丧失心神，为你所用。事成之后，虫蛊自灭，可以不留一丝痕迹。"

刘邦细细把玩着手中的音笛，眼现疑惑道："这种蛊大法如此神奇，竟然是靠着这么一管音笛来驱策的吗？"

娜丹公主柳眉一皱道："莫非汉王认为娜丹有蒙骗欺瞒之嫌？"

刘邦连忙致歉道："不敢，本王绝无此意，只是不太明白何以娜丹公主会与陈平的人混在一起？今日在万金阁中，本王见得公主与那名男子好生亲热，只怕关系不同寻常吧？"

娜丹公主的俏脸一红，在灯下映衬下，更生几分娇媚，微一蹙眉道："这属于本公主的个人隐私，恐怕没有必要向汉王解释吧？"

刘邦微笑道："窈窕淑女，君子好逑，男女间有这种情事发生，那是再正常不过的事情，本王不过是出于好心相问而已，还望娜丹公主不必将之放在心上。"

他顿了顿道："但是据本王所知，与你相伴而来的那位男子身分神秘，形迹可疑，这不得不让本王有所担心。因为本王觉得，虽然这是公主的个人隐私，却牵系到本王此次夜郎之行的成败关键，若是为了一个局外人而致使铜铁贸易权旁落他人，岂不让人抱憾一生？"

娜丹知道刘邦已生疑心，犹豫了片刻道："难道汉王怀疑此人会对我们苗汉结盟不利？"

"这并非是本王凭空揣测，而是此人出现在夜郎的时机不对。本王自涉足江湖，对江湖中的一流高手大致都能了解一些，可是此人好像是平空而生一般陡然现身夜郎。在此之前，本王从未听说过江湖上还有一'左石'的人物，这岂能不让本王心中生疑呢？"刘邦的眼芒透过虚空，犹如一道利刃般冷然扫在娜丹的俏脸上。他从不轻易相信任何人，是以对任何事情都抱着怀疑的态度，尤其是当他第一眼看到那名为"左石"的年轻人时所产生的似曾相识之感，让他心中顿生警觉。

不过，他做梦也不会想到，此人竟然是纪空手所扮！在他的心中，最大的敌人并不是项羽，也不是正在崛起的韩信，而是始终将纪空手放在了第一位！所谓"杀父之仇，夺妻之恨"，虽说纪空手不是这两起事件的受益者，却是这仇恨的真正缔造者,刘邦对他焉能不恨?简直是恨之入骨!

像这样一个大敌,刘邦又怎能相忘?然而世上的事情就是这般离奇,当纪空手真正站到他的面前时,他却认不出来了。

这是否证明了丁衡的整形术的确是一门妙绝天下的奇技?但不可否认的是,纪空手敢如此做,已经证明了他的确拥有别人所没有的胆识与勇气。

娜丹当然听说过纪空手与刘邦之间的恩怨,深知在这两个男人的心中,都已将对方视作生死之敌。她现在所要做的,就是在自己个人与民族的利益之间作出抉择。

以刘邦此时的声势,的确有一统天下的可能。而苗疆世代饱受流离之苦,因为没有一块属于自己的土地而被迫寄人篱下,分居于国之间,所以对他们来说,拥有一块属于自己民族的土地是最大的渴求。

然而,要实现这个愿望并不是十分容易的事情。在苗疆人中,不乏骁勇善战的勇士,不乏血气方刚的汉子,但是他们花了整整数百年的时间,依然没有建立起自己的国度。而这一代的苗王,从认识刘邦的那一瞬间起,突然明白到凭借刘邦的势力,或许可以完成他们多年以来的梦想。

这绝不是天方夜谭,而是一个对双方都有利益的计划。以苗疆人现有的力量帮助刘邦夺得天下,然后再从刘邦的手中得到他们应该得到的那块土地,这笔交易对于苗疆与刘邦来说,未必不能接受。

正是基于这一点,苗疆人才与刘邦结成了同盟关系,而他们联手要做的第一件事,就是帮助刘邦夺得这铜铁贸易权。

于是,娜丹公主来到了夜郎,利用苗疆人在夜郎国中的各种关系和消息渠道,巧妙地偶遇了与陈平关系亲密的纪空手,不惜以自己为代价,从而得到了与陈平近距离接触的机会。

在这个计划中惟一发生意外的事情,就是娜丹公主在为纪空手疗伤的过程中,发现纪空手身中春药之害,限于当时时间紧急,无奈之下,她只能以自己的初贞来解这燃眉之急,付出了自己最宝贵的代价。

对于一个少女来说,这是何等巨大的牺牲,从而也可看出苗疆人面对土地所表现出来的势在必得的决心。不过,对娜丹来说,她的身边不乏随从侍婢,完全可以李代桃僵,达到同样的目的,何以她非要亲力亲为,以身相试呢?莫非在她跟踪纪空手之时,就已经为他身上透发出来的那种与众不同的气质所吸引?

这是一个谜,只有她自己才能解答的一个谜。不过,当这一切事情发生之后,她的心里无怨无悔,毕竟,她已经由着自己的性子爱过了一回。

面对刘邦咄咄逼人的目光,娜丹公主很难作出一个正确的决断:如果她把纪空手的真实身分告之,势必会给纪空手带来不必要的麻烦,甚至是杀身之祸。作为爱人,她当然不想看到这样的结局;可是假如刘邦发现她在这件事情上有所欺瞒,必将使得他们之间所形成的同盟关系出现裂痕,影响到苗疆得到土地的计划。作为苗疆的公主,这种结果当然也不是她所希望看到的。

何去何从?这的确是一个两难的抉择。

娜丹只觉得自己头大欲裂,思维一片混乱。

恰在此时,门上传来几声轻响,接着便听有人言道:"回禀汉王,夜郎陈平已在楼外求见。"

月圆之夜,七星楼外,花树繁花,暗香袭人。

化作陈平的纪空手双手背负,抬头望月,与龙赓并肩而立,在身后的地面上留下两道拉长的影子。

对纪空手来说,今夜之行,看似平淡,其实凶险无比,更是他所施行计划的关键,只要在刘邦面前稍微露出一丝破绽,恐怕就是血溅五步之局。

此时此刻,无疑是他今生中最紧张的一刻。

他已经感到了自己身上的每一根神经都紧绷到了极限。

"你怕了吗?"龙赓在月色下的脸有些苍白,低声问道。

"我并不感到害怕。"纪空手勉强一笑道:"只是有些紧张而已。"

"这只是因为你太在乎此事的成败,所以才会紧张,而你若抱着紧张的心态去见刘邦,就难免不会露出破绽。"龙赓冷冷地道,就像一阵寒风掠过,顿令纪空手清醒了几分。

纪空手道:"我也不想这样,只是此事太过重大,让我感到了很大的压力。"

"那你就不妨学学我。"龙赓深深地吸了一口气,双眼微眯,似乎已醉倒在花香之中:"深呼吸可以调节一个人的心情,多作几次,也许就能做到心神自定。"

纪空手直视着他的眼睛,微微一笑道:"其实说话也是调节心态的最好办法,难道你不这样认为吗?"

"这么说来,你已经不紧张了?"龙赓也投以微微一笑,问道。

纪空手点了点头,将目光移向七星楼内明亮的灯火,道:"我想通了,既然不想前功尽弃,就要勇于面对,何况我对自己的整形术还有那么一点自信。"

龙赓道:"你能这么想,那是再好不过了,就算刘邦练就一双火眼金睛,也绝对不可能发现你不是真正的陈平!毕竟对大多数人来说,'陈平'只是一个名字,真正见过他本人的实在不多。"

纪空手不再说话,因为就在这时,他听到了身后传来的脚步声。

这脚步声缓急有度,沉稳中而不失韵律。步伐有力,间距如一,一听便知来者是内家高手。

脚步声进入了纪空手身后三丈时便戛然而止,如行云流水般的琴音突然断弦,使得这片花树间的空地中一片寂静,只有三道细长而悠然的呼吸。

纪空手听音辨人,觉察到来人的呼吸十分熟悉,正是刘邦特有的气息。他的心里不由"咯噔"了一下,寻思道:"刘邦一向谨慎小心,洞察细微,我可不能太过大意。"

他的心里虽然还有一丝紧张，但脸上却已完全放松下来，与龙赓相视一眼之后，这才缓缓说道："未见其人，先闻其声，如果我所料不差，你莫非就是汉王刘邦？"

刘邦从楼中踱步出来的刹那，也感到了一股似曾相识的气息，几疑自己出现了幻觉，心中蓦然一惊道："那人身上的气息何以会像纪空手？如果此地不是夜郎，我还真要误以成他了。"

他之所以会这么想，显然在他的意识之中，纪空手绝不可能会在这个时候出现于夜郎。因为在他手下传来的线报中，纪空手这段时间应该出现在淮阴一带才对。

有了这种先入为主的思想，刘邦并没有深思下去，等到纪空手拱手相问时，更愈发坚定了刘邦自己的判断。

因为眼前此人的嗓音、眼神、气质与纪空手相较，完全是截然不同的两种类型，而更让刘邦打消疑虑的是此人脸上悠然轻松的笑意中，透着一股镇定自若的神情——如果此人是纪空手，绝不可能在看到自己的时候会如此镇静！这就是刘邦推断的逻辑。

"陈爷的消息果然灵通，本王此行夜郎刻意隐瞒行踪，想不到还是没有逃过陈爷的耳目。"刘邦微微一笑，丝毫不觉得有什么诡异。

"汉王过誉了，王者终究是王者，无论你如何掩饰，只要在人群中一站，依然会透出一种鹤立鸡群的超凡风范。"纪空手拍起马屁来也确是高手，说话间已使自己的心态恢复到轻松自如的状态。

刘邦一摆手道："本王能成为王者，不过是众人帮衬，又兼运道使然，侥幸登上此位罢了，又怎能比得上陈爷这等世家之主？今日万金阁上欣见陈爷一试身手，棋风华美，那才是名士风范。"

两人相视一眼，哈哈笑了起来。

"请楼里一坐。"刘邦客气地道。

"不必了！"纪空手看了看天上的明月道："如此良宵美景，岂容错过？你我就在这茶楼下闲谈几句，也算是一件雅事。"

刘邦微微一笑道："陈爷果然是雅趣之人，既然如此，本王就恭敬不如从命。"

他打量了一下纪空手身边的龙赓，心中暗道："这陈平的武功深不可测，无法捉摸，但他出身于暗器世家，家传武学有如此高的修为，不足为奇。可这位年轻人不过三十年纪，却是气度沉凝，一派大师风范，不知此人是谁，何以从来没有听人说起过？"

纪空手见他将注意力放在龙赓身上，心中一喜，忙替龙赓引见道："这位是我的好朋友，姓龙名赓，学过几天剑法，被我请为上宾，专门保护我的安全，为人最是可靠。你我谈话，无须避讳。"

刘邦哈哈一笑,意图掩饰自己的疑人之意,道:"哦,原来如此,怪不得看上去一表人才,犹如人中龙凤。"

当下他将目光重新转移到纪空手的脸上,沉声道:"我与陈爷虽然相闻已久,却从未谋面,是以交情不深。可今夜陈爷登门约见,似乎像是有要事要商,这倒让本王心中生奇了。"

"在下的确是有要事与汉王商量,事关机密,所以为了掩人耳目,才决定在这个时候冒昧登门,汉王不会怪责于我吧?"纪空手忙道。

"陈爷言重了,能认识陈爷这种世家之主,正是本王的荣幸。只是你此行若被夜郎王得知,难道不怕夜郎王对你生疑吗?"刘邦素知夜郎陈家对夜郎国的忠义之名,是以对陈平此举仍有疑虑,开口相问道。

"汉王所言极是,不过陈平此行,正是奉了我国大王之命而来,汉王大可不必有此顾虑。"纪空手道。

刘邦微微一笑道:"原来如此,既然你是奉夜郎王之命而来,何不让夜郎王亲自与本王见面相谈?这样岂不更显得彼此间的诚意吗?"

纪空手早有准备,不慌不忙地道:"我王之所以让在下前来,自是有不得已的苦衷。比之天下,我夜郎国不过一弹丸之地,实力疲弱,因为盛产铜铁,才得西楚霸王、淮阴侯与汉王三方的青睐,屈尊驾临。在我王的眼中,三位都是当世风头最劲的英雄,势力之大,都有可能一统天下,任是得罪了三位中的哪一人,我夜郎国都随时会有灭国之虞。所以在别人眼中,三大棋王共赴棋赛是一场盛会,但在我王的眼里,却已看到了灭国之兆,稍有不慎,势必引火烧身,酿成灾难。"

"既是如此,你又何必要来求见本王呢?"刘邦微微一怔道:"若是这事传了出去,岂非更是得罪了西楚霸王与淮阴侯吗?"

纪空手微微笑道:"汉王可曾听过'置之死地而后生'这句古训?"

刘邦道:"莫非陈爷认为夜郎国已置身死地?这未免有些危言耸听了吧?"

"事实上夜郎国的确面临着立国以来的最严重的一次危机,随着中原局势的愈发紧张,作为大秦原来的附属国,夜郎国内的形势与中原局势息息相关,此时天下成三足鼎立之势,每一方对兵器的供求都达到了紧缺的程度,所以你们才会对铜铁贸易权如此感兴趣。但是,我想说的是,随着西楚霸王起兵伐齐,这铜铁贸易权已经没有像当初那么重要了,因为远水解不了近渴,这是谁都一听就明的道理。"纪空手的说话听起来极是平淡,但最后的一句话却让刘邦心头一震,脸色大变。

"你……你……你说什么?项羽真的派兵攻齐了?"刘邦的脸上陡然亢奋起来,激动得几乎语无伦次。

"是的,项羽兵入三秦之后,封立诸侯时,怨恨齐国田荣曾经没有出兵援助项梁,所以就立齐国的一位将军田都为齐王,招致田荣的怒恨,并且杀了田都,自立为齐王,从此与西楚决裂。以项羽的脾气,当然不能容忍有人反叛自己,是以这场战争也就在所难免。"纪空手将自己所知道的事情一一告知刘邦,却见刘邦默不作声,脸上的神情阴晴不定。

"你是从何得到的消息?何以本王会没有一点关于这场战争的音讯?"刘邦心生狐疑道。

"这场战事发生不过五天,千里迢迢之外,汉王又怎能这么快便收到这个消息呢?而我夜郎陈家世代以经商为本,深知信息的重要性,是以不仅在天下各地广布耳目,而且相互之间各有一套联络方式,虽在万里之外,却可在一日之间知晓万里之外的事情。"纪空手当然不会说出消息的来源是知音亭,编造了一段谎言,倒也活灵活现,由不得刘邦不信。

刘邦冷然道:"你何以要告诉本王这个消息?是否有所企图?"

第八章
种蛊大法

"汉王不愧是一代王者,聪明绝顶,一猜即中。我之所以要告诉你这个消息,是因为我深知,这对你来说是一个绝好的机会,一旦错失,你必将终生后悔。"纪空手淡淡一笑道。

刘邦心神一凛,拱手道:"倒要请教。"

纪空手双手背负,踱步于花树之间,缓缓而道:"以项羽现今的实力,辖九郡而称王,手中拥有强兵百万,假如蓄势待发,可谓天下无人能敌。虽然你与韩信发展极速,已隐然形成了抗衡项羽的能力,但若真正交锋起来,最终的败者只能是你们,而不会是项羽。对于这一点,相信汉王不会否认吧?"

刘邦的眼芒标射而出,与纪空手的目光在虚空相对,沉吟半晌,终于点了点头道:"你说得不错,若双方正面交击,本王的确没有任何取胜的机会。"

纪空手续道:"不能正面交击,就惟有用奇。兵之一道,有正有奇,善谋者用之,可以奇中有正,正中有奇,绝不拘泥于是正是奇,既然只能用奇兵出师,那么西楚伐齐,就是你不容错失的最佳良机。"

"你说得很有道理。"刘邦的眼中流露出一丝诡异道:"但是本王更想听听你对天下大势的剖析,为何此时出兵,就是本王的最佳时机呢?"

纪空手追随五音先生多时,耳濡目染,对文韬武略也已精通一二,加上有夜郎王与陈平的临时指点,使得他对刘邦提出的这个问题并不陌生,胸有成竹地道:"项羽虽然兵雄天下,但是却没有两线作战的能力,也许就一场战争而言,他的确是天下无敌，但若在不同的地点发动两起战争，项羽显然还没有这样的准备，更何况这其中还有你汉王的数十万大军；其二，就军事储备与供给来看，项羽挟九郡之人力财力，富甲天下，但是他的军队人数已过百万，虽然在短期作战中，这个弊端还不能凸现出来，然而一旦战争形成相持，那他的军需供给将是最大的问题；其三，也是最重要的一点，就是项羽假奉怀王为义帝在前，然后又将其杀之于江南，已经背负不义之名，而汉王你若出兵，却师出有名，既可放檄天下，借为义帝复仇之名讨伐项羽，又因这关中本是你应得之地，出师收复，亦无可厚非。"

这精辟的分析出自于纪空手、夜郎王、陈平、龙赓四人的智慧，自然是非同小可，使得刘邦一听之下，神情肃然，显然非常欣赏纪空手的观点，连连点头道："陈爷人在夜郎，却心怀天下，若非如此，又怎能对天下大势剖析得如此清晰分明？不过，就算本王有心出兵，但我大军之中兵器奇缺，库银空虚，恐怕也是有心无力，徒呼奈何。"

纪空手道："铜铁贸易权即使到了汉王手中，只怕也需一年时间才可造出足够的兵器，远水救不了近火，不提也罢。但是就算兵器充足，粮饷依然还是个大问题，以汉王的才识，应该心中早有筹划才对。"

刘邦心中一惊，抬头看了纪空手一眼，道："你所料不差，本王此次夜郎之行，虽然有夺得铜铁贸易权之意，但更主要的目的，是要找一个人。"

纪空手惊道："不知谁有这般大的面子，竟劳烦汉王大驾，千里相寻？"

刘邦摇了摇头，苦笑道："本王也不知道他姓甚名谁，正想向陈爷求教。"

纪空手的脑中灵光一现，似乎明白了些什么，忙道："夜郎虽小，终究有人口数十万，要想在这茫茫人海之中寻找一个不知名姓的人，无疑等同于大海捞针，只怕在下也是有心无力。"

刘邦沉声道："不，此人若是陈爷不识，那么这世上就根本没有此人的存在了，因为本王要找的人，应该就在陈爷的门下。"

纪空手怔了一怔道："你何以如此肯定？"

"本王虽然来到夜郎不过三五日，却对贵国的一些情况已经熟记于心。夜郎国虽然立有储君，但真正操控国事大计者，非三大家族莫属，而你们陈家正是其中之一，是也不是？"刘邦很有把握地道。

纪空手道："的确如此，夜郎陈家主管的事务就是对国内铜铁的勘探、开采、贸易等一系列繁琐之事，难道汉王需要这样的人才？"

"正是。"刘邦迟疑了片刻道："如果陈爷能为本王寻得一位这种勘探开采方面的人才，那本王实在感激不尽。"

纪空手心里已经明白刘邦此行夜郎的真正目的了。对于刘邦来说，他对铜铁的贸易权并非如纪空手想象中的那么热衷，更希望的是开掘出登龙图中的宝藏。惟有如此，他才会在与项羽抗衡的力量上重重地添上一笔，从而使得他在争霸天下的道路上走得更加沉稳，更有把握。

但纪空手的脸上却佯装迷糊，眼中满是狐疑道："难道找到此人，汉王就可以解决兵器与粮饷奇缺的问题吗？"

刘邦犹豫了片刻，点头而道："我虽然不能百分之百的肯定，但至少相信可以改变我们目前困难的处境。"

这是他在与纪空手之间第一次用到"我"这个字眼，而没有以"本王"自居，这说明在这一刻间，刘邦的心思全放在了寻找此人的事情之上，而且第一次没有将纪空手当作外人看待。

这似乎说明，他已开始相信纪空手装扮的陈平！但纪空手并不因此而窃喜，他心里清楚，这仅仅只是一个开始。

在刘邦的眼里，眼前的这个"陈平"实在让人感到惊奇，听了他刚才那一番思路清晰的见解，刘邦已经将之归类于天才之列。

他喜欢天才，更喜欢利用天才，只有将每一个人才的作用发挥到极致，他才能体会到驾驭人才的那种快感。

当他的眼睛再一次与纪空手相对时，纪空手突然笑了起来，是那种淡淡的笑意。

"其实你要找的人已经来了，只要你用心去找，他就存在。"纪空手笑得有些古怪。

刘邦微微一怔，看了一眼龙赓，然后重新望向纪空手道："你不会说的就是你自己吧？"

"我说的正是我自己，论及勘探开采之术，天下间除了我夜郎陈家，还有谁敢称第一？"纪空手非常自信地道。

刘邦的身体一震，眼芒在纪空手的脸上缓缓扫过，沉声道："你真的愿意相助本王？"

纪空手道："这是勿庸置疑的。"

"原因何在？"刘邦信奉"天下没有白吃的宴席"这句老话，他始终相信，在人与人之间，存在的只有相互利用的关系。除此之外，都是狗屁。

"因为我助你，不仅是帮助我自己，更是为了我夜郎国不遭灭国之灾，百姓免受战乱之苦。"纪空手一脸肃然，神情沉凝，显得郑重其事。

"说下去，本王很想听一听你心里的真实想法。"刘邦如此说道，他需要时间来揣度纪空手的心理，更想从纪空手的谈话中作出判断，因为他从来不会轻易地相信一个人。

纪空手深深地呼吸了一口气，缓缓接道："在项羽、韩信与你之间，能够一统天下者，世人大多看好项羽，而我却不然。在我的眼中，能够成为这乱世之主的人，惟有你汉王！有一句话叫做'得民心者得天下'，纵观你进入关中的所作所为，能够体恤百姓，收买民心，深谙水能载舟，亦能覆舟之理；不与项羽力拼，懂得忍让之道，果断从关中撤兵，退守巴蜀，显示出你深谋远虑。不仅如此，为了向项羽表示你绝无东进的意图，不惜在进入巴蜀之后烧毁栈道，去其疑心，为自己日后出师赢得足够的准备时间。凡此种种都证明你不是甘居人下的池中物，而是遨翔于九天之外的真龙。我只有尽心尽力地帮助你夺得天下，才可以在你一统天下的时候为我夜郎换来永久的太平。"

"如果你看错了呢？万一得天下者不是本王，而是项、韩二人中的一位，那你这样相助于我，岂非给夜郎带来了无穷后患？"刘邦似是在提醒他道。

"我相信自己的眼力，更相信汉王的能力。我夜郎陈家除了经营铜铁之外，也涉足另一偏门生意——'赌'！所以我情愿拿自己与国家的命运作一次空前未有的豪赌，纵是输了，我也无怨无悔！"纪空手坚定地道。

刘邦的眼中闪过一道异样的色彩，久久没有说话。沉吟半晌之后，这才抬起手来，伸向纪空手道："假如你真的愿意陪我赌上一赌，你我就击掌为誓！"

纪空手与之互击三掌，"啪啪啪……"三声掌音，在静寂的月夜中显得是那么清脆，那么响亮，仿佛是纪空手此刻心情的一个写照。

纪空手心里明白，从这一刻起，自己心中的那个计划终于迈出了坚实的一步。这一步踏出，就再无回头，只能义无反顾，永远地走下去。

"明天的这盘棋，看来我是必输无疑了。"纪空手笑了笑道。

刘邦却没有笑，只是冷然道："其实就算你今夜不来，明日的棋你也赢不了！"

纪空手的脸色变了一变，道："汉王可以认为刚才陈某是在胡言乱语，但陈某却对自己的棋艺一向自信！"

刘邦道："论及棋艺，你的确已是天下无敌，但当棋局成为一盘赌局时，它的内涵就远远超出了棋艺的范畴，真正可以决定胜负的，不是棋艺的高低，而是棋艺之外的其它东西。你是聪明人，相信不难理解我话里要表达的意思。"

纪空手心中一凛，这才知道刘邦之所以没有让房卫离开夜郎，是对明日的棋局抱有信心。不过，纪空手此刻虽然对棋局的胜负已不看重，却很想知道刘邦会采用怎样的手段在大庭广众之下赢棋。

刘邦显然看出了纪空手心中的疑虑，淡然一笑道："这其实很简单，本王在你的身边安插了一个人，然后用上了苗疆的'种蛊大法'。在你明日弈棋的那数个时辰之内，只要本王驱法施为，你的心智就会完全被我控制。"

纪空手只觉自己的头脑"轰……"地一声大了数倍，在那一刹那，他只感到全身一片冰凉。

娜丹公主竟然是刘邦的人！这是纪空手万万没有料到的——

娜丹公主十分清楚自己的真实身分，如果刘邦得知自己人在夜郎，又与陈平、龙赓相处一起，以他的聪明，不难看出自己等人要打的主意！如此一来，自己精心布下的计划竟然因一个女人而前功尽弃——

这的确是一件很残酷的事情，对纪空手来说，不仅残酷，而且让人心痛，因为他已发现自己有些喜欢上娜丹了。

然而，纪空手就是纪空手！

无论他的心里是如何的震惊,如何的痛苦,但脸上依然带出一抹淡淡的笑意,悠然而镇定,让人无法捉摸其内心。

"你在想什么?"刘邦为纪空手的沉默而感到奇怪。

"我感到有些震惊。"纪空手深深地吸了一口气道:"如果你安排在我身边的人是娜丹公主,我将会为我的朋友感到难过。"

刘邦的眼睛为之一亮,道:"想必你指的这个朋友就是左石吧?"

"不错。"纪空手的心里虽然十分紧张,但在事情没有确定之前,他依然按着自己的计划行事:"他是我陈家的世交,原也是夜郎的一门望族,后来遇上了一些变故,这才隐居山林,不为世人所知,但他的武功超群,为人仗义,是值得一交的朋友。"

刘邦陡然问道:"听说他最擅长的武功是一种飞刀,在与李秀树的手下决战时,曾经力克强敌,威风八面。"

纪空手的心里"咯噔"了一下,这才知道刘邦人在七星楼中,消息却并不闭塞。不过,他早已料到刘邦会有此问,所以不慌不忙地答道:"他家传的武功绝技就是飞刀,刀一出手,例无虚发,堪称武道中的一绝,我实在想不出江湖上还有何人的飞刀能比他使得更好。"

"也许有一个。"刘邦的眼芒紧紧地盯住纪空手的眼眸道。

"这似乎不太可能。"纪空手摇了摇头,将信将疑道:"陈某自认己将家传绝学'刃影浮光'修至化境,但仍无法与左家刀法相提并论。"

刘邦的眼神中流露出一种十分怪异的神情,缓缓而道:"本王没有亲眼看到过左石的刀技,但却领教过那个人的飞刀。那人的刀在手,不动已能震慑人心,一动必是惊天动地!你说的这个左石,只怕难以望其项背。"

纪空手的心陡然一跳,似乎没有料到刘邦竟会如此高看自己,脸上佯装神往道:"天底下竟然还有这样的人,倒真让人不敢相信。"

刘邦肃然道:"他的名字就叫纪空手,相信你对这个名字不会感到陌生吧?"

纪空手惊道:"人莫非就是在登高厅中将胡亥与赵高戏弄于股掌之间的纪空手?"

他的表情逼真,一脸惊羡之色,夸起自己来着实卖力,令刘邦真假难辨。

刘邦轻叹一声道:"他岂止可以将胡亥与赵高玩弄于股掌之间? 就连当今天下风头正劲的三位英雄豪杰也一一栽倒过他的手里,可是奇怪的是,此次夜郎举行的棋王大赛这般热闹,倒不见了他的踪影。"

"他若是真的到了夜郎,那我可得亲自去见他一见了。"纪空手道:"毕竟在这个世上,能让汉王、西楚霸王、淮阴侯三人都有所忌惮之人,必定是一个顶天立地的汉子,其心智之高,只怕难有人及。"

"的确如此。"刘邦悠然一叹道:"本王这一生中犯下的最大错误,就是看走了眼,将他当作了敌人而不是朋友,致使他成了我心头最痛的一块心病。他一日不死，只怕我今生永难安宁。"

提起纪空手，刘邦思绪如潮，回到了过去的回忆之中。在他的脸上，神色数变，阴晴不定，流露出一股莫名惊诧的神态。

而纪空手的心里，此刻却放松了不少。从刚才刘邦的话中，他听出娜丹似乎还没有将自己真实的身分说出，这让他心生几分惊奇。

"如果说娜丹真的是刘邦方面的人，那么她就没有必要为自己隐瞒身分。"纪空手心里这样想着。

但从纪空手与娜丹认识的过程来看，的确存在着一些人为的安排，否则绝不至于有这么多的巧合。更让纪空手心生疑虑的是，娜丹贵为苗疆公主，却为了萍水相逢的自己而献出了宝贵的初贞，这本身就透出了一种诡异，让人不得不怀疑起娜丹的居心来。

想到这里，纪空手只觉得自己的心中不由一阵一阵地抽搐，产生着一种如针刺般的剧痛。经过这几天的相处，他已经渐渐爱上了娜丹，却没有料到自己所爱的人，却是睡在身边的一条毒蛇，这让他忍不住打了个寒噤。

"你很冷吗？"纪空手抬起头来，正好与刘邦的厉芒相对，他不由心中一凛，答道："我不冷，只是觉得这纪空手既然如此可怕，岂不是很难对付？"

"谁有这样的一个敌人，都会寝食难安的，对于这一点，本王有着非常深刻的体会。"刘邦眉头一皱，突然笑道："不过，有了你的帮助，无论是谁，都已经不能阻挡我统一天下的脚步！我相信成为这乱世之主的日子已是指日可待了！继大秦王朝之后，我将重新在这片战火的废墟上建立起属于我自己的王朝！"

说到这里，他的脸上已满泛红光，意气风发，似乎在他的"掌"中，已经把握了天下的命运。

"你恐怕高兴得太早了。"纪空手在心中冷然笑道，抬头望向夜空，只见一轮明月之下，乌云涌动，那广阔的天空尽头，是一片无边无尽的暗黑。

纪空手回复了自己的本来面目，独自一人静静地立于一株茶树边。

他的脸上似笑非笑，流露出一种难言的落寞。

他似乎在等待，等待着一个人的到来。

脚步声由远而近传来。

纪空手没有回头，便已经知道了来人是谁，他的心里又隐隐感到了一阵绞痛。

"你来了。"纪空手问道，声音轻柔，就像一个丈夫正在问候晚归的妻子。

"来了。"娜丹静静地站在纪空手的身后，淡淡而道。

"我要走了，就在明天，当棋赛决出胜负之时，便是我离开夜郎之际。"纪空手的话中透出一股离别的伤感，渗入这凄寒的月夜中。

"我知道，要走的终归要走，留也留不住，不过，我已经很知足了。"娜丹的脸上泛出一丝红光，陶醉于幸福之中。

纪空手缓缓地回过头来，目光注视在娜丹的俏脸之上，良久方道："我约你来，本来是想问你一句话的，可是我忽然发觉，当我见到你的一刹那间，这句话已是多余。"

娜丹的眼中流露出一丝激动，幽然而道："你能不问，我已十分感激，因为我根本无法回答你。不过，我想说的是，我对你的这份感情是真的，无论在什么情况下，我都不会做出对不起你的事情。"

"我相信。"纪空手轻轻地将她搂在怀中，道："也许我们之间的确有过误会，但是我想，世间的很多事情都不是凭着人的意愿来掌握的，是人，就会有太多的无奈，在无奈之中做出的事情，并非就不可饶恕。"

他轻轻地叹息了一声，接道："就像我要离开你一样，对我来说，这是一种遗憾。"

娜丹将头轻轻地靠在纪空手的肩上，柔声道："只要你的心中有我，其实离别未必就是苦痛，它至少可以给你带来期望，对重逢的期望，所以我一定要问一问，你的心里真的有我吗？"

纪空手微微一笑道："你不应该问这个问题，而是要有这样的自信。对于任何一个男人来说，能遇上你这样的女人，都是他莫大的荣幸，我也不例外。"

娜丹俏脸一红，幸福地笑了，深深地在纪空手的脸上吻了一下，柔声道："那你一定要记住，无论发生了什么情况，在遥远的苗疆都有一个女人在默默地为你祈祷，静静地等候你的归来。我已决定了，我是属于你的，就只属于你一个人，即使等到白头，我也不改初衷！"

纪空手心中好生感动，紧紧地将她拥抱着，一字一句地道："就为了你这一句话，我一定会回来与你相聚！"

城阳，乃齐之重镇，一向是兵家必争之地。

项羽亲率数十万大军北上伐齐，而这一天，正是纪空手乔装进入夜郎的时候。

齐楚之间之所以爆发战争，根源还在于戏下封侯不公，引起纷争。论资排辈，齐国的田荣是继陈胜之后就撑起抗秦旗帜的义军首领，理应封王，但项羽却恼他出兵救赵时救援不力，又不肯率军随从楚军进攻大秦，所以只是将原来的齐王田市封为胶东王，而另立齐将田都为齐王。田荣一怒之下，不仅不肯将齐王田市送到胶东，反而以齐国的力量反叛项羽，公然迎击田都。

田都根本不是田荣的对手，一战下来，败逃楚国。

项羽闻听田荣反叛的消息，便要派兵讨伐，谋臣范增拦住道："田荣虽然可恶，却不是心头之患，大王要提防的人，应该是韩信与刘邦，他们才是大王霸业的真正威胁。"

项羽当然知道其中的利害关系，也对刘邦与韩信这两股迅速崛起的势力心有忌惮，于是一方面派人监视田荣的动向，一方面加速蓄备军需，操练兵马，随时准备应付可能爆发的战乱。

然而事态的发展并非如项羽想象中的趋势在变化,田荣击败田都之后,又在即墨城将项羽所封的胶东王田市击杀,然后自立为齐王,并且向西进攻并杀死了济北王田安,兼并了三齐的国土。

面对田荣的得寸进尺,项羽再也无法忍让下去,不顾范增的再三劝诫,终于下达了伐齐的命令。

于是,继大秦覆亡之后的又一场大规模战役已然爆发,而决战的地点,就在重镇城阳。

此时的城阳,有大批齐军进驻,无论水陆交通,都派有重兵把守,新立的齐王田荣亲自率领数十万大军驻守城中,借着城势险峻,军需丰富,正准备与北上而来的西楚军打一场持久仗。

身为齐王的田荣,绝非是没有能耐的庸才,恰恰相反,他是与陈胜、吴广同期起义中极有才干的首领之一,正因为他持才傲物,不满项羽后来者居上,这才为项羽所忌,不被封王。

他当然深知项羽用兵的厉害,更明白项羽身经百战,未逢一败的纪录是何等的可怕。不过,他不为项羽这项骄人的纪录所吓倒,而是坚信自己只要运筹帷幄,冷静以对,就未必不能将项羽的纪录从此改写。

大敌当前,城阳城中已是空前紧张。

青石板铺就的长街之上,一队紧接一队的齐国兵马列队走过。

一阵马蹄响起,犹如万鼓齐鸣,又似急雨骤起,响彻于长街的尽头,一队上千骑兵拥着几辆华美的马车飞速驰过,帘幕低垂,不透一丝风儿,显得十分神秘。

马上骑者精干强悍,都是百里挑一的精锐,一举一动,都显得训练有素,迅速地穿过长街,驶入了城西一所高墙围着的宅院之中。

熟知城中地形的人都知道,这所宅院原是大秦时期的郡守府。而在今日,已成了齐王田荣在城阳的指挥中心,一道道军令正是自这里传往城阳各处的军营,俨然是齐国军队的神经中枢。

宅前早已站了一群人,当先一人神采飞扬,气宇轩昂,眉间有一股极度的傲意,显得是那般地桀骜不驯,正是在诸侯之中第一个敢于公然与项羽抗衡的田荣。

在他的身后,站着一干亲信将领与武道高手,另有几位儒衫打扮,似是谋臣一类的角色,无不恭敬肃立。

马车停至田荣面前,车门开处,一人大步踏出,双目神光如电,显得异常精神,眉宇间肃杀无限,正是赵王歇手下的大将陈馀。

其它马车内的人相继而出,都是一些诸侯中不满项羽的将领,其中以将军彭越最为著名。据说此人作战骁勇,有胆识,有谋略,常以奇兵出击,总能以少胜多,是一个不可多得的帅才。田荣邀请他们前来城阳,正是要共商对付项羽的大计。

田荣特意用马车接迎，意在保密，他深知用兵之道，在于知己知彼，所以刻意隐瞒己方的实力，从而让项羽产生决策上的错误。

当下田荣将陈馀、彭越等人迎入大厅，一阵寒暄之后，众人依次分左右坐下，正中之位，由田荣坐定。

侍婢仆从献上香茗之后，自动退出，一队精兵开到大厅前，负责戒备。

田荣的脸上露出一丝笑意，透出一股说不出的自信与威仪，向厅中众人环视一眼道："各位辛苦了，连夜赶来，令田某不胜感激。"

"大王客气了，项羽为人飞扬跋扈，欺人太甚，我们一向对他不满，难得有大王牵头，我们正可利用这次机会，与之城阳决战，杀杀他的威风！"彭越站将出来道。

众人纷纷附和，更有人早已大骂起来，显是对项羽不满已久，趁机发泄一番。

田荣微微一笑，一摆手道："项羽气量之小，难以兼怀天下，单就戏下封侯一事来看，他就难成乱世之主，也怪不得会有这么多人对他抱有微词了。最可恶的是，他既奉义帝为主，却弑主称王，犯下这种大逆不道的恶行，引起人神共愤，田某实在忍受不了他这种行径，是以一怒之下，起兵讨伐。"

陈馀拍掌叫好道："大王此举，端的是英雄所为，大快人心，单就这份胆识，已让人惟你马首是瞻。"

"这可不敢当。"田荣嘿嘿一笑道："田某今日请各位前来，就是商量如何对付项羽这数十万大军。据可靠消息称，西楚军此次北上，兵力已达五十万，全是精兵强将，看来项羽此番大有不灭齐国绝不收兵之势，最迟在三天之后，他将引军前来，兵临我城阳城下。"

"三天？"众人无不色变。

"是的，只有三天的时间，就是我齐军与楚军的决战之期，时间如此紧迫，的确让人感到有些紧张。"田荣话虽如此说，脸上却十分镇定，不愧是一代枭雄，临危而不乱。

彭越皱了皱眉道："我的军队尚在梁地，距此足有五日行程，就算让他们现在开进，只怕他们也难以在三天之内赶到城阳。"

田荣摇了摇头道："我今日相召各位前来，绝对没有要各位正面与项羽为敌的意思。项羽虽有五十万大军杀到，但我驻守城阳的军队也不少于三十万之数，两军对垒，或许略显不足，但要坚守不出，足可与项羽长期抗衡下去，只须坚持个一年半载，项羽久攻不下，自然会下令退兵。到了那时，我军再趁势追击，必可大获全胜。"

陈馀、彭越等人一听此话，顿感诧异，似乎都猜不透田荣的葫芦里到底卖的是什么药。

田荣笑道："各位不必诧异，田某既然请得各位前来，当然是有求各位。那就是城阳战事一起，还望各位回去之后，在各地起兵呼应，项羽兵力虽然遍布天下，只怕也要顾此失彼，乱了分寸。"

众人这才明白田荣的心思，细思之下，无不称妙。

田荣续道："这一战关系到我齐国的命运，是以项羽出兵的消息传来，我也是心急如焚，彻夜寻思应对之策。思前虑后，才想出了这么一个拒敌之法，此计虽然可行，但若是没有各位的协助帮忙，只怕是一场空想，是以我只有厚着脸皮来求各位，务必要伸出这援助之手，成全我一下。"

众人连忙应道："大王此言差矣，能助大王抗拒项羽，乃是我们的荣幸，只有灭了项贼，天下方能太平。"

等到众人纷纷表完决心后，陈馀突然开口道："在座的诸君中，实力有限，纵然起兵呼应，终归是小打小闹，大王可曾找过另外的两人？若是这二人中有一人出兵，项羽恐怕就惟有回师退兵了！"

众人一怔之下，顿时明白了陈馀所指之人是谁，心神一凛间，同时将目光落在了田荣身上。

田荣苦笑一声道："我又何曾忘了这二人呢？说到当今天下能与项羽抗衡者，惟有这二人。但汉王刘邦偏安巴、蜀，封王之时，曾经火烧栈道，以示自己没有东进之心。更何况项羽将关中分封给章邯、司马欣、董翳三员旧秦降将，就是为了防止刘邦日后出兵伐楚。以刘邦的行事作风，如果他没有十足的把握平定三秦，再图东进，只怕绝对不会轻举妄动。"

陈馀点了点头，默然无语。

"而韩信虽然人在江淮，但他受刘邦提携，才得以拥兵自重。虽然在短短的时间内形成了自己的势力，但不到关键时刻，他必然还要与刘邦维持同盟的关系，以防止项羽出兵吞并。"田荣的分析不无道理，并无一人提出异议。

"所以，这二人虽然有强大的实力，但只要他们没有十足的把握，断然不会出兵，因为他们的心里十分清楚，一旦出兵，项羽必然会舍齐而迎击，将之视为头号大敌。此举无异于引火自焚，他们当然不会看不清楚这点。"田荣的眉头紧锁，连连摇头。

彭越突然开口道："大王所言虽有道理，但若是刘邦真有一统天下的野心，他不会看不到这是他东进伐楚的最佳时机。"

田荣的眼睛陡然一亮，沉声道："说下去。"

彭越道："当初各路诸侯在义帝面前约定，谁先入关中，谁便可在关中称王，谁知项羽出尔反尔，竟然将先入关中的刘邦封为汉王，进驻巴、蜀、汉中这等偏荒之地。换作常人，有谁心服？谁知刘邦却毫无怨言，不仅进驻巴蜀，而且火烧栈道以明心志，如此反常行径，岂不是证明了刘邦另有野心吗？"

田荣若有所思道："是啊，关中土地肥沃，物产丰富，比及巴蜀蛮荒，可谓是天上地下，刘邦断然不会心服。他此举莫非是以退为进，就是为了等待一个时机出兵？"

"一个有实力争霸天下的将才，是绝对不会甘居人下的，以刘邦的性格，也绝非善类，只怕早已对这天下有所觊觎。如果他真的是志在天下，那么这一次无疑是他最好的机会。"彭越十分冷静地分析道。

田荣精神为之一振，道："若是换作是我，恐怕也不会错过这个机会，毕竟这样的机会少之又少，一旦让项羽两线作战，随着战线的拉长，只怕项羽失败的可能性就会大大增加。"

"那么大王还犹豫什么呢？"彭越笑道："你只要修书一封，就等于借到了数十万强援，项羽固然神勇，只怕这一次也惟有接受失败的命运了！"

田荣沉吟了片刻，道："身为将帅，不得不多考虑一些事情，为了以防万一，我们还得做两手准备。诸位今日回去之后，就请出兵响应，我再修书汉王，诚邀他出兵伐楚，如此一来，双管齐下，必然奏效。"

送走客人后，田荣当即提笔，刚刚写到一半，门外骤然传来了一阵脚步声。

田荣微微一笑，放下笔来，起身迎到门前，便见其弟田横正引领着一位富家子弟来到厅外，一番寒暄之后，三人入内而坐。

"海公子果然是信人一个，十万两黄金悉已收到，大战将临之前能够得到你如此鼎力支持，真乃我田荣之幸，也是我齐国百姓之幸啊！"田荣的目光中流露出一丝感激，俨然将对方视作救世主一般。

"大王不必谢我，要谢就谢自己吧！放眼天下，敢于与项羽抗衡者，惟大王有此胆量！有此气魄！像这等英雄，我岂能错失？些许金银，不过是略表敬意而已。"那海公子笑得十分矜持，气派十足，一副大家风范，竟然是来自洞殿的扶沧海。

他何以要化名"海公子"来到齐国？他何以出手如此大方，一掷便是十万金？他的钱从何而来？他又何以认识田荣？

这一连串的疑问就像是充满悬念的谜团，使得扶沧海的城阳之行透着无数的神秘。

"其实我一直在想，在这个世界上，从来就没有白吃的宴席，海公子以十万两黄金助我，应该是有所求吧？"这是田荣这些日子一直在揣摩的问题，它就像一块悬于心头的大石，让田荣始终感觉到很不舒服。

"大王心存悬疑，这是人之常情，不过，大王大可放心，我之所以向大王赠金，只是纯粹源于我对大王高义的敬仰之情，更因为帮助大王就是帮助我自己。"扶沧海惟有先打消田荣的顾虑，才能再说下文。

"哦，此话怎讲？倒要请教。"田荣奇道。

"项羽与我有生死大仇，所以不让项羽成其霸业，是我一生的宏愿。可惜我手中没有兵权，更无强势，不足以与项羽抗衡，惟有借大王之手，完成这难以完成的夙愿。"扶沧海心中早有说辞，一一道来，由不得田荣不信。

田荣顿时释然道："原来如此，若是海公子不嫌冒昧，我还想问上一句：海公子与项羽是因何成仇？何以我从未听说江湖上还有你这么一号富豪？"

扶沧海淡淡一笑道："往事不提也罢,至于我的身分身世,也从不在人前提及。只要大王相信海某所作的一切的确是为了大王,绝无半点私心,也就足矣,敷衍人的谎言假话,我也不屑为之,更不敢在大王面前掺假。"

他既不愿说,田荣也只好作罢,不过他已从话里行间听出这位海公子的确是出自一片至诚来襄助自己,所以心中再无疑虑,站起身来深深地向扶沧海作了个揖道："公子话已至此,我若再有疑心,便是对公子不敬,如此田某在此感谢公子的援手之情,但有一日,我大齐军队有破楚之日,公子当居首功。"

扶沧海摆摆手道："我此番前来城阳,可不是专门为了听大王的答谢之言。上次我约见田大将军于济阳城时,曾经听他说起军中兵器奇缺,请问大王,不知此事是否当真?"

田荣的眉间一紧,隐生忧虑道："这的确是我心中的一块心病,自起事以来,我军发展极速,总兵力从仅有的上万人马迅速扩增至如今的数十万人,军需装备难以跟上,虽说我想尽办法,不惜从民间重金收购铜铁,无奈仍有十万人空有士兵之名,手无寸铁,与百姓无异。"

"难道说大王连克田市、田都,没有缴得大量的军需兵器?"扶沧海奇道。

田荣苦笑道："我岂止是收缴,简直是一网打尽,无奈这两人虽受封为王,但手中的兵器也奇缺不少,根本不足以补充我军新增兵力的装备。"

扶沧海微微一笑道："既是如此,大王从此无须为此而烦心了,此次随海某前来城阳的,正好有一批兵器,相信可以为大王解这燃眉之急。"

"此话当真?"田荣顿时亢奋起来。

"军中无戏言,大王可问田大将军,便能一辨真伪。"扶沧海一脸肃然道。

田荣望向田横,却见田横眼中充满喜悦之情道："襄王兄,海公子此次前来,的确送到了八万件兵器,皆是以上好精铁打造出来的锋刃之器,此刻正堆放在城东的阅兵场上。"

田荣闻言大喜,连连称谢。

扶沧海道："此时军情紧急,西楚军随时都有可能大军压境,我必须马上离城,通过我在西楚的关系耳目,为大王收集有用的消息。海某今日来见大王,无非是想表明一下态度,只要大王抗击项羽的决心不变,我纵是倾家荡产,亦在所不惜!"

扶沧海随着田横远去之后,这铿锵有力的话语依然在田荣的耳边回荡。虽然他依然不知扶沧海的背景历史,但他已没有理由不相信扶沧海。

天下之大,本就无奇不有,更何况在这乱世?恩怨情仇,多已演变扭曲成了一种畸型的情感。

这位海公子究竟与项羽有何不共戴天之仇呢?

田荣不知道,也不想知道,他只知道自己抗击项羽的决心在这一刻又坚定了不少。

想到前路艰辛,想到未来迷茫,田荣缓缓地坐回座前,轻轻地一声长叹。

当他再次提起笔来时，突然间眉锋一跳，心中顿生警兆。

这是一种可怕的感应！

因为他似乎闻到了一股杀气。

似有若无的杀气，渗入这段虚空之中，近似于无，但却逃不过田荣的灵觉捕捉。

田荣无疑是一个高手，能在乱世之中成为王者的人，这本身就说明了他的实力。

然而他却不敢有丝毫的大意，因为他非常清楚，在自己所处的这座宅院中布下了多少高手，形成了多么严密的戒备，来人竟然能从这一道道防线中悄然潜入，这实在是一件可怕的事情。

更让田荣感到心惊的是，这还是在光天化日之下！

笔在手中，悬于半空一动不动。

田荣之所以不动，不是不想，而是不能。

他必须让自己身体的气机维持在一种相对静止的状态下，以感应这流动的杀气，做到真正的以静制动。

他此刻就坐在书桌前，书桌临窗，窗外有一丛青竹，在肃冷的寒风中抖索，搅乱着一缕残阳的光影，洒落在书桌上的布上。

杀气一点一点地弥散于空中，使得这空间中的气息变得愈发沉重起来。

越是等待下去，田荣的心里就越是惊惧，这只因为，对方的冷静远远超出了他的想象。

刺客的宗旨是一个"快"字，只有快，才能突然，杀人于瞬息之间，这才是刺客中的高手所要追求的一种境界。

然而这个刺客似乎并不着重于快，而看重临战时的气氛。他想制造出一种紧张的氛围与强大的压力，以摧毁对方的自信。

这无疑是更高层次的境界，面对这样的刺客，就连田荣这种杀人不眨眼的魔王，也感到了背上渗出的丝丝冷汗。

风动，竹摇，影乱……

就在这一瞬间，突然一道强光从暗影中暴闪而出，竹枝两分，一股强大至极的杀气从窗口贯入，直扑田荣的面门。

如此强悍的杀气，惟有高手才能拥有。

田荣不敢有半点的犹豫，手中的笔轻轻一振，几点墨汁若铁石般疾迎向强光的中心。

他的动作之快，配合着流畅的身形，就像是脱兔般迅捷，从静到动，无须转换，就在瞬间爆发。

"叮……"墨汁撞到剑锋之上，发出金属交击的声响，如此怪异的现象，只证明了田荣的功力之高，端的到了骇人听闻的地步。

空气中顿现一团黑雾，就像是墨汁气化了一般，但这不足以抵挡刺客发出的毫无花巧，却又玄乎其玄的惊人一刀。

碎空而过，划弧而行，这一刀隐于强光之后，似生一种势在必得的决心。

刀，仿佛成了这阳光下浮游的幽灵，衍生在光线照不到的死角。它的乍现，凝结了这死寂的空间，更像是一块千年寒冰，使得空气为之肃寒。

田荣只有退，在刀锋未到之前飞退。对方的刀势之烈远远超出了他的想象，也就在这时，他才醒悟，对方的出手虽然是暴现于瞬息之间，但在此之前肯定作过大量的前期准备，不仅深谙自己的武功套路，而且对自己的临战心理也琢磨得十分透彻，骤然发难，已经完全占到了上风。

对方为了这一次的刺杀煞费苦心，早有预谋，这不得不让田荣为之震惊。

然而，田荣惊而不乱，毕竟在他这的一生当中，经历了太多的凶险与灾难，对任何杀戮似乎都变得麻木了。

他只在退的同时，手腕一振，手中的笔管电射而出，企图再一次阻挡刀势的前进。

光影再耀强光，如闪电般扰乱视线，一团光云突然爆裂开来，竟然将笔管吸纳其中。

而对方的气势只缓了一缓，不减反涨，随着这把刀在虚空中每进一寸，他的气势便如燃烧的火焰般增强一分，迅速扩散至数丈范围。

一缓的时间，犹如一瞬，而一瞬的时间，已经足够让田荣拔出自己腰间的剑。

剑是好剑，剑从鞘中出，一现虚空，便生出数尺青芒，封锁在田荣眼前的空间。

刀与剑就像是两块异极相吸的磁铁，在相互吸纳中产生出一股剧烈的碰撞。

"轰……"刀剑一触即分，爆裂出一团猛烈的气旋，向四方席卷，凛冽的刀气扫在田荣的衣襟上，割裂成条状散飞于空中。

气旋狂舞间，田荣终于看到了对方的面目，他第一眼看去，心中就生出一种说不出的诡异。

他无法不感到诡异，因为他绝对没有料到对手会这样的年轻，在这张年轻的脸上，更留下了数之不尽的伤痕，使得脸上的五官完全错位、变形。

若非田荣感觉到了对方惊人的杀气，也许会被他视作是从地狱中窜逃出来的幽灵，因为这张脸无论从哪个角度看去，都已不成人形，而脸上所表现出来的极度冷漠，更不见一丝人味。

第九章
齐王抗楚

　　夜郎的棋赛已经结束，最终的结果竟然是陈平输了，按照事先的协定，刘邦便得到了夜郎国整个铜铁的贸易权，而作为执行贸易的使者，陈平将名正言顺地随同刘邦回到南郑。

　　这是一个令双方都十分满意的结果，但刘邦万万没有料到的是，真正的陈平并没有在他的身边，在他身边的却是被他视作头号大敌的纪空手。

　　这的确是一件出乎人意料的事情，无论刘邦心智多么高深，他都无法识破这个玄机，因为要完成这件事情，不仅需要良好的心理素质，更要有超乎寻常的勇气与智慧。

　　纪空手具备这些，所以他做到了，不仅如此，他此刻就坐在刘邦的身边，还能与他聊起这一路的见闻，神情之镇定，就连龙赓也佩服不已。

　　"这里已是七石镇，还有一天的行程，就进入巴、蜀的地界了。"刘邦望着长街上不时穿过的马帮车贩，有感而发道。

　　"如果我没料错的话，汉王此刻只怕是归心似箭了。"纪空手看到刘邦眉间隐现的一丝焦虑，知道他此刻的心已不在这里，而是倾注在了千里之外的齐楚之战。

　　"你猜的一点不错。"刘邦以一种欣赏的目光看了纪空手一眼道："正如你所言，对本王来说，齐楚之战是本王出师东进的最佳时机，我现在所担心的是，这个时机会不会是昙花一现，还是可以存在一段时间？"

"你是担心齐王田荣不是项羽的对手?"纪空手听出了他的话外之音。

刘邦冷然而道:"当世之中,没有人会是西楚军的真正对手,就连本王所统的汉军也不例外。一个从来不败的军队,当然会有其过人之处,区区一个田荣,又怎能是项羽的对手?"

纪空手不由一怔道:"汉王何以这般小看田荣?"

"不是本王小看他,而是不能低估项羽,虽然田荣大败田都,击杀田市,胆气十足,非常人可及,但说到用兵打仗,他哪里及得上项羽的万分之一?"刘邦肃然道。

"这么说来,项羽岂非不败?"纪空手不以为然地道。

刘邦的目光遥望远方的青山,淡淡一笑道:"若真是不败,本王这些年也用不着劳神劳力,四处奔波了,只须安稳地坐上汉王宝座,优哉游哉亦可度过此生。项羽当然有他自己的致命之处,别人虽然看不见,却难逃我的目力捕捉,本王之所以按兵不动,就是在等待这机会的到来。"

纪空手心中一惊,很想知道项羽的致命之处究竟是什么,因为他有一种预感,那就是早晚有一天,他会与项羽进行一场惊天动地的决战。

然而他却不能问,以刘邦多疑的性格,他不愿意让刘邦注意到自己,只是淡淡笑道:"这机会岂非已经来了?"

刘邦摇了摇头道:"本王所说的这个机会,不是齐楚之战,打个形象一点的比喻,这齐楚之战只是一个引线,而项羽的致命之处就如爆竹中的药石,引线点燃之后,能否引起药石的爆炸,这才是真正的关键!"

纪空手没有说话,脸上只是露出一丝疑惑。

刘邦看在眼里道:"说得简单点,项羽的确是从来不败,能够打倒他的,就惟有他自己!所以他的性格与行事作风决定了他是否能最终一统天下,成就霸业!一旦他在这上面犯下错误,那么,我们的机会也就来了。"

"那么依汉王所见,项羽是否已经犯下大错?"纪空手不动声色地道。

刘邦微微一笑道:"他不仅犯了,而且一连犯下了四桩大错,这四桩大错,足以让他退出争霸天下的行列。"

"这倒奇了。"纪空手饶有兴趣地问道:"在下倒想听听汉王的高见!"

刘邦道:"高见不敢,只是事实而已。"

他顿了一顿道:"他这四桩大错,其一是在新安,他先是受降了秦将章邯,然后在一夜之间将二十余万秦军士卒处死,掩埋于新安城南。只此一项,已足见他性情残暴;其二是在关中鸿门,他本该依约让本王得到关中,却疑心本王将来占有天下,只让本王称王于巴、蜀、汉中三地,失信于天下;其三是在戏下封王之事,他身为天下的主宰,处事不公,将贫蛮的土地全都分给各路诸侯,而将富饶肥沃的土地封给自己的群臣诸将。田荣之所以起事反叛,其根源就在于此;而他犯下的最大错误,是先立怀王为义帝,随即又派衡山王和慎江王将义帝及其群臣击杀于大江之中,这等弑主犯上之罪,使得每一个诸侯一旦起兵,都可师出有名,放檄天下,一呼百应,势必孤立项羽,使其处境艰难。这四桩大错,常人若犯其一,已是时势不再,民心尽失,项羽固然神勇,却一连犯四,已经决定了他难成霸业的主因。"

纪空手听得霍然心惊,深深地吸了一口气,这才平缓了自己的心情,道:"既然如此,汉王还犹豫什么呢?此时出兵,正是时候,天下霸业,已是指日可待!"

刘邦却又摇头道:"本王之所以还要再等下去,实是因项羽集九郡之财力,岂是本王可比?除非今次陈爷能助我一臂之力,那么我军东进,就在即时!"

纪空手心知他的症结还在登龙图上,却佯装糊涂,一脸慷慨激昂地道:"只要汉王一统天下之后,能够谨记当日承诺,就是让陈平上刀山下火海,陈平也在所不辞。"

"好,很好!"刘邦满意地点了点头,与纪空手干了一杯,突然间他的眼芒一闪,射向西南角的一张酒桌上,冷哼一声道:"惟一美中不足的是,隔桌有耳,这实在有些扫兴。"

纪空手随着他的目光望去,只见那个有些暗黑的角落里,一个头戴竹笠的人低头品酒,一动不动,似乎根本不知道这边的事情,显得十分镇定。

乐白闻声,已在刘邦的身后霍然站起。他的手已按在剑柄之上,然后一步一步地向那人逼去。

最可怕的不是刺客的脸,而是他手中的刀。

田荣看到这刺客的脸时,他同时也看到了刀。

一把杀人的刀!

那刀中带出的杀气,比寒霜更冷,比秋风更肃杀。

"呼……"刀在虚空中幻生出一朵美丽的罂粟花,看上去是如此的凄美,却能致人于死地。

田荣感知这渐近的刀风,突然变向而动,向一堵木墙退去。

他退得非常从容,剑风刷刷而出,在退路上布下了重重杀气。当刀锋强行挤入这气机之中时,发出了一阵金属与气流强力磨擦的怪音,让人心中生悸。

田荣没有呼救,他相信,只要自己一喊,最多在十息时间内,其手下高手就可以完全控制住整个局面。他之所以不喊,是因为他对自己手中的剑还有自信。

这个刺客是谁?是谁派来的?他何以能在光天化日之下进入到戒备森严的宅院中行刺?

田荣已经来不及细想这些问题,他的剑轻灵地跳动着,再一次与对方的刀锋相撞一处。

"轰……"这一次产生的气流更烈、更猛,冲击得田荣身后的木墙都为之裂动。

但田荣却没有露出一丝的惊慌，反从嘴角处流出了一股淡淡的笑意。

这笑来得如此突然，让刺客心惊之下，陡生恐怖。

"哗啦……"木墙突然爆裂开来，在田荣的身后，竟然多出了两只大手，肤色一黑一白，显示着这两只大手的主人并不是同一个人。

两只手上各握一把剑，互为犄角，以极度严密的剑势向那名刺客狂卷而去。

剑，似乎不受空间的限制，也没有了时间的设定，那名刺客还来不及眨一下眼睛，剑锋迫出的杀气已逼至眉心。

"叮……"刺客扬手挥刀间，身体倒翻出去，就在田荣以为他要落地之时，他却如箭矢般退出窗口，再无声息。

那两名剑手正要追击，却被田荣一手拦住道："让他去吧，我已经知道他是谁了。"

那两名剑手肃然而立，剑已回鞘，杀气顿灭。

"你们与他有过交手，应该知道他的刀法如何吧？"田荣看了看一地的狼藉道。

"此人刀法凶悍，下手又快又狠，的确是适合于行刺所用的刀法。"一名剑手恭声答道。

"正因为他的刀法是普天之下最利于行刺的刀法，他的脸才会变成这副模样。"田荣轻叹一声道："你们知道他是谁吗？我又何以会让他轻易地离开此地？"

这也正是两名剑手感到困惑的问题，所以他们都将目光投射在田荣的身上。

"他就是当年以'美人刀'闻名江湖的宜昂。以美人来称谓一个男子，可见他的相貌有多么迷人，但是当年始皇巡游会稽，他受命于项梁，决定刺杀始皇时，为了不牵连家人朋友，诛连九族，他自毁容貌。虽然整个刺秦的计划最终失败，但他却得到了江湖中人至高的敬仰，公认他是一条真正的汉子，像这样的一位英雄，我田荣尊敬还来不及，又怎会去杀他呢？唉……"田荣长叹一声，似乎颇为宜昂惋惜。

两名剑手面面相觑，道："可是大王若不杀他，终究是放虎归山，如他再来行刺，我们又该如何办呢？"

田荣沉默半晌，摇摇头道："我田荣这一生也许算不了英雄，却敬重英雄。传令下去，若是他再来城阳，凡我大齐军士，不许伤他！"

就在这时，从门外匆匆走来一人，神色紧张，进门便道："哎呀，王兄，这项羽行事果真卑鄙，大军未至，竟然先派了一帮杀手前来刺杀我军将领，先锋营的周将军与张将军已然身亡，另有几人身负重伤……"说到这里，他突然"咦"了一声，神色陡变，骇然道："王兄，你没事吧？"

田荣横了他一眼道："你这般大惊小怪，哪里有一点大将风范？身为将帅，当有泰山崩于前而色不变的心态，若是一有变故，为将者就先慌手脚，又怎能

109

统兵杀敌?"

此人正是田荣之弟田横,遭到训斥之后,脸上一红道:"我也是心系王兄安危,才这般失态。"

田荣爱怜地看了他一眼,就这一眼,已显出他们兄弟情深,缓缓而道:"此次项羽北上,与我大齐决战于城阳,胜负如何,无法预知,为了预防万一,我已写下诏书,假如为兄遇上不测,这大齐的军队就只能靠你一力支撑了。"

"王兄何出此言?"田横心中一惊道。

田荣挥挥手道:"你不想听,我不说也罢,只是对今日发生之事,按你的思路,你将如何防范?"

他有考校田横之意,所以目光中满是希翼。

田横沉吟半晌道:"项羽此举,意在打乱我军阵脚,造成群龙无首之局,一营缺将,则一营混乱;一军缺帅,则一军混乱。项羽此举端的毒辣,我们不仅要防范他的刺杀,还应在各军之中再设一名将军,一旦发生变故,可以保证军营稳定,保持战力。"

田荣眼中带着赞许道:"看来我的眼力实在不差,你的确是一个大将之才。"

但是,田荣绝对没有料到,日后的田横竟真成为项羽的心腹大患,也正是因为田横的英勇,才使得刘邦赢得了至关重要的战机。

这似乎应了一句俗话:人不可貌相。

乐白踏前而动,每一步踏出,都逼发出一股淡淡的杀气,弥散于空气之中。

那中年汉子头依然垂得很低,那顶竹笠完全遮住了他的脸庞,根本看不到他的本来面目。在他的桌前,除了一盘水煮花生和几块卤牛肉之外,就是他端在手中的半碗酒。

酒已端在半空,却没有喝。

乐白的步伐踏在楼板上,"咚咚……"作响,而那人端碗的手,却出奇的稳定。

"这是一双握剑的手,静若蛰伏,动则……"乐白没有想下去,也不敢想下去,走到那人桌前三尺处,他双脚微分,如山般站立。

"你是谁?"乐白问道,这是他问的第一句话。

那人依然一动不动,就像没有听到一般。

"你从夜郎就一直跟踪着我们,究竟有何企图?"这是乐白问的第二句话,却依然没有得到对方的任何反应。

乐白的神色一紧,握剑的手已现青筋。

他已准备用手中的剑来问这第三句话。

可是,他的剑没有出鞘,就在这时,那顶竹笠微微动了一下,从竹笠下传出一个声音："你是在和我说话？"

乐白的脸色陡然一沉，似乎并不喜欢别人对自己的调侃。

"你怎么就能肯定我是在跟踪你们呢？我们也许只是顺路罢了，凑巧我又一直跟在你们后面而已，这似乎用不着大惊小怪吧？"那个声音不慌不忙地道，随着他说话的节奏，他的脸终于出现在众人面前。

这是一张瘦长的脸，双目电光隐现，冷酷中透着一种沉稳，给人以精明厉害却又城府极深的感觉。当他的目光扫向刘邦与纪空手时，眼中竟然没有一丝怯惧。

"这的确不用大惊小怪。"刘邦接上他的话道："可是你不该偷听我们的谈话，你自以为以耳代目的手法十分高明，双肩寂然不动，只是有节奏地轻轻颤动着双耳，但在我的眼中，却看得十分分明。"

那人神色为之一变，然而瞬间即逝，马上又恢复了常态，"嘿嘿"一笑道："汉王不愧是汉王，在下的这点小伎俩也逃不过你的耳目，佩服啊佩服！"

"其实本王更佩服你，在这种情况下你居然还能笑得出来，还能与我聊上两句，这似乎需要很大的勇气。"刘邦淡然一笑道。

"我只是一个地地道道的江湖人，自从踏入江湖，生与死对我来说，就无关紧要了。"那人笑了笑，毫无惧意。

刘邦的目光从他的脸上移开，缓缓地望向楼下的长街，"得得……"的马蹄声伴随着时高时低、极富音律的叫骂声构成了长街独有的热闹景致，颇有地方特色的几处小吃摊上飘来一股令人垂涎的香气，使得长街上的一切都是那么正常，并无什么异样。

"你很镇定。"刘邦的眼芒由近及远，望向了楼阁之外那呈青黛色的群山，连绵不绝的山峦气势磅礴，仿如一条蛰伏已久的巨龙，透着无穷生机与神秘："出现这样的情况，通常有两种解释，第一种是你根本不知道自己现在的处境，只能像个傻子无忧无虑；另一种就是你有所依凭。"

那人冷然道："我倒想问问，我现在是个怎样的处境？"

"你不知道？"刘邦道："看来你真是个傻子，只要是明眼人都可以看出，你若不能老老实实地回答我的几个问题，立马就是血溅五步之局！"

说到这里，刘邦眉间已隐现杀气。

那人心中一惊，眼芒闪出，正好与刘邦的目光在虚空中相接。

纪空手只是静静地坐在酒桌边，静静地品着酒，似乎并不在意眼前的一切，然而他的头脑却在高速地运转着，正在寻思此人的真实身分与来历。

这人是谁？他为什么要跟踪刘邦？在他的背后是否还暗藏着众多的高手？而他的背景后台又是谁？

他很想知道这些问题的答案，可是刘邦却比他显得更急。

"你在威胁我？"那人望向刘邦深邃而空洞的眼睛，突然笑了。

"你可以这样认为，当我数到三的时候，你若不回答我刚才这位朋友的问

111

题,我就当你放弃了生的权利。"刘邦漠然地看了他一眼,然后自嘴角迸出了一个字来:"一……"

"这么说来,你已经左右了我的生死?"那人的眼中分明闪过一丝不屑之色,淡淡而道:"做人,既不要低估了别人,也千万不要高看了自己。"

刘邦不动声色,只是深深地看了他一眼道:"二……"

他的声音低沉而有力,更带着一种勿庸置疑的决心,似乎在向在座的每一个人证明,他的话就是真理,不容人有任何异议!

凛冽的杀气随着他的眼芒早已贯入虚空。

那人端握酒碗的大手依然不动,但只有他自己清楚,丝丝冷汗正从他的掌心中渗出。

他所坐的位置是楼的一角,三面倚墙,无论他从哪一面逃跑,都会因木墙的阻隔而在时间上有所不及。

而若从正面走,更非明智之举,且不说深不可测的刘邦,就是持剑在手的乐白,已足以让他头痛。

"慢……"那人突然抬起脸道,他似乎改变了主意。

就在刘邦与乐白认为对方已屈服在他们的威胁之下时,那人的身形陡然动了。

"呼……"那人最先行动的是手,手腕一振,酒碗和着酒水如飞旋的急雨般骤然向乐白盖头袭来。

"砰……"同一时间,他的脚陡然发力,楼板为之而裂,生生震开一个大洞。

他的整个人一矮之下,已消失在洞口中。

这一惊变出乎了所有人的意料,显然都没有料到他会选择这样的方式逃遁,但是无论是乐白还是刘邦,他们的反应都超出了别人的想象,就在那人消失的一刹那,他们的人也已不在楼面上。

等到纪空手与龙赓赶到楼下时,只见刘邦与乐白正一前一后地对那人形成了夹击之势,三人都未动,而在那人的手上,已赫然多出了一杆长矛。

长矛斜于半空,似是随手而为,但纪空手一眼就看出,这矛锋所向的角度,非常绝妙,正占据了最佳的攻防。

这也是刘邦与乐白没有马上动手的原因。

"我道是谁这般嚣张,原来是流云斋的华长老,久仰久仰!"刘邦看了看那人的长矛,突然眉锋一跳,冷然而道。

"你识得我?"那人怔了一怔,问道。

"谁若不识得矛神华艾,那他也不用在江湖上混了,身为流云斋的第二号人物,你可是威风得紧呀!"刘邦淡淡一笑道:"可是让我觉得奇怪的是,此时齐楚开战,你不守在项羽身边,却来到这偏僻的夜郎西道,不知所为何事?"

这人的确是矛神华艾,身为长老,他在流云斋的地位一向尊崇,随着项羽在政治、军事上的得势,他实际上已成为了流云斋的掌权人物。

"那么你堂堂汉王何以也会出现在这里呢？其实我所做的一切，都是为你而来。"华艾终于说出了自己的来意。

"为我而来？你我素昧平生，无怨无仇，你为我什么？"刘邦淡淡笑道："哦，我明白了，你是来杀我的。"

华艾的眼睛一亮，却没有说话，似乎默认了这一事实。

"其实我一直知道项羽想将我除之而后快，在他的眼里，我是他的一块心病。自鸿门一别后，他就一直提防着我，甚至不惜笼络韩信，瓦解我们之间的关系。他当然不想让我得到这铜铁贸易权，更不想在他北上伐齐的时候后墙起火，所以他就派你来安排了这么一个杀局，意欲将我置于死地。惟有这样，他才能安心对付田荣。"刘邦一一剖析着项羽的心理，听得华艾心中暗惊。

因为刘邦的猜测大致不差，纵有出入，亦是枝节细末的问题，显见他对项羽的了解达到了何等深刻的地步。

"可是我还是不明白，他既然视我为大敌，何以只派了你一人前来？莫非他对你的武功就真的这么有信心吗？抑或根本就小看了我？！"刘邦微微一笑，他的心神早就注意到了周围的动静，并没有发现什么异样，是以心中尚存几分诧异。

此时的长街上行走的人流看到了酒楼中这惊人的一幕，早已站得远远地驻足观望，竟然将这"醉死人"酒楼围了个水泄不通，就连纪空手心中也啧啧称奇，弄不明白何以如此一个小镇上会有这么多的闲人。

"我家阀主没有小视汉王的意思，不仅没有小视，而且相当重视。他在我临行之前再三嘱咐，要我不惜一切代价，务必提着你的人头去见他。"华艾笑了笑，手中的长矛握得更紧，就像他的手与长矛本就生在一起一般。

"就凭你？"刘邦冷然一笑道。

"不，当然不是，华某纵然自负，却也还没有狂妄到这般地步。你此行一共带了三十七人，这三十七人中个个都是骁勇善战的勇士，其中不乏一流江湖高手，既然我家阀主要我主持这个杀局，我当然要把你们的实力估计得高一点，所以今次我带来的人刚好有三百七十人，是以十对一的群殴局面。"华艾得意地一笑，似乎已稳操胜券。

可是他这三百七十人又在哪里？为何至今还没露面？

刘邦的眼芒缓缓地从围观的人群中划过，很慢，很慢，就像是想在别人的头发上找到虱子般那么用心，去寻找着危机的气息。

"你不用找，他们总是会在需要他们的时候出现，为了等待这一刻，他们可是花费了不少心血的，当然希望能够得到一个好的收获。"华艾注意到了刘邦的目光，淡淡笑道。

刘邦当机立断，决定不再拖延下去，遵照擒贼先擒王的战术，既然华艾是这个杀局的主谋，那就只有速战速决，先解决华艾再说。

这无疑是目前惟一的选择。

但问题是,以乐白的剑术,是否是华艾的对手?

因为刘邦以汉王的显赫身分,绝对不能与人联手来对付敌人,这不仅是江湖固有的规矩,也涉及到刘邦的尊严。

虽然大批的敌人还未出现,但为了防患于未然,刘邦将自己所带的随从全部集中到了自己的身后,而且派出专人保护纪空手与龙赓的安全。

当这一切都布置妥当之后,他转头看了乐白一眼,这才轻轻地点了一下头。

乐白深深地吸了口气,脚步踏出,他已经从刘邦的表情看出,这一战不容有失。

从华艾冷静至极的神情里,乐白知道华艾所言非虚,虽然乐白对自己的剑术相当自信,但这一战关系到己方的存亡大计,令他的手心紧张得有冷汗渗出。

乐白深知,华艾的矛法已是江湖一绝,要想从他的手下赢得一招半式,实在很难。

但他别无选择,惟有出剑!

"呜……"乐白没有犹豫,一声长啸,冲天而起,手中的剑化作一股旋动的气流,拖起一道耀眼的白光,向华艾不动的身形飞刺。

他身为问天楼的四大家臣之一,剑术之精,已臻化境,缕缕剑气在窜过空中的刹那,竟发出了近似海潮的声音。

这一剑已是乐白毕生所学的精华,在瞬息之间爆发,无不尽显剑术名家的风范。

就连刘邦也禁不住在心里叫了声:"好!"他倒想看看,华艾将如何化解这惊天一击。

华艾的眼中闪过一丝讶然,不过,他丝毫不惧,在最不可能的情况下,他出手了。

长矛一动,没有任何花俏,只有一个"快"字,快到人所能达到的极限。

他的整个人仿佛与手中的长矛连成一体,化作一道碧芒,挤入了乐白幻生出的那片剑花之中,气流暴动间,一声沉闷得让人耳膜欲裂的暴响,惊破了长街上空的宁静。

围观者无不色变,纷纷后退。

乐白的人如一块岩石坠落于地,剑锋斜指,一缕血丝从鼻间如线渗出,而华艾的人却飞出数丈之遥,才飘然落到了长街上,衣袂飘飘间,他的脸上因气血不断向上翻涌,已成赤红一片。

刘邦没有任何的动作,只是冷冷地盯住华艾的眼睛。当他明白了华艾的来意时,已经用不着担心华艾的逃走,考虑更多的,是自己这行人将如何突围。

因为就在两人交手的瞬间,他终于感应到了一股杀气。而这股杀气之张狂,似乎带着人为的刻意,在瞬息之间密布于整个长街。

"轰……砰……"在"醉死人"酒楼四周的每一堵墙,突然开始迸裂,泥石激飞，烟尘四散，围观的人流带着尖叫惊喊四下逃窜，长街上闹成一团。

当硝烟散尽时，长街上已没有了看热闹的闲杂人等，但在每一堵垮坍的墙壁背后，整齐划一地站着数百名表情肃然的勇士，箭矢生寒，刀枪凛凛，已经将刘邦一行人尽数包围。

整个气氛为之一紧，空气沉闷之极。

定陶城，乃由楚入齐的必经重镇，只距城阳不到百里。

这里水陆交通发达，一向是繁华热闹的商埠所在，但是随着西楚军的北上，市面变得萧条起来，一些有钱人家不是逃往乡下避祸，就是举家迁徙，偌大一个城中只留下那些穷苦百姓还在为生存而苦苦挣扎。

不过也有例外，城东的盐商张五爷就是一个例外。他不但没走，而且他的府第中一连几天都热热闹闹，似乎根本不担心官兵的骚扰。

他之所以不担心，是因为在他府第的四周布满了一些比官兵更为可怕的人物，这些人的武功之高，俨然像是江湖中的高手。

在这个强者为王的乱世，谁的拳头硬，谁就是大爷，管他是官是匪，张五爷当然不必担心了。

一大早起来，街上还显得十分宁静，张五爷便匆匆从热被窝中起来，吩咐下人将热汤热茶往上房送去，临送前他还仔细检查了一遍，生怕出一点差错，这才挥挥手，喘了口大气，坐在一张太师椅上养着精神。

他不得不谨慎小心，对上房中的这位贵客，他是万万得罪不起的，只求平安无事，自己也好落个清静。

然而不如意之事常有八九，他越是怕出事，就越有事，就在他欲闭眼养神间，一串马蹄声"得得"传来，由远及近，非常清晰地传入他的耳际。

他心里一紧，刚站起身来，便听得"希聿聿……"一阵马嘶声，竟然停在了自己的宅门之外。

他不敢怠慢，三步并作两步，一溜小跑到了门口，便见几个军爷下马整装，向门里走来。

"嘘……大王正用早膳，任何人不得打扰，各位还是先喝杯茶再进去吧。"张五爷赶紧伸手拦住道。

"军情紧急，不敢耽搁，还请你替我禀报一声。"一个显然是领头的军爷扬了扬手中用火漆密封的信囊，气喘吁吁地道。

"就是天大的事也得等等，若惹恼了大王，谁担待得起？"张五爷忙道。

"可是……"那领头军爷面带难色，犹豫了一下。

就在这时，从上房中出来一人，阴着脸儿踱步过来道："闹什么闹，吵着了大王，你们可要吃不了兜着走！"

那位领头军爷赶忙行礼道："范先生，并非是小人不懂规矩，实在是军情紧急，陈馀的赵军进占常山，彭越在梁地也起兵谋反……"

他话未说完，只见那"范先生"已是一把将信囊抓了过来，脸色铁青，匆匆向上房走去。

这位范先生正是项羽帐中的首席谋臣范增，他自项梁起事便追随项家叔侄，虽然年过七旬，却博学多才，最精谋略，一向为项羽所倚重，在西楚军中，是仅次于项羽的第二号人物。

他与项羽此次前来定陶，是为西楚军攻打城阳作最后的准备。他从来不打没有准备的仗，在他看来，打仗如弈棋，不仅讲究布局、中盘、官子，而且还要知己知彼，才能百战不殆，这也是他襄助项羽以来，未逢一败的原因。

等到范增进入上房，项羽的早膳才刚用一半。看到范增脸色有异，项羽也顾不上再吃下去，推开碗筷道："先生有事吗？"

范增递过信囊道："果然不出微臣所料，田荣敢与我们在城阳决战，原来是利用陈馀、彭越对我们的后方进行骚扰，一旦城阳战事僵持不下，形势将对我们大大不利。"

项羽从信囊中取出锦书细观一遍，用力掷于地上，大怒道："陈馀、彭越居心不良，竟敢趁火打劫，真是反了！待我先回师平定他们，再与田荣决战城阳！"

他站起身来，来回走动几步，却听范增摇了摇头道："这恐怕有所不妥，若是我们真的回师平乱，岂不正中了田荣的奸计？依微臣看来，陈馀拥兵不过五万，彭越也只有三万兵力，不管他们来势多么凶猛，都无法左右整个战局的发展，最多只能添些小乱，不足为虑。倒是这城阳一战，我们应该好好策划一下，争取一战胜之，不留后患。"

项羽深深地吸了一口气，强行压下心中的怒火，沉吟半晌道："要想一战胜之，谈何容易？田荣投入在城阳的兵力与我军兵力虽然有一定的距离，但他若坚守不出，按照兵家以'十倍围之'的策略，我军在攻城战中的兵力尚远远不够。"

"大王所说的是以正兵迎敌，当然会显得我军在使用兵力之时有捉襟见肘之感。"范增显然已经有了主意，微微一笑道："既然我们用正兵不足以奠定胜局，那么，我们不妨用奇兵一战，必能收到意想不到的效果。"

"奇兵？"项羽的眼睛一亮，旋即变得黯然道："我们现在所用的难道不是奇兵吗？在这短短的五六天时间里，我流云斋中的数十名高手深入敌营，一连刺杀了齐军将领十七名，却不仅不见敌军阵脚大乱，反而折损了我二十余名高手，此计虽妙，只怕未必是上上之策。"

范增听出了项羽话中的埋怨之意，淡淡笑道："大王统兵多年，又贵为流云斋阀主，应该明白这种交换是赚是亏。一个善于领兵的将军与一个武功超强的江湖高手，孰轻孰重，应该一辨就明，大王何必去为那二十余名高手的性命而惋惜呢？"

项羽冷然道："范先生所言虽然不无道理，但是对我流云斋的勇士来说，未免太残酷了一些。虽说我流云斋崛起江湖已有百年,手下人才济济,但要成就一位可以在敌军之中取人首级的勇士,没有十数年的功力是万万不成的。"

范增一脸肃然道:"匹夫再勇,不过能敌十百,将帅有谋,则可败敌千万。以一个匹夫的性命换取敌将之命,在这种大战将即的时刻,无疑是稳赚不赔的交易。如果大王将勇士的性命看得比名将还重,那么大王应该面对的是江湖,而不是天下。"

项羽一怔之下,惊道:"先生何出此言?"

范增的眼芒深深地锁定在项羽的脸上,缓缓而道:"能成霸业者,无不精于取舍之道,有取必有舍,有舍必有得,纵观天下诸事,无不如此。大王既然有意逐鹿天下,就应对取舍之道有深刻的了解,这样才能终成霸业!"

项羽的脸色变了一变,肃然道:"这倒要请教先生。"

"'一将功成万骨枯',这句话的意思是说,没有成千上万战士的尸骨作为代价,就难以造就出一代名将,真正的名将总是在血与火的洗礼中诞生出来的,既非靠天赋,也不会侥幸可得。既然如此,那么有数十人的伤亡又何必耿耿于怀呢?想当日大王在新安一战,不是在一夜之间杀尽了二十余万秦军士卒吗?若没有当日这种冷血无情,大王又如何能够拥有今日的辉煌呢?"范增不慌不忙地道,平静的语气中透着一股深入人心的煽动。

"可那是面对敌人,而这一次折损的是我流云斋中难得的精英高手,就算有十七名齐军将领殉葬,本王又怎能淡然置之,心安理得呢?"项羽摇了摇头道,想着自起事以来,流云斋中的上百高手追随自己,走南闯北,西征东战,虽然许多人建立了赫赫功勋,但随着激烈的战事频繁爆发,这些年来死的死,伤的伤,已经所剩无几。

项羽深知,自己能够号令诸侯,开创霸业,成就今日的辉煌,在很大程度上与自己身为流云斋阀主是大有关联的,正因为他在江湖中拥有至尊的地位与深厚的背景,才使得他能登高一呼,四方响应,凌驾于无数诸侯之上,呼风唤雨。

所以,流云斋中的每一个高手都是他根基中的一部分,正因为有了他们的存在,项羽才能迅速崛起。一旦根基不稳,他也许就会在这乱世之中不堪一击。

但范增却是从战争的角度上和他谈论取舍之道,所说的话也不是全无道理:"所谓养兵千日,用在一时,即使这些死者都是流云斋中的高手,大王也无须对他们惋惜不已。死对他们来说,其实是一种荣幸,否则大王又何必豢养他们呢?正所谓'士为知己者死',他们也算是死得其所。"

项羽默然无语,半晌才轻叹一声道:"死者已矣,多说亦是无益,还请先生说出奇兵之计吧。"

范增犹豫了一下,这才缓缓而道:"我所说的奇兵之计,其实是要借重陈馀、彭越这两股敌对势力,只有在他们连战连捷的情况下,此计方能奏效。所以我请大王速速下令,命令三军以最快的速度完成对城阳的合围,不出十日之内，我料算齐军必败，田荣必亡！"

项羽的眉然一跳，喜上眉梢道："此话当真？"

"军中无戏言。"范增手捋花白胡须，淡淡而笑道："我若没有十足的把握，焉敢在大王面前说这般话？"

项羽凑耳过去，听范增细说计谋，到最后，已是笑脸绽开，道："先生不愧是本王最为赏识的谋臣，能得先生指点迷津，何愁霸业不成？"

"不敢。"范增颇为自得地连连摆手道："这不是范增之能，而是天助大王成就霸业！"

顿了一顿，他又接道："不过，微臣还是有几分担心，不得不向大王提醒一二。"

项羽"哦"了一声，目光中多出一分诧异道："先生有话尽管直说。"

范增眉间隐生忧虑，道："城阳一战，只要我们按计施行，似无大碍，所以田荣并不是我所担心的人，微臣最担心的是，倘若此刻汉王趁机东进，攻我西楚，只怕会令我军陷入两线作战之境。"

项羽闻言之下，不由笑出声来道："先生多虑了，本王其实早就对刘邦此人有疑忌之心，是以才会将他逼往巴、蜀、汉中三郡，让他在南郑称王。巴蜀地势险峻，道路难行，昔日尚有栈道可以出入关中，偏偏这刘邦为了向本王表明没有东进之意，又自毁栈道，使得这东进出师就更加难以实现，先生又何必顾虑？"

范增闻言眉头一紧道："栈道虽毁，却可以重建，倘若刘邦真有东进之心，纵无栈道，他又何尝不能进入关中？如果微臣所料不差，刘邦当日自毁栈道，其本身就有迷惑大王之意。"

项羽初时不以为然，听到最后一句，心中也不由得重视起来，道："先生所言确是有理，不过当年本王也料到刘邦必反，终有东进之日，所以才会封章邯为雍王，司马欣为塞王，董翳为翟王，让这三位大秦旧将为我镇守关中，阻挡汉王，以防刘邦将来出兵。这三王所辖兵力共有数十万之众，就算刘邦攻入关中，只怕这胜负也难以预料。"

范增摇了摇头道："大王高看了章邯等人的能力，就不该低估刘邦的实力。想当年他与大王约定，谁先攻入关中，谁就在关中称王，他只以区区十万兵力就势如破竹抢在大王之前进了关中，可见此人文韬武略，皆非常人可及。以章邯等人作为阻挡他东进的屏障，只怕并不牢固，还请大王早作筹划。"

项羽将信将疑，虽说他的心里并不以为刘邦的汉军可以在没有栈道的情况下进入关中，并且轻松击败章邯等三王的军队，不过他对范增一向敬重，也相信范增的担心有一定的道理，沉吟半晌道："就算刘邦要东进出兵，他也未必会选择这个时机！他应该可以预见到，田荣的军队绝非是本王的对手，一旦待本王平息齐国之乱，再回师对付他，他只怕连汉中也回不去了。"

范增心中一急，声调不免高了一些："如果刘邦真有东进之心，他就绝对不会放过这个机会，因为他的心里非常明白，若想与大王争霸天下，单凭他一人之力是无法抗衡下去的，惟有让大王两面作战，他或许还有一线胜机。"

说到这里范增冷然一笑，续道："以大王丰富的阅人之术，应该不难判断刘邦是忠是奸吧？"

项羽冷笑道："他若是忠，又怎会与本王去争夺夜郎的铜铁贸易权？有了铜铁，兵器自然就有了保障！他倘若安于现状，又要这么多的兵器来干什么？"

"既然如此，大王还犹豫什么？"范增拍掌道。

"本王不是犹豫，是在等一个消息，只要有了消息传来，本王才能决定下一步的动作。"项羽淡淡一笑道。

这一下轮到范增心生诧异了，道："消息？什么消息？"

项羽的脸上露出一丝诧异的笑意，随着脸上肌肉的抽动，倍显恐怖，冷然而道："他决定刘邦的生死！"

说到这里，他的眼芒已透过窗户，望向那西边天际下的一朵乌云，眼芒凛凛，似乎想看到那朵乌云下正在发生的什么事情。

第十章
矛神华艾

"华长老,你没事吧?"在"醉死人"酒楼对面的一幢高楼上,站着三个人,他们正是乱石寨的三位首领:陶恩、宗怀与古广。

纪空手乍闻此声,心中陡然一惊,放眼望去,顿生诧异。

他之所以感到有些诧异,是因为他知道眼前这位陶恩是谁。而宗怀与古广是否是其真名,他却不清楚,但纪空手仍十分确定陶恩只是他的化名。

这个人不是别人,竟然是赵高相府的总管赵岳山。

这实在是一个让人感到意外的答案,因为谁也不会想到,曾经横行一时的入世阁门人,居然投靠了项羽的流云斋。

纪空手一怔之下,似乎为这个结果感到惊讶,不过细细一想,又觉得合乎情理。

对于赵岳山这帮入世阁门人来说,随着赵高的倒台和死亡,他们也失去了往日的威风与靠山,多年养尊处优的生活以及在人前横行霸道的作风使得他们很难再回归到那动荡的江湖,为了继续能保持着这种生活,更好地生存下去,投靠更强的势力对他们来说无疑是明智之举。

而项羽进入咸阳之后,已经开始确立了他的霸主地位,随着事态的发展,他也急需一批人手扩张他的势力与实力,所以在这种情况下,入世阁被流云斋兼并也就成了顺理成章的事情。

刘邦当然也想到了这一点,所以并不感到有太多的诧异。他感到吃惊的是,这三百七十人所表现出来的战力似乎超出了他的想象,要想在今日成功突围,只怕要遭遇一场前所未有的恶战。

无论是纪空手,还是刘邦,他们都表现得十分冷静,因为他们非常明白,只有保持冷静的心态,才能审时度势,选择出最佳的时机突围。

华艾并没有回答赵岳山的话,甚至没有看他一眼,只是缓缓地抬了一下手,表示自己丝毫无碍,而他那锋锐如刀的眼芒,正紧紧地盯着乐白的脸。

乐白的心中有几分骇然,在刚才的一击中,他虽不落下风,但还是受了一点轻创。打量了一眼站在眼前一丈开外的华艾,他的语气变得有些凝重地道:"矛神之矛,果然名不虚传。"

"你也不差。"华艾淡淡一笑,刻意想装出一种悠然,但胸口处的气血不断翻涌,令他的眉睫都在轻微地颤动着。

乐白眼见形势对己有利,心中更生好战之心,昂然挑战道:"你我既然棋逢对手,何不再战数百回合?"

华艾身为这次行动的指挥者,本应置身局外,坐镇指挥,可偏偏他是一个非常自负的人,对自己的长矛抱有莫大的信心,当然不想在人前示弱,冷然应道:"既蒙相约,敢不从命?"

他此话一出,有两人便在心中叫了声:"好!"

这两人正是刘邦与纪空手,虽然目前的形势对他们不利,但只要乐白能够拖住华艾,他们就可以赢得时间,赢得战机。

此时天色渐暗,一旦到了天黑时分,就是他们突破重围的最佳时机。

乐白当然也看到了这一点,所以毫不犹豫地踏前一步,道:"我一向对自己的剑术相当自负,浸淫其中多年,偶有所得,曾经自创出'钟馗灭鬼铜',虽为铜名,实则剑法,共有十三式,愿意与君共赏之,请接招吧!"

华艾微微一怔,这才明白乐白是将自己比作了阴曹地府中的小鬼,不由勃然大怒。

然而他心中虽怒,却并不因此而自乱阵脚,反而收摄心神,冷然一笑道:"我倒想看看,你我之间最终是谁会变成死鬼一个!"

话已至此,长街顿归静寂。

这两人无疑都是杀人的高手,所以他们比别人更会把握时机,而且他们深知,时机的到来总是非常突然,来去如风,稍纵即逝,惟早有准备的人才能紧紧将之抓住。

因此,他们在相持中凝神以对。

乐白心里清楚,这种僵持的局面拖得越久,形势对己就愈发有利,所以他的长剑悬空,却并不急于出手,只是将目光紧紧地锁定在对方凛凛生寒的矛锋之中。

在这静寂之中,华艾才感觉到了自己的冲动。他应该退到己方的阵营之中,然后再对这些自己眼中的猎物展开最无情的杀戮,可眼前出现的这种局

121

势,显然是放弃了自己所拥有的优势。与乐白一争高下,无论怎么说,这都非明智之举。

无论是后悔也好,还是自信亦罢,华艾已经无法再退。战,已是无条件的,必须进行。

长街的上空再一次起风,徐徐而动的,是充满了杀机的气流。

乐白的衣袂无风自动,如翻飞的蝴蝶,煞是好看,但只有华艾才能感受到这美丽之中夹杂的无尽压力。

两人身形未动,却在蓄势待发,彼此之间都很难在一瞬之中寻找到可以攻击的契机。通过刚才的交手,他们相互间已认识到了对方的可怕,所以没有人敢在没有把握的情况下妄动。

对峙在静寂中延续,无论是乐白的目光,还是华艾的眼芒,都如锋锐的刀锋般在虚空中悍然相接,磨擦出火药味很浓的火花。

双方根本没有回避,而是迎目对视,都想在对方的眼眸中读懂一些什么。

纪空手与龙赓相视一眼,皆在心中暗吃一惊,他们的目力已可跻身天下一流,当然知道在这沉寂的背后,将隐藏着非常可怕的一击。

这就像是暴风雨来临前的天空,那种惊人的沉闷,可以让人的神经紧张至崩溃。

就在这时,华艾终于动了,并非妄动,而是按照一定的节奏和一种奇怪的韵律在动,缓缓地向乐白逼去。

他若想打破目前这种对峙的僵局,当然首先要打破两人之间的距离平衡。这种距离的变异虽不明显,但只要有一点小小的异动,都能让承受者感到最大限度的压力。

乐白没有动,只是握剑的大手缓缓收紧,青筋隐现,有节奏地跃动。

不可否认,华艾这出手前的过程给予了乐白在心理上的障碍,更压制了乐白心中的自信。但对乐白来说,大战前的紧张是避无可避的,不管你怎么忽略它,它都真实存在。他需要做到的,就是控制自己,掌握先机,绝不能让华艾轻易地得到出手的机会。

谁都可以看出,这绝不是三百回合的大战。

它的整个过程也许就只有一招,时间之短,仅在一瞬,仿若流星划过天际。

夜色很淡,如风般渗入这段空间,这段距离。

突然,一阵"噼哩叭啦……"的暴响传入长街四周,一排排燃起的火把如一束束小小的光源,汇集一处,将这夜色驱走,亮如白昼。

华艾一直在等,就是在等着这燃灯的刹那,因为他心里明白,光线在刹那间的变化足以让人的眼睛出现短暂的错觉,甚至是幻影,而这,才是他出手的最佳时机。

所以,在灯火亮起的同一刹那,华艾的手臂一振,从他的长矛锋尖处涌出一道炫人眼目的光环,光线之强,犹如闪电,直逼向乐白紧盯着自己的眼芒!

乐白心中骇然，放眼看去，只有一圈光环，由远及近，由小变大，在推进的过程中，不断地衍生出无数光环，重叠一起，如一管圆筒般套向自己。那光环绽射出万道光芒，发出高压电流般的杀气，笼罩了整个空间。

如此霸烈的气势，简直让人无可匹御。

乐白也不例外，却没有退。

在对方如此强悍的气势下选择退避，只能是一败涂地，惟一的机会，就是迎头面对。

于是乐白厉啸一声，手中的长剑顿生一串串寒芒，绕着剑身疾走飞扬，在凌空处向光环的中心深处直刺而去。

面对如此奇玄之景，众人无不惊诧莫名。

纪空手甚至在心中问着自己："假如我是这局中之人，将如何应付？"

他不知道这个问题的答案，这只因为他仅是一个局外人，根本无法体会到这种杀局中的玄妙感觉。

就连乐白自己，也不知道自己的剑锋会刺向何方，他只是凭着直觉，赌了这么一把。

这是一场豪赌，一个不可避免的赌局，赌的是自己的生命，更有比生命更重要的荣誉，人生岂非就是一场赌局。

对于乐白来说，在这一刹那间，他已无畏于死亡，只是深深地感受到了其间无穷的刺激与快感，并且因此发挥出了他体能的极限。

正因为这是一场无法预料的赌局，所以才会让人产生悬念，而悬念总是让人期盼，让人着迷。

"叮……轰……"剑芒划过长空，与矛锋在光影中悍然相接。

这至少证明，乐白的直觉并没有欺骗他。

气流如飓风般狂卷，长街犹如汪洋中的一叶小舟，飘摇不定，震颤不已。

两条人影在狂泻的劲风中翻飞。

在长街的中心，裂开了一道长达丈余、深有半尺的圆洞，切划整齐，弧度完美，就像是闪电惊雷的杰作。

这一击的威力，超越人力，惊天动地。

狂摆的火焰扭曲出无数个大小不一的幻影，更让这暗黑之夜变成了一种玄奇的魔幻空间。

华艾连连滑退，双脚已深入地面的青石寸余，在上面留下了两行清晰的足迹。他这一生之中，便用"光影魔矛"不过数次，无不全胜，想不到乐白竟然硬接了一记，犹能不死。

这似乎是一个奇迹。

不过，就算乐白不死，也好不到哪里去。

他一剑击出，正好与华艾隐藏于光环之后的矛锋相对，那种如海潮般汹涌的气柱透过剑身传来，使得他全身一震，整个人如跌飞的风筝般倒抛出去，滑飞于半空之中。

"噗……"一道鲜红的血雨随着他跌飞的轨迹而下，染红了半空，乐白只感到胸中有如刀割，汗水渗透了衣衫，整个人便似虚脱了一般。

在众人的惊呼声中，两条人影蓦然闪出，一条冲向乐白，伸手将之接住，而另一条身影犹如箭矢般直扑华艾的面门。

接住乐白的人是刘邦，他似乎没有料到有人也会有这个时候扑出，更没有料到这人竟是陈平的贴身护卫龙赓！

他的心里似有一种茫然，更有一种期盼。在他的内心深处，也很想知道这人的剑法到底如何，是否能对自己构成威胁？

他想得很远，从来都是防患于未然，他不希望自己一点小小的疏忽而影响到自己的霸业。

是以，当龙赓在飞冲之下拔出长剑时，他并没有出言阻拦。

剑出半空，隐发龙吟。

衣袂飘飘，此刻的龙赓，犹如飞行于九天之外的苍龙，人剑合一，在滑翔中渐成势不可挡之势。

如此飘逸的剑法，如此飘逸的人，当剑与人在这形同魔焰的光线下若梦般虚幻莫测、潇洒如风时，谁又识得这幻影之后的杀机已如凶兽般蛰伏着？

华艾在火光中闪烁不定的脸容有一种说不出的苍白，面对这惊天动地的一剑，他第一次感到了自己心中的无力。

军令如山倒。

当项羽的军令发出之后，三个时辰之内，五六十万的西楚大军已然整装待发。

旌旗猎猎，朝发定陶，夕至城阳，一日之内，西楚大军已经将城阳如铁桶般围得水泄不通。

一营一营的西楚铁骑，一辆一辆的铁甲战车，一个一个的剽悍战士，犹如决堤的大潮般涌过宽阔的草原，踏平丛生的灌木，在城阳的背后，是一道连绵天际的大山山脉。

一望无边的旗海，在肃杀的寒风中"猎猎……"飘飞，在移动之中列队前行，显得是那般壮观。

田荣、田横等齐军将帅登上城楼，凭高远眺，当他们看到眼前这气象壮观的情景时，无不在心中油然而生一股震撼，惊惧莫名。

灰蒙蒙的天空中，雨雪不断。

闷雷般的蹄声传来，连大地也禁不住在微微颤栗，黑压压的敌群整齐划一地在高速中渐渐紧逼，犹如一阵阵庞大的黑云逼压而来。那黑压压的阵形动而不乱，拥着密匝匝的刀枪，翻动着各色的旗幡，伴之而来的，还有那成千上万的马蹄扬起的一片尘土与雪雾，漫天飞舞，那种赫然的威势，仿佛如排山倒海的巨浪。

田荣的脸色一片铁青。

他从来不相信在这个乱世中有无敌的军队，即使有，也只是实力悬殊，没有遇到旗鼓相当的对手而已。所以当他闻听人们传说西楚军为无敌之师时，只是淡淡一笑，并不将它当一回事。

直到此时，当他面对这数十万西楚军的赫赫威势，才真正明白了项羽能够凌驾于诸侯之上的原因。

的确，这是一支精锐之师，它能无敌于天下，绝非侥幸。

思及此处，田荣不由倒吸了一口冷气，当他的眼芒不经意间从自己身后众人的脸上一扫而过时，分明看到了一种畏怯的情绪。

未战而先怯，这是临战之大忌，田荣当然不想让自己的将士抱着这种情绪去迎战西楚大军，所以他很快便稳定了自己的情绪，脸上露出一丝淡淡的笑意道："项羽治军的确很有一套，单看这排兵布阵，已能看出是高人所为，我曾经听说在项羽的身边，有一个名为范增的谋臣，上知天文，下懂地理，仿佛无所不能，这阵法想必也是出其人。可惜的是，他已年过七旬，人一旦老了，无论他曾经是如何的精明，都难免会有糊涂的时候！也许西楚军无敌于天下的声威，自城阳一战后，从此便一蹶不振，再难重现当日的盛景。"

众将闻言，将信将疑，无不将目光投射向田荣的脸上。

"王兄何出此言？难道你已看出了敌军的破绽不成？"田横显然意识到了田荣的用心，好像唱双簧戏般地答腔问道。

"当年吴王阖闾门下，有一位名叫孙武的兵家奇人，曾经著书一本，名曰《孙子兵法》，我在少年时有幸拜读此书，书中曾云：有十倍于敌人的兵力就包围敌人；有五倍于敌人的兵力就进攻敌人；有一倍于敌人的兵力就设法分散敌人；有等同于敌人的兵力就要战胜敌人；比敌人兵力少时就要善于摆脱敌人；当兵力与敌人相差悬殊时就要避免和敌人交战。这是将帅统兵必须遵循的用兵法则，只要合理应用这个法则，一旦与敌交战，纵不能大胜，亦不至于惨败，我对此深有同感。"田荣的微笑仿如一支镇定剂，使得他身后的将士情绪渐趋平稳，他看在眼里，不慌不忙地接道："今日之城阳，西楚军号称百万，其实际兵力不过五六十万人，尽管与我军相比，人数略略占优，但还不至于数倍于我军。城阳城防坚固，地势险峻，属于易守难攻之地，依照孙武的用兵法则，就算项羽真有十倍于我的兵力，他也难以攻克城阳，更何况他的兵力根本就达不到围城的要求。因此，只要我军坚守不出，项羽就会无计可施，一旦形成僵持之局，事态的发展就会大大有利于我，不折一兵一卒，可退敌百万之兵。"

他的剖析很有道理，让人听在耳中，深以为然。而更让众人心安的是，田荣自始至终所表现出来的镇定，起到了稳定军心之效。

谁都以为田荣对整个战局已是成竹在胸了，更何况城阳的防御的确是密不透风，无一疏漏，加之粮草广积，顿时令齐军士气为之一振。面对敌人强大的战力，已经不再有先前的畏怯心理。

巡城之后，田荣针对敌人兵力的分布，重新布置了防范策略。当他与田横回到郡守府时，在议事厅里，已经有十八名百姓打扮的大汉恭身等候。

田荣静静地坐在大厅正中的太师椅上，品着手中的香茗，一种苦涩之后的沁人香味直透入心里，令他的精神为之一振。

站在他面前的这十八人不敢作声，眼帘低垂，都在等待着田荣临行前的命令。虽然他们不清楚田荣叫他们前来的目的，但从彼此的身分中就可以看出，田荣要交给他们的，必定是一项非常艰巨的任务。

因为这十八人，无一不是田荣手下的精英，这些人不仅拥有超强的武功，而且具有超乎常人的智慧。在他们当中，甚至有些已是独挡一面的将军。

田荣秘密将他们召集到自己的府邸，可见这件事对他是多么的重要。他心里深知，面对项羽的精锐之师，城阳之围绝非轻易能解，依靠陈馀、彭越的骚扰，未必就能让项羽退兵，与其如此坐以待毙，倒不如放手一搏。

"我今日将各位召集过来，的确有一件要事要拜托各位去办。对于各位，我是知根知底，十分信任，相信我平日待你们也不薄，所谓养兵千日，用在一时，今日要用到各位，不知意下如何？"田荣的眼芒如刀，在每一个人的脸上——划过，眉间紧锁，一脸肃然。

"但有差遣，义不容辞！"这十八人同时抬头道。

田荣十分满意这些人的表现，轻咳一声道："不过，此事之艰巨，远远超出了你们的想象，不仅要流血，甚至于还要付出你们的生命。所以我不得不提醒各位，如果你们中间有人害怕了，现在退出还来得及，我绝不勉强，也不为难，日后还当是我的心腹亲信。"

这十八人中，有一位中年汉子踏前一步道："能为大王效命，本就是我们这些做臣子的荣幸，不要说是献出生命，就是上刀山下火海，九死无生，我雷戈也绝不皱眉！"

此人在这十八人中，武功最高，官至将位，隐然是这些人中的首领，所以他的话颇有号召力，一言方出，众人纷纷响应。

"好汉子，好兄弟，我田荣有你们这帮朋友，才是我这一生的最大荣幸。"田荣的眼眶微微带些湿润，很是感动。

这十八人眼见田荣如此，无不血脉贲张，更是纷纷请命。

田荣深深地吸了一口气，让自己的心情平静下来，这才缓缓而道："你们此行的任务，就叫惊蛰。因为只有在惊蛰那天，才会有惊雷出现。而我希望你们的行动就像一道惊雷，不仅要快，而且要猛，惟有这样，你们才能最终完成这项艰难的任务！"

"这将会是一项怎样的任务呢？"雷戈忍不住问道，他的话也正是众人心中所思。

田荣微微一笑道："为了保证这项任务的机密性，你们中的每一个人都不能知道它的内容,只有到了地头之后,然后才会由他来告诉你们应该怎样做。换句话说,他就是你们这次惊蛰行动的全权指挥者!"

他拍了拍掌,田横已大步踏入厅中。

"田大将军!"众人无不肃立恭迎。

田横微微一笑道:"无须多礼,从现在起,我也不是什么大将军,而是你们当中的一员。"

"不敢!"众人忙道。

"没什么敢不敢的。"田横眉头一皱道:"我们只有同舟共济,才能最终完成惊蛰行动,所以你们谨记,在这里,没有大将军,只有死士田横! 不成功,便成仁!"

众人闻听,顿时亢奋起来,大声道:"是! 不成功,便成仁!"

"好!"田横哈哈一笑道:"我要的就是这种有血性的汉子! 我们立刻出发,从城后绕道,目标——济阳!"

他当先向田荣行了一礼,然后大步而行,在他的身后,十八名勇士紧紧相随,神色肃穆。

田荣目送他们的背影消失于厅门外,眼中禁不住流露出一股关切之意。

他心里十分清楚,这十九名活生生的汉子从此门出去,真正能活生生地回来的人却实在不多,这个惊蛰行动的难度之大,连他自己也毫无把握。

正因如此,他才会让田横坐镇指挥。

想到这里,田荣轻轻地叹息一声,心里顿时涌出了一股悲情。

华艾在跌飞之中,已无力格挡住龙赓这如山崩之势的一剑。

但他临场应变之快,无愧于"高手"身分。他既知此剑已不能挡,索性加快了跌飞的速度,藉此拉开他与龙赓之间的距离。

他实在聪明,知道此刻距离对他来说有多么的重要,即使是一寸之差,也可要了他的性命。

"嗖……嗖……"周围的人群中一声暴喝,无数箭矢如闪电般漫舞空中,射向龙赓,封锁住龙赓前行的去路。

龙赓的心里发出一声叹息,不由也暗自佩服起华艾的应变能力。的确,距离在此刻显得非常重要,只要自己能够抢入华艾的一尺范围之内,这些弓箭手就会投鼠忌器。

劲风扑面而来,漫天的箭矢疾射空中,支支要命,不容龙赓有半点小视。

他暴喝一声,冲进这漫天而下的箭雨里,剑芒闪动,封闭着自己周身的空间。

箭雨如蝗,却涌不进龙赓的三尺范围,劲箭纷纷弹飞跌落……

当这一轮箭矢歇止之后,在龙赓的面前三丈外,依然立着一个人。

但这个人已不是华艾,而是手握长刀的赵岳山。

在赵岳山的掩护下，华艾已退回了己方的阵营中。

"好不要脸，竟然施出偷袭的手段！"赵岳山目睹了龙赓惊人的剑法，丝毫不敢大意，只有用话来激他，好让他心生愧意，影响发挥。

"我也觉得自己不要脸之至。"龙赓站定之后，并不生气，而是淡淡一笑道："所谓以其人之道，还治于其人之身，这是我一生中所信奉的至理名言。对君子，我心里坦坦荡荡；对付小人，又何妨用小人的手段？而对付那些不要脸的人，我通常采用的手段，就是比他们更不要脸！"

赵岳山一怔之下，才知眼前这人的厉害之处不仅只是剑法，而且口舌之利也未必输于常人，再说下去，自己未必就能占到上风。

既然如此，那就闲话少说。

赵岳山将刀一横，扬声道："在下赵岳山，领教公子高招，希望你的剑法也能如你的口舌这般锋锐！"

龙赓淡淡笑道："相信绝不会让你失望。"

他说完这句话时，剑已缓缓上抬，以一道非常优雅、极度玄妙的轨迹调整着剑锋的指向，当剑尖与眉心连成一线时，他的眼芒已紧紧地锁定住了赵岳山的长刀锋端。

只是一个简简单单的起手式，却生出了一股狂野无比的气势，令赵岳山感到了无形的压力，忍不住在心中惊道："这年轻人是谁？怎么会拥有如此霸道的剑意？"

他的确是有些骇然，这并不表示他害怕龙赓的剑法，而是以他的阅历之丰，竟然不知道对方的底细，可见对方身分的神秘。

这是否证明，在刘邦的身边的确是藏龙卧虎？

想到这里，赵岳山不敢有半点大意，这是他率入世阁残余力量投靠流云斋之后接下的第一项任务，关系到他们能否立足生存，是以只许成功，不能失败。

落到今天这种寄人篱下的下场，是赵岳山做梦也不曾想到的。曾几何时，入世阁雄踞于江湖五阀之中，又有赵高一人之下，万人之上之声势，隐隐然已有凌驾天下武林的势头，那时的入世阁弟子，在人前是何等的风光！

孰料世事无常，大秦一亡，赵高一死，入世阁竟然如坍塌的大厦，一蹶不振，竟沦落到看人脸色行事的地步，这是每一个入世阁门人的悲哀。

然而瘦死的骆驼比马大，入世阁虽然元气大伤，但内中却依然不乏高手，这也是项羽之所以收容他们的原因。

对项羽来说，敌我之分的界限，有时候没有必要分得太清，关键在于有无利用的价值。既然有人肯为他卖命，他又何乐而不为呢？当然是尽数收归于门下。

而赵岳山要做的，就是在新的主子面前证明自己，而这一次袭杀刘邦的行动，无疑就是他证明自己的最好机会。

他当然不想错失，所以机会一来，便全力以赴。

想到这里，他被一股浓浓的剑意所惊醒，刀锋一颤，已经出手。

"滋……"赵岳山不想再等，也不能等，这段日子他已经等得太久了，让他的神经饱受压力的折磨。

他需要出人头地！

是以长刀击出，犹如撕裂云层的一道闪电，破开数丈空间，疯狂地向龙赓的面门逼至。

龙赓的眼中依然流露出一丝淡淡的笑意，很淡，很淡，淡得有如一阵清风，转瞬即逝。当这笑意消失的那一刹那，他这才看似有意，实是随心而动地将自己手中的长剑平平刺出。

他一出手，周围皆静。

每一个人都如痴如醉般地看着龙赓的出手动作，那种力度，那种美感，构成了一幅完美与和谐的画面。

只有赵岳山人在局中，不仅无法欣赏到这种唯美的姿势，反而从龙赓的每一个动作中感到了四溢狂涌的劲气。一股股让人无法摆脱的压力使他简直喘不过气来，却又情不自禁地陷入了那剑意的魔幻世界中。

龙赓的剑，只是普普通通的三尺青锋，既非名器，也非名家所铸，但此剑一到他的手中，便平添一股霸气，比之宝刀名剑，有过之而无不及。

有人因剑成名，有剑因人成名，剑与人的关系，概莫如此。

因剑成名的人，通常都不是有能耐的人；剑因人而出名，惟有这样的人，不是名士，便是拥有真正实力的剑客。

龙赓无疑便是这后一种人。

所以他的剑只要一出，不仅有唯美的剑意，更有凌厉无匹的杀气。

"哧……"长剑在赵岳山的长刀上一点一划，激起一溜非常绚丽的火花。

这种难以置信的精确便连刘邦也在心中暗自骇然。

长剑在虚空之中掠出一道似幻似灭的弧迹，便像是快速殒落的流星。吞吐不定的剑芒如火焰般窜射，在长剑划过长刀之际，突然一跳，弹向赵岳山的咽喉。

生死只是一线，出手绝不容情。

那汹涌澎湃的杀气，涌动于长街上空，使得这静寂的长夜充满了死亡的气息。

龙赓的出手不可谓不快，也不可谓不狠，一出手就有势在必得的决心；但赵岳山绝非庸人，其身法之快完全具有高手之风，竟趁长剑在自己的刀上一点之际，整个身影一闪一滑，有若游鱼般闪至龙赓的身后。

剑锋所向，只有虚无的幻影。

幸好这已在龙赓的意料之中，一剑落空，气机随之而动，反手用剑撩开了赵岳山从背后袭来的一刀。

两人的身形都是飞快高速的转动，移形换位极是熟稔，刀与剑在空中不断转换角度,却彼此间没有交触一下,似乎正在酝酿着一决胜负的战机。

"呀……"龙赓没有料到赵岳山对刀的理解竟是这般深刻,更没有料到他的长刀根本不在华艾的矛法之下,这让他感到几分诡异。不过,他没有多想,突然暴喝一声,整个人一旋一转,直升上半空,如一只扑食的猎鹰向赵岳山俯冲而去。

赵岳山霍然心惊,他想不到一个人的动作能够像鹰一样的灵敏,更像鹰一般的快捷,这几乎让人不可思议。

他来不及多想,在他的头脑中,只是蓦然闪过一幅他曾经在大漠黄沙中所见过的画面。

那是十年前,他奉赵高之命,去追杀一名入世阁的叛徒。

这名叛徒深知入世阁在天下的势力,更清楚入世阁对叛徒所采取的手段,为了活命,他只有铤而走险,深入黄沙大漠。

赵岳山追入大漠深处,终于在一个不是机会的情况下手刃叛徒。当他带着一脸的疲惫离开大漠之时,蓦然看到一处孤崖之上,傲然挺立着一只半人高的兀鹰,正虎视眈眈地俯视着一只正在跳跃飞奔的野兔。

这只野兔显然感受到了来自兀鹰的威胁,所以才会用自己所擅长的速度来摆脱目前的困境,然而它似乎并不明白,自己的速度再快,又怎能比得过兀鹰呢?它所做的一切不过是徒劳的挣扎。

赵岳山顿时被这种画面所吸引,更想知道,野兔不懈的努力是否能够帮助它摆脱兀鹰的魔爪?

"嗷……"眼看着猎物就要逃出自己的视线范围时,兀鹰长啸一声,终于出击了。

它扇动着巨大的翅膀,在半空中俯冲而下,其速之快,犹如闪电,迅速拉近了它与野兔之间的距离。

就在它亮出自己的利爪,抓向猎物的刹那,那只野兔突然停止了奔跑,而是仰卧在沙面上,头与腿抱成一团,借着劲儿突然向兀鹰蹬踢而去。

兀鹰一惊之下,迅速将自己的身体拉高,在野兔的上空盘旋。

赵岳山为野兔这种求生的本能所感动,更明白由于两者之间的实力上存在差距,野兔最终还是不可能逃过兀鹰的追杀,所以就动了恻隐之心,用两块石头惊走了兀鹰。

而在这种生死悬于一线间,赵岳山也不明白自己何以会想到这种画面,他只觉得龙赓此刻就像是一只翱翔于半空的兀鹰,所以他自然而然地就倒地而卧,头脚弓成一团,就像那只伺机攻击的野兔。

这种情景是如此地诡异,没有人会想到这是赵岳山在瞬息之间感悟到的求生一招。

"呀……"面对赵岳山摆出这般古怪的姿势,龙赓的身形只是滞了一滞,再次发出一声暴喝,声震长街。

他的整个人已直升至赵岳山的头顶上空，突然身体倒悬而下，剑芒直指赵岳山，拖起一阵风雷之势，以强大的压迫力紧逼向守候地面的赵岳山。

赵岳山感受着这股如飓风般的杀势，虽惊而不乱，在冷静中测算着两人之间的距离。

三丈、两丈、一丈……

当龙赓进入到他七尺范围之时，他才以爆发之势出手。他心里清楚，只有七尺之距，才是他长刀出手的最佳距离。

刀出，微颤成不同的角度，是以变生出万千弧迹，犹如喷发的七色泉，美丽中凸现杀机，迎向扑面而来的龙赓。

然而龙赓的剑势已成，犹如高山滚石，几成势不可挡，虽然赵岳山这应变的构思精妙，手段新奇，但已无法遏制这疯狂般的攻势。

剑化万千星雨，沿剑芒的中心，形成一个巨大的黑洞，黑洞产生出一股惊人的力量，将长刀所衍变的一切弧迹尽数吸纳其中。

赵岳山几乎不敢相信自己的眼睛，更不相信这是人力所为，求生的本能激发了他体内巨大的潜能，突然抱刀旋转，就像是一只有着生命力的陀螺。

在他身体的周围三丈之内，立时生出了一团强烈的飓风，那风中所带出的力量，充满了毁灭一切的冲动。

两股人力所创造出来的风暴在一瞬间相迎、碰撞、交融……

"轰……"一声震惊四野的暴响惊彻长街，狂风呼啸，强流飞涌，百步之外的火把顿时熄灭无数。

在场的每一个人都无不骇然，面对这呼啸的劲风，晃动的光影，横掠的杀气，只感到在这团气云当中飘忽着两条淡淡的身影，似幻似灭，犹如鬼魅。

一阵清风吹过，这一切为之幻灭。静寂的长街，突然拖现了两道拉长的影子。

影子不动，是因为人不动，两人相距三丈而立，如雕塑般挺立于长街之上。

直到这时，纪空手才放松了自己紧绷的神经，脸上绽放出一丝淡淡的笑意。

他似乎已经看到这场决战的结局。

第十一章
兵困城阳

济阳是一座名城。

它之所以出名，就在于它有悠久的历史，古老的建筑，以及十分深厚的文化底蕴，正因如此，所以济阳自古出名士，亦出佳人。

随着城阳战事的爆发，难民的涌入，济阳城又多出了一种人，这种人并非在济阳就没有，只是今年显得特别多了一些，使得他们也成了街头巷尾的一道风景。

这种人当然就是穷人。

还有一种人，济阳城里不是没有，只是相对于穷人来说，他们就要少了许多。不过，只要稍微留意一下，还是可以随处见到他们的身影。

这种人的穿着也许并不华美，但并非表示他们的口袋里就没钱。他们之所以不注重自己的打扮，是有意为之，他们也要保持他们所特有的形象。

这种人不注重穿，却喜欢吃，大碗喝酒，大块吃肉，嘴上总是骂骂咧咧的，脸上更有一股剽悍与野性，但这还不足以说明他们的身分。

真正能够证明他们身分的，是他们随身携带的兵器，然而他们又不是官兵。这种人，人们通常都给他们取了一个非常形象的称谓，就叫江湖中人。

什么是江湖？没有人可以给出一个确切的定义，在一百个人的眼中，其实就有一百个江湖。

其实江湖只是一个虚幻飘渺的东西，它只存在于人们的心里。

在济阳最热闹的高升大街上，有一间名为"高升"的酒馆，在这个只能容得下十来张桌子的酒馆里，正好就坐着这么一群江湖中人。

有人高谈阔论，有人喝酒聊天，有人骂骂咧咧……整个酒馆实在热闹至极，与高升大街上的冷清相比，闹静之间让人恍惚以为是两个不同的世界。

高升大街原本并不冷清，只是昨夜下了一场大雪，至今未停，在这风雪交加的日子里，难免就多了一份静寂。

与这大街一样安静的是坐在靠门处的那一桌人，七八个人围了一锅烧得翻滚的辣汤，却静静地坐着闷喝，在他们的脚下，也放着各自称手的兵器，证明着他们江湖中人的身分。

不过，就算他们是江湖中人，也是最普通的那种。他们静静地听着各张桌上闲聊的话题，而自己却保持着应有的沉默。

在他们相邻的桌上，坐了一老一少两名豪客，衣衫光鲜，出手阔绰，叫了一大桌好酒好菜，一看就是摆阔的主儿。

两人谈话的嗓门都不小，在这热闹的酒馆里，依然能清晰地听到他们所聊的事情。

"老世伯，您这一生走南闯北，也算得上是个见过大世面的人，依你所见，你认为这次城阳之战会打多久？"那年轻人的问话一起，顿时吸引了不少人的注意，因为谁都不想这场战争旷日持久地进行下去，更不想看着战火无休止地蔓延扩大。

济阳只距城阳不过数百里地，虽然不是处在战乱的前沿，但随时都有可能受到战争的波及，这也是城中百姓人人关心城阳之战的原因。

"世侄这个问题问得好。"那年老的长者轻轻地呷了一口酒，眼睛微眯，带着三分酒意道："老夫也不是倚老卖老，这个问题你若是问别人，能够回答上来的实在不多，因为它所牵涉的方方面面繁琐之极，没有广博丰富的学识是很难解答这个问题的。"

他的言下之意，的确有自卖自夸之嫌，既然他能够回答这个问题，当然也就自然而然地拥有了广博的学识，这是他人所无须置疑的。

那年轻人被他唬得一惊一咋的，眼中露出钦羡的目光道："那晚生倒要洗耳恭听，跟着老世伯长长见识了。"

那年老的长者眼中余光微瞟，见到满馆的酒客都将注意力转移到了自己身上，不由得意一笑道："世侄何须客气？就冲着你这一台面，老夫今日说不得要班门弄斧，在众人面前卖弄一番了。"

他轻咳一声，酒馆内的气氛为之一紧，喧嚣之声顿时散灭，代之而来的，是一片安静。

"这城阳之战，交战的双方是西楚霸王项羽与齐王田荣，双方的兵力并无太大的悬殊，而且田荣主守，项羽主攻，在常人的眼中，这场战争必将旷日持久，形成僵持之局。"那位年老的长者沉吟半晌，才缓缓接道："然而老夫认为，这场战争未必会持续太长的时间，也许最多不过三五月的时间就能分出胜负。"

在他邻桌的那一群人当中，有一个中年汉子低头饮酒，杯至嘴边，浅尝即止。当他听到这位老者说到最后一句话时，浓眉一震，似有几分激动。

没有人注意到他这反常的举动。

"那么依老世伯的高见，这一战会是谁胜谁负呢？"那年轻人更想知道这一点，尽管在他的心里已经有了答案。

那年长的老者淡淡一笑道："这毫无悬念，当今天下，有谁会是项霸王的对手呢？田荣能够坚持三五月不败，已是奇迹，他又怎能与天下无敌的西楚军一争高下？"

"老世伯所言极是，晚生也是这么想的，只是听人家说，这城阳地势险峻，城防坚固，粮草广积，又有数十万大军分布防守，项霸王若想攻占城阳，只怕也并非易事哩。"那年轻人道。

那年长的老者"嗤"了一声，显得极是不屑道："兵熊熊一个，将熊熊一窝，打仗行军，看的是双方主帅。有人可以率五千人马破敌数万，有人率五万人马却不敌人家三千，这是什么道理？无非是将帅者的能耐。想项霸王少年起便追随其叔项梁行走江湖，起事之后，又成为西楚军能够独当一面的大将，迄今为止，身经大小战役不下百起，却从来不败，像这样的英雄人物，又岂是田荣那厮所能够比得了的……？"

他的话还没说完，便听得邻桌上传来一声低低的冷哼，似乎对这年长的老者之话不以为然。

那年少者回头来看，只见这冷哼声原来发自那位低头喝酒的中年汉子。

这年少者姓秦名易，是济阳城中小有名气的剑客，家道殷富，是个喜欢惹事的主儿。这会儿陪着远道而来的老世伯出来逛街喝酒，聊得正是兴头上，哪里耐烦外人来插这么一杠子？

不过，当着老世伯的面，他也不好立马发作，重重地哼了一声，然后像只好斗的公鸡般斜眼看着对方，大有挑衅之意。

谁想那中年汉子哼了一声过后，便没了下文，依然是低着头静静地品酒，仿佛什么事也没有发生过一般。

秦易以不屑的目光从那一桌人的脸上一一扫过，见他们无人搭腔，不由冷笑一声，这才转过头来。

那年长老者息事宁人道："算了，算了，世侄也不必与他们这些人一般见识，咱们还是喝着酒，聊聊咱们刚才的话题。"

秦易昂然道："老世伯也许不知道，如今这个年代，不懂规矩的人愈发多了，也不先拜拜码头，打听打听，就想随便耍横，像这种人，你若不治治他，没准就会骑到你的头上撒尿拉屎，忒没劲。"

"啪……"他的话刚一落音，便见邻座站起一个人来，往桌上重重一拍道：

"你说谁哪？是说你自己吧？"

秦易哪里受过别人这般鸟气？刷地站起身来，怒目圆瞪道："就骂你呗，小子，想找打吗？"

他二话不说，手中已多出了一把亮锃锃的长剑，酒馆中的气氛顿时为之一紧，众人的目光都投射在那位站将起来的汉子身上。

能在大雪天跑到酒馆来喝酒聊天的人，都是闲得无聊的主顾，他们最大的喜好就是惟恐天下不乱，平日里没事还能惹出点事儿来，更何况现在事儿已经出来了？当然不会放过。

谁都睁大着眼睛，生怕看漏了这场好戏。

但那汉子并没有马上动手，而是将目光望向了同一桌上的中年汉子。

很显然，这位中年汉子是这一群人的头儿。

这是一群很普通的人，普通得让你随时都可以在大街上遇到几位，他们的衣着打扮看上去一点都不像是江湖中人，然而在他们的身上，都带着兵器，似乎也不是那么好惹的角色。

秦易将剑拔出的刹那，这才意识到自己在人数上所处的劣势。不过，他的心里并不觉得有多么地害怕。

因为他相信自己的剑法。

"坐下——"一声低沉的声音从中年汉子的口中传来，那名汉子犹豫了一下，终于坐了下去。

"这位兄台，你大人有大量，不必与我们这些山里人计较，还请饶恕则个。"那中年汉子话虽然说的客气，头却依然压得很低，就像是从闷瓮里传出的声音一般，却让人感受到一股不可抗拒的力量。

秦易一怔之下，终于感觉到这一群人并不是自己想象中的好惹，但是就凭对方的一句话，就要自己将拔出的剑按回去，这个面子又实在丢不起。

他只有僵在当场。

但是，这种尴尬只维持了一瞬的时间，随即酒馆中的每一个人都被长街上传来的一种声音所吸引，翘首向门外望去。

清晰传入众人耳鼓的，是一串马蹄之声，之所以是一串，是因为这马蹄声踏在长街上，发出如战鼓般的震响，震得碗中的酒水荡起一道道细细的涟漪。

只有数百匹的骏马踏过，才有可能造成如此之大的声势，可这雪天里，又哪来的这么多马匹？

那中年汉子的脸色骤然一变，直到这时，他才第一次将头抬了起来。

这是一张冷峻如岩石的脸，满脸的疤痕透出一种力度的剽悍，给人以坚毅的感觉。眉间紧锁，一股杀气淡然而生，平空让人生出畏怯之心。

秦易心下骇然，不由暗自庆幸，这才明白这一帮貌似山里人的汉子其实都是深藏不露的高手，随便站出一人，自己都绝非其对手。

这么多的高手同时出现在一个酒馆里，这本身就透着一种古怪，一种反常，以他们的武功，居然能够容忍自己的飞扬跋扈，这似乎也让人迷惑不解。

难道说他们隐忍不发，只是为了隐蔽自己的身分？那么他们这样做的目的何在？

秦易想不通，就只有不去想，透过窗户，他也很想看看长街上会出现一帮怎样的人，如此大的声势，的确让人有种想看一看的冲动。

谁也没有倒下，无论是龙赓，还是赵岳山。

所以谁也不知道他们之间的胜负。

风定尘散，火光依旧，两人的刀与剑都悬于半空中。

"你错了。"龙赓的脸色苍白，淡淡而道。

"我的确错了。"赵岳山的脸上却显得一片通红，呼吸略显急促。

"知道错在哪里吗？"龙赓缓缓地将剑一点一点地撤回，当剑锋撤至他的嘴边时，他轻轻地吹了一吹。

他在吹什么？

直到这时，纪空手才注意到龙赓的剑锋之上赫然有一滴鲜血，虽然只有一滴，却红得耀眼，赤得惊心。

当龙赓轻轻一吹时，这滴鲜血犹如一枚玉珠般坠落于地，溅洒地面，恰似一朵带血的梅花。

赵岳山一脸茫然，摇了摇头。

"你太自信了。"龙赓将剑缓缓入鞘："你本可以躲过我这一剑，却最终没有，这只因为你不相信自己的刀法不能挡住我这一剑，所以无论如何，你都想试上一试。"

龙赓淡淡的笑容中，似有一丝寂寞，满怀惆怅地接道："可惜，你错了，普天之下，能挡住我这一式剑招的人并非没有，但却不是你。"

他说完这句话后，已然转身。

在他的身后，突然传来了"砰……"地一声巨响，就像是一块猪肉摔在案板上的声音。

赵岳山终于倒下了！

在他的眉间，多出了一点血红的洞，这洞的位置不偏不倚，正在眉心当中，犹如传说中的二郎神脸上的三只眼。

赵岳山的死，只是证明了龙赓他们取得了一时的胜利，纵观全局，胜负殊属难料。

这时，一声号角传来，响彻长街，四周的敌人在华艾的指挥之下，开始了有规律有组织的移动，一步一步地开始缩小着包围圈。

一个赵岳山的死，不足以改变刘邦他们在人数上的劣势，但在士气上，无疑给了敌人以最大的打击。

刘邦的脸已是一片铁青，显得超乎寻常的冷静。当龙赓从他的身边缓缓而过时,他听到刘邦虽然低沉但有力的声音:"保护好你的主子,我们向来路突围。"

虽然只有一句话,却充分显示了刘邦的果断、冷静与智慧。

因为每一个人的思维都有一种惯性,认为刘邦从何处来,必将到何处去,所以敌人通常都会在刘邦的去路上布下重兵,而忽略刘邦来时的方向。刘邦选择从来路突围,无疑是明智之举。

龙赓微微一笑道:"汉王不必如此紧张,虽然敌人在人数上占尽优势,但真正的高手并不多,假如我们一股作气,未必就不能将敌人一举击溃。"

"本王绝不是杞人忧天,而是担心真正的高手还没有出现。既然这些人是项羽派来围歼我的,就不可能只派这些俗手。"刘邦的脸色十分凝重,仿如罩上了一层严霜:"本王似有预感,真正的凶险还在后面,我们万万不可低估了敌人。"

纪空手心中一惊,似乎也有这种预感,虽然这种感觉十分模糊,让人一时难以确定,但两大高手同时产生这样的感觉,就证明并非是神经紧张所出现的错觉。

"既然如此,我们就惟汉王马首是瞻。"纪空手与龙赓交换了一下眼神,果断地下了决定。

这是纪空手第一次将自己的命运与刘邦连在一起。

也叫做是同舟共济。

对纪空手来说,这未必就是一种讽刺。

刘邦不再犹豫,集中起自己的亲卫随从,冲向长街的中心。

"呀……"踏步前行的敌人同时发出一声喊,箭已在弦,脚步踏在长街之上,震天动地。

一声似狼嗥般苍凉的号角响起,在华艾的催动下,开始了一波又一波的攻击。

"嗖……嗖……"之声此起彼伏,连绵不绝,犹如和弦之音,煞是好听。

在这高频率的节奏之下,劲风扑面,箭矢如潮,漫天箭雨扑天盖地而来,将刘邦这三十七人网在一片如天罗般的杀势之中。

刘邦已然拔剑,暴喝一声,冲进箭雨中,一标人马如一道旋风般窜动,瞬息间便与敌人短兵相接。

满天的长矛与短戟上下翻飞,左刺右戳,迅速将这标人马分而割之,形成以十对一的局面。

敌人如此训练有素,显然不像是乌合之众,看来这是一场早有预谋的杀局。

刘邦已知今日之战事关生死,不是敌死,就是己亡,是以出手再无保留。

直到此刻,才真正体现出他身为问天楼阀主的风范,剑一在手,仿似游龙,每在空中划出一道弧旋,三五只断手便会伴着三五声惨嚎扬上半空,犹如煞神降临。

　　纪空手看在眼中，心中骇然。他一直以为刘邦的剑术虽然高明，却不是他登上问天楼阀主的主因，这其中更多的是仰仗他的血缘。然而看到在激战中连出杀招的刘邦，纪空手才知道刘邦原来一直是深藏不露，自己竟然低估了他的实力。

　　从某种意义上说，纪空手甚至有点感激这一战，若非如此，他也许会在以后的一天中感到后悔。

　　战事进行得十分激烈，随着敌人不断地夹迫而来，刘邦这一方虽然重创了不少敌人，但伤敌一千，自损八百，武功稍逊者，也受到了死亡的威胁。

　　等到刘邦率先冲到一条十字路口时，敌人丝毫未减，而在自己身边的人，除了纪空手与龙赓之外，只剩下七八名死士紧紧相随。

　　战事的残酷显然大大超出了刘邦的想象，这只是一个开始，敌方高手一个也未出现。敌人所用的策略，就是以一帮死士来消耗刘邦等人的体力，等到他们成了强弩之末时，这才派出高手完成最后的一击，也是致命的打击。

　　幸好他们此刻已距敌人布置的包围圈的底线已经不远，再过数十步，就可以完成突围。

　　数十步外，长街显得异常静寂，仿佛与这边硝烟弥漫的战场相隔成两个世界。

　　刘邦心中一动，突然大吼一声道："上屋顶！"他似乎突然意识到，敌人有意将自己逼退向这段长街，其实是引诱自己进入他们事先布置好的伏击圈。

　　如果自己能避开这伏击圈，是不是意味着已避开了敌人最精锐的力量，而从其它的方向突围反而成了相对容易的事情？

　　他没有犹豫，抢先窜上了长街边的屋顶，还未站住脚跟，眼前精芒急现，三支隐挟风雷之声的劲箭，自一个非常巧妙而隐蔽的角度射来，刚好封住了自己前进的空间，似乎让人避无可避。

　　能射出这种劲箭的人，的确已是箭术高明的行家，乍眼看去，这三箭的角度不同，间距不同，似是新手所为，但在刘邦这等高手眼中，便知这三箭互为犄角，力道各异，若是避开了第一箭，第二箭射来的时间正是旧力未尽、新力未生之际，很难闪避。

　　刘邦心惊之下，身体硬生生地倒折过去，两脚似在屋檐边上生了根一般，整个人倒折九十度角，作了个大回旋的动作，堪堪让过这角度奇异的三箭。

　　这"铁板桥"的功夫用得如此精妙，观者无不叫好，但刘邦的身形并未因此打住，反而借这一旋之力，攻向了暗伏于屋顶上的那三名箭手。

　　然而他的人还未到，在他两边的暗处中突现出一杆长枪、一把长刀，同时向他的腰间袭至。

　　单听这劲风之声，刘邦明白，敌方的高手终于出击了。

　　还未出手，自己已先陷险境。

攻来的长枪变幻莫测，枪芒如雨，劲气飞旋；长刀重达数十斤，却在一名大汉的手中使出，举重若轻，浑若无物，在轻重有度间杀机尽现。

刘邦知道这两人均是敌方高手中的佼佼者，虽然比及华艾、赵岳山略逊一筹，但刀枪合并，珠联璧合，于攻防之道熟谙在心，绝不容自己有半点小视之心。

"呀……"刘邦情不自禁地一声暴喝，宛如惊雷，长剑划出，陡生三尺青芒，呈一种扇面横扫向迎前的这两大强敌。

他才一出手，始知不妙，原来这屋顶之上的几名劲敌似乎早有默契，当刘邦的注意力已经集中到眼前的两名强敌时，那三支犹如不散的阴魂之劲箭已然标空。

刘邦心里不由"咯噔"一下，如明镜般锃亮，第一次感受到死亡竟与自己如此接近。

刘邦已无法闪避，更无法抽身而退。

也许换作平时，他凭着自己超强的感应未必就不能逃过此劫，但经历了一段时间的拼杀之后，他渐渐感到了自己的内力后续不接，直接影响到了应变能力。

他似心有不甘，却又力不从心，就像是一个溺水者掉入了一个具有强大吸扯之力的漩涡中，已经无法自救。

对于死亡，他本无畏，只是想到霸业未成，复国无计，他心中多了一股不可名状的悲情。

他已无法换回这既定的败局，只能接受这残酷的命运。

"呼……"然而就在这时，在他身后的虚空中，突然生出了两道强大至极的杀气，伴着两声长啸，同时化去了即将降临到刘邦身上的杀机。

两条人影同时出现在刘邦的视线之中，以玄奇莫测的步法，一人使拳，一人用剑，恰如下山过林的猛虎，攻向了来势汹汹的敌人。

来者不是别人，竟然是纪空手与龙赓。

这实在是一个让人无法想到的结果，谁也没有料到，纪空手竟然会救刘邦！

抛开纪空手与刘邦从前的恩怨不说，单是五音先生之死，就在他们之间结下了不共戴天之仇，纪空手完全有一千个理由击杀刘邦！然而，他不仅没杀，反而救了对方。

难道说他已彻底忘记了这段恩怨，还是因为……

没有人明白纪空手心里所想，就连龙赓也未必知道。

龙赓之所以要救刘邦，并不是因为刘邦的缘故，而是他相信纪空手，相信纪空手这么做就必然有让人信服的道理。

"多谢！"在刘邦的记忆中，这两个字他从来就没有说出过口，但此时此景，已由不得他不说。

他打心里对"陈平"与龙赓的援手充满感激！

同时他的精神为之一振，背对一弯明月，他的长剑跃空。

这一刹那间，天地仿佛陷入一片肃杀之中，就连纪空手与龙赓也感到了刘邦剑上所带出的酷寒之气。

经历了生死一线间的惊魂，刘邦似乎彻悟到了什么，竟将体内的潜能迅即提升至极限。虽只一剑之势，却如千军万马，仿如大山崩裂般爆发开来，杀气如严霜，令屋顶上的每一个敌人如坠冰窖，呼吸不畅。

只有一剑，但这一剑在虚空中划出一条奇异的曲线，犹如幻痕，虽是瞬息之间，但剑势每向前移动一寸都有加速的迹象，随剑势而生的气流亦更趋猛烈。

但在外人的眼里，不过是剑光一闪。

更可怕的是，这一剑闪出，并非独立的一式，竟然在有意无意之间与纪空手的拳、龙赓的剑形成互补，构筑了三大高手同时出击的阵式。

这才是最霸道的，试问天下，有谁还能挡得住这三人的联手一击？

答案是否定的，当然没有人能够挡住这雷霆万钧的一击。

"轰……"屋顶为之炸开了一个大洞，头颅、断臂、残肢随着尘土与血腥充斥着整个半空，面对这惊人的一幕，观者无不心悸。

趁着众人心神一怔间，刘邦三人脚步不停，旋即从房顶上杀开一条血路。经过了刚才的一幕，竟然再也无人敢出面拦阻。

眼见刘邦三人消失在黑夜里，华艾并没有下令手下追击。这一役他虽然折损了大半人马，但毕竟也不是全无战功，包括乐白在内，刘邦一行三十七人已亡三十四人，其中不乏真正的高手。

望着刘邦三人逝去的方向，华艾只是冷然一笑，忖道："这仅仅是一个开始，只此一战，已让你精英尽失，看来这一次汉王刘邦的大名，终于可以在天下诸侯中除名了。"

长街上走来的，是一支五六百人的马队。

五六百匹骏马在善骑者的驾驭下，整齐划一地沿长街而来，每一位骑者都是绵甲裹身，手执矛枪，严阵以待，防范着一切变故的发生。

在马队的中间，是一顶十六人抬的大红软轿，轿身装饰豪华，极度气派，摆下这么大的排场，可见轿中人的身分非同寻常。

这五六百骑士之中，不乏武功超强之士，全都围守在软轿的四周，神色凝重，如临大敌，不敢有半点疏忽。

马蹄踏过厚厚的积雪，扬起一地迷雾，保持着一种不紧不慢的速度，正从高升大街经过。

当马队距酒馆还有五十步距离的时候，那中年汉子终于站了起来。

他并没有急着出门，而是来到了秦易的面前，拱手道："阁下贵姓？"

秦易倒吓了一跳，忙道："不敢！在下姓秦名易。"他本来是想说几句硬话充充门面，谁料话到嘴边，全变了味。

"原来是秦大爷。"那中年汉子淡淡一笑道，眼中似有一股奚落之意。

"还未请教大爷贵姓？"秦易已经看出这一群貌似普通之人其实并不好惹，所谓识时务者为俊杰，他忙赔着笑脸问道。

那中年汉子深深地看了他一眼，微微一笑道："你很想知道吗？"

"若是大爷不方便的话，不说也罢。"秦易见他话里的味儿不对，忙不迭声地道。

那中年汉子摇摇头道："你若真想知道，就凑耳过来，让我告诉你。"

秦易只得探头过去，忐忑之中，只听得那中年汉子贴在他的耳边悄声道："记住啰，我姓田，齐国田横就是我！"

"你是——"秦易霍然色变，条件反射般按住了腰间的剑柄。

对他来说，拔剑，只是一个很普通的动作，他自从练剑以来，每天都要重复地做上百次、千次，直到可以在瞬息之间让剑锋离鞘，然而这一次，他却没有做到。

他已无法做到，因为他听到了一声"喀喇"之声，然后，他就感觉到自己的身体已经不受自己头脑的控制了。

他的头竟然活生生地被田横扭了下来。

血如泉涌，溅了一地，酒馆内的人无不被这血腥的一幕惊呆了。

而田横的脸上依然带着酷酷的笑，手臂一振，将手中血肉模糊的头颅抛向街心。

鲜血洒了一地，染红了雪白的街面。

当头颅飞出的时候，正是马队经过酒馆门口的时候。

这是一种巧合，还是经过了精心测算的布局？

难道说田横的目标就是这五六百人的马队？

没有人知道。

"杀人啦！"一声撕心裂肺般的惊叫响起，酒馆内顿时乱成了一片，然而奇怪的是，最先惊叫者，竟然是田横同桌的人。

"啪……砰……"一桌的酒盏碗盘碎裂于地，然后这一桌的人无不大呼小叫，神色慌张地跑出了酒馆，正好挡在了马队之前。

"希聿聿……"马队中的人与马都被这突生的变故惊住了，赶紧勒马驻足，更有几名军官模样的人迎了上去。

"发生了什么事？"一名军官坐在马上，惊问道。

"报……报……报……"一个看似老实巴交的汉子好像浑身打颤，报了半天也没报出个什么名堂。

"报你个大头鬼！"那名军官气得一扬鞭，恨不得抽他一记。

他也不耐烦再听这人的禀报，干脆点了几名战士下马，随他一起入店察看。

可是他们刚刚走出两步，就听到了一种奇怪的声音。

对他们这些成天舞刀弄棒的人来说，这声音其实很熟悉，之所以觉得奇怪，是因为这声音本不该出现在这长街之上。

——是刀声，是刀的锋锐劈开空气时所发出的低低锐啸。

当他们明白过来时，已经有点迟了。

那名军官只觉腰间一痛，猛然回头间，眼前竟是那个老实巴交的汉子。

"去死吧！"说这句话的时候，他一点都不结巴，就像他的刀一样，显得干净利索。

这实在是一件很可怕的事情。

比这更可怕的，是这种刀声还在继续响起，以最快的频率响起。

"有刺客——"直到第三十名骑者倒下，才有人反应过来，惊呼了一声。

马队顿时显得有些乱，马嘶乱鸣中，杀气笼罩了整条长街。

对方只有八个人。

但这八个人就像是八只无人驭御的猛虎，刀锋过处，所向披靡。

但奇怪的是，田横明明带了十八位高手来到济阳，还有十一人呢？

等到田横这八人冲杀到离大红软轿还有七丈距离时，他们突然发现，他们已很难再抢近半步。

因为在他们的面前，至少横亘着三十名严阵以待的高手，这些人的武功绝不会弱。

来自流云斋的高手，他们的武功通常都很不错，虽然田横的人可以在数百名勇士中间横冲直闯，却难以逾越这些人的防线半步。

这三十人中，为首者叫寒木，他没有姓错，的确冷酷，而他手中的长枪，更是寒气十足。

所以田横惟有止步！

"你们是什么人？胆敢这般狂妄，与我西楚大军为敌！"寒木的声音同样很冷，冷中带有一股傲意。

"既然与你为敌，当然就是敌人！"田横似乎并不急于动手，淡淡笑道："久闻西楚军逢敌必胜，所向披靡，今日一见，方知全是狗屁！"

"这也许只是你的错觉。"寒木锐利的眼芒紧盯住田横道。

"哦，倒要请教？"田横浑身沾满了敌人的血渍，发髻已乱，披散肩头，犹如雄狮般挺立敌前，自有一股说不出的剽悍。

寒木冷冷地道："你不觉得在此之前，你杀的人大多不是你的一招之敌吗？他们只是战士，而不是武者，只有在战场上才能体现出他们真正的价值。当他们遇上你这一类的高手时，他们死得真的很冤，因为，无论他们多么努力，都难逃一死！"

"明知一死，还要相拼，那么他们也真的该死了。"田横冷然而道："而你们这些自以为是高手的武者，竟然见死不救，岂非更是该死？"

寒木显得十分冷静，并未被田横的话所激，只是淡淡而道："我不能离开软轿七丈之外，这是大王的命令。如果你敢闯入这七丈内，我可以保证，你一定会感到后悔！"

"我不信！"田横摇摇头道。

"你可以试一试。"寒木针锋相对道。

田横不再说话，只是将手中的长刀紧了一紧，然后大步踏前。

在他的身后，七名随行的高手紧跟不离，似乎无视寒木的威胁。

寒木只是冷冷地看着他们。

当他们进入了软轿七丈范围之内时，寒木才轻描淡写地挥了挥手道："杀，杀无赦！"

一场混战顿时爆发。

这的确是一场与先前迥然不同的战事，虽然参与的人数锐减，却显得更激烈，更火爆，刀来枪往，漫天的杀气弥散于热闹的长街。

田横已是高手中的高手，寒木与之相比，似乎也不遑多让，两人一出手俱是狠招，三个回合下来，谁也没有占到什么便宜。

正因为双方的实力旗鼓相当，使得这场混战愈发精彩，人入局中，忘乎所以。

惟有旁观者可以看出，田横一方的行动十分怪异，看似是向前闯进，却在有意无意间一点一点地在向后退。

寒木当然没有觉察到这一点，杀得性起时，他的眼中惟有田横这个强敌。

"痛快！杀得可真痛快！难得遇上你这样的对手，就让你我战个三百回合！"刀来枪往中，田横仍有余暇开口说话。

"谁怕谁，我奉陪到底！"寒木长枪一振，幻化出万千枪影，迎刀而上。

两人激战正酣间——

"砰……"突然数声爆响，在软轿的四周炸开，雪雾飞扬间，竟然从积雪之下闪出了十一条白影。

十一条白影，十一个人，这岂非正是田横所带来的高手？

这其实就是一个算度精确的局，它的成功之处，就在于对距离感的把握上做到了分毫不差。

他们显然事先对这马队的列队行进有所了解，测算出从马队的前端到软轿的距离，然后他们来到长街，以酒馆为起点，算出软轿的确切位置后，在这个位置的四周设下埋伏，希望收到突袭的奇效。

这样的布局实在巧妙，再经过一些小细节上的安排，就更让人防不胜防了。

至少，在这一瞬间，无论是寒木，还是其他的高手，都已回救不及。

第十二章
惊蛰行动

　　末位亭之所以叫末位亭，是因为它是夜郎西道通往巴蜀的最后一座古亭。

　　它是夜郎西道九大奇景之一，位于乱石寨过去三十里地的犀牛岭。一到此亭，将面对十八里下山盘道，居高远眺，云层重叠，犹如海潮，有雅士取名曰：末位听潮。

　　经过一夜狂奔，天将破晓时分，刘邦、纪空手、龙赓三人赶到了末位亭前的一段密林。三人饶是内力高深之士，经过这番折腾，也是气息急促，呼吸浑浊，内力似有不继之感。

　　当下三人互为犄角，守住一方岩石打坐调息。三人调息气脉的方式虽有不同，却几乎在同一时间完成了理顺内息、调养精气的过程，相视一笑下，顿感心中舒畅了不少。

　　刘邦在打坐之时，同时也在观察着纪空手与龙赓的一举一动：虽然他们在关键时刻救了自己一命，但他们所表现出来的超凡武功仍让他感到了心惊，并有几分疑惑。

　　以刘邦的性情为人，是绝对不容身边有不可信任之人存在的，越是高手，他的心里就越是忌惮。

　　他必须让自己置身于相对安全的状态下去争霸天下，所以，他决定不着痕迹地试探一下。

　　目标是龙赓，刘邦的选择当然有他自己的道理，一个像龙赓这样超凡的剑客,绝对不会毫无来历而横空出世。

他应该有他的家世、他的师门,只要知道了这些,刘邦就不难查出龙赓真实的身分。

他并不怕龙赓说谎,只要证实了龙赓所说的是谎言,那么敌我两分,泾渭分明,他当然可以找到对付龙赓的办法。

想到这里,他缓缓地站了起来,整个人隐于林间的暗影处,抬头看了天边那一抹始出的红霞,轻轻叹息了一声:"看来项羽早已有除我之心,他已经算到了本王一定会赴夜郎之会,所以早早地派人断我归路,布下了这么一个杀局。"

"这个杀局的确花费了不少人力。"纪空手想到昨夜的一战,心中犹有余悸:"难得的是这么多人涌到夜郎西道上来,还能不漏一点消息。"

"的确如此。"刘邦心里也感到有几分骇然,缓缓而道:"此时天下形势渐趋微妙,强敌无处不在,本王只要一步踏错,就是万劫不复之局,唉……有时候本王真是觉得好累好累!"

他的脸上闪现出一丝倦意,毫不作伪,显是心境的真实写照。

"奇怪的是,昨夜的那一战既是项羽早就布下的杀局,他必然会全力以赴,精英尽出,因为他不会看不到真正能与之一争天下的人惟有汉王。然而,事实好像并非如此,虽然我们遇上了不少凶险,却并没有看到真正一流好手的出现!"纪空手皱了皱眉道。

刘邦蓦然一惊道:"这显然不是项羽的行事风格。"

纪空手道:"如果说昨夜七石镇出现的人马是项羽派来的人的全部,他们绝不会眼睁睁看着我们突围而去却无动于衷,必定紧追不舍,算算时间,也该到了,可是——你看!"

他望了望身后,看到的是乍明犹暗的景色,听到的是风过密林发出的清啸,根本就不见有什么追兵。

"也许他们的任务就是阻断我们的退路,而在我们的前方,才是他们真正高手出现的地点。看来,要想闯过去,我们还将有一场恶战要拼!"纪空手的推断不无道理,刘邦乍听之下,也认定这种情况发生的可能性极大。

"可是,假若他们真的有一帮高手存在,为什么不在七石镇时就向我们发动攻击呢?"龙赓提出了自己的见解。

这的确是个难以解答的问题。

谁都懂得,集中优势兵力攻敌,必可稳操胜券。如果纪空手的推断正确,那么这些敌人不是无知,就是疯了。放弃兵力的优势,却兵分两路围歼他们,实在让人不可思议。

然而,纪空手沉吟片刻,突然问道:"如果我没有记错,当日随同习泗在万金阁出现的人中,有八位高深莫测的老人。我久居夜郎偏荒之地,虽然不能知道他们的确切身分,却看出他们绝对是一流的高手。"

刘邦的眼睛陡然一亮道:"对,的确有这八人的存在,一脸孤傲,拒人于千

145

里之外的样子，看来派头着实不小。"

纪空手微微一笑道："流云斋身为江湖一大豪门，雄踞江湖已有百年历史，门下高手如云，就连一些归隐的高手，没有一百，也有八十，这八个人会不会就列在其中呢？"

刘邦点头道："此时正是用人之际，不排除项羽会请出一些已经归隐多年的前辈高人来助他争霸天下，而且如果这八个人真是狙击我们的主力的话，那么他们不在七石镇动手也就有了合理的解释。"

龙赓心中一动，道："这倒要请教汉王了。"

刘邦道："这八个人既然是项羽请出的前辈高人，就必然武功高深，非常自负。他们当然不会将我们这些江湖后进放在眼中，而且，有四个字，铁定了他们不可能与华艾一伙联手对付我们。"

"哪四个字？"龙赓问道。

"自重身分。"刘邦微微一笑道："这些前辈高人从来都是将自己的名誉看得比性命还重，如果让他们与华艾联手，就算杀得了我们，消息传将出去，他们又怎能立足于江湖？"

龙赓的心情并未因此而轻松，反而沉重起来："这八人既然如此厉害，我们又怎能从他们的手下逃生呢？"

刘邦想通了其中的关节，整个人仿佛变了个人似的，精神了许多，拍了拍龙赓的肩道："正因为他们自负，我们才有机会。何况前辈也好，高人也好，两军对垒，都是狗屁，没有强大的实力，他们就什么也不是。"

刘邦深深地看了龙赓一眼，笑了笑道："如果让本王选择，我宁可与他们这些前辈高人为敌，也不愿意成为你的对手。如果本王的眼力不差，天下剑客排名，你当在前十之列。"

龙赓心里"咯噔"了一下，弄不清楚刘邦何以会这么说话。但他的脸色丝毫不变，显得十分镇定地道："汉王过奖了，本人剑法，哪堪入高人法眼？不提也罢。"

"本王绝非刻意奉承，因为本王所用的兵器也是剑，虽然艺业不精，但却能看出你在剑道上不凡的成就。"刘邦的眼芒中闪出一股锐利的东西，似笑非笑。

龙赓淡淡一笑道："汉王如此推崇，倒让我汗颜了。"

刘邦沉吟了片刻，抬头望向天空，正当龙赓与纪空手认为他又想到什么事情上时，却听刘邦猛然盯住龙赓道："你究竟是谁？何以本王从来不知道江湖上还有你这么一号人物？"

龙赓的神经陡然一紧，但脸上的神情依然如旧，淡淡而道："我已经说过了，我就是我，何需装成别人？若是汉王对我心存疑意，我可以走！"

他说完此话，人已霍然站起。

纪空手心里明白，这是龙赓所施的欲擒故纵之计。事实上，纪空手故意让龙赓保持身分的神秘，就是为使刘邦怀疑，以吸引刘邦的注意力，从而使自己处于一种相对安全的状态。

　　既然龙赓已经开始了自己的表演，纪空手觉得该是自己配合他的表演的时候了。

　　"如果你还是我的朋友，就不能走，因为，我需要得到你的帮助。"纪空手拦住了龙赓，沉声说道。

　　龙赓淡淡一笑道："我一直把你当成是我最好的朋友，士为知己者死，为了你，我连死都不怕，又怎会轻言离去呢？可是，汉王却不是我的朋友，我更不能忍受一个不是朋友的人对我这般侮辱。换在平时，我也许已经拔剑以捍卫我自己的尊严，而此时此刻，又在你的面前，我只能选择走。"

　　他在说这些话的时候，并不像是在演戏，而更像是发自肺腑。因为，他的确是将纪空手当作了自己最好的朋友。

　　刘邦看在眼里，冷然一笑道："你如果真的把陈爷当作是你的朋友，就更不能走！既然你连死都不怕，又何必在乎本王的这几句话呢？"

　　龙赓浑身一震，缓缓回头，锐利的目光如锋刃般刺向刘邦的脸，道："你说的对，我不能走，我既问心无愧，又何必在乎你这几句话呢？"

　　刘邦这才微微笑道："能屈能伸者，方为大丈夫。说实话，本王很欣赏你，正因为如此，本王才想知道一些你的底细。"

　　他拱手作了个长揖道："这都是本王爱才心切，才会在言语上有所得罪，龙公子乃大度之人，还请恕罪。"

　　龙赓看了他一眼，摇摇头道："为人君者，当知用人之道，所谓疑人不用，用人不疑，龙某既然为汉王所疑忌，又焉能再在汉王左右？"

　　刘邦的脸上顿现尴尬之色，道："本王只是无心之失，倘若龙公子不能见谅，本王只有在你的面前请罪了。"

　　他说着话，人已作势向前欲跪，龙赓与纪空手赶忙抢上，扶住他道："汉王何须如此？"

　　"若不如此，只怕龙公子是不肯原谅本王了。"刘邦苦笑着道。

　　他此话一出，心中仿佛灵光乍现，突然悟到，假若龙赓真是敌人，昨夜一战，就根本不会相救自己。如果说这还不足以释疑，那么此时此刻，由龙赓与陈平联手，只怕自己也难有活命之机。

　　"看来，我的疑心的确太重了。"刘邦不由得在心里暗自对着自己道。

　　不知为什么，自从到了夜郎之后，刘邦的心头便有一股不祥之兆，这让他总是心神不定，疑神疑鬼，像这种简单的思维上的错误，换在平时，他是不可能犯的。他只能将这一切归于自己神经短路。

　　龙赓忙道："汉王何需这般自责呢？换作我处于汉王的位置，也必会小心谨慎。"

　　他与纪空手拥着刘邦坐下，这才缓缓而道："其实汉王之所以从未听说过我的名字，是因为我这是第一次踏入江湖，若非陈兄诚心相邀，我只怕依然还在山林中逍遥，又何必为这凡间俗务而烦心？"

纪空手与龙赓早已设计了一套对付刘邦的说辞，这时点头道："的确如此，当时棋王大赛开赛在即，若无龙兄这等高手的压阵，凭我陈家这点实力，要想保证棋赛顺利进行尤为困难，所以我才会远赴大理，将之请出。"

"龙公子原是大理人氏？"刘邦素知大理处在夜郎以西，是个富饶美丽的地方，山川灵秀，是归隐的绝佳去处。

龙赓摇了摇头道："我在大理也不过十数年，只因避祸，才举家迁到那里，其实我也是大秦子民，自小生在巴蜀。"

"避祸？避什么祸？"刘邦奇道。

"当年家父乃始皇派往巴郡的文武将军，治理巴郡足有七年之久。正因如此，所以才得以与夜郎陈家结下深厚的交情。"龙赓若有所思，缓缓而道："家父这一生中，为人仗义，爱交朋友，是个重性重义的真汉子，又有一定的才情，在巴郡一带有着良好的口碑。可惜的是，他有一个致命的弱点，就是好赌，不仅爱赌，而且最喜豪赌，所以常常赌得一文不剩，欠下了一身债务。"

刘邦不免有些诧异地道："就算他喜欢豪赌，以他文武将军的身分，也不至于有多少亏空啊？怎么会欠下债务呢？"

龙赓苦笑道："别人做官，是为了捞钱，家父做官，则是老老实实地做人，所以在任七年，并没有积攒下多少钱财。不过，他虽然不搜刮百姓，胆量却大得出奇，仗着他与夜郎陈家的关系，开始贩卖起铜铁。"

刘邦惊道："这在当年始皇期间，可是死罪！"

"谁说不是呢？"龙赓淡淡而道："这买卖做了不过半年，便有人告上朝廷。始皇大怒，便派人缉拿家父进京，家父一看势头不对，干脆弃官不做，远走高飞，这才迁到大理国去。"

"这么说来，你的剑法竟是出自家传？"刘邦犹豫了片刻，还是问道。

龙赓淡淡一笑道："家父对赌术一道，尚且不精，更遑论剑道上的成就。只是我当年拜师之时，曾经发下毒誓，绝不向任何人泄露师门消息，所以还请汉王体谅一二，恕我不能说出。"

刘邦微微笑道："原来如此，看来确是本王多心了。"

龙赓与纪空手相视一眼，道："如今我们身在险地，前有高手拦截，后有追兵，形势十分严峻，汉王要考虑的，应该是如何面对强敌，而不是疑神疑鬼，否则，这夜郎西道便是你我的葬身之地。"

刘邦的脸上流露出一丝非常自信的笑意，道："经过了昨夜的一战，我想，无论前面的敌人有多么强大，都难以应付你我三人的联手攻击。对于这一点，本王充满信心。"

他显得是那般意气风发，又显得很是胸有成竹。看他此刻的样子，显然是忘记了昨夜那生死悬于一线的时刻。

当时若非纪空手与龙赓及时出手，一代汉王也许就从此消失在这个世界上了,如此深刻的痛,刘邦怎能说忘就忘呢?

面对刘邦刚毅自信的表情,纪空手几乎不敢相信自己的眼睛,心里猛地"咯噔"了一下,突然觉察到了刘邦的良苦用心。

那就是昨夜的一战,刘邦根本就未尽全力,他将自己置身于险地,无非是想进一步试探纪空手与龙赓。这样一来,既可以试出这两人的忠心,亦可以继续深藏自己的实力,显示出刘邦超乎常人的心计。

防人之心不可无,这是刘邦做人的原则。他更明白,站在自己背后的朋友,远比面对千万个敌人要可怕得多,这已是屡试不爽的真理。

十六人抬的软轿,就像是一间可以活动的房子,显得大而气派,轿外一切豪华的装饰显出了轿中人高贵不凡的气质。

轿中的人是谁?

田横率领齐军中最精锐的十八勇士赶赴济阳,执行的又是一项什么任务?

没有人可以回答,因为那厚厚的布帷已将软轿隔断成两个世界,布帷不开,这答案似乎就无法公示人前。

但杀气漫天的空气中,流动着一股淡淡的花香,让人在诡异之中仿佛看到了一点玄机。

"希聿聿……"马群惊嘶,蹄声乱响,当十一道白影惊现于软轿四周时,一切显得那么突兀,没有丝毫的先兆出现。

十一道白影,十一道寒光,就像是十一道破空的闪电,分呈十一个角度刺入软轿。

寒木大惊,他身边的高手无不失色。他们非常清楚这轿中的分量,更记得临行之前的那道命令:"你们的职责就是保护轿中之人顺利平安地抵达城阳军营,若有半点差池,你们死不足惜,只怕还要连累九族的存亡!"

可惜的是,他们离软轿最近者也在七丈之外,纵有回救之心,已是不及。

田横的脸上不自禁地露出了一丝得意的笑意。

然而这笑是短暂的,甚至于只存在了一瞬的时间,就僵在了脸上。

他的眼中涌现的,是一种不可思议的表情,就好像看到了一件不可思议的事情。

就在十一道寒芒骤起的刹那,那包在轿外的布帷动了一动。

的确是动了一动,动得很快,就像是一道狂飙自轿中生起,带动布帷向四周疾卷。

"呼啦啦……"布帷在掠动中淹没了那十一道寒芒,气流急旋间,"轰……"地一声,布帷如一只膨胀的气球陡然爆裂。

整块布帷裂成碎片,如碎石飞射,带动起地面的积雪,弥散了整个空际。

喧嚣零乱的空中,横空降下无尽的压力。

"呀……"惨叫声骤然而起,那十一道白影如狂飙直进,却在刹那之间犹如

149

断线的风筝向后跌飞。

这一切的变化，只因为一只手。

一只如枯藤老树的大手，伸出软轿之外，如拈花般握着一柄刀。

是一柄刀，像新月，带着一种玄妙的弧度，如地上的雪一样锃亮。

田横霍然心惊，因为他的眼力一向不差，所以十分清晰地看到了这把刀出手时的整个变化。

好快、好冷，而且狠！一出手竟然击退了十一名高手的如潮攻势。

虽然这把刀胜在突然，但单凭这个"快"字，田横自问自己就无法办到。

"小心！"有人惊呼。

田横蓦感一股杀气向自己的左肋部袭来，身形一扭间，竟然置之不顾，飞身向软轿扑去。

人在半空中，他发出一声惊雷般的暴喝，手中的长刀直切向那只握刀的手。

"叮……"手未断，更无血，那只握刀的手只是缩了一缩，以刀柄挡住了田横这势在必得的一刀。

寒木怒叱一声，已然跟进。

田横却已飘然退了三丈之外，在他的身边，十八名勇士迅速将他围在中间。

"好刀！"软轿中的人轻轻赞了一句。

此话一出，田横怔了一下，他怎么也没有料到拥有这样一只又老又丑的大手的人竟然会有如此动听的嗓音。

这声音软糯动人，有如夜莺，乍一听，仿佛是二八少女的声调。

"你是谁？"田横心中有几分诧异。

"你又是谁？"轿中人不答反问。

"我只是一个好客的人，想请轿中的人跟我走上一趟。但凭我的直觉，我所请的客人绝不是你。"田横微微一笑，虽然他置身于数百强敌的包围之中，却十分镇定，果然有大将之风。

"哦，你怎知道这个客人就不会是我？我岂非也是这轿中之人？"轿中的人轻轻一笑，并不急于翻脸动手。

"因为我所请之人，乃是一位绝世佳丽。她贵为王妃，深受项羽宠爱，据说项羽三日不见她一面，便食不知味。此次城阳之行，她便是应召赶赴军营与项羽相会。像这样一个能令一代霸王如此着迷的尤物，又怎会长出你这一只让人恶心的手呢？"田横淡淡一笑，极尽刻薄之言，刺了这轿中人一句。

田横行事，一向不屑于施用这等伎俩，实是此刻形势紧急，要想成功脱逃出敌人的包围，就惟有抢先制服轿中的王妃，让对方投鼠忌器，而要想完成这个计划，首先，田横就必须将眼前这位用刀的高手制服。

这是一个非常艰巨的任务，对田横来说，至少如此，因为他已经看出这位用刀高手的武功绝不在自己之下。他惟一的机会，就是激怒对方，然后在趁其不备的情况下动手。

而他口中所说的这位"王妃",是否就是整形成虞姬的卓小圆呢?从种种迹象来看,这种可能性极大,但是不到轿门开启的一刻,谁也无法断定。

对方显然被田横的话所激怒,冷哼一声,道:"敢这样对我老婆子说话的人,我已经很久没有见到过了。在我动手之前,为了让你死个明白,我也不妨告诉你我到底是谁!"

她顿了一顿,这才一字一句地道:"我就是人称'白发红颜'的林雀儿,别忘了,免得你变成鬼后找人索命,把人找错了。"

田横的眉间一紧,心中大骇,他虽然是齐军中的大将军,但对江湖上的厉害人物也并不陌生,如果说要在天下间中找出十个最可怕的人物,林雀儿绝对名列其中。

据说在四十年前,林雀儿也算得上江湖中的一大美人,为了一段情孽,她一夜白头,才被江湖人以"白发红颜"相称。从此之后,她斩断情丝,归隐山林,直到十年前重出江湖,刀术之精,已罕有敌手,更可怕的是她的性情大变,出手毒辣,曾经在一天之内连杀仇家十九人,其中就包括那位负心的男子。

女人本就难缠,像林雀儿这种性情怪异、武功极高的女人,不仅难缠,而且可怕,所以田横一闻其名,顿感头大。

然而无论林雀儿多么可怕,田横都必须面对,他现在需要的,只是一个出手的时机。

"白发红颜?"田横哂然一笑,满脸不屑地道:"我好怕,一个像你这样的老太婆还敢自称什么红颜美人,恐怕这世上再也找不到像你这样脸皮厚的女人了。"

"可恶——"田横的话还未落,便听得林雀儿怒叱一声。

"轰……"轿厢爆裂,碎木横飞四溅,一条如妖魅般的身影破空而出。

田横不得不承认,眼前这女人的确长得很美,如果不是事先知道其年龄,田横必会把她当作风韵犹存的半老徐娘。

他忽然间明白了林雀儿何以一夜白头的原因。

一个像林雀儿这样美丽的女人,又怎能不自负呢?当她自以为可以征服一切男人的时候,却被一个男人无情地甩了,而去另寻新欢,她当然不能接受这样的事实。

然而此时此刻,既不容田横心生感慨,更不容他再去细想,他只能暴喝一声,挥刀迎上。

田横虽不常在江湖走动,但他的刀在江湖中一向有名,他没有必要害怕任何一位高手。

"叮……"双刀在空中的某一点交击,一错而开,倏分即合,两人在瞬息之间便互攻三招。

林雀儿心生几分诡异,似乎没有料到田横的刀术也有几分火候。

更让她感到惊奇的是，田横三招一过，突然向后滑退，整个身体就像一条灵蛇，退得是那般诡秘。

"想退？没门！"林雀儿当然不会让田横轻易而退，她这一生何曾受过别人这般侮辱？在心里已将田横恨之入骨。

便在这时，寒木没有再犹豫，大手一挥，指挥着数十名高手对敌人展开了近距离的攻击。

一场混战已在所难免。

田横不惊反喜，他想要的就是这个乱局，只有这样，他才有冲进软轿的机会。

他在动手之前，就已经盘算好了整个计划的可能性，并且作了针对性极强的布置，所以场面虽乱，却一直在他的控制范围。

虽然林雀儿的出现是一个意外，但对田横来说，这种困难也在他的考虑范围之内。是以，他并没有因此而乱了阵脚，依然是照着计划而行。

但战斗的残酷远比他想象中的可怕，刀光剑影中，伴着一阵阵惨呼，一排一排的人影随之倒下，其中就包括了田横所带来的精英。

雷戈斗得兴起，以一敌五，丝毫不乱，就在他横刀连杀数名强敌之际，突觉背后一道杀气袭来。

雷戈没有躲闪，那一枪结结实实地刺在了他的背心之上，但偷袭者陡然发现，那背心上没有血，枪尖更没有进入到雷戈的体内。

因为有一只有力的大手正将枪尖牢牢紧握，悬于空中。

那是雷戈的手，他用一种最简单的方式，就在枪尖刺入他背心前的那一刹那，非常巧妙地抓住了枪尖。

那偷袭者为之一愕，骤然感到一股如火炭般的热力自枪身传来，令他无法把握长枪。在他一松手的刹那，猛听得雷戈大喊一声，陡然发力，枪身竟如箭矢倒插在偷袭者的胸膛。

鲜血溅了田横一脸，并没有扰乱他的视线，浓浓的血腥犹如一剂催发激情的灵药，令他的精神为之亢奋，整个人愈发冷静。

林雀儿的刀很怪，总是带着一定的弧度，以意想不到的角度出手。她的刀术十分的高深，指东打西，不仅与田横为敌，甚至还有闲暇向其他人偷袭，显出其不凡的功底。

但是林雀儿越是这般自负狂妄，田横就越是意识到了自己的机会就要来了。他的每一个动作看似都已尽了全力，却一点一点地提聚着自己的内力，充盈着握刀的掌心。

"就凭你这点三脚猫的功夫，也想挟持王妃？你也太自不量力了吧！看看你的身后，你所带来的勇士正一个个像枯树般倒下，马上就该轮到你了。"林雀儿的声音依然妩媚，但声调中所挟带的杀气，远比冰雪更寒。

"仗着人多，算哪门子本事？你若有种，不妨单挑。"田横让过林雀儿斜劈而来的一刀，又退一步。

"和老娘单挑？哈哈哈……"林雀儿不由大笑起来，道："你难道没看见老娘现在一个人正与你们这些猴崽子周旋吗？"

她笑得花枝招展，笑得眉开嘴咧，但这笑就像是一束昙花，只开一瞬。因为就在这时，田横脚步一错，旋身出刀。

田横这一刀杀出，无论是力道还是速度，都比之先前的刀式高明了几倍。更让林雀儿感到吃惊的是，那吞吐不定的刀式乍出空中，变成纯青之色。

修练刀道者，刀练到某种程度，始有刀气产生。刀气练至精纯，方呈青色，所以青芒已是刀气中比较高深的修为，剑亦同理。田横刀生青芒，显然已经出乎林雀儿的意料之外。

"咦，原来你还真是个深藏不露的高手，怪不得如此狂妄，好！待老娘打起精神领教你的高招！"林雀儿战意大增，一脸凝重，手中的刀幻化成一抹凄艳的光云，缓缓地向前推出。

极缓极缓的动作，仿佛如蜗牛爬行，但刀身的光泽在不断地变化着颜色，似乎带着一种玄奇邪异的魔力，一点一点地挤压着这本已沉闷的虚空。

田横只觉得空气越来越沉闷，压力如山般迫至，就像是陷身于一块松软腐烂的泥沼中，使他举步维艰，呼吸不畅。

但是他的刀依然极速，迅如闪电。

快与慢之间，在这段空间里几无区别。

无论是田横，还是林雀儿，心中都十分明白，速度在这一刻已不重要，无论是刀快，还是刀慢，它们最终都要构成一个交叉点。

"轰……"两股劲气悍然撞击一点，爆发出一声沉闷无比的劲响。

雪粒飞散间，林雀儿倒退了三步，胸口起伏不定，定睛看时，田横竟然不见了，消失在她的视线范围之内。

田横去了哪里？这是林雀儿心中的第一个念头，瞬息过后，她霍然色变！

田横既然不在她的视线之内，当然就在视线之外，而林雀儿视觉上的盲点，就只有她身后的空间。

她的身后，便是那十六人所抬的精美软轿。

这才是田横真正的目标所在！

对于田横来说，虽然他早有准备，但面对林雀儿这样的高手，他的气血还是被震得上下翻涌，不能抑制，嘴角边甚至渗出了一缕血丝，但他丝毫没有犹豫，借着林雀儿强势的劲气向上一翻，腾上半空，然后俯冲向那数丈之外的轿顶。

人与刀形成一道笔直的线，就像是一只潜水而入的鱼鹰般划过空间……

那少了布帷的软轿十分静寂，依然不能从外面看到轿中的动静，这使得静寂的软轿依然透着几分神秘。

十六人抬的大轿，这轿中的空间一定不小，这么大的空间里，是否还隐藏着像林雀儿这样的高手呢？

　　田横没有想，也不敢想，他只知道，这是他今天的最后一次机会，就像是孤注一掷的豪赌，他已将自己这一方人的生命全部压在了这一刀上。

　　一旦失败，他只有接受全军覆灭的命运。

　　山风依然呼啸于林间，天空中的鹰隼却在山风中盘旋。

　　大山中的鹰隼，是最凶猛的飞禽，它的每一次盘旋，都是用其锋锐的目光追索着自己利爪下的猎物。

　　它们一次次地起飞，一次次地盘旋，却半天不敢下落，那只因为地面上有人。

　　在这静寂的大山中，在这静寂的黎明，云雾淡淡地萦绕在末位亭的亭顶，而在亭内，的确有人静坐其中。

　　八九个人，或站或坐，围在一张石桌上，眼中紧盯着桌上摆下的一盘玲珑棋局。山风吹过，并没有让他们有任何的动静，但这一切宁静掩饰不了那股潜在的杀机，更淡化不了那流动于空中的杀气。

　　杀气，已经与这段空间融合成了一个整体。

　　一轮暖日斜出，赶不走这山中的寒意。亭中的人，丝毫不觉得这静中的寂寞，反而显得悠然自得，很有耐心。

　　他们似乎在等待着什么。

　　眼见日头从云层中跃出，他们中的一人终于开口了："莫非他们已经不能来了？"

　　说话者是习泗，他是项羽派往夜郎参赛的棋王。当他目睹了陈平与卞白的那盘棋之后，他惟一的选择，就是弃权而去。

　　他之所以这么做，一来是他毫无胜机，与其徒劳挣扎，坐望失败，不如潇洒而退；二来他虽然嗜棋如命，却明白棋局中的东西都是虚幻的，只要有实力，有头脑，在棋局里面得不到的东西，往往可以在棋局之外找到，关键是人不能总是吊死在一棵树上。

　　他想通了这一点，就立即去做，所以他与随行的八位老人很早就到了末位亭。就算房卫赢了陈平，得到了铜铁贸易权，他们也很难活着回到巴蜀。

　　只要没有活人得到这铜铁贸易权，那么习泗这棋是输是赢都不重要，他至少可以达到自己的目的。

　　所以习泗他们把末位亭这一战看得很重，只能赢，不能输，否则，他们就别想回到西楚。

　　"什么意思？"其中一位老者似乎并不明白习泗话中的含意。

　　"不能来的意思，只有一种，那就是他们已经死了。经过七石镇一战，他们已全军覆灭。"习泗淡淡一笑道。

　　那老者显然是这八位老者中的首领，姓于名岳，换在二十年前，可是江湖上响当当的一号人物。

通常像这样的名人，都非常自负，他们最爱说的一句口头禅，就是"想当年……"藉此来证明他们辉煌的过去。而他们最大的通病，就是瞧不起那些新近崛起江湖的后生晚辈。

"你也许太高估了华艾的实力，那些人的武功究竟如何，老夫不太了解，但老夫相信阀主的眼光，若是连华艾都能将那些人摆平，阀主请我们这些老家伙出山，岂非是多此一举？"于岳显然对华艾的实力有所怀疑，这并非表示他就目空一切，事实上当他看到项羽的时候，他往往就像一只见了猫的老鼠，不仅害怕，而且自卑。

"于老说的也有道理。"习泗深知这些老人的德性，赶忙附和道。

于岳很满意习泗对自己的态度，神色稍缓道："其实，并非老夫瞧不起华艾，而是江湖之大，天外有天，真正的高手，即使是人数上占着劣势，也能凭着自己的经验扭转战局，从而一战胜之，所以对付敌人，贵在精而不在多，要想置敌于死地，还得靠我们这群老家伙。"

"不过，如果那些人闯过了七石镇，按理来说，这么长的时间过去了，他们也应该来了，怎么到现在还不见他们的动静呢？"习泗犹豫了一下，还是提出了自己的疑问。

于岳怔了一怔，眉头一皱道："也许他们是发现我们守在末位亭，心里怕了，从别处改道而去。"

习泗摇了摇头道："从夜郎到巴蜀，自古只有一条道，否则，我们又何必在这里死等下去呢？他们若真是闯过了华艾的那一关，就肯定要通过末位亭，这是毋庸置疑的。"

于岳刚要开口说话，忽然耳根一动，似乎听到了一串风铃声。

这是一串极有韵律的风铃声，时隐时现，似乎还在很远的地方传来。

当于岳再一次非常清晰地听到这种声音时，它正伴着得得的马蹄声而来，越来越近，不多时，便见一匹骏马慢悠悠地沿着山道映入众人的眼帘之中。

"终于来了。"习泗一脸凝重地道。

于岳的眉锋一跳，有些诧异地道："怎么只有一人？"

"而且是一个绝对陌生的人！"习泗的眼里充满着几分诧异和好奇，虽然他不认识对方，却相信此人的出现一定与刘邦有关。

系在马颈上的风铃在动，风铃之声也越来越近，"希聿聿……"当这匹马距离末位亭尚有十丈距离时，马的主人似乎感受到了来自前方的杀气，一勒缰绳，骏马长啸一声，终于立定。

山风依旧在呼啸着打旋，掀起一路的沙尘弥散在这略显干燥的空间。

马的主人将手紧紧地插在披风之中，一顶帽子紧扣头上，当帽子微微上抬时，一双凌厉中充满杀意的眼睛若夜空中的星辰出现在众人的眼际。

155

习泗与于岳相视一眼，无不感到了一股发自内心的寒意。

来人是谁？他与刘邦会是一种怎样的关系？

无论习泗，还是于岳，他们认定来人与刘邦颇有渊源的原因，是因为在这段时间里，不可能有任何外人经过这段路径。

所以九个人，九双不同的眼睛，同时将目光聚集在来人的身上。

那石桌上的玲珑棋局，只不过是一种摆设。

"刘邦是死是活？他的人会在哪里？"习泗的心里老是在想着这个问题，眼前的这种场面显然大大超出了他自己的想象。

在于岳的示意下，有三名老者踏出了古亭，一步一步地向来人逼进。

他们的步子不大，频率极缓，但一起一落之间，却极富气势。

当他们与呼啸而过的山风融为一体时，更有一种让人心中引发震撼般的肃杀。

那坐在马背上的人，任由山风吹动，衣袂飘飘。当这三名老者逼近五丈距离时，他才缓缓地伸出一只修长而有力的大手。

这大手是一只握剑的手，它的出现，仿佛就是天生为握剑而生的。五指修长，为的是能够更好的把握剑柄：强烈的力感，可以让手中的剑变成真正的杀人锐器。

然而这只大手没有拔剑，只是用一种极为优雅的方式摘下帽子，甩入空中，然后显露出一张高傲而冷漠的脸，脸的轮廓分明，表达出一种张扬的个性，就像一把未出鞘的剑，锋芒内敛也掩饰不了那股刻在骨子里的刚强。

他正是龙赓，一位孤傲而自信的剑客，无论他在哪里出现，总能给人一种鹤立鸡群的感觉，非常清晰地印入每一个人的意识之中。

"你们在等我？"龙赓冷冷地打量着横在眼前的三位老者，眼睛的余光却盯着稳坐古亭的习泗。

那三位老者没有开口，只是相互望了一眼，同时将大手伸向了腰间。

"他们是刀客，真正的刀客。"习泗微微一笑，替那三位老者开口道："他们说话的方式不是用嘴，而是用刀，所以他们不可能回答你的任何问题。"

"他们不能回答，你呢？你又喜欢用什么方式说话？"龙赓的脸就像一块坚硬的岩石，丝毫不见有任何的表情。

"我是个不喜欢暴力的人，当然是用嘴来说话。我之所以没有回答你的问题，只是因为我不知道你是否就是我们要等的那个人。"习泗伸手捏住了一颗黑色的棋子，细细地在手上把玩着。黑色的棋子在他的手中，就像一个有生命的精灵，跳动着美的音符。

"你既然不知道我是否是你们要等的人，还是让人拦住我的去路，这种行径未免太霸道了吧？"龙赓看着习泗手中把玩的棋子，突然想到，如果这棋子是精钢所铸，那倒不失为上佳的暗器，其威力之大，应该不会在铁藜蒺、铁菩提这等暗器之下。

"在这个世上，霸道一点也未尝不可，关键在于有没有这个实力。对于有实力的强者来说，霸道的作风本身就是一种震慑，更要有天下王者舍我其谁的霸气。"习泗淡淡笑道，不知为什么，他想到了项羽。项羽以"西楚霸王"自居，一个"霸"字，已经涵括了项羽的一切特质。

龙赓微一点头道："你说的一点也没错，承蒙提醒，看来，我的确应该对你们霸道一点。"

他俨然以王者自居，是想激怒对手，然而不可否认的是，就剑道而言，他纵算不上王者，亦是大师级人物，所以他的手一按在腰间的剑柄上时，整个人已具王者风范。

这种王者之风，是一种与生俱来的气质，是别人无法刻意模仿得来的。它总是在不经意间自然而然地涌出，完全已融入了人的血液之中。

习泗吃了一惊，于岳也吃了一惊。那些老者都是曾经叱咤风云的人物，可是面对龙赓，他们的心里仿佛多出了一股不可排泄的压抑。

习泗深深地吸了一口气，淡然而道："不知者无罪，你敢这般狂妄，只能说明你很无知。站在你面前的每一个人，都是江湖中的高手，武林的中坚，如果你听到了他们的名字，想必就会有所收敛了。"

龙赓的脸上露出一丝淡淡的笑意，眉间极具张狂之气，道："我不否认你说的都是事实，不过，我也得提醒你一句，这是一个变化极速的乱世，你们曾经出许是风云一时的人物，曾经名动江湖，但也仅仅是曾经而已。而当今这个年代，已经不属于你们了，所以你们的出现，只能是一个错误。"

这的确是狂妄之极的措词，纵是再有涵养的人，也不可能忍受这种侮辱。

"一个错误？是你的，还是我们的？"习泗冷然一笑道："我们也许真的老了，但那也仅是年龄，而不是我们手中的刀枪！"

"那我倒要请教请教。"龙赓一脸不屑地道："请问各位是一个一个地上，还是一齐来？"

于岳已是忍无可忍，暴喝一声道："对付你们这种无名小卒，何须兴师动众？来来来，让老夫来领教你的高招！"

他的话一出口，便见龙赓的脸上露出一丝不易察觉的微笑，就像是一个猎手看着猎物钻进自己设下的陷阱，有一种得意的感觉。

"好，既然你有心，我又岂能让你失望？"龙赓翻身下马，如闲庭信步，向前迈出了三步，似乎害怕于岳反悔。

于岳已起杀心，冷然一哼，手腕在空中一翻，已然多出了一柄大铜锤。

在江湖上，以铜锤为兵器的人并不少见，但真正能够跻身于一流行列的，却并不多，于岳无疑是其中之一。

他的铜锤重达七十八斤，若没有天生的臂力，是很难将之挥洒自如的，可见于岳绝非浪得虚名。

龙赓看着于岳一步一步逼近，不敢有半点小视之心，虽然他的外表极度貌视对手,但内心深知,像于岳这种上一辈的高手,单是阅历之丰以及临场应变就远胜自己,稍有不慎,就有可能败于他手,所以,他惟有冷静以对。

他的人已经来了,刘邦呢?他和纪空手又去了哪里?

就算他们三人联手,也很难是习泗等人的对手,而今,却只有龙赓一人现身,难道说他们另有图谋?

第十三章
悲喜由心

"呼……"田横这几近全力的一刀,终于劈入了那静寂的软轿之中。

他的心中不由一阵狂喜,更为自己选择时机的准确感到得意,可是他万万没有料到的是,他这一刀劈出,却劈在了一片金属之上。

"叮……"犹如惊雷的巨响震得人头脑发晕,耳膜出血,田横的手臂更被自己的大力反弹回来,神经为之麻木,长刀几欲脱手。

由喜到悲,只不过是一瞬的时间,田横的心境经历了这种大起大落,反而更加冷静。

他霍然明白,为何这顶软轿会由十六条大汉来抬?

这只因为软轿竟然是以铁木所铸,除了门和窗之外,敌人根本不可能从其它方向攻入。

田横的心里生出一股近乎绝望的情绪。

他寄于厚望的一刀竟然徒劳无功,这使得他把自己置身于一个更加凶险的境地。

惟一的补救办法,就是重新提聚内力,再从门窗杀入。

可是,这一切都已迟了。

两条人影一晃,林雀儿与寒木已经守在了软轿的门窗口上。

"呀……"几声惨叫传来,田横心中一凛,知道又有几名手下惨死于敌人的乱刀之下。

他的心里轻叹一声,不得不承认自己精心筹划了半月之久的计划以失败而告终。不仅如此,他还要为自己的生存而战斗,去挣扎。

直到此刻,他才真正感到了对手的可怕。

他发出了一声嗳哨,下达了撤退的命运。作为这次行动的统帅,他不能眼睁睁地看着自己手下的精英为没有希望的胜利而搏命。

雷戈等人闻听之后,不由黯然沮丧,他们显然也不能接受这惨淡的败局。

然而想全身而退,谈何容易?此时在田横的身边,除了雷戈之外,还有三五名轻伤在身的勇士,要想突破寒木等众多高手的拦截以及数百铁骑的包围,无异难如登天。

田横眼望着这一切,一股悲情涌上心头,面对着强大的敌人,他已无所畏惧,战意勃发间,横刀于胸,暴喝道:"凡我大齐勇士,只能站着死,不求跪着生,有种的,跟我来!"

他的手腕一振,顿时劈倒了两名冲前而来的敌人。

雷戈等人精神大振,同时发一声喊,跟在田横身后杀入敌群。

这一番厮杀,比之先前更狂、更烈,所谓置之死地而后生,田横一帮人在生死一线间激发出了体内最大的潜能,刀光血影间,充盈着莫大的勇气与无匹的战意。

"呼……"一阵劲风刮过,寒木长枪一抖,幻出万千枪影扑面而来。

他无疑是对方中除了林雀儿之外的第二高手,更是护送软轿的这支马队的首领。他既身先士卒,手下的战士更是奋勇争先,纷纷拦截。

田横心中一动,大喝一声,长刀自上而下缓缓劈出。他的刀速虽然极慢,但刀势却在一点一点地增强,自刀身七尺之内,一片肃杀。

他已拿定主意,这一刀不能斩敌于马下,也要与寒木同归于尽。

他已无畏死亡,在这种险境之下,他愿意用自己的生命来捍卫战士的荣誉。

"田兄,万万不可!"在这千钧一发之际,一个雄浑有力的声音在十丈外的一幢高楼上响起。

田横一惊之下,旋即改变主意,长刀一斜,架住寒木刺来的长枪,同时身形滑出三丈开外。

他随着声音望去,只见一位英俊潇洒的青年稳稳地站于屋脊之上,单手握枪,如大山顶上的一棵苍松傲立。在这年轻人的脸上,似有一分焦灼,却有九分沉稳,给人以十足的信心。

"海公子!"田横几乎失声叫道。

来人正是化名"海公子"的扶沧海,他在这万分紧急的形势下赶到,顿让田横重新看到了一线生机。

"哀大莫过于心死,田兄,振作一点,记着你可是统领千军的田大将军!你的战士们等着你回去呢!"扶沧海一声厉喝,犹如一道晴天霹雳。

· "多谢提醒。"田横闻言,平添无数力量,一刀划出,正好劈中一名敌人的胸口。

扶沧海微一点头，劲风吹过，将他的衣衫刮得猎猎作响。当他的单手将长枪举至半空时，乍眼看去，犹如战神。

"杀——"扶沧海终于暴喝一声，俯冲而下，其声之烈，轰动全场。

屋脊上的积雪悠悠而落，可见这一喝之威。

他的长枪随着这声惊吼漫舞虚空，像波浪般起伏，发出一种如声波般的震颤。强大的气流呼啸而出，气压加重，在枪尖的中心爆裂出一团暗色的云团，照准寒木当头刺来。

寒木为之色变！

他本就是使枪的高手，没有想到来人的枪法之妙，已到了出神入化的地步，他自问自己绝对不能使出这样妙至毫巅的一枪，心中已然生怯。

他只有后退一步，将长枪在头顶上挥舞出万道寒芒，企图封锁住对方这足以惊艳的一枪。

"他是谁？他怎能使出如此霸烈的枪法？"寒木心中的这个念头一闪而过，根本无法在他的意识中存留过久，因为他已感到了那股如刀锋般锋锐的杀气。

"呀……"他压制不住自己心中的沉闷，更负荷不起这惊人的压力，惟有借声壮胆，迎枪而上。

"叮……"两杆长枪几乎在十万分之一的概率下悍然交击，暗云散灭，涌起层层气浪，将长街的积雪卷走大半。

寒木大惊，几乎不敢相信自己的眼睛，就在双枪交击的刹那，他分明看到了一道煞白的电流透过自己的枪身，飞速传到掌心。

他的手臂有如电击，身子仿佛像一片落叶飘退。他不得不承认，无论自己如何努力，都无法抵挡得住扶沧海长枪带来的疯狂杀意。

那是一种霸气，如高山滚石，已是势不可挡。

扶沧海只用一枪惊退强敌，这一手完全镇住了全场，如此潇洒却不失霸道的武功，在不经意间挥洒而出，怎不让每一个武者心仪？

然而，只有扶沧海自己心里清楚，这一枪自己已经用尽了体内的潜能、心智，他绝不能让田横死！

而能让田横不死，就必须让所有的敌人都在同一时间内突然走神，这种走神的时间无须太长，只要一瞬便已足够。

所以他没有丝毫的犹豫，身形急退间，刚好退到了田横的身边，然后用力抓住田横的腰带，手臂划弧甩出。

田横心惊之下，人已到了半空，像一只滑翔而行的大鸟，越过了敌人的头顶，飞向高楼的屋脊。

直到这时，林雀儿与寒木才回过神来，纷纷向扶沧海逼去。

扶沧海心里十分冷静，到了这种时刻，他明白自己只要稍有差池，走的就将是一条不归路。

他绝不会是林雀儿与寒木二人的联手之敌,更不可能从这数百铁骑中杀出重围。他早已计算到了自己的逃生方式,现在所要做的,就是要等待一个时机。

扶沧海放开杂念,让自己的心境处于一种至静的状态,去感应着四周的一切危机。

单手擎枪,漫入虚空,遥指着两丈外的寒木,而任由林雀儿从自己的左手方一步一步逼近。

长街之上,静寂无边,仿佛忽然间陷入一片肃杀之中,本是深冬的季节,却远比严寒更甚。

四周的敌人都在踏步向前,收缩包围圈,但玄奇的是,扶沧海听不到丝毫的声音,只是清晰地感应着数百道杀气同时在虚空窜行的轨迹。

两丈、一丈、九尺……

扶沧海一直在算计着林雀儿与自己之间的距离,当林雀儿的刀锋逼入他的身体七尺范围的刹那,他的眉锋陡然一跳。

他动了,终于动了,人与枪结合成一个完美的整体,如电芒般标射向寒木的面门。

他只有在这个距离内行动,才可以让林雀儿无法应变,甚至改换角度。也只有在这段距离出手,才是寒木意想不到的时机。

寒木显然没有想到扶沧海会在这个时候不守反攻,心中的惊骇实是难以言表,不过他虽惊不乱,手臂一振,人已跃上半空,挥枪迎击。

"轰……"双枪一点之下,扶沧海这一次却丝毫不着半点力道,反而借着寒木爆发出来的劲气,借势腾上半空,向街边的高楼掠去。

"想逃?"林雀儿怒叱一声,在扶沧海出手之际,已然有所洞察扶沧海的意图。她的反应之快,就在扶沧海长枪点击的刹那,她的弯刀已划出一道弧线脱手而去。

"呼……"这脱手的一刀,无论是在力度上,还是角度上,都拿捏得精确无比。而这出手的时机,更是妙至毫巅,显示了林雀儿对战机把握上的敏锐。

这一刀是冲着扶沧海的背心而去的,出手的刹那,谁也觉察不到它的精妙,惟有扶沧海感应到了这股杀气之后,才明白自己还是不能逃脱。

继续前行,扶沧海就躲不过这一刀的袭杀,而要躲过这一刀,他惟有下坠。

他轻轻地叹息了一声,知道自己浪费了一个最好的机会。他除了沉气下坠,已别无它途。

就在这时,一条人影飞窜过来,眼见扶沧海距离地面尚有数尺时,双手拍出,大喝一声道:"起!"

扶沧海只感到有两股大力涌向自己的脚底,形成一种向上的冲力。他没有犹豫,像一只鹰隼般冲天而起,直射向十丈外的高楼,拉着田横转瞬不见。

这条人影正是雷戈,他虽然不知道扶沧海是谁,却知道扶沧海是他们的朋友,所以,他义无反顾地出手,助了扶沧海一臂之力。

他全力一击之下,已完全放弃了自己应有的防御。当他眼看着扶沧海滑过这长街的上空时,听到了"噗噗……"之声,至少有三道锋芒插入了他的身体。

三道锋芒,所插的每个部位都足以致命。

"砰……"地一声,雷戈的身体轰然倒在了长街的积雪之上,但此刻谁也没有发觉到已死的他脸上竟露出了一丝笑意……

习泗很想知道,此刻的刘邦是死是活。

而要知道这个答案,就只有向龙赓求证。

所以习泗寄希望于岳的出手能够有效地制服对方,然后再逼出这个答案。

可是当习泗的目光关注到龙赓的身上时,却觉得自己实在不应该低估了对手,因为在龙赓下马一站间,浑身上下涌出了一股让人无法形容的霸杀之气,犹如一座屹立千年的山峰,让人无可攀援,更无法揣度。

他开始为于岳担心,虽然他知道于岳的铜锤在江湖上绝对算得上一绝,但不知为什么,他的心里却涌出一丝悲情。

交手的双方在相距两丈处站定。

龙赓的脸上自于岳逼来时就多了一丝微笑,显得意态神闲。但他的手丝毫不离腰间的剑柄,因为他心里明白,一个能让项羽委以重任之人,一定有其可以仰仗的本钱。

轻视对手,其实只是在轻视自己的生命,像这样的傻事,龙赓绝对不做。

龙赓没有出手,就像一块岩石屹立不动,丝毫没有要出手的意思,但是于岳的感受却截然不同,因为,他已经感受到了来自龙赓身上的那股杀意。

于岳知道,真正的高手,是气势与意志压倒一切,虽然龙赓此刻没有出手,但却散发出一种有实无形的气机,正一点一点地侵占着整片虚空,而他的意志却在驾驭着整个战局,一旦到了时机成熟的时候,他就已经奠定胜局。

于岳当然不会让龙赓轻易地占得先机,所以他的铜锤开始在他的手中缓缓地旋动,每旋动一圈,他体内的劲气便向四周扩散一分,就像是投石湖中荡起的一道道涟漪。

当劲气扩散到七尺范围时,于岳感到有一种无形的东西开始禁锢着自己气机的活动,这种禁锢有如实质,又似是精神上的一种感觉。

龙赓的确自信,当他心中的剑意升起时,自信就成了一种实质存在、无处不在的压力。那种睥睨众生的气概,让人想到了君临天下、一统六国的秦始皇,更让于岳想到了当今统兵百万、凌驾于诸侯之上的霸王项羽,仿若世间万物,皆在脚下,没有任何事情是他办不到的。

古道两边是峭壁峡谷,本已压抑的空间变得更加压抑。

气息陡然变得沉闷起来,让所有的人都感到了这空气中的异变。

习泗手中的棋子依然在他的五指间跳跃,但频率却明显有所减缓。他发现龙赓伟岸的身体正一点一点地起着惊人的变化，仿佛从流动的空气中感应到一股释放空中的能量，在他身体外层的一尺处构筑了一道非常魔异的五彩光环。

战意，在相峙中酝酿，在无声无息中充盈至某种极限。当于岳的铜锤开始一点一点地加速旋转时，似乎证明他已无法忍受这种沉闷的气息，而要使自己不失去先机，他惟一能做的，就是打破这种沉闷。

他终于在忍无可忍时出手！

两丈的距离，既不算远，也不算近，但它却是每一个高手都喜欢选择的距离。铜锤飞旋着漫向虚空，到处都是隐生风雷的幢幢锤影，甚至连他自己也融入了这锤影之中，渐化成风。

龙赓的剑，不知在什么时候已横在虚空，如一道横亘于荒原之上的山脊，似是随手的一剑，简简单单，不带任何花哨。

于岳的锤风有如鹤唳，有若奔马驰骋的锤式在旋转中化作一串串惊雷，连绵不绝，气势如虹，以一种玄奇而极富动感的态势飙向龙赓，爆裂龙赓那有若山脊般硬朗的剑势。

"嗤……"剑影骤动，不动的山脊化成一片流云，悠然而散漫，在优雅中透着深刻的内涵。

于岳的锤一触即走，这一刻，举重若轻，几近无物，似一只孤燕轻灵。

但两人交击的中心点却平生一股飓风，风中刚猛的劲气旋成一股股奔涌的气流，向四方鼓涌席卷。

"轰……呼……"山林呼啸，尘飞石落，峡谷的回音隆隆传来，将这古道的沉闷打破，取而代之的，是充满毁灭气息的一种生机，一股活力。

龙赓迎风而上，衣中猎猎作响。

"重锤出击，却若无物，轻重之间拿捏得如此精妙，惟君而已。"他由衷地赞了一句，错步而上，剑从偏锋出。

他自始至终保持着逼迫式的压力，根本不容于岳有任何喘息之机。

剑出，似是来自于风铃，之所以会有这种错觉，是因为这一剑的起始恰在一串风铃声后。风铃声是如此地单调，剑却扬起了半空凄迷，遮挡着人眼，让人无法看到这一剑漫空的轨迹。

于岳的眼中闪过一丝讶异，有几分迷茫的感觉涌上心头。他是当局者，所以他感应着这一剑在空中的每一个变化，当这变化转换成一个个带有杀机的凶兆时，他的心肌也随之抽搐，神经绷紧至某种超负荷的极限。

事实上，他既不知这一剑起始于何处，也无法估算出这一剑最终的落点。他只能感觉到龙赓那如流水般的剑势透过这漫漫虚空，向自己发出若水银泻地般的攻击。

他知道，这是充满着无限杀机的一剑，容不得他有半点大意。

随着一声清啸，锤如光球般在于岳身体的周围绕行出一道亮丽耀眼的光弧，产生出一股巨大的前推张力，封锁住了他周边一丈的空间。

他仿佛在刹那间为自己砌了一堵牢不可破的气墙,更在气墙之后隐伏着随时起动的杀机。

"嗤……"龙赓的剑势强行挤入这段空间,金属与空气在高速中产生的磨擦激起了一串令人炫目的火花,更发出一种利刃裂帛的刮刺之音,闻之无不毛骨悚然。

"轰……"气墙轰然向外坍塌,气流激涌间,铜锤幻作一团暗云下的一道惊雷,砸向前行的龙赓。

这一锤在于岳的手中演绎出来,几乎用锤的语言,来诠释着攻防之道至深的原理。这一刻,没有惊心的杀势,也没有摄魂的杀气,有的只有那唯美的意境。

龙赓的眼中流露出一种欣赏的神情,他懂得什么是美,更懂得如何来对付这唯美的攻击。

美的反面是丑,而丑是什么?

丑是一种破坏,破坏一切美的东西,丑就自然而生。

而且打破一种美远比营造一种美更为简单,更为容易。

所以龙赓化繁为简,在剑与锤相交的一刹那,剑身一翻,以沉重的剑脊拍开了疾掠而来的铜锤。

于岳的身体一震,他没有想到龙赓竟会用这样简单的方式破去自己苦悟了十年所创的一击,而此刻那举轻若重的剑背犹如大山压下,几欲让自己手中的铜锤脱手。

"能将铜锤这种蠢笨之物舞出一种美感,证明你不是浪得虚名之辈,来来来,再接我这一剑试试。"龙赓的笑意更浓,就像是一种调侃,让于岳感到自己是耍猴人牵着的那只动物,不由得他心中不怒。

他不能容忍别人对他的轻视,自从他锤技有成之后,一向在人前享受的是一种被人敬重的风光,他已经习惯了别人的恭维,所以才会在归隐多年之后重新出山。

然而,他又不得不接受现实,眼前的这位年轻人的确有狂妄的本钱,从一开始对峙起,他就丝毫没有占到任何的便宜,反而在对方凌厉的剑式攻击下,完全限制了自己锤技的发挥。

"嗤……"他心中一凛间,龙赓的剑锋再起,这一次,对准的竟是自己的眉心。

于岳大惊,横锤划于胸前。他不得不如此郑重其事,因为龙赓的剑不仅剑迹迷幻,而且速度奇快,完全脱离了时空的限制和空间的范围,进入了一种绝非自己可以企及的全新境界。

于岳退了一步之后,这才将铜锤平移前推。

在推进的过程中,锤边的弧度微微颤动,生出一股股利如锋刃的气流。

他已经明白,自己惟一的取胜之道,是自己体内雄浑的内力。面对深谙剑道精华的龙赓，以比拼内力的方式来抗衡对手，不失为扬长避短的方式。

当气流流泻到一定的程度，于岳的铜锤再一次按着逆时针方向旋动，而这一次，铜锤涌出的不是向外扩散的张力，而是让气旋绕行成一个层叠无穷的漩涡，产生出一股巨大的内陷之力。

龙赓目睹着眼前的一切，脸上第一次出现了凝重的表情。

强大的内陷之力影响到了龙赓出剑的速度，同时也影响到他出剑的角度。他提聚着自己的劲力，不断地针对着对手调整自己的剑锋。

他的鼻尖渗出了一丝冷汗，认识到了对手的厉害之处。

但是，他依然让自己保持在一种非常冷静的状态之下，看着自己的剑一点一点地被巨力的漩涡吸纳过去。

习泗没有想到战局的变化会如此莫测，从一开始，他就看准于岳的铜锤未必是龙赓的对手。铜锤讲究势大力沉，与剑走轻灵是截然不同的两种概念，一旦僵持，就很难占到上风，然而于岳的内力之强，不仅出乎了龙赓的意料，也大大超出了习泗的想象。

"想不到十年归隐生活不仅没有磨灭他们的锐气，内力还精湛了许多，阀主请他出山，果然是独具慧眼。"习泗不由得有些酸溜溜地想道。

他讨厌于岳，讨厌于岳的飞扬跋扈，独行专断，本来此次夜郎之行项羽让他领头，负责整个计划，偏偏这于岳倚老卖老，总是与他抬杠，这不免让他心里感到好不窝火。

"如果是同归于尽的话……"这个念头刚起，就被习泗自己按了下去，他觉得自己这种想法未免有些卑鄙。其实弄个两败俱伤，让于岳身体上留下一点残废，已经足以让自己解气，做人，何必总是要赶尽杀绝呢？

习泗不由为自己人格的升华而在心里暗暗佩服自己，同时也为华艾那面没有一点动静感到有些纳闷。

他却不知，华艾身为流云斋的二号人物，早就对他们这帮桀骜不驯的老家伙感到厌烦，既然项羽请了这些老家伙来助拳，他干脆不闻不问，乐个清静，早就收拾好人马撤了。

华艾敢这么做，很大的因素是他十分了解这帮老家伙的实力。这些人虽然行事作风与自己格格不入，但以他们"西楚八隐"的名号与当年为项梁立下的战绩，他相信对付刘邦三人，应该没有太大的问题。

可是……如果……

这个世上并没有太多的可是，也没有什么如果，不过，如果华艾能够看到最后的结局，他一定会为自己的行动感到后悔。

事实果然不出习泗所料，龙赓的脚步滑动数步之后，突然手臂一振，剑向漩涡的中心刺去。

这无疑是摆脱于岳气场吸力的方法，只要破去他的气场，吸力自然散灭无形。

于岳一惊之下，陡然发力，一股劲流猛然随铜锤爆出，迎向来剑。

"轰……"气流四泻间，龙赓的身体倒翻空中，只听一声闷哼，似有几分晃动地飘掠而走。

"哈哈，想走？可没那么容易！再让老夫领教你的高招！"于岳虽感有些意外，但他已看出龙赓受了不轻的内伤，哪肯放过？当下直追过去。

龙赓的身形在晃动中起落，丝毫不慢，只眨眼功夫，已经转过一道弯口。

看着于岳也消失在山道的尽头，习泗的心里不免有几分失落，缓缓地站将起来，对身边的七名老者道："等了半天，就等来这样一个小子，看来再等下去也不是办法，不如我们一路搜索过去，到七石镇与华艾会合。"

那七名老者纷纷站起，向亭外走去。

他们并不担心于岳，既然敌人已经受了内伤，凭于岳的武功，应该不难对付。

当他们才踏出不过五步，突然一声悲呼，响起在山道的尽头处。

习泗与这七名老者无不心头一震，面面相觑，因为他们分明听到这是于岳的声音。

扶沧海与田横越过脚下层层叠叠的青瓦，奔出里许之后，突然间扶沧海跳入一堵高墙。

田横怔了一怔，随之跳入。

放眼望去，只见小桥流水，池塘亭台，虽然积雪无数，却依然掩饰不了这园林的灵秀，置身其中，仿佛到了冬日的江南。

这幢建筑占地足有百亩，构建精美，恢宏气派，楼阁典雅，以木石为主构，从瓦檐到花窗，装饰华美，显示出主人财大气粗以及深厚的文化底蕴。

"这是哪里？我们贸然闯入，被人发现叫嚷起来，只怕不妥。"田横见扶沧海径直向前，如入无人之境，心中隐觉诧异，道。

"田兄无须担心。"扶沧海脸上依然还有血迹，却十分镇定，微微笑道："这只是我在济阳城里的一处房产，到了这里，就像是到了家一样安全。"

田横惊道："难道你不怕敌人追踪至此吗？"他的担心绝不是多余的，当他们从屋瓦掠过时，终会留有痕迹。踏雪无痕的轻功提纵术，只不过是江湖中神化了的传说。

扶沧海道："我怕，当然怕，所以我早就布置了十数个高手，以收拾残局，并且迷惑对手。"

扶沧海领着田横进了一幢阁楼，沿途过去，田横虽然不见一个人影，却感受到在整个园林之中透露着一股森寒的杀意。

阁楼的一张案几上，放了一只火锅，烫了一壶温酒，显然是有人才准备停当，只等扶沧海与田横入座。

"请！"扶沧海将酒斟满，与田横干了一杯。

田横放下酒杯，一脸沮丧，摇头叹道："可惜呀可惜，最终功亏一篑，今日若非遇上你，我们一行十九人便是全军覆灭。"

扶沧海深深地打量了他一眼道："你莫非认为，遇上我是一种运气？"

田横诧异地看他一眼道："难道不是吗？"

扶沧海摇了摇头道："其实我一直就在你们的身边，只是没有露面而已，如果不是情况有变，我们完全有能力将虞姬劫持。"

"那轿中的人真是虞姬？"田横想到自己一行拼死拼活，竟然连轿中人的面也没有见着，情绪上不免有些黯然。

"你应该相信我，这个消息既然是我提供给你们的，就有十足的把握。也许你还不知，其实就在你们实施计划的同时，我也派出了不下于五十名高手埋伏在那条长街，只要我一声令下，完全可以控制住整个战局。"扶沧海淡淡笑道，他说的似乎很是平淡，但听在田横耳中，心里陡然一惊。

田横相信扶沧海所说的绝不是大话，事实上他心里清楚，这位海公子的背后，一定有一股庞大的势力在支撑。可是他不明白，既然可以将虞姬劫持，为何这位海公子又选择了放弃？

而且，既然你海公子要选择放弃，就不该让自己来布置这样一个杀局。想到那十八名忠义勇士的惨死，田横的心中顿时涌出一股悲情。

他没有说话，只是默默地端起酒杯，喝了一口，扶沧海看到了田横眼中的迷茫，也猜到了田横心中的所想，缓缓而道："我也不想这样，只是我没有料到，世事无常，计划永远不如变化快。"

田横知道他必有下文，只是静静地看着火锅中冒出的缕缕热气，淡淡一笑。

"你离开城阳几天了？"扶沧海突然问了一句。

"十天。"田横答道，他的心里陡然间生出一股不祥的预兆，不明白扶沧海怎么会问上这么一句。

"十天可以让很多东西改变。"扶沧海站了起来，踱至窗前，轻轻地叹息一声道："你可知道，我为何又会在紧要关头放弃劫持虞姬的计划？"

"我也正想听听你的解释。"田横的大手已经握在了刀柄之上，十八名勇士的生命与鲜血，足以让他作出任何疯狂的举动。

扶沧海浑似不见，道："那么你能告诉我，劫持虞姬的用意是为了什么？"

田横冷然道："虞姬既是项羽最宠爱的王妃，以她为筹码，向项羽提出退兵的要求，解我大齐军队的城阳之围。"

扶沧海缓缓地转过身来，深深地看了田横一眼，道："城阳已无围可解，那么我们劫持虞姬还有什么意义？"

"什么？你说什么？！"田横霍然心惊道。

扶沧海一字一句地道："就在你们动手的时候，我接到了一个消息：昨日午时，城阳已被西楚军攻破。"

田横脸色骤变，扑过来道："这绝不可能！"

扶沧海轻轻地拍了一下他的肩头道："不仅如此，而且齐王田荣兵败之后，逃到平原，不幸身亡。"

"砰……"田横手中的酒杯坠地而碎。

田横的脸色刷地一下变得苍白，连连摇头道："你在骗我！这绝不是事实！"

他无法接受这样的事实。

扶沧海的脸色肃穆，道："我也不希望这是事实，但事实就是如此。"

他扶住摇摇欲坠的田横，一五一十地将城阳之战的经过悉数告之——

原来，就在西楚军包围城阳之后，陈馀、彭越等人各自在自己的封地纷纷起事，响应田荣，并且取得了一系列的大捷。

田荣接到战报之后，断定项羽必会在几日之内退兵回楚，就布置兵力准备追击。因为，他认为这是一个不可多得的机会。

事态的发展的确如他所料，未过三日，西楚军开始退兵，田荣下达了三军追击的命运。可是，当他率领人马追出数十里之外时，他却陷入了西楚军的重重包围之中。

这正是范增所献的"引蛇出洞"之计，其目的就是故意让陈馀、彭越等人大捷的消息传到田荣耳中，使其不疑西楚军的退兵有诈，然后设下埋伏，诱敌深入，实施"围而歼之"的战略计划。

这个计划无疑是成功的，它不仅在一战中击溃了数十万齐军，更让田荣死于战争之中，达到了西楚军北上伐齐的目的。

当扶沧海接到这个消息时，连他也不相信这是一个事实，冷静下来之后，他才认识到了自己肩上的任务艰巨。

他是奉红颜之命率领一部人马赶到齐地的，他的任务就是相助田荣，抗衡西楚，把项羽的大军拖在齐国。

扶沧海不明白这个任务的目的是什么，更不明白为何要这样做，他只知道这个命令是来自于纪空手留下的一个锦囊，里面详细地对这个任务作了应有的交代，他只须照章办理即可。

自从纪空手离开洞殿之后，就一直没有了他的消息，作为他忠实的朋友，扶沧海愿意为他付出自己的一切，所以，扶沧海以一种神秘的身分来到了齐地，并且结识了田氏兄弟。

事态的发展一切如纪空手所料，进行得非常顺利，然而谁也没有料到田荣的大齐军队会在如此之短的时间内战败于城阳，这使得扶沧海不得不动用第二套方案解决眼下的危机。

听完了扶沧海关于城阳之战的讲述，田横的眼中赤红，却无泪，他的脸庞棱角分明，显现出刚强的个性。此时此刻，在他的心里只有两字，那就是"复仇"！

然而，他深知要想击杀项羽，凭他一人之力，是永远不可能完成的，他现在需要的，是一种冷静。

扶沧海的目光紧紧地锁定在他的脸上，半晌之后，方道："你现在最想做的，也许就是复仇，但是复仇的方式，却有两种，不知你会作何选择？"

田横的眉锋一跳，道："哪两种？"

"一种就是行刺项羽。这种方式要想成功，只有万分之一的概率，就算我倾尽所有财力人力帮你，恐怕都惟有失败一途。"扶沧海冷静地分析道。

"理由呢？"田横的话少了很多，使得他的思路变得简洁而清晰。

"理由只有一个，那就是他不仅是西楚霸王，更是流云斋的阀主，且不说他的身边高手如云，难以近身，就算接近了他，谁也没有把握成为他的对手。"扶沧海说的是一个无情的事实，以项羽的武学修为，天下能够与之抗衡者又有几人？以田横的实力，不过是以卵击石。

田横深深地吸了一口气，点了点头道："还有一种方式。"

"这种方式更难，却十分有效，可以让你的仇人痛苦至死，只是它需要太长的时间，你未必能够等待下去。"扶沧海肃然道。

田横斟上了一杯酒，一饮而尽，道："君子报仇，十年不晚，我田横虽不是君子，等上五年也许还成。五年的时间，够不够？"

扶沧海点头道："也许用不了五年。"

他顿了一顿，缓缓而道："只要你接过你王兄的抗楚大旗，重新召集旧部，以你的军事才能，复仇之事便能指日可待！"

田横的眼睛一亮，复又黯淡，苦笑一声道："我又何尝不想？可我现在只是孤家寡人，要钱没钱，要人没人，重振我大齐军威，谈何容易？"

"你至少还有我这个朋友。"扶沧海伸出手掌道。

"我能相信你吗？"田横的手伸至一半，却悬于空中，一脸狐疑地道。

"无论如何，你都得信我一次。因为，这是你惟一能够东山再起的机会。"扶沧海说出了一个事实。

的确，对田横来说，若没有扶沧海的襄助，他将一事无成。一个能够随时拿出十万两黄金的人，又能拿出当今最紧缺的大量兵器，他的实力足以让田横将之视作靠山。

他没有理由不相信扶沧海，至少，他相信扶沧海绝不是自己的敌人。虽然他不知道扶沧海的底细，更不知其背景，但他从扶沧海的目光里，读到了一股真诚。

田横的手掌终于拍在了扶沧海的掌上，两只大手紧紧地相握一起。

当习泗他们赶到惨叫声响起的地方时，于岳已然倒在了一滩血泊中。

在这位流云锤隐的咽喉上，赫然多出了一个洞！

习泗心中的惊骇无以复加，以于岳的武功，任何人要想在这么短的时间内将他击杀，绝对不是一件容易的事情，惟一的例外，就是偷袭。

从伤口来看，对手显然是用剑的高手，不仅快，而且狠，一招致命，绝不容情。

那么,杀人者是否就是刚才的年轻人呢?

想到这里,习泗这才看清眼前竟是一片密林。在夜郎西道上,道路两边不是峭壁就是峡谷,像这么一大片密林,的确少见。

习泗断定刚才那位年轻人一定已经隐匿到了密林之中,可是问题在于,这密林中还有没有其他的人? 如果有,是谁?

他的心里隐隐觉得,刘邦也许正在这密林里,无论如何,他都不能放过,否则,他根本无法向项羽交代。

虽然于岳已死,但习泗望着身边的这七名老者,依然保持着强大的自信。他坚信,不管这密林里暗伏着多么凶险的杀机,他们这一帮人都足以应付。

"习兄,我们现在是继续等下去,还是进去展开搜索?"说话者叫莫汉,他虽与于岳同列西楚八隐,也曾并肩作战过数次,但于岳的死却丝毫没有影响到他的情绪。

"等绝对不是一个办法,看来我们只有兵分三路,主动出击。如果我所料不差,刘邦应该就在林中,大伙儿务必小心。"习泗叮嘱道。

他把己方的七人,连同自己,分成了三组。为了保持相互间的联络,临时规订了几个讯号,这才分头闯入林中。

这片密林的存在显然已有久远的年代了,是以一入林中,便见森森古木,遮天蔽日,阳光只能从枝头缝隙间透入,形成点点光斑,使得整个林中光线极暗。

习泗与一名老者从密林的正前方进入林内,一路小心翼翼,既不放过任何一个角落,也时刻提防着敌人的袭击,显得十分警惕。

他之所以如此小心谨慎,是因为从于岳的死中看出了对方的意图。

很显然,那位年轻人剑法高深,却败在于岳手上,这其中必然有诈。他的用意无非是将敌人引至密林里,而密林之中,肯定有他或他们事先设好的陷阱。

习泗明知这一点,却还是闯入林中,一来他深知己方人人都是高手,只要相互配合,谨慎小心,未必就不能破掉对方的杀局;二来他们的目标既是刘邦,没有理由看着目标存在而不去搜索。想到项羽临行前许下的重赏,他们更是抵不了这等诱惑,惟有铤而走险。

"刷啦啦……"原本静寂的林间,突然响起了枝叶摇动声,惊起无数宿鸟,扑簌簌地向空中飞窜。

"谁?"跟着习泗的这名老者霍然变色,惊问道。

声音传来的地方,除了枝叶摇乱的光影外,再也没有其它动态的东西。

习泗循声而望,摇了摇头道:"吴老,这可不是开玩笑的地方。"

"我哪有闲情干那事情。"这名被习泗唤作"吴老"的老者脸色凝重,道:"当年我们被项爷派至死亡幽境去屠杀幽云十三狼,我都没有什么感觉,但刚才看到于老大的死,心中却有一种不祥之兆,所以我们得多加小心才是。"

"小心是对的,但不能过分,像你这样草木皆兵,早晚会被你吓出神经病来。"习泗的心里也有一丝紧张，看着这林间四处的暗影，谁也不能保证这里面没有隐藏着敌人。

"习兄，我并未说笑，自从进了林子，我心中真的就有一种不安的感觉，你说这该不会是凶兆吧？"吴真揉了揉眼皮道。

"亏你在江湖上闯荡了这么多年，难道就练成了这付胆量？早知如此，你就该少趟这趟浑水。"习泗脸上露出一丝不屑之色，颇不耐烦地道。

"我这不犯穷吗？归隐江湖这些年来，以前挣下的本钱也没剩下几个，趁着眼下自己还能动，被哥们几个一怂恿，就跟着跑来了！"吴真笑得有点窘。

习泗瞅了他一眼，摇摇头道："这钱可不好挣……"

他没有继续说下去，与吴真一前一后，向林子深处走去。

他的思绪还在继续，甚至想到了陈平与卞白的那一盘棋。他一生最爱的，就是弈棋博戏，自问棋艺已经到了很高的水平，所以当项羽登门拜访，他二话未说，就一口答应下来。

可惜的是，他没碰棋盘，就已经放弃，但他还是觉得不虚此行。

他想不到围棋还可以这么下。陈平每落在棋盘上的一颗子，都让他感到不可思议，细细琢磨，又似在情理之中。

在不知不觉中，他会让自己的意识进入到陈平所阐释的唯美意境之中……

"呀……"一声凄厉的惨叫自左手方的密林间传来，打断了习泗的思绪，也让他的心里"咯噔"了一下，大吃一惊。

他听出这惨叫声依然是来自于自己的同伴，那种撕心裂肺的腔调，就像是骤然遇上鬼似的让人有极度恐怖的感觉。

习泗明白，敌人出手了，是在进行一场有目的的偷袭。

吴真的脸色变了，抬头循声望去，但因密林相隔，光线又暗，根本就无法看到任何情况。他忽地拔出了自己腰间的长刀，正要赶过去，却被习泗一把拦下。

"现在赶去，只怕迟了。"习泗显得非常机警，而且精明。

"那我们现在应该怎么办？"吴真问道。

习泗沉吟了半晌，眼中露出一丝得意的神情，道："如果你是敌人，在偷袭得手之后，会怎么办？"

吴真的眼光扫视了一下地形道："当然不会留在原地，而是逃窜。"

"逃窜的路线呢？会不会从我们现在这个地方经过？"习泗问道。

吴真能列入西楚八隐，无疑也是一个经验丰富的好手，岂会听不出习泗的话外之音？会心一笑道："这么说来，我们应该守株待兔，待在这里？"

"不，错了。"习泗摇摇头道："应该是守株待虎，只有虎才会吃人，我们万万不可大意。"

两人刚刚藏匿起自己的身影，便听得一阵似有若无的脚步声蹑足而来，虽然他们无法看到来人，却同时感应到了来者的气息。

林间有风，枝叶轻摇，沙沙的枝叶摆动之声犹如春日窗外的细雨，使得林间的气氛显得十分静谧。

来人是纪空手。

他刺杀了一名敌人之后，迅即离开了现场，借着地势林木的掩护，悄然往这边而来。

他不得不有点佩服刘邦。

要想顺利地沿夜郎西道转回巴蜀，就必须解决习泗这批高手。凭他们三人的实力，要想对付这些闯荡江湖多年的老家伙，未必就有必胜的把握，最好的办法，便是将他们引至这片密林。借助林木地形，分而割之，——歼灭。

第十四章
流云邪刀

事情进展的非常顺利，纪空手的脚步自然就显得轻盈，然而当他闪入这片密林的时候，异常敏锐的感官让他嗅到了一股危机。

这股危机的存在，似幻似灭，说明敌人的实力只高不低。对于一般的高手，纪空手可以在瞬息之间捕捉到对方的气息、方位，然而，当他再一次展开灵觉，却无法寻到这股气机的来源。

他不认为这是自己一时的幻觉，事实上他曾经非常清晰地感受到了这股气机的存在。虽然存在的时间只有一瞬，却非常深刻，这只说明拥有这种气机的人是实力不凡的高手，在气机张放之间，已达到了收发自如的境地。

虽然纪空手并不知道对手是谁，但对他来说，无论是谁，都不容他有半点小视之心。

他缓缓地在草丛间站了一刻的时间，向这股气机最浓的方向走去。

他此刻的身份虽然是夜郎暗器世家之主陈平，但他的手中仍无刀，这只为了不让刘邦有丝毫的怀疑，所以他舍弃了属于自己的很多东西。

但纪空手的手上仍有一根半尺长的树枝，这是他在走路的时候随手折下的。

他向前走，来到了一棵大树前，就在这一刹那，他的眉锋一跳。

"呼……"一声轻啸自他的背后响起。

他没有回头，也来不及回头，因为他感到这一刀的来势极凶，也快得惊人，根本不容他有回头的时间。

他只有反手一撩，将手中的短枝斜斜刺出。

虽然只是一截树枝，但到了纪空手的手里，它已如刀般锋锐。

当他舍弃离别刀的那一刹那，心中已无刀，而刀却无处不在。

"叮……"一声脆响之后，纪空手迎着强风转身回头，便见三丈外站着一名刀客，手中的刀在光斑的反射下发出耀眼的光芒。

偷袭者正是吴真！

他选择了一个最佳的时机出手，劈出了几尽全力的一刀，但是效果并不像自己预先想象的那般好。

他只感到自己握刀的手一阵发麻，等到他看到纪空手手中所用的兵器时，竟然吓了一跳。

他实在想不到对方只用一截树枝就硬挡了自己这势在必得的一刀，若是此人的手中握的是刀，那么岂非……

他不敢想象下去，而是一退之后，挥刀再进。

"呼……"刀出虚空，犹如一道暗黑的鬼影，斜拖着扫向空际。

不可否认，吴真的胆子虽然小了点，但他的刀法却异常的邪而猛，竟然自一个任何人都想象不到的角度出手。

"好！"纪空手由衷地暗赞了一句，短枝再起，隔在胸前。

虽然只是一根短枝，却如一道横亘虚空的山梁，瞬间化去了吴真刀中的二十一道幻影。

吴真一惊之下，手腕一振，便见那雪亮的刀身上，发出了一圈暗淡的光影。

光影朦胧，似幻似灭，在空中划出玄奇而富有内涵的轨迹，有若天边飘过的那一抹流云，在暗淡无华的林间，闪射出一股邪异的幻彩。

那是一种无法形容和掌握的轨迹，就像是从阴冥地府中窜出的幽灵，令纪空手也不得不为之色变。

高手，这些人中果然无一不是高手。

对于纪空手来说，面对这玄奇的一刀，他最好的选择就是退。

"嗤……"可是他一退之下，便听得一声似有若无的清啸出自一簇草丛，回头看时，天空中急窜出无数黑点。

带着强劲的黑点，拖出风声，在空中疾射。纪空手的眼力不弱，终于看清了这些黑点竟是棋子。

每一颗棋子都已失去了它原有的功能，变成杀人于瞬息之间的暗器。十数枚棋子从空中而来，分打纪空手身上的各大要害。

夹击之势只在刹那间形成，容不得纪空手再有半点犹豫。

"哒……"纪空手暴喝一声，提聚于掌心的劲力陡然爆发。

"刷啦啦……"他手中的树枝突然裂开分杈，就像是迎风的柳枝四下张扬，在他的身后织起了一张大网。

175

每一丝枝条都蕴含着劲气，绕行的气流产生出一股巨大的吸扯之力，似欲将这漫天的棋子一网网尽。

然而这一切尚不足以让纪空手脱离险境，当他做完了这个动作之后，再回头时，吴真的刀已逼至面门。

九寸，只距九寸，有时候，生与死的距离就只差一线。

只剩下这么短短的一点距离，纪空手还能做出什么呢？

是应变，还是等死？

连吴真肃穆凝重的脸上也流露出一丝难看的笑意，对他来说，他这一生闯荡江湖，最缺的就是自信，否则他也不会退隐，而是留在流云斋任长老之职。

但是这一次，他非常自信，相信在这九寸距离间，没有人可以避过他流云邪刀刀气的劲力。

但是，在这个世界上，从来就没有绝对的事情。

吴真所面对的，是人，是以智称雄的纪空手！

人是一种有思想的动物，所以他会永远充满变数，也许惟一不变的，就是死亡。当他变成一堆白骨时，始终会坚守在入土的方寸之地。

死，对于有的人来说，是可怕的事情，也有人根本无畏。无畏的人，大多都是能够把握自己命运的人，所以，他们同样可以把握住自己的生命。

纪空手无疑就是这样的一个人。

所以，当吴真的刀锋只距九寸距离时，纪空手的心里还是十分地冷静，没有因为形势的紧急而感到恐慌。

他之所以能够如此镇定，只因为他还有一只手，一只空闲的手。

这手中什么也没有。

可是当他出手的时候，这只手就像是一把才开锋的宝刀，突然捏住了吴真的刀锋。

这只手出现的是那般突然，那般不可思议，让吴真脸上的笑意在刹那间消失殆尽，取而代之的是一脸的惊愕，浑如梦游的表情。

一切都似在纪空手的算计之中，一切都出乎了敌人的意料之外，无论是习泗，还是吴真，他们都在这一刹那间感到一丝困惑，不明白眼前的这个人究竟是人，还是神！

如果眼前的这个人是一个人，那么也是一个被神化了的人。那明明是一只有血有肉的大手，当它捏住吴真的刀锋时，分明响起的是金属相击的沉闷之音。

这的确是太让人匪夷所思了，更可怕的是，这一切的动作并不是一个终结，而只是一个开始。

就在吴真一怔之间，他陡然发觉自己的腰腹处有一道杀气迫来，这杀气之突然，气势之凌厉，使得吴真绝不能置之不理。

他没有抽刀回来，不是不想，而是无法办到。他感觉自己的刀锋在纪空手的手上已然生根了一般，根本不能撼动半分。

他只有出脚，因为他已看清，对方所用的同样是脚，他倒想看看是谁的脚更硬，谁的脚更具威胁。

吴真自有一副小算盘，更对自己的脚有相当的自信。因为他当年在得到邪刀笈的时候同时也得到了铁腿录，并且他随时随刻都不会将套在自己腿上的铁罩取下。

这绝不是一般的铁罩，之所以与众不同，是在铁罩的外面安有不下于五十六根细如牛毛的倒刺，一旦刺入别人的肉里，拉扯下来的必是大片大片的血肉。

他自以为计谋必将得逞，所以心中不免又得意起来。可是，就在双脚相击的刹那，他突然看到了一道亮丽而熟悉的刀光。

这刀光闪烁着玄奇的弧线，带着一种可以将人生吞活剐的杀机。

纪空手的手中本无刀，这刀又来自何处？

吴真一怔之间，陡然发觉那把紧紧握在自己手中的刀，此刻却到了纪空手的手中。

"呀……"一声惨呼，惊破了整个虚空。

吴真只觉得自己的身体一沉，一痛，自小腿以下，竟然被这一刀生生截断。

"呼……"习泗感受着这摄魂的一刻，狂风自身边刮过，眼中的黑影一闪之间，没入了一棵大树密密匝匝的枝干中。

眼前飞起的是漫天的碎枝断叶，犹如一阵细雨飘落，凌厉的刀气便似一把大剪，将树的轮廓再次修整。

碎叶纷飞间，习泗才发现吴真已经倒仆地上，无声无息地收缩一团。显然，那撕心裂肺的惨呼正是来自他的口中。

习泗没有想到纪空手还有这么一手，震得目瞪口呆之下，半晌才回过神来，同时间他扬起一把棋子，以漫天之势向那树枝间疾打过去。

那棵大树的枝丫还在不住地晃动，表明着刚才的确有人从这里穿过。当棋子打在枝叶上时，"噼哩叭啦……"地仿若下了一场急雨。

"呀……"又是一声惨嚎，从东面的林里传来，习泗一惊之下，发出了一声唿哨。

直到此时，他才发现自己犯了一个不可原谅的错误。

他根本就不该分三路人马进林搜索，从于岳的死就可看出，敌人的用意是想借用地形的条件，对己方实施分而割之、各个击破的战术。

自己兵分三路，虽然增大了搜索的范围，但在无形中将己方兵力的优势分散，这无疑是一个非常致命的错误。

"沙沙……"的脚步声从两个方向靠拢过来，单听响声，可以看出来人的心情甚为惶急。

习泗的眉头一皱，只见从林间暗影中现出三四条人影，急匆匆地赶到习泗

177

的面前，每一个人的脸上都显现出一股惊悸慌乱的表情。

习泗倒抽了一口冷气，不过是一刻间的功夫，己方的人员就已折损大半，可见对手的战力之强，绝不容自己有半点大意。

"习兄，怎么啦？"莫汉刚问了一句，便看到了倒在血泊之中的吴真。

"方老五与张七呢？"习泗的心里还存在着一丝侥幸。

"他奶奶的，都死了，两人全是被敌偷袭，一剑致命。"莫汉忍不住打了个寒噤。

"凶手是什么人？长得什么样子？"习泗的眉头皱了一皱道。

他这样问的用意是想知道对方到底有几个人，不过，既然方老五与张七都是被剑所刺身亡，那么习泗已经可以断定敌人至少是在两人以上。

莫汉摇了摇头，眼中闪过一丝迷茫道："这也怪了，他们倒下的时候，我就在他们前面，等我回过头来，就只看到有个背影闪没林中，想追也追不上了。"

"这么说来，敌人不仅是用剑的高手，而且是有备而来，否则的话，以方老五与张七的身手，绝对不会没有任何反抗就遭人袭杀。"习泗沉吟道。

剩下的几名老者都默不作声，显然，他们身边所发生的这一切的确十分诡异，让人的心里多少生出了一丝惧意。

"哗……"一声近乎凄厉的低啸骤响，自习泗等人的背后传来。

"快闪！"习泗心中一紧，身形一矮，贴伏着草丛向旁边飞窜。

这风声之劲，既非兵器所为，也不像是人力为之，但其速之快，端的惊人。

等到习泗惊魂未定地回过头来时，只见自己的一名同伴又倒在了一棵大树上，一排用青竹组成的排箭自死者的背后插入，从前胸出，紧紧地将之钉在树干之上。

刺杀竟在众目睽睽之下发生！

习泗、莫汉等人竟然作不出任何反应，若非亲身经历，他们谁也不敢相信。

这令他们紧绷的神经处于崩溃的边缘，更重重地打击了他们原有的自信。

"先退出去再说！"习泗心生一种胆颤心惊的恐惧，只有作出这样的选择。

习泗的身边除了莫汉之外，还有两位老者，这是他可以仰仗的最后一点本钱，当然不想挥霍殆尽，更何况我在明，敌在暗，他才不想成为别人刺杀的靶子。

当他们相互提防着向林外走去的时候，却听到了"哗……"地一声响，靠左侧的一片林木晃动起来。

习泗等人无不心惊，放眼望去。

却见那晃动的林木慢慢地归于平静，好像有野兽窜过的痕迹。

这让习泗轻轻地松了一口气。

然而莫汉眼尖，指着那林木下的一根细绳类的东西道："那是什么？"

习泗近前一看，原来在林木下系着一根长长的细绳，一直通到很远的一片草丛中。当有人拉动绳索时，这片林木也就不住晃动，以吸引别人的注意力。

这既然是有人刻意为之，那么布下这个机关装置意欲何为？

习泗微一沉吟，脸上霍然变色。

可惜的是，他醒悟得太迟了。

一股惊人的杀气自他们的右侧狂涌而至。

那是自一棵树上传来的剑气，光斑与暗影交织间，森冷的寒芒闪烁在一片断枝残叶里，如闪电般俯冲而来。

惊呼声起，人影飞退。

"呼……"习泗的目光锁定在空中的暗影里，双指一弹，手中的棋子以奇快的速度疾射出去。

"叮……"那黑影一声长啸，以剑锋一点，正好击在棋子中央，用檀木做成的棋子顿成碎末，散灭空际。

同时，那条黑影身如云雀，借这一弹之力稳稳地站在一根儿臂粗的树枝上，虽一起一伏，却如脚下生根一般。

习泗等人惊魂未定地仰首望去，只见一缕光线正从枝叶间透过，照在这黑影的脸上。

这是一张没有任何表情的脸，透着冷酷与无情，给人以高傲的感觉。他的整个身子并不高大，但却像一株傲立于山巅之上的苍松，浑身上下透着惊人的力量，巍巍然尽显王者之风。

"汉王刘邦——"习泗的眼睛情不自禁地眯了一眯，不由自主地倒退了一步。

面对着自己搜索无果的目标突然现身，习泗并没有任何惊喜的感觉，反而多了一股沉重，他明白，真正的决战开始了。

"我的确是你们一心欲置之死地的汉王刘邦，遗憾的是，我没有如你们所愿，依然好好地活在这个世上。"刘邦的剑已在手，他的目光就像是剑上的寒芒，冷冷地扫视着眼前的敌人。

习泗深深地吸了一口气，让自己尽快地冷静下来道："你虽是一代王者，但行事鬼祟，行偷袭手段，非王者应该的行为。所以，你让我感到失望。"

"哈哈哈……"刘邦发出一阵狂笑，笑声刚震上林梢，便戛然而止，冷然道："身为王者，更应审时度势，不能意气用事。我以自己弱小的兵力对付你强势的兵力，不用偷袭，难道还等着你们以多凌寡吗？真是可笑！"

习泗没有料到刘邦的话锋亦如剑一般犀利，脸上一红道："既然如此，你又何必现身出来？"

"这便是王者与常人的不同。"刘邦傲然道："当敌我兵力处于均衡的状态时，再施偷袭，便不是王者应具的风范。"

"如此说来，你欲正面与我大战一场？"习泗的眼睛陡然一亮。自他入林以来，就一直小心翼翼，紧绷神经，心情十分地压抑，恨不得与人痛快淋漓地厮杀一场。

"这岂非正是你所期望的吗?"刘邦揶揄道。

"此话怎讲?"习泗怔了一怔。

"因为只有这样,你们或许还有一丁点的机会。"刘邦的身体随着树枝的起伏在空中晃荡着,突然脚下发力,借这一弹之势,整个人如大鸟般俯冲过来。

习泗脸上的神情为之一窒,当先迎了上去,在他的身后,莫汉与另两位老者也同时出手。

他们绝不能再让刘邦逃出他们的视线范围,因为他们非常清楚,如果这一次还不能将刘邦留下的话,他们可能就再也没有什么机会了。

这决非虚妄之词,事实上如果不是刘邦主动现身,他们至今还难以寻到刘邦的踪迹。

"哗……呼……"林间的空气被数道劲流所带动,生出若刃锋般的压力,枝叶绞得粉碎,扬起一道凄迷,散漫在这紧张得令人窒息的虚空之中,使得这空际一片喧嚣零乱。

刘邦的剑是那般地快捷,掠出一道凄艳玄奇的弧迹,整个身体犹如无法捉摸的风,从敌人的杀气缝隙中一标而过,快得就像是一道幽灵。

"叮……当……"一串金属交击声伴着一溜奇异的火花绽放空中,仿如一曲变异的箫音。

当这一切越来越乱时,刘邦的身影一闪间,疾退了七尺。

没有人知道他为什么要退,更没有人知道他为什么要在这个时候退。

要知道他所面对的这四个人都是高手,每一次出手都有十足的气势,一旦让他们形成追击之势,必将势不可挡。

习泗心头一喜,他知道,这是一个机会。

不管这林中有多少敌人,都显得已经不太重要了,只要自己能够将刘邦击杀,就可以功成身退。

莫汉和那两名老者的脸上无不露出一丝亢奋之色,显然,他们也意识到了这稍纵即逝的机会对他们来说是多么地重要。

所以,他们没有犹豫,全力出手了。

喧嚣的虚空密织着无数气流,割裂肌肤,令人生痛,四道惊天的杀气如飞瀑流泻,攻向了同一个目标——正在飞退中的刘邦!

刘邦退得很快,退到了两棵大树之间。

"轰……"就在习泗他们逼近刘邦的刹那,在刘邦左面的一蓬野草丛猛然炸裂开来,带着泥土的草叶搅乱了每一个人的视线,迷蒙之中,一道人影若电芒般掠向最后一名老者。

这是一个意外,一个意想不到的意外。

至少对这名老者来说,应该如此。

所以他在仓促之间应变,向掠至的人影攻击,"砰……"地一响,他却听到了割肉裂骨的声音。

"呀……救我——"这名老者近乎绝望地惨呼道，一瞬之后，他才明白，对方的剑已经自他的双膝以下削过，地上多出了两只犹在蠕动的脚板。

习泗的心头寒至极致，绝不是因为自己同伴的这一声充满绝望而恐惧的惨叫，也不是因为自己的实力又因此受损，而是他突然感到，自己好像陷进了刘邦他们布好的杀局，就像是几头待捕的猎物。

"嗖……"习泗没有犹豫，手腕一翻，十数颗棋子电射而出，如疾雨般袭向那破土而出的人影。

"叮……叮……当……当……"犹如大小珍珠落玉盘，棋子与剑锋撞击的声音带着一种节奏，一种韵律，响彻了林间，震颤着每一个人的心灵。

那条人影随即向后弹开，飘出三丈之后如一杆标枪般笔直站立。

然而意外的事情总是接二连三，就在习泗出手的刹那，他同时听到了自己左侧的另一位老者的惊叫。

这声惊叫撕心裂肺般让人心悸，就好像在一个凄冷的寒夜里，他独自一人走过坟场，却猛然撞见了一个冲他眨眼的鬼怪一般，极度恐惧之中带着一种不可思议的感觉。

的确是不可思议，因为就在这名老者全力向刘邦发出进攻的同时，在他的脚下的泥土里多出了一双手。

一双大手，充满力度的大手，它紧紧地抓住这名老者的脚踝，以飞速之势将这拖入地下。

莫汉以极速掠至，那名老者已完全消失，但地面上却隆起一道凸起的土堆，急剧地上下波动，情形显得十分诡异。

"呼……"莫汉没有犹豫，更不怜惜自己同伴的安危，而是扬刀直劈，正劈中土堆的中心。

"轰……"泥土散射，仿若下起一场疾雨，尘土扬起一片，一条人影从泥尘中冲天而出，飘落于三丈开外。

刘邦、纪空手、龙赓三人分立而站，互为犄角，对习泗、莫汉两人形成了三角夹击之势。

毫无疑问，这无疑是当今天下最具威势、最完美的强力组合。

第十五章
倾城媚术

　　城阳经历了战火的洗礼，显得萧条而凝重，一队一队的西楚军从大街上走过，刀戟并立，气氛十分紧张，依然透着浓浓的硝烟味道。

　　东城外的大军营帐里，一片肃穆，只有从项羽的主帐中，偶尔传出一阵"咯咯"的娇笑声，伴着项羽的几声大笑，让百里军营多出了一丝闹意。

　　"水中的爱妃，就像是一条白鱼，在这迷人的雾气里，却又仿若仙子，我项羽能与爱妃同盆戏水，便再不艳羡鸳鸯，倒要艳羡自己了。"望着沉浮于水雾中半隐半现的卓小圆，项羽由衷地赞道。

　　两人泡在一个数丈见方的大木盆中，盆中注入温水，水中洒上梅花，盆沿四周燃起檀香，的确是一个男女调情的绝妙处。

　　"大王若记得妾身的好处，就不会让妾身独守空闺这数月了。"卓小圆细腰一扭，躲过项羽的大手骚扰，似嗔似笑道。

　　"这么说来，爱妃是在责怪本王的无情啰？"项羽一把将之搂入怀中，轻轻地在她的红唇上碰了一下。

　　"无情的男人谁也不爱，妾身当然也不例外。"卓小圆吃吃笑了起来，眼儿一挑，极尽媚态。

　　项羽的双手从她的背后绕过，托住其胸前挺立而丰满的乳峰，微微一笑道："本王可以对天下间的任何女子无情，唯独对你是个例外，因为，从我们相识的第一天起，你就是我的女人，我也是你的第一个，也是惟一的一个男人！"

"你好坏!"卓小圆雪白的肌肤上突然泛出了一层淡淡的红晕,蛾首深埋在项羽的胸前,不经意间,她的身体擦着了项羽身体最敏感的部位。

"我若不坏,你只怕真的就不爱了。"项羽的呼吸开始急促起来,心里泛起一丝惊奇而又满足的感觉。不知为什么,他们之间亲热过不下千次,但每一次项羽都能感觉到一种新鲜与刺激。

如此一代尤物,又叫项羽怎不心生迷恋呢?

不过,生理上的变化并未让项羽的理智彻底淹没,他虽然此刻正坐拥美人,但思绪却放在了寒木刚才所说的事情上。

济阳长街一役中,敌人是田荣的余党,这已勿庸置疑了。既然田横逃脱,那么齐国的形势依然不容乐观,除非将田横擒获或击毙,方算除去了心头之患。

如此算来,要从齐国撤兵,还需有些时日。当务之急,就是要肃清田荣余党,追捕田横,绝不能让敌人有任何喘息之机。

但是,在项羽的心里,田横并不是他真正看重的对手。他更忌惮的是,那位救出田横的神秘人物究竟是谁?会有什么样的背景?

这个念头刚刚在他的脑海里生起,卓小圆就感觉到了他身体上明显的变化,斜了他一眼道:"大王又想到了另外的女人了,是吗?"

"我还有其她的女人吗?"项羽笑了起来,决定先不去想那些烦心的事情,今朝有酒今朝醉,还是先享受一下眼前的情趣。

"楚宫之中,佳丽五百,哪一个不是大王的女人?"卓小圆微哼了一声,却将身体与项羽贴得更紧。

"可在大王的眼中,她们加在一起,也抵不过爱妃的一根脚趾头。"项羽的大手顺势而下,滑向了那温热滑腻的女儿私处。

"唔……"卓小圆抓住他的手,摇了摇头道:"不要!"

正是这欲拒还迎的妖媚,反而激起了项羽心中的欲火,他猛地翻过身去,借着水波的起伏,整个身体紧紧地压在了卓小圆的身上。

这如玉般光滑的胴体,在温水中显得异常妖媚,那淡淡的幽香,更让人陷入一段情迷之中。项羽盯着那沉浮于水中的两朵白莲花似的乳峰,再也忍受不住心中的冲动……

一时间整个主帐溢满春色,呻吟声、喘息声和着水波冲击声如乐器奏响,在项羽近乎霸道的方式下,卓小圆尖叫着进入了她性爱的高潮。

对于任何一个男人来说,卓小圆无疑是女人中的极品,这不仅是因为她拥有"幻狐门"的不传之秘——补阴术,可以让男人尝到夜夜见红的滋味,更因为她是一个很容易满足的女人,虽然满足之后她还要,但却很容易又得到满足。

这种女人的确是男人的最爱,因为男人满足她时,她也同样满足了男人——其中包括男人在这方面的虚荣与尊严。

天色渐黑。

经过了一番声势浩大的水战之后,项羽铁打的身躯都感觉到了一丝疲累。

当他正想从水盆中跳出时，却见卓小圆若蛇般的胴体重新缠在了他透着古铜色的身躯上。

"唔……妾身……还要……"卓小圆娇喘着，媚眼若丝，重新撩拨起项羽身为男人应有的本能。

他一把搂过卓小圆，将之压在盆浴边，不住用身体挤压着她的敏感部位。

水中的梅花打着旋儿，在荡漾的水波中一起一伏，一点淡红的颜色在温热的水里显得十分凄艳，更让项羽的心里生出一股强烈的征服感。

他双手探到她的臀下，紧紧地与自己的小腹相贴相迎，让她无可避让，而嘴角微张，轻咬住卓小圆剔透晶莹的耳垂……

卓小圆被他撩拨得脸色泛红，神魂颠倒，嘴唇微开，发出咿咿唔唔般销魂的声音……

就在项羽便要挺身而上时，卓小圆轻轻地推了他一下，娇吟道："好像有人来了。"

"谁敢在这个时候进入大王的主帐？他一定是活得不耐烦了！"项羽轻喘了一口气道。

"大王不是通知亚父了吗？"卓小圆刚刚开口，便感到项羽身下的东西起了一丝变化。

"哦，爱妃若不提醒，大王倒差点忘了这事。"项羽的头脑顿时清醒过来，停止了手上的动作。

卓小圆柔媚地斜了他一眼道："军机要事与妾身之间，孰轻孰重，大王当有所选择，否则为了妾身而耽误了大王一统天下的霸业，妾身纵是万死也不足以赎罪。"

项羽深深地看了他一眼，甚是怜惜地道："这也是大王对你宠爱有加的原因，你能处处为本王的霸业着想，而不像其她女人那样争风吃醋，可见你对本王的爱是出自真心，而不是抱有其它的目的。"

卓小圆的娇躯微微一震，低下头道："妾身只不过是出于人妻的本分，一个女人，终归要依附一个男人才能成其为真正的女人。只有大王事业有成，我们这些做臣妾的才能有所依靠。"

"哈哈……"项羽看着卓小圆尽显女人柔弱的一面，心里由衷地感到了一股力量在支撑着自己，不由霸气十足地在她的丰臀上重重捏了一把，道："本王就冲着爱妃今日所言，可以郑重向你承诺，只要本王有一统天下之日，便是爱妃你一统后宫三千粉黛之时！"

他言下已有立卓小圆为后的意思，可见在项羽的心中，已经对她难以割舍。

当项羽一身整齐地走出内帐时，范增已安坐在主帐的一席案几旁。

"亚父几时到的？"项羽不称"先生"，而称"亚父"，是因为城阳一战，功在范增的奇计，所以项羽以"亚父"封赠，由此可见，在项羽心中，范增已是他所倚赖，也是最器重的谋臣。

"微臣来了有些时间了，听说大王正忙，所以不敢打扰，在这里静坐想些事情。"范增一直忙于城阳的安抚事务，接到项羽的命令之后，这才自城中匆匆赶来。

项羽似乎听出了范增话中的弦外之音，脸上一红道："亚父应该听说了一些事情吧，譬如说，前些日子在济阳，田横率领一帮高手企图劫持虞姬。"

"这也正是微臣想向大王说起的事情，此时此刻，正是大王一统天下、成就霸业的最佳时机，万万不可因为沉湎于女色，而使即将到手的霸业拱手让出，功败垂成。"范增肃然正色道。

项羽颇显不以为然道："亚父所言虽然有些道理，但万千人的霸业成败，怎能系于一个女人的身上？这未免有些危言耸听了。对本王来说，在繁忙紧张的征战之中，偶拾闺中情趣，正是调节心情的一种方式，亚父不会连这点小事也要管吧？"

范增连忙请罪道："微臣不敢，但是——"

他故意顿了一顿，引起了项羽的注意。

"亚父于我，不仅是君臣，更被本王视同叔伯，有话尽管直说，无须避讳。"项羽看到范增脸上的惶恐，忙安抚道。

"大王既如此说，微臣斗胆直言。"范增捋了一下花白的胡须，沉吟半晌，方压低嗓音道："虞姬虽好，可是在霸上之时，曾经有不少关于她的传言，万一属实，只怕于大王不利。"

"啪……"项羽拍案而起，脸色陡然阴沉下来，冷哼一声道："江湖流言，亚父岂能轻信？其实早在亚父之前，已有人在本王的耳边聒躁，本王也就淡然处之，但亚父乃聪明之人，应该懂得，若是那些流言真的属实，本王还会对虞姬这般宠爱吗？"

范增打了个寒噤，不敢作声，对自己所竭力辅佐的霸王，他有着深刻的了解，不仅行事无常，而且比及始皇，暴戾之气只增不减。当下唯唯喏喏，支吾过去。

项羽见他不再提起虞姬，神色稍缓道："本王今日将你召来，是想知道是谁救走了田横。田荣虽死，但羽翼犹在，以田横的能力，只要有人稍加支持，未必不能东山再起。"

"情形的确如此，虽然城阳一战我军大捷，敌军死伤无数，但仍然有一小部分人保存了完好的战力。如果我们此时退兵归楚，不用半年时间，这田横恐怕就是第二个田荣！"范增曾经详细询问过寒木，心里一直觉得奇怪：当田横与那位神秘人逃走之时，凭寒木等人的实力，完全可以对敌人展开追击。可寒木的回答却是，当他们上了房顶之后，田横与神秘人竟然消失了。

范增明白，无论速度多快，没有人可以在那么一瞬间逃出人的视线范围，这只能说明，对手早就布置了一条安全的撤退路线，利用地形环境掩饰自己的行踪，使得寒木等人根本无心追击。

如果事实真是如此，那么这位救走田横的神秘人必定还有同党。要想在大雪天里不留下脚印是不可能的事情，在短短的时间内清除掉这些脚印，非一两人的努力可以办到。

那么这位神秘人是谁呢？在他的背后，又是什么来头？

"所以本王才想知道是谁救走了田横，他的目的何在？"项羽皱了皱眉道。

范增对这个问题想了很久，他也知道项羽一定会提出这个问题，所以早有准备，不慌不忙地道："此人救走田横，无非是想辅助田横，让他发展壮大，成为我们在齐国的心腹之患，其目的就是要将我们数十万西楚军拖在齐国。而我们一旦与田横的残存势力交上手，势必很难在短时间内脱身，这样一来，得利的人就只有两个，他们虽然不能与大王的雄才大略相比，却是可以对大王构成真正威胁的两个人！"

他的推测并没有错，可是却忽略了一个人，正因为忽略了这个人，所以推理不错，结果却错了。

因为范增没有想到，一旦西楚军陷入齐国的战火之中，可以从中得利的人中，还有一个纪空手！

项羽也没有想到，所以他闻言之后，眼睛一亮道："非刘即韩？"

范增点了点头道："刘邦身为汉王，挟巴、蜀、汉中三郡，进可攻三秦，退可借地势之利保住根本，乃是大王日后的头号大敌；而淮阴侯韩信，虽然是因大王的恩赐才得以封侯，却与刘邦来往密切，这一两年来发展之快，已成一支任何人都不可小视的力量。倘若这二人联手，那么形势将对我们西楚军大大不利！"

项羽脸上闪过一丝狐疑道："如果他们真是有心反叛于我，何以田荣起事之后，他们却按兵不动，没有动作？"

"这只因为，田荣的起事太过突然，完全在他们的意料之外，他们根本没有心理准备。假若微臣所料不差，只要田荣坚守城阳再多一个月，刘韩二人必然反叛！"范增非常肯定地道。

项羽微一沉吟道："亚父的意思是说，刘韩二人在田荣起事之初之所以没有任何动作，不是不想，而是不能，但是他们都看到了这是他们可以出兵的最佳时机，然而田荣败得太快，打乱了他们的出兵计划，他们只能按兵不动，等待机会？"

"等待机会？"范增摇了摇头道："对刘韩二人来说，等待机会不如创造机会，只要助田横东山再起，拖住我军主力，然后他们东西夹击，大兵压境，那么对我西楚军来说，便是岌岌可危了。"

"亚父说得极是，看来，刘韩二人开始动手了。"项羽的眼中闪出一道如利刃般锋锐的寒芒，乍射空中，顿使这主帐内一片彻寒。

面对项羽的冷静，范增知道，项羽的心中已有了对策。

项羽虽然不善于驾驭自己的情绪，喜怒无常，活似暴君，但范增却明白当项羽冷静下来的时候,不仅是一个王者,更是一个智者。

一个能够保持不败记录的人,当然不会是一个头脑简单的人,项羽可以在群雄并起的乱世中走到今天这个地步,绝非偶然,这本身就可以说明问题。

"刘韩二人既已开始动手,那么大王呢?"范增微微一笑道。

"我?"项羽淡淡笑了起来:"如果本王要动手的话,目标是谁?应该采取怎样的方式?"

他的心里似乎有了答案,不过,他更愿意听听范增的高见,以此印证自己的想法。

范增没有丝毫的犹豫,断然答道:"只有刺杀刘邦,才可以一劳永逸,永绝后患!"

"为什么不是韩信?"项羽的眼中充满着欣赏之意。

"没有了刘邦,韩信尚不能单独对我西楚构成威胁,而刘邦则不同,他不仅是汉王,统辖数十万大军,而且种种迹象表明,他与问天楼有很深的渊源。在这个乱世的时代,拥有一大批武功高强的人尤为重要,在某些关键的时候,他们甚至可以扭转整个战局。"范增的言语之间不免有一丝惋惜,当日在鸿门之时,若非项羽一意孤行,放走刘邦,今日的天下只怕早就姓项了,他范增无疑便是功勋卓著的开国元勋。

其实鸿门宴上放走刘邦,也是项羽心中之痛,不过他没有为此而后悔,因为处在当时的情况下,刘邦以一种非常的手段博取他的信任,他很难作出杀伐的决断。

更主要的是,从当时的天下形势来看,他要统领诸侯灭秦,就不可能失信于天下,这才是他不杀刘邦的主因。否则,就算没有范增的力劝,他也不可能纵虎归山。

项羽听出了范增话中的弦外之音,淡淡一笑道:"亚父的分析一点不差,对本王来说,刺杀刘邦正是本王马上要采取的行动!"

范增心里陡然一惊道:"莫非大王已经准备动手了?"

他的心里不免有些失落,刺杀刘邦无疑是一个重大的决策,项羽居然瞒着他着手开始了行动,这是否说明项羽对他的依赖性有所减弱?

项羽站了起来,缓缓地在帐中踱了几步方道:"其实早在鸿门之时,本王就有杀人之心,只是碍于当时的时机不对,这才放弃。这两年来,本王一直关注着刘邦的一举一动,之所以没有派人动手,是因为连本王也无法摸清刘邦的真正实力!"

范增倒吸了一口冷气道:"难道说大王以流云斋阀主的身分,尚且不敌于他?"

"那倒不至于。"项羽的眼芒暴闪,浑身上下陡生一股霸气,道:"就算他武功再高,最多与我也是半斤八两。本王所想的是,不动则已,动则必取刘邦首级!如果没有十足的把握,强行动手,万一失败,就再无杀他的机会了。"

"大王所虑甚是。"范增没有想到项羽的心思居然如此缜密，很是欣喜道："那么依大王所见，该派何人去执行这项任务最有把握呢？"

"其实你应该猜想得到。"项羽的脸上露出了神秘的一笑。

范增怔了一怔，一脸茫然。

项羽缓缓而道："亚父与我项家乃是世交，也是从小看着本王长大的，应该深知本王绝非是沉湎美色而胸无大志之人。就算本王是别人眼中的好色之人，也不会为了图一时欢娱而让自己的爱妃千里迢迢赶到军营。本王之所以将虞姬接到军营，只是为了掩人耳目，真正的目的，是想在神不知、鬼不觉地情况下，本王可以脱身军营，前往南郑，将刘邦的首级取回！"

项羽的声音越说越低，到了后来，几如蚊蚁，但听在范增耳中，却如一记霹雳，吓得他惊出一身冷汗道："大王，如此万万不可，您身为西楚霸王，直统数十万大军，岂能为了一个刘邦而去冒这些凶险？"

"本王岂能不知个中凶险？但若是本王不亲自前往，又有谁可担此重任？"项羽显得十分沉着冷静，显然对计划中的每一个细节都考虑得相当周全："灭刘邦，乃是势在必行，一旦让他成势，出兵东进，那我西楚将面临最大的威胁。到那时，我西楚军所要面对的就不单单是齐国军队，甚至将经受三线作战的考验！"

"可是……"范增心里知道，项羽的担心绝非多余，其决策也是惟一可行的办法，不过让他一人去冒这种风险，实在牵涉到太大的干系。

项羽看出了范增脸上的关切之情，心里也有几分感动，微微一笑道："没有可是，本王的行程已定，不可能有任何更改。不过，亚父大可放心，此次随我前往南郑的，还有我流云斋中经武堂的三圣。有这三位前辈高人的保驾，此次行动绝对是万无一失！"

"三圣？"范增的脸上顿时轻松了不少，他与项梁本为世交，当然清楚此三人的实力。当年大侠荆轲刺秦失败后，天下间的有志之士从未放弃过刺杀秦王的念头，而他们却是唯一几次都能从秦宫全身而退之人。故此项梁才让范增千方百计的请三人加入流云斋，而此三人也以自身的实力助项梁平定了西楚武林。

"最关键的一点是我在暗，刘邦在明。当天下人都道本王尚在城阳肃清叛军余孽的时候，本王却悄然到了南郑。"项羽淡淡一笑道："所以，在阎王的生死簿上，刘邦的大名已被勾了一笔。"

他很自信，在他的身上，的确有一股常人没有的霸气。

汉都南郑位于沔水之滨，乃是沔水与褒水的河流交汇处。

在刘邦进入汉中之前，南郑作为汉中郡府的所在地，就已经极具规模。到了刘邦进入汉中之后，大兴土木，巩固城防，使得南郑变得易守难攻，固若金汤。

南郑作为紧依三秦的战略重镇，又是汉王刘邦的建都之地，市面十分繁华。这固然与它紧扼着水陆交通的要塞有关，也与刘邦鼓励、支持工商的政策大有关系。

刘邦与纪空手、龙赓闯过末位亭后，进入巴蜀，便遇上了萧何派来的援兵护送。一路上走了十来日，南郑古城已然在望。

这时萧何亲自率领的先头部队在城外十里相迎，数千骑兵摆开阵势，列队恭迎。

作为汉王丞相，萧何已是今非昔比，渐渐表现出他治理国家的才能，深得刘邦器重。

纪空手自沛县之后，就再也没有见过萧何，今日乍见故人，他的心里感慨万千。不过，由于他身分的改变，并没有将自己的这些情绪流露出来，反而更加收敛自己的言行举止，以免被人看出破绽。

几句寒暄之后，继续上路，一直进入南郑城。

南郑城高墙广筑，城廓相连，周围城壕深广，气象万千，沿途戒备森严，每一队士兵都显示出极高的战意。在南郑城中，笼罩着一股非常紧张的备战气氛。

"汉王不愧为汉王，良将手中无弱兵，有这样强大的一支军队，项羽不败的记录只怕就要在你的手中改写了。"纪空手由衷赞道。

刘邦坐于马上，两眼精光闪闪，顾盼生威，听到纪空手的夸赞，神情不由一黯道："本王的确有东进之心，可惜的是，本王却错失了出兵的最佳时机。"

"此话怎讲？莫非事情已生变故？"纪空手大吃一惊。

"城阳一战，田荣败了，而且败得很惨，几乎是全军覆灭。"刘邦很是痛惜地道。他所痛惜的不是田荣之死，而是痛惜项羽又少了一个对手。

纪空手没有说话，田荣战败显然是在他意料当中的事，但他绝没有想到田荣会败得如此之快，数十万大军竟守不住一座孤城。由此可见，项羽统兵打仗的确有其过人之处，这让纪空手愈发感到了自己肩上的担子沉重。

"如此说来，汉王已经不准备东进了？"纪空手轻轻一带手中的缰绳，勒马驻足道。

刘邦回过头来道："你想走？"

他的眼芒暴射在纪空手的脸上，让纪空手的心里为之一紧。

"汉王既已不准备东进，我留在南郑也就全无意义了。"纪空手淡淡一笑道。

"不！"刘邦沉声道："本王需要你这样的人才，如果你真的离开了，本王也许才会放弃东进。"

他凝神看了一眼纪空手，这才缓缓接道："经过这段时间的相处，我发现你与龙兄都不是甘于寂寞的人，夜郎虽好，却容不下你们这两条蛰伏池中的苍龙，只要给你们一个机会，你们就会腾云于万里长空，呼风唤雨，叱咤天下。而且，也是最重要的一点，就是我需要你们这样的朋友！"

这的确令人感动，也让人感觉到其话中的真诚是发自肺腑。如果站在刘邦面前的人不是纪空手，也许会为遇上刘邦这种明君而感动不已。

可惜的是，听者是纪空手，他太了解刘邦了，当刘邦将一个人当成朋友时，只不过证明你对他还有一些利用价值。以刘邦的为人处事，他根本就不会把任何人视为永久的朋友。

"好！就冲着你这句话，我们留下！"纪空手表现得非常激动，猛地点了点头。

进入南郑之后，便见这南郑比之咸阳虽然规模不及，但繁华有余，城内街道之宽，可容十匹马并肩齐行。大街两旁店铺林立，商业发达，人流如织，却井然有序，可见在刘邦的统治之下，一切都显得生机蓬勃。

在卫士开道下，大队人马通过一段热闹的大街，来到了以原有的汉中郡府为基础而扩建的汉王府前。

汉王府巍峨矗立于长街的尽头，府前有一个占地数百亩的广场，高墙环绕，古木参天，三步一岗，五步一哨，戒备极为森严。

纪空手与龙赓被安排在府中的一座宅院中，这里的环境清幽，很适合于像陈平这种棋士的清修。为了让纪、龙二人感到舒适，刘邦还专门派了十二名千娇百媚的美婢前来贴身侍候。

纪空手并没有刻意推辞，因为他心里明白，这十二名美女中，必有刘邦安插的耳目。

经过一番梳洗过后，纪空手精神为之一震。

他终于进入了刘邦权力的心脏——汉王府！

可奇怪的是，他的心里并没有多么地兴奋，多么地紧张。

虽然他心里清楚，只要自己一步走错，就将永远要葬身于此。

在这个世界上，本就有一种天生喜欢冒险的人，在平时的时候，他也会为了一点小事而哭而闹，甚至表现得紧张焦虑。可是当他面临真正危险的时候，他反而会变得非常冷静，就像是一头冷血的野狼。

纪空手无疑就是这种人，所以当刘邦领着一个人进来的时候，他看见纪空手正在与一位美女打情骂俏，一只大手还停留在那位美女傲挺的丰臀之上。

"哈哈哈……"刘邦笑了起来，道："男人好色，英雄本色，看来陈爷虽然潜心棋道，美女当前，却依然不能免俗啊！"

纪空手忙与龙赓起身恭迎，当他看到刘邦身后之人时，心里不禁"咯噔"了一下。

来者竟是身为大将军的樊哙！他与纪空手一向颇有交情，刘邦叫他来此，莫非是对纪空手的身分已有所怀疑？

"这位是……"纪空手眼中的樊哙，依然没有任何改变，好像这两年来的时间并未在他的脸上留下多少痕迹。

"在下樊哙，忝为汉王帐下的东征大将军，见过陈爷、龙爷。"樊哙说起话来就像是一阵风，显得干净利落。

他刻意将"东征大将军"这几个字说得异常清晰，似乎是在向纪空手表明，东进伐楚并不是停留在纸上的计划，而是正按部就班地进行着。

纪空手笑了一笑道："久仰大名，我听说将军正率领十万大军抢修通往三秦的栈道，何以又到了南郑？"

樊哙怔了一怔道："陈爷怎么知道这个消息？"

纪空手道："我就是不想知道也不行，像你们这样大张旗鼓地修复栈道，是否想迷惑章邯？因为稍具土木知识的人都懂得，这数百里栈道，全在地势险峻之中，没有三年的时间根本不可能修复。"

樊哙望了刘邦一眼，没有作声。

"你很聪明。"刘邦淡淡一笑道："本王之所以要修复栈道，其意的确是想迷惑章邯，而我东征的线路，将另辟蹊径，惟有这样，才可以做到出其不意，在最短的时间内抢占三秦之地。"

"那么，我能为此做些什么呢？"纪空手请战道。虽然他的心里非常清楚，刘邦前往夜郎真正的目的是为了如何才能取到登龙图的宝藏。

"你什么也不用做。"刘邦的回答出乎纪空手的意料："这三天之内，你将由樊将军陪同一道，尽情地领略我南郑风情，三天之后，你们夜郎国的第一批铜铁将运抵南郑，我们将对这批铜铁的价值进行估算，然后再以货易货，等价交换。"

纪空手明白在没有完全取得刘邦的信任之前，刘邦是不会将登龙图宝藏的事宜和盘托出的，所以这三天绝不会如刘邦所说的那么轻松悠闲，而是其刻意为自己设下的一个局，其中必定有种种试探与考验。

"既然如此，那我就乐得清闲。"纪空手非常平静地道。

刘邦凝神看了他一会，淡淡而道："我原以为，你一定会感到诧异。既然我亲自去夜郎将你请来，就一定有重要的事情交给你，为什么又让你去忙活这些破铜烂铁的事情呢？"

纪空手道："我虽然嘴上没说，可心里正是这样想的。"

"在城外的大营里，现在已经聚齐了巴、蜀、汉中三郡的所有优秀工匠，共有一千七百余众，其中不乏经验丰富的铸兵师。如果这些人从现在起开始做工，忙活一年，可以保证我汉军数十万人的全部装备。"刘邦缓缓而道。

"这么说来，东征将在一年之后进行？"纪空手怔了一怔道。

"如果没有意外的事情发生，据最保守估计，我汉军也需要一年的时间来准备。可是，我刚刚接到了一个消息，说是齐国那边的事情又有变故，假如一切顺利的话，三月内，东征可行。"刘邦的脸上终于露出了一丝笑意，因为他心里清楚，如果东征在一年之后进行，随着项羽势力的扩张，会使东征变得愈加艰难，胜率也会大大地降低。

"齐国那边又发生了什么变故？"纪空手心里一阵激动，他隐约猜到，这变故也许与他的洞殿人马有关。

"城阳一战，田荣虽死，但他的兄弟、大将军田横却逃了出来，听说正在琅邪台召集旧部，继续抗楚。只要他的声势一起，势必会拖住西楚大军，让他们撤兵不得。到那时，我们的机会就来了。"刘邦说到这里，整个人不自禁地流露出些许的亢奋。

纪空手想到了他留给红颜的三个锦囊，淡淡一笑，心中却对五音先生多出一股崇敬之感。这三个锦囊之中，其实都是五音先生生前的智慧，想不到在他死去之后还能派上用场，可见高人风范，不同凡响。

"就算田横能够拖住项羽大军，可是军队的军备却需要一年才能完成，汉军在三月内又如何可以东征呢？"纪空手道。

"所以我根本就不靠这批铜铁与匠人，而是另有装备军队的计划。这批铜铁与匠人，就像我们修复栈道一样，其实都是一个障眼法，取到迷惑敌人、麻痹敌人的作用，让章邯和项羽都以为我军若要东征，至少还需一年时间的假象。"刘邦信心十足地道。

纪空手微微一笑道："而且为了使整个效果更加逼真，我们还要故意弄得煞有其事的样子，让这些消息传到项羽与章邯等人的耳中，使他们相信汉军在短时间内并无东征的能力。"

"你说得很对，这也是我为何要在三天之后前往军营与你就铜铁贸易权谈判的原因。只有我们郑重其事地把这件事情办好，才可以欺骗对方那些眼线耳目的眼睛。"刘邦得意地笑了一笑。

纪空手不得不承认刘邦的计划十分周全，几乎考虑到了每一个细节。然而，现在最关键的问题，似乎并不在南郑，而应该在琅邪台的田横。他是否可以迅速召集旧部，成为一支新的抗楚力量，这无疑决定了刘邦最后是否能完成东征。

刘邦对天下形势的发展把握得极有分寸，更对各方的实力有着非常清晰的认识。如果没有田横为他吸引住西楚军的大部主力的话，他是绝不会轻言东征的。

这一点从他与项羽分兵进入关中一事就可看出，当时若非项羽率部拖住了章邯的秦军主力，他刘邦凭什么可以只率十万人马进入关中？

这也正是刘邦的狡猾之处！

"不过，你是否想过，如果项羽知道了田横在琅邪台召集旧部的消息，他会无动于衷、任其所为吗？而且，就算田横召集到了旧部，他又能在项羽面前支撑多久？"纪空手的眉头一皱道。

"这些我都不知道，也不想知道。"刘邦所言出乎纪空手的意料之外，不过刘邦紧接着说了一句很富哲理的话，让纪空手的心中一动。

"我只知道，谋事在人，成事在天，天若不让我刘邦得此天下，我百般努力也是徒劳！"

琅邪台在琅邪山顶。

琅邪山在大海之滨。

绵延百里的山脉横亘于平原之上，使得山势愈发险峻，密林丛生，的确是一个可容人藏身的好去处，更是一个易守难攻的绝妙之地。

田横正是看中了这一点，所以才会选中这里来作为他起事的地点。在经过了非常周密的布置与安排之后，琅邪台已成为他抗楚的根本之地。

在短短的数天时间里，从齐境各地闻讯赶来的旧部已达万人之数。在扶沧海的大力支持下，琅邪台上不仅有充足的粮草，更有一批绵甲兵器，足够让五万人使用。

五万人，是田横起事需要的最起码的兵力，只有达到这种规模的兵力，才足以保证攻下一郡一县。按照目前的这种势头，只要再过半个月，这个数目并不难凑齐。

不过要想得到五万精锐，着重在于整编人员，肃清军纪，配以有素的训练。这一切对于田横来说，可以说是出自手上，并不陌生。有了几位将军的辅助，使得琅邪台上一切都显得井井有条，紧然有序。

而扶沧海与车侯所带的一千余名洞殿人马，其主要职责就是负责琅邪山的安全，严防奸细的透入，并对前来投靠的齐军将士给予周到的照顾。

自项羽率部攻克城阳之后，不仅焚烧齐人的房屋，掳掠齐人的子女，而且杀戮无数，犯下累累暴行，引起齐人公愤。所以当田横登高一呼，重竖大旗之后，消息传开，不少跟随田荣的旧部蜂拥而至，使得这一向清静的琅邪山热闹不少。

琅邪山脚下的琅邪镇，本是一个僻静的小镇，不过数百户人家，一向冷清得很，可是在这段时间里，却变得一下子热闹起来了。

这只因为，它是出入琅邪山必经的一个路口，每天总有一大批百姓和江湖人出入其中，想不热闹都不行。

在镇口的一家酒楼里，坐满了一些远道而来的江湖客，这些人既不同于投军的百姓，也不同于归队的齐军旧部，他们都是从远道慕名而来，其中不乏武功高强之士，绝大多数都是来自于江湖的抗楚志士。

他们之所以呆在这家酒楼里，是因为这是全镇上最大的酒楼，坐个五六十号人也不嫌拥挤；还因为在这家酒楼的门外，写了一行大字"江湖好汉，入内一坐"。

他们既然自认为自己是江湖好汉，当然就没有理由不进入坐坐。何况里面管饭、管酒，再泡上一壶浓浓的香茶，那滋味倒也让人逍遥自在，说不出的舒服。

也有一些阅历丰富的老江湖，踏入门来就问掌柜，这才知道原来这是山上定下的一个规矩，为了不埋没人才，凡是自认为身手不错的好汉都可进楼歇息。到了下午时分，山上便来一帮人，对楼中的每一个客人逐一考校，择优录用。

当然，这其中也不乏滥竽充数者，不过，大多数人都心安理得地享用这种待遇，而且，信心十足地等着山上来人。所谓真金不怕火炼，没有几下子，还真没有人敢跑到这里来混吃混喝。

这不，午时刚过，又进来了十七八个江湖豪客。可奇怪的是，他们明明是一路而来，但一到镇前，就自动分成三路，相继进了这家酒楼。

第一拨人只有两位老者，个子不高，人也瘦小，一进门来，眼芒一闪，谁都看出这两人都是不好惹的角色。

他们走到一张靠窗的桌前，那原来坐着的人还没明白是怎么回事，就被扔出窗外，腾出的座位空着，两老者也就老实不客气地坐了下来。

第二拨人显然要低调得多，七八个汉子看看楼里没有空座，都闲站在大厅中，倒也悠然自得。不过，只要是稍有见识的人就可看出，这七八人看似随意地一站，其实已占据了这整个酒楼的攻防要位，一旦发动，可以在最短的时间内控制局面。

第三拨人却连门都没进，三三两两分站在酒楼外的空地上，不时地聊上两句。乍眼看去，还以为他们都是这镇上的老街坊，闲着没事在一起瞎聊呢。

他们的行迹虽然诡异隐密，但这一切仍然没有逃过一个人的眼睛。这是一个五十来岁的老者，普普通通，就像是一个常年耕作于田地的老农，坐在靠窗边的一个角落里，丝毫没有引起任何人的注意，但是他看似无神的眼眸中偶露一道寒光，说明了此人绝非是等闲之辈。

这人是谁？这些人又是谁？

没有人知道，但稍有一些江湖阅历的人，已经感受到了这酒楼里的那股紧张沉闷的气氛。

山雨欲来风满楼，也许正是这小镇酒楼此时的写照。

时间就在这沉闷中一点一点地过去。

眼看快到约定的时间了，一阵得得的马蹄声由远及近，隐隐传来，引起了酒楼一阵小小的骚动。

谁都想看看掌握自己命运的人是谁，毕竟他们在心里猜测了许久，都没有一个固定的答案。然而，他们知道一点：来者既然是为考校他们的武功而来，其修为就绝不会弱！

"希聿聿……"一彪人马如旋风般来到酒楼门前，从马上下来十数位矫健的汉子，当中一人，手握一杆长枪，英姿勃发，正是扶沧海。

他没有跨入酒楼，而是站在门外的空地上，冷冷地向酒楼里望了一眼。

这已是选拔精英的第四天了。自从他帮助田横在琅邪台竖起抗楚大旗以来，不少江湖人士也纷纷加入，针对这种现象，为了不让义军出现鱼龙混杂的情况，也为了避免让一些江湖好手埋没在一般战士之中，扶沧海与田横商量之后决定，在义军的编制之外另外成立一支"神兵营"，专门吸纳一些江湖中的有志之士,成为义军中的王牌精锐。

一连数天,经过严格的考校,已有两百余人成为了神兵营的首批将士。为了避免其中有西楚军的奸细渗透,扶沧海还制订出一套非常严谨而详细的程序,以考验这些将士的忠心。

不过今天,当他再次来到酒楼前的时候,不知为什么,他的心里隐隐感到了一丝凶兆。因为,他在来之前就已经接到了自己人的密报,说是有一批西楚高手奉令前来琅邪山,准备对田横实施刺杀行动。

这其实早在他的意料之中,项羽能够不败的一个很重要的原因,就是利用流云斋在江湖中的势力,在两军对垒之前派出大批高手行刺对方的主帅,或是统兵的将领,以达到让对方不战而乱的目的。

扶沧海深知项羽惯用的伎俩,所以派出洞殿中数十名精英对田横实施昼夜保护,而且为了保险起见,他必须在考校每一名江湖好手的时候有所筛选。

按照行程与时间推算,这批西楚高手应该在今天到达。扶沧海当然不敢有任何大意,所以在做了大量的精心布置之后,他终于现身了。

"各位都是来自五湖四海的朋友,今天能够来到琅邪,与我们共举抗楚大旗,是我们大齐的荣幸!不过,家有家法,军有军规,想必我们的规矩诸位也都清楚,我在此也就不多说了,还是那句话,只要你有真本事,只要你是真心抗楚,我们就真心地欢迎你加入我们的大军。"扶沧海面对酒楼,深吸了一口气,这才缓缓地道。

他的嗓门不高,音量也不大,但隐挟内力,使得楼中的每一个人都听得异常清晰。当下从楼中出来八九个人,舞刀弄棒一番,然后肃立一旁。

扶沧海的目光并没有着重放在这几个人的身上,而是更多地放在了站在酒楼外的那七八人的身上。

他一眼就看出这七八人的神色有异于常人,不过,他不动声色,直到第三批人通过了考校,他才冲着他们其中的一人笑了笑道:"你也是来从军的吧?"

"是。"那人也笑了笑,恭声答道。

"那么你为什么不下场试试?"扶沧海的声音不大,却有一种让人无法抗拒的威仪。

"其实你应该看得出来,我已不用试。"那人的声音虽冷,脸上却笑得妩媚。

"哦?"扶沧海有些诧异地道:"你莫非以为自己的武功远在这些人之上,所以,就要特殊一些?"

他的话听在那些已经经过考校的那班人耳中,着实不舒服。这些人无不将目光投在那人的身上,脸上大不以为然。

"我的武功好不好,你一眼就该看得出来,在高手的眼中,即使我不出手,你也可以看出我武功的高低。"那人的眼中暴闪出一道寒芒,往那些人脸上一扫,顿时封住了众人的嘴。

扶沧海淡淡一笑道:"我看不出来,不过,我手中有枪,你是不是高手,一试便知！"

那人哈哈一笑道："可是刀枪无眼，且无情，万一伤着了阁下，我还能上山入伙吗？"

"你若真能伤得了我，我这个位置就让你来坐，所以你不必担心，更不要有什么顾虑，尽管放手一搏！"扶沧海显得十分平静地道。

"好！"那人的话音未落，他腰间的长刀已出。

一道冷风窜起，快得让围观的人群发出一阵惊呼。

但扶沧海并没动，直到这冷风窜入他七尺范围之内。他身子滑退数尺，让过刀锋，喝道："且慢，我已知道你是谁了！"

那人身躯一震，刀已悬于半空。

"我是谁？"那人神情一怔道。

"你是江南快刀堂的人。从你出刀的速度来看，已是快刀堂中的佼佼者。"扶沧海出生南海长枪世家，对江南武林了若指掌，是以话一出口，那人竟然沉默不语。

"听说快刀堂的人一向孤傲，喜欢独行独往，今日见到仁兄，方知江湖传言，不可尽信。你既然有心加入我们抗楚大军，那就请吧！"扶沧海指了指上山的路，拱手道。

"你是谁？何以能从我出刀的速度上看出我的来历？"那人缓缓地将刀归入鞘中，忍不住问了一句。

"你应该从我手中的兵器上猜到我是谁。"扶沧海淡淡一笑，突然间手腕一振，枪尖幻出千百朵花般的寒芒，存留虚空，瞬间即灭。

"你，你是……"那人陡然惊道。

"不错，我就是南海长枪世家的扶沧海！"扶沧海此言一出，四座皆惊。

当年登高厅一役，扶沧海一战成名。

随着纪空手的息隐，他也归于沉寂。

谁也没有想到，数年之后，他会出现在齐国的琅邪山，支持田横竖起抗楚大旗。

这无疑是一个信号，向天下人传递着一个重要的消息：纪空手又出山了，这一次，他意不在江湖，而是天下！

扶沧海在这个时候传出这样的一个信息，无疑是经过精心策划的举措。

送走了第一批录用的江湖人士，在酒楼里，尚剩下三四十人。当扶沧海带领随从踏入门中时，他立刻成为了众人目光的焦点。

他无法不成为别人目光的焦点，人之名，树之影，他往人前一站，便如傲立的苍松，平添一股无形霸气。

不经意间，他的身躯若山般挡住了整个厅框。

这间酒楼摆放了十几张桌子，整齐而有序，开了四五扇窗户。此刻虽然天近黄昏，但阳光透窗棂而入，使得店堂里并不显得暗淡。

扶沧海第一眼看去，就注意到了靠窗前的那两名老者，只见两人神情孤傲，对斟对饮，似乎根本就没有留意到他的进来。

"哈……怪不得今天我下山时眼睛直跳，敢情是有贵客光临，稀客呀稀客，两位可好啊!?"扶沧海的眼睛陡然一亮，大步向那张桌子走去。

那两位老者依然是我行我素，并不理会。等到扶沧海走至近前时，其中一老者才微眯着眼睛，有些不屑地道："莫非你识得我们?"

"不识得。"扶沧海的回答显然出乎所有人的意料之外，看他刚才打招呼的样子，谁都以为他与这两个老头的交情绝对不浅。

"你既不识得我们，凭什么过来打招呼?"那老者冷哼一声，心里似有些生气。

"不凭什么，就凭你们腰间的兵器!"扶沧海淡淡一笑道。

那两老者身子微微一震，同时将目光射在了扶沧海的脸上道："我们的兵器既在腰间，你又怎能看出我们所使的是何种兵器?"

"我不用看，只凭感觉。"扶沧海笑了一笑道："因为我一进来，就感觉到了你们腰间所散发出来的杀气。"

那两名老者的脸色同时变了一变，其中的一位老者有些不自然地笑道："杀气? 杀谁? 我们不过是路过此地，进来喝一杯酒而已，你却跑来大煞风景。"

"哦，原来你们不是上山入伙的江湖朋友，那可真是有些可惜了。"扶沧海淡淡而道："母弓子箭，七星连珠，一旦出手，例无虚发。像两位这般高人，不能为我所用，岂不是让人感到遗憾得很吗?"

"你恐怕认错人了。"那两老者神色一紧，握着酒杯的手已然不动。

"人也许会认错，可你们身上的这股杀气不会错。且二位的一举一动，无不流露出弓和箭的痕迹，也让我肯定了自己的推测!"扶沧海的声音一落，店堂里的空气瞬间变得紧张起来，每一个人都感受到了强烈的窒息之感。

这两位老者的确是母弓维阳与子箭欧元，他们是同门师兄弟，以他们师门独有的方式将弓与箭的运用演绎得淋漓尽致，别具一格，在江湖上大大有名。此刻听到扶沧海揭穿了他们的身分，虽惊不乱，显得更加沉着冷静。

"你既然证实了我们的身分，就不该还留在这里，你也不想想，若是没有十足的把握，谁敢来到此处?"维阳的眼睛一眯，眼芒如针般射在扶沧海的脸上。

"这么说来，你们是有备而来?"扶沧海的声音极为冷淡，好像没有感到身边潜伏的危机一般。

"你不妨回过头看看。"维阳冷哼一声，脸上闪出一丝得意之色。

扶沧海没有回头，却听到了身后那错落有致的脚步。他感觉到自己与随从正被一群人包围着，就像是踏入了一张大网之中。

只要是稍有经验的人就可以看出，当扶沧海一踏入酒楼之时，有一拨人就

197

在不经意间移动着脚步，当有人意识到这种情况的时候，这一拨人已经占据了这酒楼之中最有利于攻击的位置。

这一拨人只有八个，却像八只结网的蜘蛛，牢牢将扶沧海与他的十数名随从控制在网中，只要网中的猎物一有妄动，必将遭至最无情的打击，甚至是一场毁灭性的灾难。

毫无疑问，这一拨人都是擅长实战的高手，因为只有高手才能懂得怎样控制全局。

然而，扶沧海的镇定却出乎了维阳与欧元的意料。他似乎并没有意识到自己正处于危险的中心，反而淡淡一笑道："我不用再看，就能感受到他们的存在。"

"那么你现在是否还会认为我们狂妄呢？就算我们狂妄，也是建立在一种强大的自信与实力之上。同时，我们也绝不会低估任何一个对手。"维阳的眉间油然生出一丝傲意，看着自己带来的杀手们傲立于这群江湖人中，他似乎看到了胜利。

其实，当他听到扶沧海在门外说出自己的名字时，他就感觉到自己立功的机会来了。就在他们出发之前，范增就猜到在田横的背后，必定有一股势力支持，否则，田横绝不可能在这么短的时间内东山再起。

这股势力究竟是什么背景？范增无法知道，所以他要求维阳务必在击杀田横的同时，摸清这股势力的底细。

现在既然证实了这股势力是来自于纪空手方面，维阳就觉得自己已经完成了大半的任务，如果能够顺利将扶沧海这一拨人一网打尽，那么，对于维阳来说，此次琅邪山之行，就实在再圆满不过了。

至于田横的生死，倒成了次要的问题，因为维阳深信：如果连大树都倒了，那弥猴还能不散吗？

"我相信你所说的都是事实。"扶沧海笑了，是一种淡淡的笑。在维阳看来，一个人还能在这种情况下笑得出来，是需要勇气的，但更让他吃惊的，还是扶沧海下面的这句话："不过，这必须在一个前提之下，那就是他们要有足够的时间能够出手！"

"你认为他们无法出手？抑或是，他们连出手的机会也没有？"维阳觉得扶沧海的话未免太幼稚了，他应该知道，这八个人都是实力超群的高手，瞬息之间，可以结束一场战局。

但扶沧海居然点了点头，道："是的，当他们成为另一种人的时候，这种情况就会发生。"

"哪一种人？"维阳忍不住问道。

"死人。"扶沧海的话音一落，惊变在瞬息间发生了。

无论是扶沧海，还是他身边的随从，他们都没有动，动的是那八名杀手身边的江湖客。

这些散落在店堂外的江湖客,每一个人都普普通通,毫不起眼,就像他们手中的刀,通体黝黑,很难让人觉察到它的锋刃。

但它的的确确是杀人的凶器,而且不止一把,它不仅快,且又狠又准。当这些刀袭向那八名杀手的时候,就像是一条条正在攻击的毒蛇,显得十分的突然。

在刀与刀之间,各有间距,却相互配合,三四个人形成一组,构成一个近乎完美的杀局。

第十六章
完美杀局

　　一切来得是那么突然，一切来得又是那么迅猛，就像是一道半空中炸起的惊雷，还没开始，就已结束。

　　这八名杀手连哼都来不及哼一声，就已倒下。

　　不可否认，这八人都是真正的高手，也有真正高手所具有的一流反应，可是当他们与这群江湖人一比，其动作还是显得稍慢。

　　难道说这群江湖人并非是那种走在大街上，随手就可抓到一把的江湖人，而是经过严格训练的战士？

　　如果是，他们是谁？为什么会混迹于酒楼之中？

　　如果不是，他们之间所体现出来的默契和那惊人的爆发力又作何解释？

　　这就像是一串谜，在维阳的心头一闪而过，根本没有时间再去深想。他只是冷冷地盯着眼前的扶沧海，手却按在了自己腰间的铁胎弓上。

　　静，真静，店堂中的空气都仿佛凝固了一般，一股浓浓的血腥味让人闻之欲吐，让人有一种说不出来的压抑。

　　八具尸体，静静地倒在地上，每一具死尸的眼睛都瞪得大大的，好像浑然不觉自己是如何死去的，只有那极深的创口不断地向外翻涌着血水，成为这一刻惟一在动的活物。

　　围在尸体旁边的那些江湖人，又悄然回到自己的座上，喝着茶，饮着酒，一脸的普通，就好像他们从来没有出过手一般，又归于刚才的平常。

只有他们脚下还在滴血的刀锋，可以证明他们曾经经历过那惊心动魄的一瞬。

维阳的眼睛眯得更紧了，几乎紧成了一条线缝。他的脸上看似不动声色，心却陡然下沉，仿佛坠入了一个无底的深渊。

"这些人是你的人？你早就将他们安插在这里，为的就是对付我们？"维阳没有惊诧，只有一丝恐惧开始萦绕心间。从他跳跃不定的眼芒中可以看出，他被这陡然而生的惊变冲破了心理底线，接近崩溃的边缘。

"如果我没有记错，应该是的。"扶沧海并没有因为自己成为优势的一方而感到得意，脸上的神色反而更加凝重，因为他知道，狗急了尚且跳墙，何况人呢？

"可是你并不知道我们会来，又怎会事先安排好这样一个局让我们钻呢？"维阳感到有些不可思议。

"如果我说这是我的一种直觉，你们一定不信。"扶沧海淡淡一笑道："其实自你们从城阳出发的那一刻起，就有我的人在一直注意着你们，所以对你们的行踪，我了若指掌。"

"这不可能！"维阳惊道："如果真的有人跟踪我们，我不会毫无觉察！"

"我不否认你是一个高手，可以从一些蛛丝马迹中看出点什么，但是，在你们所经过的路上，我动用了八十七名耳目，分段跟踪。在你们还没有记熟他们的面目时，我已经又换了人跟踪你们，请问，你又怎能觉察到有人在跟踪你们呢？"扶沧海说得虽然平淡，但从中可见他对这次行动煞费苦心，完全摆出一副势在必得的架式。

维阳心中虽惊，却趁着这说话的功夫打量着自己的退路。他已经明白，这次琅邪山之行，他只要拣回这条老命，便是幸运，至于他肩上担负的任务，统统去他娘的。

他与欧元交换了一下眼神，都已知道对方的心理，因为以目前的情况看，只有两条路线可走：一条是自己左手边的一个窗口，在这个窗口下坐了一个老农。虽然维阳看出这老农并不普通，他却是惟一一个刚才没有动手的人；而另一条路线就是窜上屋顶，这是这个酒楼惟一没有设防的地方。

"这么说来，我们兄弟岂不是要死在这里？"维阳冷笑一声，手中的酒杯突然旋飞起来，挟带一股尖锐的呼啸飞射出去，声势极为惊人。

他既已认定了自己逃亡的路线，当下也不犹豫，全力出手。而在他出手的同时，欧元以最快的速度取出了他的子箭——一支用熟铜所铸的箭。

"呼……"扶沧海只退了一步，已然出枪，一股强烈的劲风在他的身前鼓起，枪芒化作流云中的黑影，在虚空之中形成一股巨大的吸扯之力。

那旋飞不定的酒杯，竟然在枪出的刹那，消失在了那片流云之中，没有发出一丝声响。

"嗤……"而铜箭在欧元的手中一振之下，斜飞而出，迎向了扶沧海藏于流云之后的枪锋。

这一串如行云流水般的配合，显示了维阳与欧元数十年所形成的默契，就连一向勇悍的扶沧海，也不得不在对方天衣无缝的攻势下避让三分。

“好！母弓子箭，果然不凡，就让我扶沧海再领教领教。”扶沧海冷哼一声，枪锋抖出万千寒影，蓦闪于虚空之中。

此时的维阳，他的目光就像是一把刀，穿透虚空，关注着周身哪怕任何一点细小的动静。他左手执弓，右手拉弦，弦如满月，但弦上却无箭。

没有箭矢的弓，就像是一只没有牙齿的大虫，它的锋芒在哪里？

没有人知道，就连扶沧海也看不出这无箭之弓的威力何在。

但扶沧海却懂得母弓子箭能够扬名江湖数十载，绝非浪得虚名。

就在扶沧海微微一怔之间，只听“嗤……”地一声，一道银芒突然电射而出，绕向了自己悬于半空的枪锋。

扶沧海方有警觉，只觉手中一沉，长枪之上似被一种物体缠绕，一股电流般窜过的麻木令扶沧海的长枪几欲脱手。

他心中大骇之下，又退一步，才发现在自己的长枪上多出了一根银丝，分明是维阳那弓上的弦丝。

他这才明白，维阳的铁胎弓竟然以弦为鞭，可以当成长鞭使用。那弦丝震颤游走，“咝咝……”作响，犹如毒蛇的长信，所到之处，温度陡降。

扶沧海的眼芒紧紧锁定住弦丝的尖端，眼见它就要刺向自己咽喉的刹那，他冷笑一声，双指捏向弦丝奔来的方向。

“嗖……”弦丝陡然回缩。

“闪——”就在这时，维阳暴喝一声，犹如平地响起一记炸雷。

“闪”的意思，就是撤、逃、跑。用“闪”这个字眼，是为了形象地表达这撤退的速度。

维阳说这个字的意思，就是像闪电一样展开逃亡，欧元自然心领神会。

所以话音一落，两人分头行动。维阳的身形向上，而欧元却直奔那老农所坐的窗口而去。

他们都有着丰富的阅历与经验，深知这是自己两人逃命的惟一机会，是以一旦行动，已尽全力。

“不知为什么，每当我看到陈爷的时候，总让我想起一个人。”樊哙说这句话的时候，正与纪空手、龙赓坐在南郑最有名的“五芳斋”中。

“五芳斋”是城中有名的风月之地，此时华灯初上，热闹更胜平时，车水马龙，莺歌燕语，让人忘记这是战火连天的乱世。

他们三人所坐之处是五芳斋中最高档的雅间，檀香暗送，倍添清雅，墙上挂有书画题字，皆有出处，尽是名家手笔。管弦丝竹之声自一道屏风之后隐隐传来，既不干扰他们的说话，又能烘托出一种温馨浪漫的氛围，显示出这些乐者的素质之高，无愧于勾栏中的翘楚。

纪空手沉浸于一曲箫音之中，偶然听到樊哙说话，心中暗暗一惊。不过，他很快掩饰住自己内心的惊乱，淡淡一笑道："看到本人，使樊将军想起谁来？"

樊哙似是不经意地提起，但目光却如锋刃般紧盯住纪空手的眉间，半晌才道："一个故人，也是一个朋友。"

"能成为樊将军朋友的人，想必不是一般的人，倒要请教。"纪空手迎着樊哙的目光而视，丝毫不让。

樊哙并没有从这双眼睛中看到他所熟悉的东西，略略有些失望，斟酒端杯，浅酌一口道："其实也不尽然，当年我把他当作朋友的时候，他不过是一个小无赖而已。"

他的眼眸里闪出一丝迷茫，仿佛将记忆又带回了当年的那段时光。在他的脸上，流露出一丝淡淡的笑意，落入纪空手的眼中，泛起一圈情感的涟漪。

"一个小无赖？樊将军把我与一个无赖相提并论，只怕有些不妥吧？"纪空手心里虽然很念樊哙的情，表面上却佯怒道。

"哎呀……"樊哙这才明白自己失言了，忙连连拱手道："陈爷大人有大量，得罪莫怪。"

"既然你说起此人，我倒想听听此人有何能耐？"纪空手其实很在乎樊哙对自己的看法，因为在他的心里，始终把樊哙当作是自己的朋友。

樊哙幽然一叹道："我之所以将陈爷与他相比，绝没有半点轻视怠慢之意，因为我说的这个人，你必定听过他的名头。"

"哦？"纪空手装得颇有兴趣道："莫非此人如今已是今非昔比，出人头地？"

"我不知道他现在如何，因为我也快两年没见过他了。"樊哙缓缓而道："不过，当他现身江湖之时，总会在这个江湖上留下一串串经典，一串串奇迹，就好像天边划过的那道流星，尽管短暂，却总会留下最耀眼的光芒。"

"我知道了，你说的必是项羽。"纪空手拍手道。他自幼出身市井，对这种装猪吃象的手段从不陌生，此时用来，倒也就轻驾熟。

"我不否认，项羽的确是一个传奇，他以如此年纪统兵百万，凌驾于诸侯之上，成为当世一代霸主，这的确可以让他留名青史。不过，他的成功更多是建立在其前辈所创下的基础上，使得他做起事来事半功倍，比起我所说的这个人来，他仍然有所欠缺。"樊哙微微一笑道。

"这可就让人有些费解了。"纪空手奇道："连项羽都无法与之媲美，难道你说的人是汉王？"

樊哙摇了摇头道："汉王虽然是我的主子，但平心而论，他较之项羽犹逊一筹，又怎能与此人相比？"

纪空手没有想到樊哙竟然会把自己推崇得如此之高，不由大为意外。他的心里微微一动："难道说在樊大哥的心里，我比刘邦还要重要？"

虽然他对樊哙素有好感，但是在这种关键时刻，他绝对不敢将自己的身分暴露给任何人，这并非表示他不相信樊哙，而是他深知，千里大堤总是毁于一个小小的蚁穴，容不得自己有半点疏忽。

樊哙的眼睛望向窗外，那暗黑的夜空中透着一股未知的神秘。

"他叫纪——空——手。"樊哙一字一句地道："我最初认识他的时候，他还是淮阴城中的一个小无赖。那时候，他和现在的淮阴侯韩信是一对很好的朋友，当我第一眼看到他之时，他聪明机灵，脸上总是流露出一种满不在乎的表情，好像天塌下来也不管，一付无所畏惧的样子。他的素质很高，悟性又强，也许是遇到了一个千载难逢的机遇，他和韩信迅速在江湖上展露头脚，成为了当今江湖上风头最劲的人物。我原以为他会最终加入到这场争霸天下的角逐之中，然而他却在风头最盛的时刻退出了江湖，从此销声匿迹，再无音讯。"

他的语气中带着一丝惋惜，还透着一丝解脱。纪空手初时尚不明白，略一沉吟，这才懂得樊哙的这种心境。

的确，如果纪空手加入到这场争霸天下的角逐之中，那么在纪空手与刘邦之间，早晚会有一场生死对决，到了那个时刻，樊哙根本就无法作出自己的取舍。

所以，对樊哙来说，纪空手的失踪，更像是他心理上的一种解脱。

纪空手很想说些什么，最终却保持了沉默，雅间里暂时出现了短暂的沉寂，不过很快便被一串如银铃般的娇笑声打破。

"哟，樊将军舍得到我们五芳斋来逛上一逛，可真是稀客。"一个年约三旬的半老徐娘一身浓妆自门外进来，罗帕轻舞，浓香扑鼻，显得极是亲热地道。

"素闻五芳斋的艳名，早有仰慕之心。只是碍于公务繁忙，所以拖到今日方前来见识一番，林妈妈，把你院里的宝贝姑娘都叫出来吧，让我的客人也开开眼界。"樊哙哈哈一笑，当下给这位"林妈妈"一一作了介绍。

这妇人眼睛陡然一亮道："原来是财神到了，夜郎陈家可是天下间少有的大户人家，奴家今日托樊将军之福，才算真正开了眼界哩！"

这些终日在青楼上打滚的人最为势利，一听说来人竟是夜郎陈家的家主，哪有不竭力奉承的？当下招呼得特别热情，一脸媚笑道："三位稍坐片刻，奴家这就叫人去请姑娘们来伺候诸位！"

樊哙一摆手道："且慢，今日虽然是我首次登门，却已知五芳斋的头牌是谁，你只须将最好的三位给我送上来，千万别找些二等货色来敷衍我，否则，可别怪我樊大爷翻脸认不得人！"

那妇人伸伸舌头，道："瞧樊将军说的，就算奴家不冲着你的面子，单为陈爷，奴家也得找几个绝色的尤物来伺候各位。"

当下她一摇三摆，扭着丰臀款款走了出去。

纪空手心里暗忖，刘邦派樊哙来接待自己，绝不只是来五芳斋寻花问柳这么简单，其中必定另有图谋。

正当他还在猜疑之际，门帘外的走廊响起环佩之声，香风徐来，三名姿态曼妙的女子微笑着跟在那妇人之后，缓缓地掀帘而入。

在妇人的安排之下，三名女子各自坐到了自己的座上。挨着纪空手坐下的是一位二八佳人，长得明目皓齿，秀美清雅，不沾半点风尘之气，竟然像深闺中的大家小姐，举手投足间隐有豪门名媛风范。

樊哙与龙赓不由打量了这女子几眼，心中无不感到诧异，倒是纪空手一怔之下，淡淡一笑道："果然是五芳斋的头牌姑娘，就是与众不同。"

"这么说来，陈爷对小蝶儿还满意啰？"那妇人嘻嘻一笑道。

纪空手微笑道："无所谓满意不满意，不过是逢场作戏，又何必太过认真呢？"

那被唤作"小蝶儿"的女子脸色微变，淡淡而道："看来陈公子是久涉风月之地，是以看破红尘，不相信这世间还有'情爱'二字。"

"'情爱'二字，还是有的，只不过绝不在这风月场所之中。"纪空手打量了一眼，缓缓而道："就像此刻的你我，萍水相逢，哪来的情与爱？如果你我最终只有这一面之缘，岂不是如清风流云，总是擦肩而过？"

小蝶儿深深地看了纪空手一眼，道："你又怎知你我注定了今生只有一面之缘呢？"

"因为我似落花，你若流水，虽然落花有意，怎奈流水无情！"纪空手说这句话时，已浑若一个多情种子。

小蝶儿的俏脸一红，娇嗔道："公子所言有失偏颇，奴家若是流水，你又焉知流水无情？"

此语一出，她满脸羞红，已然垂首，任谁都可听出，她已有芳心暗许之意。

那妇人拍起掌来，未语先笑道："既然郎有情，妾有意，这段姻缘想不成都不行了，诸位爷玩得尽兴，奴家就先失陪了。"

"且慢！"樊哙叫住了她："既然连你都认定这是一段好姻缘，那么这个大媒人我樊某当定了，你不妨开个价吧！"

那妇人顿时哭丧着脸道："那可不成，小蝶儿可是我的命根子，我五芳斋上上下下数十号人就指望着她哩，将军何必为难奴家呢？"

纪空手刚欲出口拦阻，脚尖被什么东西碰了一下。他抬头一看，却见龙赓轻轻地将头移了一下。

他猛然警觉，隐隐觉得有些不对劲，再看那妇人与樊哙的神情，陡然想道："这恐怕还是刘邦设下的局——刘邦苦于无法摸清我的底细，所以就想到了美人计，利用女人来与我亲热之际，在肌肤相亲中验证我是否易容化装过。"

这一计的确高明，如果不是纪空手所用的是天下奇绝的整形术，只此一关，就足以让他露出马脚。也正因如此，只要他闯过此关，刘邦就没有理由不相信他是真的陈平。

纪空手想到这里，微微一笑，任由樊哙与那妇人大唱双簧，他权当在看一出好戏。

事态的发展果然不出纪空手所料,那妇人在樊哙的威逼之下只能同意。紧接着在樊哙的安排下,纪空手拥着小蝶儿进入了一间满是檀香的卧房。当小蝶儿曼妙丰满的胴体一丝不挂地展示在他的眼前时,纪空手没有一丝犹豫,更没有怜香惜玉的心情,以最直接的方式将她压在了自己的身下。

纪空手不是圣人,只是一个心理与生理都已成熟的男人,所以他不会刻意去压抑自己心中的欲火,何况面对如此娇美的尤物,他允许自己放纵一次。

惟有如此,他才能最终博得刘邦的信任。既然有美人送怀,他自然来者不拒!

所以,纪空手放松心情,纵马驰骋,尽情游弋于"山水"之间。当这一切在最狂烈的那一刻中结束时,他昏昏然睡去。

一觉醒来,阳光已从窗户透射进来。

在他的身边,小蝶儿犹在海棠春睡,俏脸上隐见泪痕,眉宇透出一丝慵懒,有一股说不出的撩人。

床上隐见点点落红的遗痕,这一切只证明,昨夜之前,她竟然还是未经人道的处子。

纪空手缓缓地站了起来,轻轻地叹息了一声。

只是一声叹息,既不带一点内疚,也不带一丝怜惜。

然后,他大步向门外走去,头也不回。

这只因为,他对敌人一向无情,即使这敌人曾经与自己有过一夜温柔,即使她是一位处子,他也在所不惜。

对敌人怜惜,就是对自己无情,纪空手坚信这是一句至理。

他走出门时,隐约听到了一声低泣,就在他准备再叹一声时,他看到了一个人。

一个他此刻最不想见到的人!

风,轻轻地吹,如情人的小手,荡过长街,荡过空际,领略着这特有的小镇风情。

只不过是一墙之隔,酒楼的店堂里涌动出令人窒息般的压力。

"呀……"欧元的熟铜子箭在空中一绕,身子有若灵蛇一般,自一根大梁柱前晃过,从数人的头顶上跃过。

他的动作胜在突然,完全是在一种不可能的情况下跃上半空,劲气有若燃起的火线嗤嗤作响,配合着那扭动摆幅的身子,一时间竟然没有人出手阻挡。

毫无疑问,如果不出现任何意外的话,欧元的撤退应该是十分完美的。他抓住了一个稍纵即逝的机会,竭尽全力向窗口标射而去。

窗口有人。

是那个浑如老农模样的老者,古铜色的脸庞上刻下几道皱纹,显示了他对人世沧桑的感悟。

不过，对欧元来说，这种人就算有百十个，也不可能阻挡他的去路——这位老农碰到自己，只能算他霉运当头。

"滚开——"欧元暴喝了一声。

声音如雷，惊动了这位老农，直到这时，他才微微抬起头来。

而熟铜子箭距他的面门不过七尺左右。

但真正在心中感到恐惧的，绝不是这位老农，而是欧元。当他自以为这位老农根本不可能对他构成任何威胁时，他的心里却隐隐感到了一丝不安。

这是一种很奇怪的感觉，对欧元来说，这种感觉绝不该发生在自己身上，却真实地出现了。

这只因为他看到了一只手，一只平空而生却充满力度的大手，对着欧元的熟铜子箭迎锋而来，似乎并不忌惮铜箭的凛凛寒芒。

伴着一声冷哼，这只大手在虚空中不断变幻着前行的角度，眼见手与箭锋相触的刹那，欧元只觉得眼前一花，万千掌影突然幻生而出，让人分不清哪是幻影，哪是手的本身。

"嗡……"一声闷响轻扬，欧元感觉到一股电流般的热力自箭身传来，震得手臂发麻。

"轰……"他想退，却无法退，心中顿生凶兆。当他还没有体会到那种无法揣摸的失落感觉时，已感到了一只大手印在了自己的背心之上。

他已无法再动。

"你是谁?"欧元心中的惊骇已经不能用任何文字来形容，只觉得自己的心好沉好沉，直坠无底的深渊。

这只因为他没有想到，这貌似普通的老农，才是这酒楼中的真正高手。

老农笑了笑，却没有说话，只是将眼睛望向了一飞冲天的维阳。

这酒楼足有三四丈高，是以维阳并没有直接冲向房顶，而是迅速地撞向其中的一道梁柱。当欧元冲出去的刹那，维阳就隐隐感到了一丝不安，所以，他决定把场面搅乱。

扶沧海心中一惊，显然没有料到维阳会有这么一手。当他的长枪宛若游龙般刺向维阳时，却听得耳畔响起一声狂野的爆响。

"轰……"倒塌的梁柱将房顶冲开了一个大洞，四散冲起的沙尘，遮挡住了每一个人的视线。

一条人影从烟尘中冲出，宛若升天的苍龙，维阳要的就是这种混乱。当烟尘一起时，他便以自己为箭，脚踏弦丝，将弓拉至满月，整个身子陡然破空而去。

其速之快，让人瞠目结舌，就连一向以反应奇快闻名的扶沧海，也被这惊人的一幕感到心惊。

"呀……"扶沧海一声轻啸，整个身子有若苍鹰飞空，枪影再起时，却在维阳的身后。

"呼……"维阳在高速飞行之中,铁胎弓依然出手,柔软的弦丝在劲气的充盈下犹如钢针般袭向扶沧海的咽喉。

扶沧海的脸上忽然生出一丝怪异的笑意,整个人在半空停住,陡然下坠。

不可否认,维阳这一系列动作不仅突然,而且流畅,用之于逃亡,显然是经过精心编排与测算的。但对扶沧海来说,如果他真的想将维阳留下,维阳未必就能从这间酒楼中全身而退。

他既已布下杀局,又何必独独放这维阳一马呢?

这并非是因为临到终了,扶沧海心生怜悯,而是因为他需要有这样的一个人,去传递一个信息——纪空手复出江湖了!

在这个时候传递出这样的一个信息,显然是经过了精心策划而为之的,其中必有用意。至于其中的玄妙,恐怕连扶沧海自己也未必能知,他不过是按着红颜的命令行事罢了。

维阳当然想不到这是扶沧海有意放他一马,只觉得背上的压力骤减,心中一喜之下,左脚在右脚上轻轻一点,整个人已如铁锥破瓦而出。

欧元却远不如维阳幸运,此刻的他,受到背后手掌的威胁,已有冷汗从他的额上涔涔而出。

"你到底是谁?"心中的惶急迫使他再问了一句。

老农淡淡一笑,终于开口了:"你何必要问得这么清楚呢?"

"欧某技不如人,栽在你的手上,自是无话可说,不过我不甘心就这样糊里糊涂地死去。"欧元说这句话时,眼眸中流露出一种淡淡的悲哀,似乎已经意识到了自己最终的结局。

"死人是无所谓聪明还是糊涂的,但是,出于人道的原因,我还是应该告诉你我的姓名。"老农淡淡而道:"我姓车,别人都叫我车侯。"

欧元浑身一震,哆嗦了一下道:"好,好,很好,能栽在你的手上,也算未辱没我的名头。"

车侯的眼中已现杀机,但语调依然平静道:"这么说来,你可以安心的去了。"

他的掌心陡然发力,吐出一股强大的劲力,重重地击在欧元的背心之上。

"唔……"欧元闷哼一声,嘴角处顿时涌出鲜血,整个人有若纸鸢一般跌出窗外。

车侯缓缓地回过头来,没有再去看他一眼,因为他对自己的掌力从来充满自信。

当他的目光与扶沧海的眼芒在虚空相对时,两人相视一笑,为各自精彩的表现而欣慰。

这的确是非常漂亮的一战,也是他们归隐洞殿之后复出的第一战。他们对整个战局的驾驭能力远远超出了各自的想象,这使他们对未来充满了信心。

然而,战局并非以完美的形式收场,就在这时,从屋顶的那个大洞中突然掉

208

下了一件东西。

一件充满血腥味的东西，就连车侯与扶沧海这等久走江湖的人看了，也有一种于心不忍的感觉——因为，这竟是一具没有头颅的尸体！

大量的血液从颅腔中喷射而出，腾腾热气显示着死者的死亡时间不久，也许就在刚才的一瞬。车侯与扶沧海一眼看去，就从死者的衣束打扮与他手中紧握的铁胎弓上认出了死者的身分。

死者竟是扶沧海有意放走的维阳！

扶沧海的心中大惊，他十分清楚，自己并没有在这屋顶上布下任何埋伏，那么杀死维阳的又会是谁？

无论是车侯，还是扶沧海，都阅历甚丰，他们一眼就可看出，维阳是在毫无防备之下被人一刀切断头颅的。

维阳绝不是一个弱者，事实上他的武功之高，已可跻身一流，谁的刀会有这么快？这么狠？竟然可以一刀将其头颅斩落！

车侯与扶沧海没有犹豫，迅速交换了一个眼色之后，正要分头行动，却听到屋顶洞口处有人哈哈一笑道："我正愁没有上山入伙的见面礼，想不到有人竟然送到手上了，下面的人，接稳了！"

他话音一落，便听"呼……"地一声，一个血肉模糊的头颅掷了下来，其势之疾，犹如电芒，眼看落地之际，却陡然减速，在地上翻了几个滚儿，停在了扶沧海的脚边。

扶沧海定睛一看，果然是维阳的头颅！维阳的眼睛瞪得很大，脸上露出一种难以置信的表情，僵成一团，让人一见之下无不毛骨悚然。

"房顶上的朋友，何不下来喝一杯？"扶沧海倒吸了一口冷气，抬头望向屋顶那个大洞，朗声而道。

"原本就想叨扰的，既然有人相邀，那在下也就不客气了。"说话之间，众人只觉眼前人影一闪，一个二十来岁的年轻人自洞口掠入，衣袂飘动，十分潇洒地出现在众人面前。

这年轻人落地很稳，姿势优雅而曼妙，甚至连地上的沙尘都不曾扬起半点。他的脸上露出一丝随意的笑，就仿佛刚才杀人的并不是他，他只不过是个云游天下的过客。

"多谢阁下援手。"扶沧海说这句话时，显得言不由衷。虽然对方破坏了自己的计划，使得原本完美的结局出现了一点瑕疵，但扶沧海还是感谢对方能够仗义出手。

"举手之劳罢了，何必言谢？如果各位瞧得起在下，认为在下的这点身手还能为各位出上一份力的话，就答应在下上山入伙的请求。那么从今之后，大家就是一家人，更用不着这般客气。"这年轻人长相虽然儒雅，说起话来却自有一股豪爽之气，酒楼中大多数人都是来自江湖，眼见此人说话痛快，无不心存三分好感。

"凭阁下的身手，无论走到哪里都会有一席之地，我们更是欢迎阁下的入伙，只是在下有一问题欲请教，不知可否？"扶沧海微微一笑道。

"请教不敢，但言无妨。"那年轻人投以同样的微笑道。

"阁下何以会想到加入我们的行列之中？当今乱世，群雄并起，有多少诸侯远比我们更有声势，凭阁下刚才杀人的手段，便是项羽也不敢对你有半点小视，而你却独独选中了我们。"扶沧海的问题十分尖锐，引起众人窃窃私语，更有人已经手按刀剑，只要这年轻人答得稍有不对，必将是血溅五步的场面。

"问得好！"年轻人仰天一笑，继而一脸肃然道："这只因为你们所树的是田大将军的旗号，身为齐人，惟有以死报效！"

他说得慷慨激昂，引起一片喝彩，就连车侯也露出笑脸，甚是欣赏。

扶沧海拱手道："既是如此，敢问阁下高姓大名？大家既成了一家人，我可不想叫不出你的名字。"

众人都笑将起来，同时将目光聚集到了这位年轻人的身上。

"在下常乐，知足者常乐的常乐。"这年轻人的脸上闪过一丝淡淡的笑意，就像是投入湖中的石子，在扶沧海的心里荡起一圈圈涟漪。

刘邦就站在门外的一丛花树下。

他的衣衫微湿，发髻染上了一层淡淡的白霜，双手背负，伫立不动，似乎站在这里的时间已经不短了。

当纪空手推门而出时，他听到了声响，却仍然静立不动，直到纪空手步入他身后三尺时，他才低吟道："春宵一刻值千金，陈爷不呆在佳人身边，却一大清早出来领略这霜寒地冻，真是奇哉？"

纪空手微微一笑道："真正觉得奇怪的人好像不是我，而应该是汉王吧？看你这一身模样，想必已久候多时了。"

刘邦缓缓回过头来，淡淡而道："其实这并不奇怪，本王早就来了，只是不忍心打扰陈爷的雅兴，所以才一直站在这里恭候。"

"汉王找我有事吗？"纪空手怔了一下，问道。

"没事，不过是一时兴起，想找你聊上两句。"刘邦的话显然言不由衷，纪空手并不点破。刘邦以堂堂汉王之身分踏足五芳斋这等风尘之地，绝不可能是一时兴起，也许樊哙昨夜带纪空手来此，便是刘邦事先设好的局也未可知。

纪空手没有说话，只是静静地看着刘邦。

半晌过后，刘邦突然笑了起来道："你为什么会用这种眼光看着本王？难道本王说错了什么吗？"

"你也许没有说错什么，但我却知道，做假你并非行家。"纪空手紧紧地盯住刘邦的眼睛，冷然而道。

"已经很久没有人敢用这种口气与本王说话了，你是一个例外。"刘邦收起了笑容，一脸肃然道："就像没有人可以踏入本王身后三尺之内一样，你知道这是为什么吗?"

纪空手摇了摇头,他懂得在刘邦的面前,能不说话的时候就尽量做到不说话,言多必失。惜字如金的人通常在别人的眼里,说起话来才有分量。

"这只因为我信任你。"刘邦缓缓而道。

纪空手的身子微微一震,淡淡地笑了起来,道:"难道说你曾经对我有过怀疑?"

"是的,本王的确怀疑过你,因为你身上具有的气质很像一个人,而这个人是本王今生最大的一个敌人!"刘邦的眼芒望向纪空手身后的虚空,似有一丝迷茫道。

"你说的这个人就是纪空手?"纪空手显得十分平静,似乎早就料到刘邦会有疑心。

"你怎么知道?"刘邦的眼睛里暴闪出一道寒芒,直逼到纪空手的脸上。

"因为在你之前,樊将军对我也说过这句话。"纪空手不动声色,缓缓而道。

刘邦深深地看了纪空手一眼,沉吟半晌,这才说道:"我之所以打消疑虑,其实理由很简单,你想不想知道?"

"我更想知道你们为什么总是把我和纪空手联想在一起,是因为他和我长得太像,还是因为其它的原因?"纪空手适时地流露出一丝愤怒道。

"你们长得一点都不像,但这并不重要,对他来说,改变成另外一个人的相貌只是小菜一碟,根本不是大问题。我最初之所以对你有所怀疑,只是一种直觉,现在我才明白,其实你与他在气质上的相像,只因为你们都是同一类人,有智有勇,胆识过人,假如你们互为敌人,必是棋逢对手!"刘邦的脸上不经意间流露出一股欣赏之意。在他的内心,一直为自己当年错误的决断感到后悔,不仅失去了纪空手这个朋友,更为自己树下了一个强敌,若非如此,也许这天下早该姓刘了。

所以,当他遇到这个陈平时,就在心里告诫自己:这是一个完全可以与纪空手媲美的奇才! 此时正值用人之际,他绝不允许自己再次错失机会。

他始终认为,作为智者,相同的错误只能犯一次。

"如果是下棋,他绝不是我的对手。"纪空手笑了笑道:"我绝非自负,弈棋论道,舍我其谁?"

"你的确有这个自信。"刘邦也笑了,似乎为解开心中的疑团而感到由衷的高兴。

"不过,我也很想听听你那个简单的理由。"纪空手话锋一转,又回到了先前的话题上。

刘邦望了望纪空手身后不远处的那幢小楼,淡淡一笑道:"其实昨晚的一切,都是我所安排的,那位名为小蝶儿的女子,还是我汉王府中的一名歌姬。我之所以这么做,是因为我始终认为,一个心中有鬼的人,是绝不可能放纵自己的,无论他如何掩饰,都必然会在房事之中有所压抑。而你,显然经过了一

211

夜的放纵之后,征服了你所要征服的女人,从而也赢得了本王对你的彻底信任。"

"这么简单?"纪空手似乎没有料到让刘邦改变看法的理由竟是因为自己昨夜的那一场风流韵事。

"就这么简单。"刘邦微笑道:"在这个世上,有些事情虽然简单,却非常有效,往往在最简单的东西里面蕴含着一些高深的理念,来证明它的正确。"

纪空手听着刘邦这一番富有哲理性的话,细品之下,的确让人有回味无穷。不过,无论刘邦的经验之谈曾经多么的正确,但是这一次,纪空手知道,刘邦错了,而且错得非常厉害。

第十七章
星夜杀机

　　琅邪台上，一片静寂，大雪过后的山巅，已是白茫茫的一片。

　　一缕灯光从一组建筑群中透射出来，远远望去，就像是夜空中的一点繁星，更衬出这百里山脉的僻远与幽静。

　　灯下有人，是田横。在他的面前，铺着一张琅邪地图，在地图中央那个标有"琅邪郡"三字的地方，已被田横用红笔重重画了一个大圈。很显然，他正在思索自己东山再起的第一仗的整个攻防布局。

　　经过这一月时间的造势，他已经具备了与敌人一战的能力。在琅邪山的七八个山谷中，分布着他昔日的旧部与新编的军士，达八万人之多，稍加训练与整顿，已成了一股任何人都不敢小视的力量。

　　更让田横感到信心大增的是，他终于知道了扶沧海的真实身分。怪不得扶沧海具有如此雄厚的人力与财力，原来在他的背后，有纪空手与知音亭作为强大的后盾。

　　想到纪空手，田横的心里油然生出一股敬仰之情。虽然他与纪空手未谋一面，但纪空手踏足江湖所创造出来的一个个奇迹就像一道不灭的传奇深深地刻在他的心里，只要是血性男儿，谁不神往？谁不伸出大拇指来叫个"好"字？

　　在他的心目中，无论是车侯，还是扶沧海，他们都是能力很强的江湖大豪，以他们的武功与个性，绝不会轻易听命于人，可是当他们每每提起纪空手时，都会自然而然地流露出一种真诚，一种自信，和那种发自内心的敬意，这让田横的心中顿生一个愿望:真想看看这位活在人们记忆中的传奇人物到底长得一副什么模样?

有了车侯与扶沧海等人的鼎力相助,琅邪山义军的发展变得紧然而有序。明天,将是义军下山的日子,首战的地点,田横汇集了各方传来的情报消息之后,最终选择了攻打琅邪郡。

他之所以作出这样的选择,是根据琅邪郡现有的兵力与布防状况和其它郡县相比,在实力上要略逊一筹,如果将它作为自己首战的目标,取胜的机率肯定大增。

对于出师之首仗,田横明白,自己只能胜,不许败!此战若胜,不仅可以大振士气,而且可以以琅邪郡为根据地,立足齐地,与项羽的西楚军形成均衡之局;此战若败,则一蹶不振,自己将再也没有为兄报仇的机会。

正因为他东山再起的目的是为了报仇,所以并不担心自己手中的力量最终会被纪空手吞并。当扶沧海向他说明了背景来历时,他反而舒缓了紧张的心情。

因为他需要纪空手的力量来帮助自己抗衡项羽,只有这样,他才觉得自己还有靠山,才可以与项羽周旋下去。

田横缓缓地站到了窗前,双手推窗,一阵冰冷的朔风灌入,令他冷不丁地打了个寒颤。不过,他并没有缩头回去,反而迎风而站。

他需要让自己的头脑清醒!

遥望夜色下的琅邪山脉,群峰伏于脚下,犹如数十头巨兽蛰伏。那远端的苍穹,暗黑无边,谁也无法从中窥出那苍穹极处所昭示的任何玄机。

田横淡淡一笑,他从这暗黑之中仿佛又看到了田荣的笑容,这让他的心里顿时涌出一股悲情。

此时已到三更天,夜已静至极致。

一阵朔风"呼呼"而过,田横心中一怔,仿佛从这风中听到了一些什么。

他几疑这是幻觉,摇了摇头,突然看到这暗黑的夜色里,闪现出几处红艳艳的火光。

他一眼就认出这火光燃起的位置正是自己布署在山谷中的军营。出现一处火光也许是偶然的失火,但一连几个军营同时失火,只能说明人为地纵火。

难道这是大批敌人偷袭,攻入了军营?抑或有奸细混入了军队,蓄意破坏?

田横很快就否定了前一种可能性。琅邪山地势险峻,易守难攻,大股敌人要想在己方毫无察觉的情况下混进山来,基本上没有这种可能。倒是义军在这段时间创立神兵营,广召江湖志士,内中难免良莠不齐,西楚军派入高手进行卧底,这种可能性非常之大。

扶沧海率部在琅邪镇击杀十数名敌人的消息传到田横耳中时,欣喜之余,田横不由得加强了自身的安全防卫。在琅邪台上的主帅营里,戒备森严,在数十名高手的贴身护卫下,形成了十分严密的防护圈。

"来人哪！"田横很想知道到底发生了什么事，所以开口叫道。

门外响起了一阵脚步声，走到门口处，这声音戛然而止。

田横等了片刻，心中诧异，转过头来道："进来吧！"

门外竟然无人应答。

田横顿感不妙，蓦然间，心中生出一股不祥的预兆。

在他的身后，一扇窗户悄无声息地开了，"呼……"一股暗流在空气中骤然而动。

田横想都没想，整个人仿如箭矢般向前冲去，同时掀起桌上的地图，如一团暗云罩向身后。

"嘶……"以锦帛绘制的地图竟被什么东西绞成了缕缕条状，断帛舞动间，"嗤……"一股凛冽的杀气破空而来。

田横拔刀，刀在腰间，在他向前疾冲时，刀就已到了他的手中。

他在前冲时回过身来，已经看清了眼前的一切，一个脸上布满刀疤的黑衣人和一道剑气融为一体，正以闪电之势穿越这段空间。

"宣昂！"田横心中一惊，骤然明白自己遭遇到刺杀。

这是最明显不过的刺杀，因为宣昂就是擅长行刺的大行家。

他是如何混上山的？又怎能轻而易举地到达自己的主帐？自己身边的这些贴身侍卫呢？

田横很想知道这些问题的答案，可是形势迫得他无法多想。刀既在手，他横刀一挡，先行化去了宣昂这来势突然的一剑。

不过，田横并没有因此而感到欣喜，心倒沉了下去。因为他出刀的刹那，竟然感到入手毫不着力，对方的剑上生出一股带有回旋的引力，将自己的刀锋横着带出了三寸。

三寸虽然算不上什么距离，但在高手的眼中，却可以决定胜负，决定生死，田横一惊之下，飞身直退，对方的剑芒如影随形。

剑未至，但锋锐的剑气如千万根尖针入体，让人感到肌肤刺寒。

田横只感到呼吸困难，强大的劲气仿佛将这有限的空间挤成一个密不透风的实体，使他无法呼喊，只能用自己手中的刀来捍卫自己的生命。

宣昂的出现完全出乎了田横的意料之外。在琅邪台上的主帐附近，至少有数十名高手构筑起三道防线，如果没有人接应，宣昂根本就无法靠近，更不用说还能得到刺杀田横的机会。

谁是内奸？田横无法知道。

但他知道项羽终于对他采取行动了，而且一出手便将目标锁定在自己身上，可谓是"打蛇打七寸，擒贼先擒王"。当然，这都是项羽惯用的伎俩，这种刺杀一旦奏效，往往可以收到事半功倍的奇效。

"当……"宣昂的剑沿着刀身而下，咻溜出一道火线般耀眼的光芒，直切田横握刀的手腕。

仓促之间，田横缩刀退让，同时踢出一脚，在光芒的掩护下袭向宜昂的腰间。

"呼……"田横出腿的刹那，还是低估了宜昂的实力。一个敢于刺杀秦始皇的剑客，无论是心智，还是剑术，都是绝对的一流，当然不会让田横偷袭得手，是以田横只看到一道寒芒一闪，腿脚处已是寒气迫人。

他惟有再退！

宜昂无疑是刺杀的大行家，深知刺杀的成败，与刺杀所用的时间成正比。时间用得越短，成功的机率就越大；时间用得越长，很可能就会致使整个行动失败。所以他没有半刻停顿，手中的剑继续漫向虚空，以长江大河狂泻之势，展开精确的追击。

田横的脸色已变，脚下滑动，呈"之"字形游走，眼见宜昂飞身逼入自己身前数尺间，他的脸上突然闪出一丝怪异的笑意。

这笑来得这般突然，的确很怪。

宜昂以惊人的眼力捕捉到了田横神情的这一细微变化，心中暗惊，正自揣摩田横的用意之际，陡觉脚下一沉，整个身体向地面直陷而下。

在这主帐之中，竟然安有陷阱！这显然出乎宜昂的意料之外，也使他明白田横何以怪笑的原因。

"呼……"下坠之中，宜昂虽惊却不乱，依然保持着不同于常人的反应，以最快的速度掷出了手中的剑。

"笃……"剑入帐顶上的一根木梁，嗡嗡直响，奇怪的是，宜昂好像被一股上拉之力一带，不仅止住了自己下坠之势，同时身形一荡，跳出了陷阱。

田横并不因此而感到惊诧，他已经看到在宜昂的手与剑柄之间，有一根丝线般的东西连系着，所以才能让宜昂跳出陷阱。但宜昂跳出了陷阱并不表示他就脱离了险境，当田横划刀而出时，已封住了宜昂进退之路。

不可否认，宜昂的确是一个高手，而事实上田横也绝非弱者，他能在田荣称王的年代登上大将军的宝座，并不是因为他是田荣的胞弟，更主要的原因是他手中的刀绝对是一把杀人的锐器。

刀只有一面有刃，但在田横的手中使出，无一不是刃锋，这只因为他所用的是滚刀式。

滚刀式出，可以封杀八方，宜昂面对着如此凌厉的刀式，第一次感到了一丝恐惧。

"嗖……"他手腕用力一振，企图拉回自己的剑，却猛然感到手上一沉，田横的刀竟然顺着丝线由上而下滑落，直劈宜昂的掌心。

宜昂干脆松开了手中的丝线，双掌发力，在虚空中连拍数掌，当劲力在眼前的空间里形成一组气墙时，他倒射而出，向窗口扑去。

他想逃，只因为他觉得自己错过了刺杀的最佳时机，再耗下去，根本就没有成功的机会。

他始终认为，一个优秀的刺客，并不在于他杀过了多少人，而在于审时度势，可以在逆境之中全身而退。当年荆轲刺秦，曾经名动天下，最终悲壮而死，引起后人唏嘘不已。但宜昂却认为，荆轲是勇士，却不是一个真正优秀的刺客。刺秦失败并不要紧，关键在于他没有在那种险境之下成功逃亡，这不是刺客应有的聪明。

刀，依然以流星般的弧迹直逼宜昂的背心，两者相距只差一尺，田横正将这一尺的距离一寸一寸地拉近。

照这种速度，当宜昂逃出窗口的刹那，自己的刀锋应该可以触到宜昂背上的肌肤。这不是田横乐观的估计，而是他有这样的自信。

所以田横没有眨眼，紧紧地将目光锁定在宜昂背心的一点上，就像是瞄准了一个移动的靶心。

就在宜昂的身体冲出窗口时，刀，以它独有的方式，刺入了宜昂飘动的衣衫之中。

在这一刹那，田横并没有看到他想看到的血影，也没有听到宜昂发出的惨呼，却有一声清脆的金属之音响彻了整个夜空。

田横的心里陡然一沉，手腕一震之下，他看到一把雪白锃亮的长刀贴住了自己的刀锋，就像蚂蟥吸住肌肤般紧紧不放。

能够在瞬间中吸住田横长刀的刀，说明这刀的主人功力之深，可以在刹那间产生一股强大的吸纳之力，单凭这一手，田横就无法做到。

宜昂用的是剑，这刀当然不是他的，像这样的一个高手，难道他潜伏在这窗外，就是为了等待这一瞬的机会吗？

他是谁？

田横还没有时间来得及细想，便见长刀弹起，一道暗影若一只掠行夜空的鹰隼般自肃寒的窗外暴射而入，凌厉的杀气如水银泻地般密布了每一寸空间。

来刀之快，似已经不受空间的限制。田横的反应已是极快，退的速度也不慢，可是当他退到一面帐壁前时，森寒的刀锋已经逼至眉间七寸处。

田横没有眨眼，所以他看到的是一个蒙面的人，那藏在黑巾之后的双眼，就像是寒夜苍穹中的星辰，深邃空洞而无情。

而那刀在虚空中拖出的幻弧，就像是流星划过的轨迹，凄美而短暂，仿佛要结束的，并不只是生命。

七寸，只有七寸的距离，如果用时间的概念来形容它，最多不过是一瞬。

一瞬的时间，对此刻的田横来说，或许，只是生与死的距离——

田横没有死！

他死不了，他相信，这七寸的距离将是一个没有终点，无法企及的距离，所以，对方的刀无论有多快，终究到不了自己的咽喉。

这只因为，在他的眉前，突然绽放出一朵很美的花，花瓣四张，无限地扩大，就像是一道幻影，迅速蔓延至整个虚空。

"轰……"劲气撞击，气浪翻涌，那穿窗扑至的蒙面人禁不住在空中一个倒翻，稳稳地落在了两丈开外。在他与田横之间，平空冒出了一杆丈二长枪。

一杆如山梁般挺拔的长枪，一个如长枪般挺拔的人，除了扶沧海，谁还能像一道山梁般给人以沉沉的压服之感？

那蒙面人的眼中闪出一股惊诧，似乎根本没有料到扶沧海会在这种时候出现在这里。退了一步之后，他情不自禁地惊叫道："你……"

他没有说下去，而是赶紧掩嘴。

"我为什么会出现在这里，是吗？"扶沧海微微一笑道："你想问的一定是这句话，因为你自以为自己的身分很隐秘，并且精心安排了这个杀局，完全可以得到你想得到的结果，却没有料到事到临头，这结果竟然变了，变成你最不想看到的结局。"

那蒙面人点了点头，还是没有说话。

"其实你说不说话，蒙不蒙面，我都知道你是谁，若非如此，我们也不可能破掉这个杀局。知足者常乐，嘿嘿，只怕你今天是难得乐起来了。"扶沧海冷笑一声，叫出了对方的名字。

那蒙面人浑身一震，缓缓地取下了脸上的黑布，摇了摇头道："看来我还是低估了你们。"

"平心而论，你们的布局的确完美，首先让维阳、欧元这一帮人为你们打头阵，然后故意放出一点消息出卖他们，使我们误以为维阳这一帮人就是你们派来行刺田大将军的全部主力，从而放松戒备，让你们有可趁之机。而且为了取信于我们，使得你们的布局更加完美，你甚至不惜杀了维阳，这用心实在良苦。"扶沧海显得非常的平静，虽然此时战局并未结束，但他已将常乐视为了失败者，他坚信，这是不可逆转的定式。

"如果这个计划真的完美，你们就不可能看出破绽了。"直到这时，常乐才发现在这主帐的四周并非如他想象中的平静，而是自始至终充斥着一股杀气，他惊诧自己事前竟然毫无察觉。

"正因为你太想完美了，所以才会产生破绽。"扶沧海笑了："听说过画蛇添足的故事吗？其实你不杀维阳，凭你的身手，依然可以得到我们的重用和信任，可是你一杀维阳，这破绽便出现了。"

"这我就不太明白了。"常乐的眼睛紧盯在扶沧海的脸上道："杀不杀维阳其实都是一回事，为什么就有这么大的区别呢？"

"杀不杀维阳的确都是一回事，但你不该让他一刀毙命。"扶沧海的脸上露出一丝高深莫测的笑意，道："我曾经与维阳有过交手，假如是单打独斗的话，百招之内，我无胜算。而你的刀法虽精，恐怕也很难在数招之内赢我，更别说可以杀得了我。这样一来，你杀维阳就值得让人怀疑。"

顿了一顿，扶沧海接道："要想让维阳一刀毙命，通常只有在一种情况下可以做到，那就是在他全然没有防备的情况下！而要出现这种情况，就只有是他非常信任的人突然下手,才会令他全然没有防备。所以,你自以为自己的身分很隐秘,其实从你杀维阳的那一刻起,就已经暴露了你自己的身分。"

常乐的脸色变得非常难看,如果说扶沧海所言属实的话,那么这半月以来,自己自以为非常严密的计划其实不过是一个不可能完成的任务,它完全曝光在对手的眼皮底下。

他甚至感觉到自己就像是一只猴子,那种被人用绳索套在颈项满街乱窜的猴子,有一种被人戏耍的感觉。

"既然你们早就发现了我的真实身分,为什么直到今天才动手呢?"常乐以一种狐疑的口气问道。

"这只因为我们无法弄清楚在我们的义军队伍中到底还有多少人是你们的奸细,所以我们只有等待下去,直到你们准备动手为止。"扶沧海淡淡笑道:"事实证明了这种等待是有效的,连我都不敢相信,你们的渗透能力竟会如此之强。在短短的一月时间内,竟然派出了五十七人混入我们的队伍中,若非我们请田大将军作饵,只怕还不能将你们这些奸细一网打尽。"

常乐霍然色变道:"难道这些人已然全军覆灭?"

"不,还有你和宜昂,只有将你们两人擒获,这一战你们才算是全军覆灭!"扶沧海傲然而道,手中一紧,挺拔的长枪隐隐发出一丝"嗡嗡"之音。

常乐明白大势已去,今日的一战他注定将接受失败的命运。不过,他仍然心有不甘,突然将头转向田横道:"你今天的运气不错,只要你的运气稍微差上那么一点点,你现在已经是一个死人了,所以,我为你感到悲哀!"

田横哈哈大笑起来,道:"你临到死,仍然想离间我们,证明你的确是一个优秀称职的奸细。但是你想不到的是,我是自愿为饵的,我喜欢这种刺激,更相信你们注定会无所作为!"

常乐的脸红了,却不是因为害羞,而是他在说话之间将自己的内力提聚到了极限。他身为流云斋的高手,绝不会束手就擒,任何想让他灭亡的企图,都必须付出应有的代价。

常乐手中的刀颤动了一下,有如音符跳动,然后才缓缓地上抬,遥指向扶沧海的眉心。

主帐的帐壁突然向外鼓动起来,发出了一阵"噼啪……"之响。

帐内无风,但是帐内的泥土却在缓缓蠕动,随着常乐的剑一点一点地上抬,地上的泥土仿佛在一股气流的旋动下有规律地搏动着,显得那么玄奇,却又是那么地优雅。

但在无形之中,帐内外所有的人都感到一股肃杀的寒意就像意念般不断地扩散,扩散至这无风的虚空。

那是杀意,从刀身流动而出的冰寒若刃般的杀意。刚才还有说话声萦绕的主帐内,此刻变得异常的深沉,出奇的静寂。

常乐的刀依然在缓缓地抬起,却赋予了这空气中的另类活力,那是死亡的气息，无可抑制的战意。当刀乍现虚空之际，就已经表明了这是一场不是你死、就是我亡的战斗。

扶沧海的脸色变了一变，显得十分凝重，还有几分惊异。他虽然知道常乐的武功不弱，却想不到他刀中的气势竟会如此霸烈。

"这是一个强敌。"扶沧海在心里提醒着自己，不得不在行动上更加小心。此时的常乐就像是一头陷入困境的野兽，随时都有可能做出惊人之举，扶沧海必须要提防对方的反噬，甚至是同归于尽的举措。

这绝不是杞人忧天，在常乐的眸子深处，蕴藏的不仅是杀机，更有一种疯狂的野性，犹如冰层下的流水，随时都有可能爆发出巨大的能量。

"项羽能派你来主持这次刺杀，的确有一些眼光。单看这一刀的气势，我真的发觉，刚才我能够不死实在是一种侥幸！"田横笑了笑，脸上丝毫没有调侃的味道。他感到自己的背上竟然渗出了丝丝冷汗，心中似有一些后怕。

常乐淡淡一笑，并没有理会田横，而是将自己的注意力转在扶沧海的身上，不敢有一点大意。

即使帐外传来一阵刀剑互击声，也不能转移常乐的视线，这只因为他已将这一战视为了生平的第一恶战。

一个人能在这种绝境之下尚不失高手风范，理应受到他应有的尊敬。扶沧海微一躬身，大手一紧道："请动手！"

他的话音一落，常乐的身形便如疾箭窜出，刀斜立，幻出一排真假莫辨的刀影劈出。

好快！快得简直不可思议！扶沧海的长枪以快闻名，与常乐的出刀相比，恐怕也是难分伯仲。面对对方如此迅疾的身法，扶沧海心中顿涌一股熊熊战意。

他的长枪一振，若游龙般迎刀而上。地面干燥的尘土跃动不已，随着一道涌动的气流上下窜行，有若曼舞。

常乐的刀在疾进中颤动，眼见就要与扶沧海长枪相撞的刹那，突然定格于空中，虽只一瞬的时间，却让扶沧海产生了一种时差上的错觉。

常乐的刀旋即自一个无可预知的方位上倾斜而出，构成一种让人难以想象的弧度，随着他身形的变幻，竟然让过扶沧海的枪锋，挤入了他身前的三尺范围。

扶沧海心中一惊，为常乐如此古怪的刀招感到诧异。不过，他没有太多的时间来考虑，因为那凛冽的刀气就像是决堤洪水般当胸涌至，让人呼吸急促，几欲窒息。

扶沧海原本可以不去理会常乐的刀，只须用长枪逼向常乐的咽喉，就可化解这必杀的一刀。可是他没有这样做，因为此时的常乐已经无法用常理度之，倘若他不惜生死，不让不退，就很有可能是同归于尽的结果。

扶沧海当然不会与常乐同归于尽，身子滴溜溜地一滑，形同陀螺般旋至常乐的身后，缩枪踢腿，直袭常乐的腰间。

"好！"田横眼见扶沧海如此机变，情不自禁地赞了一声。

"看你能躲到几时！"常乐冷笑一声，反手就是一刀。他这一刀不是攻向扶沧海的腿，而是劈向扶沧海的颈项。

他拼着自己挨上一腿，也要保持自己凌厉的攻势。这种不要命的打法，的确让人头痛得紧，就连扶沧海这等久经战阵之人，也有些束手无策。

他与常乐的武功本就相差无几，换在平时，两人一旦交手，必在百招之外方能分出胜负。而此刻常乐身处绝境，采取这种近似无理的打法，反而在不知不觉中占到了上风，扶沧海闪避之间，竟然连遇险情。

然而，扶沧海就是扶沧海，无论常乐的刀势多么凶猛，攻势多么凌厉，他长枪在手，总是处变不惊，这只因为，他还有一式——"意守沧海"！

常乐一声暴喝，手中的长刀向虚空一扬，刀芒斜下，仿若漫天的星辰，灿烂无比。

"滋……"漫漫的空间如一块巨大的幕布，刀气窜动，撕裂之声不绝于耳，让人心生莫名的悸动与震撼。

"呀……"扶沧海没有犹豫，冲天而起，上冲的速度极快，仿似电芒。当他身形下落时，便像是一团缓缓而下的暗云，徐徐舒展，带出一种明显的韵律。

地上的泥土就像是被猛烈的飓风卷起，向四周散射而出，以黄牛皮制成的帐壁倒卷而上，呼呼直响。

狂风平空而生，不是来自于天地，而是自刀枪相触的一刹那开始漫起，四周的人影开始紧然有序而退，没有呼叫，但每一个人的脸上都凝重而紧张，都被眼前这瞬息而生的景况所震撼。

谁都知道已到了决定生死的一刻，谁也不能预料这会是一个怎样的结局，只能看到那疯狂的风卷起那漫漫黄沙，遮迷了每一个人的眼睛。

在飞舞的沙尘之后，是常乐一眨不眨的眼睛，那眸子里的寒光，犹如寒夜下野狼绽放的凶光。

"轰……"一声巨响，轰然而起，响彻整个琅邪台，引起山谷连续不断的回音。

常乐一声闷哼，如一只夜鹰飞出三丈，稳稳地落在了地面，而扶沧海的人依旧还在烟尘之中。

烟尘在风中飘散，琅邪台上一片静寂，静得连针落之声亦清晰可闻。

田横只觉得自己仿佛被这沉闷的空气窒息了一般，呆呆地站立着，根本不知道这一战的结果会是如何。他的眼睛紧紧地盯住常乐，盯住那烟尘中的人影，希望能得到一个他所希望的答案。

烟尘散尽，扶沧海终于现身，他只是静静地握枪而立，嘴角处渗出一缕艳红的血丝，显得那么凄美，那么恐怖，让人一见之下，触目惊心。

而常乐的刀依然举于胸前，一动未动，两人都没有说话，就这么僵立了一炷

221

香的功夫。这时，扶沧海的脸上突然绽出了一丝淡淡的笑意。

"喀嚓……"就在扶沧海笑的刹那，常乐的双膝突然发出了一声脆响，倒地而跪。他的身躯虽然还是那么笔直，但那眼中的瞳孔放大，已然无神。

他死了，就这么跪地而亡，谁也不知道他是怎么死的，但每一个人都看出了这一战最终的结果。

与此同时，宜昂虽然未死，却已经被人制服，脸色变得十分难看。他似乎没有料到常乐竟然死得这么快，这让他感到了一种恐惧，一种心寒。

直到这时，围观的人群才响起一阵欢呼，田横更是松了一口气。

"大将军，你看这人应该如何处置？"扶沧海深深地吸了一口气，这才指着宜昂道。

田横微微一怔，心里正奇怪扶沧海何以会有此一问，蓦然想到了田荣在世之时下达的一道命令，不由心存感激道："要不是你提醒，我还真忘了这一茬了。家兄在世之时，的确号令三军，要放此人一马，不过，此人一而再、再而三地下手行刺，留下又确实是一个祸根，这实在让人感到头痛得很。"

"齐王在世之时下这道命令，是尊重他当年的所为，以为他是条好汉，才心生怜悯。而如今他投靠项羽，便是我们的敌人，若是擒而不杀，再放他走，只怕让他捡了性命不说，恐还会暴露我们的军情。"扶沧海深知田横对田荣的那份兄弟情谊，只能晓之利害关系，让他定夺。

"杀也杀不得，留又留不住，这倒是一件十分棘手的事情。"田横摇了摇头，望着扶沧海道："照公子看来，该当如何处置？"

"成大事者不拘小节，明日就是大军出师之期，留之有害，不如杀之！"扶沧海毫不犹豫地道。

"可是……"田横迟疑了一下道。

"没有可是，大将军若真想为齐王报仇，就应该果敢决断，不能为了当日齐王的一句话而放虎归山。若是大将军为了一念之仁放走了他，使得琅邪郡事先有了准备，那么明日我们攻城时，就会因大将军这一念之仁而付出惨重的代价！"扶沧海道。

这最后一句话令田横有所触动，他的眉锋陡然一跳，向前迈动了数步，站到了宜昂的身前。

"拿酒来！"他打量了一眼宜昂，然后低声叫道。

当下有人送上两个斟满烈酒的酒碗，一碗递到宜昂的手中，一碗递给了田横。

田横端起酒来，缓缓而道："当年你为了行刺嬴政，不惜自毁容貌，这等英雄行径，一向是我田氏兄弟所敬重的，就为这一点，来！我敬你一碗！"

他看着宜昂默然无言地将酒饮尽，这才咕噜几下喝干了手中之酒，然后将酒碗往地上一摔道："不过，做人当明辨是非。当年你行刺嬴政，是因为大秦暴政，弄得百姓流离失所，民不聊生；而今，项羽的所作所为与嬴政有何区别？你却助纣为虐，为人所恨。那么，就算我今日杀你，你也该毫无怨言！"

宜昂苦于自己身上的穴道受制，不能说话，只能张嘴"唔唔……"几声。

"你说什么？"田横上前一步，凑在他的耳边道。

宜昂刚一抬头，便见一道白光闪过，田横的刀带出凛冽的刀气，以电芒之速切在了宜昂的颈上，血雾溅起，头颅滚地。

田横缓缓地将刀归鞘，脸上一片凛然，沉吟片刻，方缓缓而道："传我命令，三军将士，四更造饭，五更下山，目标——琅邪郡！"

纪空手与龙赓在樊哙的陪同下，进入了汉王府中的花园。

此时虽是隆冬时节，但南郑的气候与夜郎相差无几，是以到处可见花丛草树，绿意盎然，整个花园的建筑形式古雅，别具一格，有假水山池，颇具几分江南园林的韵味。

但就在这美丽景致的背后，却处处透着一股肃杀之气。人到园中，已经体会到了那种森严的戒备。

樊哙凑到纪空手的耳边道："汉王府中，就数这花园最是神秘。许多军机大事都是在这里拟议之后，才发送出去的，是以若非汉王召见，无人胆敢擅入，由此可见，陈爷你在汉王心目中的地位，委实不低呀！"

纪空手微微笑道："樊将军此话可是太抬举我了，我陈平不过是夜郎的一个世家子弟，只会与人下下棋，赌赌钱，开矿办厂。对军机事务却一向不通，汉王又怎会对我重用呢？"

樊哙摇了摇头道："陈爷此话差矣，我追随汉王多年，还从来没有见过汉王待人如你这般周全的，先是替你置办了一座府宅，又从自己府中的歌姬中挑出十二名绝色女子相赠。这等荣耀，便是萧何、张良都不曾有过，陈爷可是身在福中不知福啊！"

纪空手见他眼中露出艳羡的目光，暗忖樊哙为人豪爽，一向视钱财如粪土，想不到一年不见，竟然对名利产生了兴趣，可见这人的变化往往随着环境而变，丝毫不随人的意志而转移。

想到这里，他不由在心中问着自己："我这么继续下去，在别人的眼里，还会是以前的纪空手吗？"

他不知道，也无法知道，不过，他始终觉得，无论自己最终是一个怎样的结局，只要尽心尽力，问心无愧，也就足矣，又何必在乎他人是怎样的看法呢？

"也许因为我是夜郎的客卿，所以汉王才会另眼相待吧。"纪空手淡淡笑道，一抬头，只见一片苍翠竹林里，一座小楼半隐半现，一曲筝音遥传而来，仿如相思女儿的幽咽。

"这是谁弹的一手好筝？如此妙曲，惟有佳人方可弹奏，想必这楼中人定是汉王的亲眷吧？"纪空手心中一动，似是不经意地问道。

樊哙的脸色变了一变，道："陈爷无须多问，这花园中的事情，该你知道的，

223

你自会知道，若是不该你知道的，多问反而无益，这可是汉王立下的规矩。"

纪空手心存感激道："多谢樊将军提醒。"

樊哙看看四周，压低嗓门道："其实在楼中住着何人，我也不知道，像我们这些做臣子的，只须尽到我们做臣子的本分，就不愁没有好日子过，倘若知道了一些不该知道的事情，反而惹祸。"

走过一段廊桥，穿过一片松林，便见一座偌大的阁楼建在一个半岛之上。步上登楼的石阶，两名美婢早在门边恭候。

"樊将军，汉王有令，只召陈爷一人入内，其他人等暂时在此等候。"一名美婢显得彬彬有礼地道。

当下两名美婢替纪空手解下兵器，递上湿巾为他抹脸之后，由其中一人引着纪空手登上了阁楼的顶层。

纪空手一路看去，这座阁楼装饰得典雅气派，墙上挂有字画，桌上摆有古玩，地上铺了不少精美奇秀的盆栽，不失其皇家建筑的风范。

上了楼去，便见楼上摆放了几组方几矮榻，薰香浓浓，沁人肺腑。刘邦斜倚在一张卧榻上，面前的方几上正放着一张信笺。

纪空手赶忙上前请安施礼。

刘邦扶住他道："陈兄不必多礼，本王今日召你前来，不过是想与你闲聊几句，一切随意吧。"

纪空手道："陈平受汉王恩赐，感恩不尽，正想找个机会谢恩哩。"

刘邦让他坐下，吩咐美婢递上香茗，微微一笑道："你我算来也是生死之交，又何必这般见外？倒是你来到南郑已有些日子了，生活上是否习惯？"

"就是无聊了一些，整日里花天酒地，看似热闹，心里却着实空虚。"纪空手哈哈笑道。

刘邦打量了他一眼道："你心中空虚，是因为你没有奋斗的目标。你身为夜郎三大世家的家主之一，钱与女人都不缺，无所事事之下，才会去钻研棋道，等到棋艺冠绝天下，你没有了对手，岂非又感到无聊？"

"知我者汉王也。"纪空手听出了刘邦的弦外之音，却故意装出一副糊涂相："所以我才会追随汉王来到南郑，希望能够助汉王打拼天下，借助汉王的庇护，使我夜郎不受灭国之虞，从此天下太平。"

"你能这么想，倒不失为夜郎王的忠臣。"刘邦的眼睛变得深邃起来，紧盯住纪空手的脸道："当今的夜郎王，虽是仁义之君，终究能力有限，不足以独当一面，陈爷是否想过取而代之，成为新的夜郎王呢？"

纪空手心中一凛，知道刘邦终于说到正题了。自从他到南郑之后，刘邦不惜以财色笼络，显然是想将他收归于己用。但纪空手没想到刘邦为了让自己死心塌地效忠于他，竟然以权势相诱，这一手可谓是老辣之极，但凡男人，只怕谁也无法抗拒这种诱惑。

"这种大逆不道的事情，我连想都不敢去想，汉王休要再开这种玩笑了。"

纪空手连连摆手道。

"以你的家世,你的才能,其实完全可以成为夜郎王,这绝不是一个玩笑。"刘邦一脸肃然,缓缓接道:"你难道没有听说过这么一句话吗?'王侯将相,宁有种乎?'当今乱世,无论项羽、韩信,还是本王,换在三年前,谁又曾想到自己今生还可以争霸天下?所以只要你有心,再加上有本王的鼎力支持,这个目标绝对不难实现。"

纪空手心里明白,只要自己表露出有当夜郎王的野心,刘邦就会完全相信自己对他的忠诚。因为在这个世上,只有在互惠互利的前提下,这种合作才会永久,这也许就是刘邦的处世原则。

纪空手故意沉吟半晌,这才抬起头来,望向刘邦道:"你为什么要支持我?对你来说,谁当这个夜郎王并不重要,所以我想知道这其中的原因。"

刘邦嘴角露出一丝笑意,因为他知道,只要对方提出这个问题,就说明已经动心,所以他不疾不徐地沉声道:"因为本王有求于你。"

第十八章
知行合一

　　纪空手一脸狐疑道："有求于我？我除了在棋道上略有小成之外，其它可是一事无成。"

　　刘邦双手背负，踱到纪空手的身前道："你太谦虚了，在本王眼里，你不仅智勇双全，而且博学多才，是才堪大用的人才。本王之所以能够走到今天，身居汉王之位，你可知道是什么原因吗？"

　　"这只因为汉王乃真命天子，天数已定，是以能够成就大业。"纪空手对这个问题也颇感兴趣。

　　刘邦摇了摇头道："你只知其一，不知其二。要成就大业，单凭一人之力是万万不行的，必须要有一批可以辅助自己成就大业的人才。在运筹帷幄、决策千里这一方面，我不如张良；在镇守城池，安抚百姓，后勤粮草方面，我不如萧何、曹参；在统军作战，排兵布阵上，我又不如樊哙、周勃等人。这些人无疑都是人中俊杰，在他们所熟悉的领域里都比我精通、擅长，但是我知道他们的长处，能够合理地将之一一任用，归为我用，这才是我能够走到今天的真正原因。而你，也是他们其中之一，我需要得到你对我的辅佐。"

　　纪空手心里怦然而动，直到这时，他才明白刘邦能够在这乱世之中迅速崛起的原因。面对这样一个绝顶聪明的人，作为他的敌人，纪空手不知自己是幸运，还是一种悲哀。

　　他真的无法知道，他一直以为，自己是非常了解刘邦的，可是经过了这段时间的近距离接触，他才发现，越是了解刘邦，就越是感到了刘邦的强大与可怕。

"那么，我可以为你做些什么呢?"纪空手不敢再想下去，而是深吸了一口气，这才缓缓而道。

他原以为，刘邦之所以利用陈平，就是想利用陈平勘探矿山的技术来挖掘出登龙图中的宝藏，但是刘邦说出的一句话却让纪空手大吃了一惊。

"杀人，去杀一个真正的顶级高手! 除了你与龙赓二人联手之外，本王根本想不出还有谁可以对付他。"

刘邦一边说着，一边从方几上拾起那张信笺，一点一点地将之撕成碎末。

一阵风吹过，这碎末飞旋而去，飘上天空，就像一只只翻飞的蝴蝶。

"一个需要你我联手才能对付的高手，在这个世上，好像并不多见。"

"的确不多，最多不会超过十个!"

"这十人当中，除去一些早已归隐江湖的人，好像剩下的不过三五个。"

"确切地说，是三个!"

"哪三个?"

"项羽、韩信和刘邦!"

"刘邦当然不在此列，那么在项羽和韩信之间，你认为会是谁?"

"我不知道，不过，三天之内，这个答案就会出来。"

"为什么要等三天?"

"因为刘邦已经布下了一个局，一个非常精妙的杀局，只要这个人一出现，他就死定了。"

——这是一段对话。

是纪空手与龙赓之间的对话。

他们在进行这段对话的同时，一件意想不到的事情发生了。

腊月十八，大寒。

今天是第二批铜铁运抵南郑的日子，在樊哙的陪同下，纪空手与龙赓策马向城外的军营而去。

偌大的军营里，同时支起了数百座火炉，"叮叮当当……"之声不绝于耳，上千名工匠在铸兵师的带领下，正在赶制兵器，整个军营热火朝天，气氛浓烈，仿佛闻到了一股战火硝烟的味道。

一队队整齐划一的将士从纪空手他们面前走过，到了卸货的货场，下货、过秤、点数……数百人更是忙成一片。

樊哙引着纪、龙二人到了一座营帐之中，一名负责查收铜铁的校尉迎了上来，恭身行礼道:"陈爷来了，刚才随这批铜铁到了一名夜郎信使，指名要见陈爷，小人不敢怠慢，派人将他带到府上去了，陈爷难道没碰着人吗?"

纪空手一脸诡异道:"没有啊!"

227

那名校尉道："听那位信使的口气，好像是有要事相禀。既然陈爷来到了大营，小人再派人将他请回。"

纪空手双目余光瞟到樊哙一直在注视着自己，摆摆手道："不用了，待查收了这批铜铁的数目再回吧。"

樊哙忙道："既然陈爷有事要忙，这边的事搁一搁也不打紧，我们还是先回城吧。"

纪空手心中暗忖："这可奇了，来人若是夜郎王派来的信使，不知所为何事？"他隐隐觉得此事有些蹊跷，不得不谨慎从事。

他之所以心生疑意，也是有一定道理的：如果来者真是夜郎王派来的信使，按照定例，他应该先行见过刘邦之后，才能再见自己，以示正大光明，同时也行了国与国之间的礼仪。而来人全然不顾礼仪，就只有两种原因，一是事情紧急，二是来者根本就不是夜郎王派来的。

如果是第二种情况，那么来人是谁？知道自己真实身分的人只有陈平，难道说……

他没有再想下去，当下与樊哙、龙赓匆匆离开军营，向城里而去。

当他赶回宅第，进入大厅之时，远远望见厅中坐有一人，只看背影，纪空手的心里便"咯噔"了一下。

他怎么也没有料到，这名信使竟是后生无！

这的确大大出乎了纪空手的意料之外。

后生无并不知道纪空手整形成陈平这件事，那么他这次找上门来，所找的就不是纪空手，而是陈平！

后生无此时的身分，已是富甲一方的豪商，他若要找陈平，完全可以凭这种身分登门拜访，又何必冒险化装成信使呢？

这令纪空手隐隐感到不安，苦于樊哙还在身边，他又不敢贸然进去相问，只得与龙赓递了一个眼色。

"樊将军，你还有事吗？如果没事的话，你恐怕只能到此止步了。"龙赓伸手将樊哙一把拦下。

樊哙怔了一下，尚没回过神来，却听龙赓又道："来人既是夜郎王的信使，他见陈爷，必是事涉机密，樊将军若在场，只怕不妥吧？"

这个理由的确充足，樊哙只能告辞而去。等到樊哙去远，纪空手让龙赓负责把风，这才进得厅去。

后生无赶忙起身见礼，寒暄几句之后，纪空手脸色一沉道："阁下冒充我王信使，该当何罪？"

后生无不慌不忙道："纵是死罪，我也必须如此，因为只有这样，我才能尽快见到陈爷！"

"你急着找我，莫非出了什么大事？"纪空手心里更是不安，脸上却不动声色。

"我不知道,我只是受人之托,想带陈爷去见一个人。"后生无的目光紧紧地盯在纪空手的脸上。

"谁?"纪空手道。

"陈爷去了就自然知道。"后生无道。

"如果我不去呢?"纪空手冷然道。

"他只让我转告陈爷,若是不去,你一定会后悔。"后生无不动声色地道。

纪空手沉吟片刻,淡淡一笑道:"我当然不想日后后悔,现在就去吗?"

后生无点了点头,就着茶水在桌上写了三个字:风满楼。

风满楼——

一家酒楼的名字。坐落在城南的闹市街口,这里商铺民宅鳞次栉比,错落有致,极具规模。

而风满楼前临大街,后靠落花溪,景致极美,的确是一个品酒休闲的所在。

纪空手以龙赓与后生无为饵,引开了一些耳目之后,翻墙出了府,转过十几条街巷,确信身后无人跟踪之后,才踏入风满楼。

此时正是午后,用膳的时间已过,楼中并无几桌食客。纪空手按照后生无的约定暗号坐到一张靠窗的桌前,便有人将他带到楼后的一条小船上,沿着落花溪行出里许,登上了一艘豪华画舫。

他一踏入舱内,便迎上几人恭身行礼,纪空手心中大吃一惊,——看去,竟是土行、水星、公不一、公不二等人。

神风一党竟然悉数到齐!

纪空手此时心中的惊骇,真是到了无以复加的地步。虽然他还不清楚到底发生了什么大事,但他的心里,仿佛被一块大石紧紧压住,好沉、好沉,沉得他几乎难以承受。

出于一种默契,谁也没有开口说话,土行指了指通往内舱的一扇门,纪空手点了点头,踱步过去。

他站在这扇门前,几欲抬手,却又放下。正当他深深地吸了一口气时,却听到门里传来一个十分熟悉的声音:"进来吧!"

纪空手的心里好生激动,不知为什么,每当他听到这个声音时,他的心里总会流过一股淡淡的温情。

里面的人竟是红颜! 其实当纪空手登上这艘画舫时,就已经猜到了这个结果。他之所以不愿意相信,是因为他心里清楚,如果来者真是红颜,那么洞殿方面一定出了大事,否则她绝不会冒险来到南郑。

推门而入,纪空手首先闻到的是一股熟悉而诱人的淡淡幽香,抬眼望去,只见佳人站在舷窗之前,姿态优雅,婀娜娉婷,如花般的面容略显憔悴,令纪空手顿感心疼不已。

她没有说话,只是把一双俏目紧紧地盯在纪空手的脸上,双肩微耸,显示着她的心情并不平静。

纪空手深情地看了她一眼，微微一笑，终于张开了双臂。

红颜迟疑了一下，终于不顾一切地奔了过来，投入了他的怀抱。火热的娇躯因为兴奋和激动而颤抖着，让纪空手更生怜惜。

纪空手嗅着她淡淡的发香，爱怜地道："你瘦了。"

红颜只是紧紧地搂紧着他，几乎用尽了力气，好像生怕自己一松手，纪空手又会从眼前消失一般。

纪空手轻轻地拍着她的香肩，柔声道："你怎么知道我在南郑？莫非你已经拆掉了第二个锦囊？"

红颜点了点头，深埋在纪空手的怀里，啜泣道："若非如此，我又怎么知道你已代替陈平混入汉王府呢？更不会一看到你，就扑到你的怀里。"

纪空手浑身一震，道："这么说来，洞殿那边果然发生了大事？"他之所以会这么问，是因为要拆开第二个锦囊的前提，必须是在洞殿发生了大事之后。

由于"夜的降临"计划必须在一种绝密的状态下进行，所以纪空手不敢对任何人泄露有这个计划的存在，只是为了以防万一，他才最终将一小部分计划写入锦囊中，希望红颜能在万不得已的情况下可以找到自己。

这也是神风一党子弟不知道这个"陈平"真实身分的原因。

红颜缓缓地抬起头来，泪水从眼眶中流出，道："是的，虞姬在回霸上的路途中，突然失踪了。"

"什么？！"纪空手犹如五雷轰顶，整个人仿佛呆了一般，半晌才回过神来道："怎么会这样？"

"她替你生下儿子之后……"红颜刚刚开口，纪空手一把抓住她，惊道："什么？！她为我生了个儿子？！"

他的眼睛紧紧地盯着红颜的眼睛，感到有一股热泪夺眶而出，说不出自己此刻的心里是喜是忧。这种悲喜交加的心情犹如一座大山蛰伏，让他的神经绷至极限，脑海中已是一片空白。

红颜啜泣着道："她自从生下孩子之后，就一心想回霸上看看父母。我拦她不住，就派人护送她回去，谁知走到半路上，他们就平空失踪了。经过几番打听才得知，她和孩子都被刘邦的人送到了南郑，我这才率人匆匆赶来。"

纪空手默默地听着，只觉得自己的脑子从来就没有如此乱过。无论是谁，当他刚刚尝到得子之喜，转瞬便经历失子之痛，这种打击对任何一个男人来说都是地狱的炼火。更何况纪空手所爱的女人尚在仇人之手，这使得他突然感到有一股巨大的恐惧正漫卷全身，倍感世事的残酷。

此刻的纪空手，需要冷静，然而，他却无法使自己尽快冷静下来。正因为他是一个市井浪子，从小无父无母，所以对亲情与友情才会看得如此之重。当他听到自己竟然已有了儿子的时候，甚至感到了自己生命的延续，同时感到了为人夫、为人父的职责。

"我一定要救出她们母子俩，无论付出多大的代价！"这是纪空手心中惟一的一个念头。

他深深地吸了一口气，擦去脸上的泪水，却听到红颜喃喃而道："这都怪我，我怎么也没有想到，刘邦会如此费尽心思地来对付我们。"

纪空手将她拥入怀中，摇了摇头道："这不怪你，要怪，只能怪我们遇上的是一个可怕的对手。我一直算漏了一着，那就是以卓小圆换出虞姬这李代桃僵之计，刘邦也是知情者。他正是利用了这一点，算到虞姬终有一日会因为亲情而回到霸上，事先作了布署。嘿！嘿！他实在很有耐心！"

他近乎神经质地冷笑了两声，眼中似乎流露出一股不可抑制的怒火。

"我们现在应该怎么办？"红颜问道，她伸出柔荑，将纪空手的大手抓起，贴在自己的胸前，希望能藉此让纪空手理智一些，冷静地思考问题。

纪空手感激地看了她一眼。在他的心里，不仅把红颜视作是自己的爱人，更是知己，有妻如此，夫复何求？

一刹那间，当他的手触摸到红颜心跳的搏动时，忽然间感到自己的灵台一片空明，心境若一口古井，水波不兴，不起半点涟漪。

他的意识仿佛走入了一个空山幽谷，步进一个宁静而致远的意境，一切的思维在刹那间变得异常清晰。

"如果你是刘邦，你会怎样处理这件事情？"纪空手凑到红颜的耳际道。

红颜见纪空手恢复了常态，心里着实高兴，微微一笑道："我绝不会是刘邦，所以无法知道！"

"我也不是刘邦，可是我却知道，因为我忽然想起了刘邦对付韩信的手段。"纪空手的眼神显得十分深邃，空洞中带出一种宁静："韩信虽然背叛了我，却对凤影十分痴情。刘邦正是看到了这一点，才会在项羽面前举荐韩信，让他最终坐上了淮阴侯的位置。而与此同时，他却将凤影软禁在自己的身边，藉此达到控制韩信的目的。"

"你的意思是说，虽然虞姬母子落入了刘邦的手中，其实只是有惊无险，根本没有性命之虞？"红颜的眼睛一亮，惊问道。

"对，这合乎刘邦的性格和行事作风。"纪空手变得十分冷静，与刚才相比，简直判若两人："刘邦一直把我当成是他最大的敌人，所以才会煞费苦心，不惜人力和时间来布局。他既然抓到了虞姬母子，当然不会一杀了之，反而会好好善待她们，一旦有朝一日他与我正面为敌的时候，就可以用她们来要挟于我，迫使我就范，这才是他所要达到的目的所在！"

"可是……"红颜心中仍然十分担心，毕竟让虞姬母子落在刘邦手里，就如同进入狼窝，便算没有生命之忧，也总是让人难以放心。

"其实，此事看上去是一件坏事，细细一想，又未曾不是一件好事，也许这就是上天注定了要助我一臂之力！"纪空手胸有成竹地道："你想，刘邦有了虞姬母子在手，料定我必然投鼠忌器，就自然会放松对我的防范。这样一来，我计划的成功机率岂不大增？"

"只是这未免太委屈了虞姬母子。"红颜想到那才两三个月大的孩子，心中一酸道。

纪空手心中一痛，甩了甩头道："我也想过，此时若贸然动手，就算我们知道了她母子的软禁之地，成功的机会也不大。一旦他们用她母子来要挟，反而会弄巧成拙，害了她们。与其如此，我们倒不如等待下去，只要我的计划可成，她母子自然无虞！"

"我相信你！"红颜俏目一闪，将头埋进了纪空手的怀里。

她没有看到，此时的纪空手，脸上流露出更多的是一种父爱般的温情。

初为人父，大多如此，纪空手又怎会例外？

正因为他是性情中人，心中有情，才能做到胸怀天下，世间的英雄岂非都是如此？

红颜走了。

后生无却留了下来，以夜郎信使的身分，兼管铜铁贸易。

他仍然不知道这个陈平就是纪空手所扮，但他却遵照红颜的命令，竭力效忠于这个陈平。因为他相信，这个陈平一定与纪空手有着某种关系。

送走红颜之后，纪空手晚上便做了一个梦，梦见了虞姬和那个孩子。当他惊醒过来时，发现自己浑身都是冷汗，他便知道，无论如何，自己都该去见见虞姬和这个孩子。

这是他心中的一个牵挂，他不能带着这个牵挂施行自己的计划，稍有失误，他很可能就会置身于万劫不复之境。

拿定主意之后，他的脑海里便冒出那半掩于竹林的小楼，那仿如相思女儿幽咽般的筝音，那楼中的人是谁？如此神秘，何以连樊哙也不知道底细？

纪空手的心中一动："莫非虞姬就被刘邦软禁于那小楼里？"

这并非没有可能，花园既然是汉王府中的重地，戒备又是如此的森严，刘邦要软禁她们，这花园当然是首选之地。

可是这花园的布局十分紧凑严密，只要在几个重要的位置上配以一两名高手，加上数十个暗哨，整个防护布局就像一个巨大的蜘蛛网一般，牵一发而动全身。

虽然纪空手只进过花园一次，但一进一出，他已经对刘邦的布局有所了解。当他凭着记忆确定了自己出入的路线之后，他叫来了龙赓，将自己的这次冒险计划和盘托出。

龙赓马上意识到了纪空手的这次行动近乎于玩火，且不说纪空手能否进得去、出得来，一旦身分暴露，那么他们的一切努力都将前功尽弃。

"你能不能再考虑考虑？"龙赓希望纪空手能够改变主意。

"我已经决定了。对我来说，她们之中一个是我的爱妻，一个是我的孩子，就算我不能救她们出来，但至少要让她们知道，我就在她们的身边，并没有把她们忘记。"纪空手摇了摇头，眼中露出一股坚决的神情。

龙赓知道纪空手不是一个冲动的人，他既已决定，那么就会有他的理由。所以他只是拍了拍纪空手的肩，道："我和你一起去，这样一来，至少可以相互照应。"

"你就是不说，我也要你助我一臂之力。"纪空手心存感激地道："因为我已经想到了一个行动的方案，可以让我们此行的危险降到最低。"

龙赓附耳过去，听着纪空手一阵耳语，脸上渐渐露出了一丝笑意："好，就这么办，我们立刻行动。"

"不。"纪空手伸手拦下他道："今天太晚了，明天二更过后，我们开始行动。"

夜很深，如一潭深不见底的死水，根本不可揣度；夜也很静，静得就像是独守深闺的处子，始终无言无语。偶尔透出少许的灯光，映衬出那灯影之外的空际更是暗黑。

今夜，的确是一个适宜夜行的天色，伸手不见五指，只能感受到那清爽的风在头上窜动。

纪空手之所以要将行动改到今晚，还有一个重要的原因，那就是明日便是刘邦约定的杀人之期的最后一天。如果说这杀人之期不变的话，刘邦的注意力应该在明日杀局的布置上，而不在花园。

纪空手与龙赓相继潜入了汉王府内，迅若狸猫般爬上一棵靠近花园的树顶。借着高处向下俯瞰，依稀可以辨得花园中的一些暗哨明卡的分布。

入夜之后的花园，戒备比白天更加森严，一组紧接着一组的兵丁四下巡逻，每一组还牵着数条恶犬，若不是纪空手事先有所防备，洒上了丁衡遗留下来的香粉，只怕他们连花园也休想进去。

此刻的纪空手，已经完全不像昔日风度翩翩的纪公子，而像是一只生存于黑暗之中的精灵，他浑身上下着一身紧身玄衣，就连脸上也涂满黑炭，蛰伏于黑夜之中，与夜色融为一体。

惟一可以和这暗黑区分的，就是他清澈的目光，缕缕寒芒穿透夜色，洞察着这花园中的一切动静。

他之所以这般谨慎小心，是因为这是他一生中少有的几次没有底气的行动之一。他深知汉王府的花园就像是巨兽张开的大嘴，只要稍有不慎，随时都有可能被这张大嘴吞掉，连尸骨也荡然无存。

冷静地观察了大半个时辰之后，纪空手与龙赓对望一眼，在确定对花园的地形有了充分的了解时，纪空手开始了行动。

纪空手的步伐轻而快捷，整个人就像一道清风，悄无声息地进入了花园。他所选择的入口距那座半掩于竹林的小楼最多不过百尺之距，但是要想从容过去，实不是一件容易的事情。

夜色依然很暗，但纪空手的目力似乎有一种穿透力，可以看到数丈之外的东西。他只不过走了十数尺远，已经让过了三支埋在树下的弩箭，避开了数处钉锥阵，甚至从两名暗伏于树冠中的敌人眼皮底下溜过。

他不得不承认，这花园的戒备是他所经历过的最森严的一种，比及赵高的相府，更要严密数倍，这让他感到，这花园中有太多不可预知的秘密，否则刘邦也不会如临大敌般布下这么精密的防卫。

在小心翼翼地前行到竹林边时，纪空手不敢再向前跨出一步，因为他似乎突然间意识到了一种危机。

这是一种感觉，是一种连他自己也无法说清的直觉，有点近似于野兽面对危机时所表现出来的本能。当他仔细地观察着这竹林中的动静时，终于发现，在这片竹林里，每一根竹子的枝叶都被一种细丝密密匝匝地绕行串连，只要一有动静，这细丝就可以将讯息最快地传到守卫者的耳中。

这似乎已成了一道不可逾越的防线，纪空手此刻的武功修为几臻化境，但他面对这密密匝匝的细丝，也无法保证自己在不触碰到这些细丝的情况下穿过这片竹林。

不过，纪空手并没有泄气，他很快就想到，这竹林里既然有楼，当然要有一条可供出入的道路。

他凝神想了一想，然后重新审视了一下地形，朝向西的一面竹林潜伏过去。

这面竹林明显要比其它三面的竹林稀疏得多，间距之大，完全可以供人出入穿行。

纪空手刚欲迈入，却又停了下来。他认出这面竹林好像摆出了一种阵式，贸然闯入，恐怕也是有去无回。

书到用时方恨少，直到这时，纪空手才深刻地理解到了这句话的涵意。

五音先生除了在六艺上有其惊人的成就之外，对其它的一些门道也略有了解，其中就包括了各种阵法，虽然谈不上精通，但也能说得头头是道，切中利弊。纪空手曾经跟他学过两天阵法，只因后来形势有变，这才放弃。

此时他望着眼前的阵式，只能暗自叹息，眼见自己成功在望，却被这一片竹林坏了大事，对纪空手来说，的确是个不小的打击。

正在懊恼之际，他仿佛听到从另一个方向传来一丝动静。心中一惊之下，他收敛内息，潜伏到竹林边的一块大石之后。

有风，很轻很轻，随着这风儿传来的，是一股不同寻常的气息，纪空手虽然看不清来人的模样，却清晰地感应到这股气息在虚空中的方位。

他很清楚，拥有这股气息的人，绝对不是普通的高手，其实力应该不在自己之下。若非自己刻意关注而对方却在运动，自己根本难以感觉到这股气息的存在。

"来人是谁?"纪空手心中有几分骇然，想不到在这汉王府中还藏有如此等级的高手，但是他凝神倾听了片刻，又觉得对方沿着这片竹林绕行，显然也是在寻找出入口。

"敢情他与我一样，也是不请自到的不速之客？"纪空手心中暗忖，不由精神一振。他从对方的行迹中可以看出，此人好像对这竹林似乎并不陌生，很快就找到这面的竹林，显然是有备而来。

此时两人相距最多不超过三丈，纪空手完全闭住了呼吸，仅靠浑身上下的毛孔维系生机。但那人的一举一动，纪空手只凭直觉，已如亲见一般，丝毫没有任何的遗漏。

那人站在竹林外犹豫了片刻，迅即窜入林中。纪空手默数着他踏出的方位与步数，算出他走到一半时，这才站起身来，蹑足跟在其后。

几乎花费了一炷香的功夫，纪空手左转右闪，终于踏出了这片竹林，那半掩于竹林的小楼便完全出现在他的眼前。

这小楼不高，却非常精美，淡红的灯光从窗纸透出，小楼中的人尚未入睡。

而小楼的四周，有假山流水，一丛丛的花树藏于灯影里，涌动出一道道似有若无的气息，说明这小楼外的戒备依然森严，要想潜入楼中，看来还须费些功夫才行。

在纪空手的目力搜寻之下，终于发现比他先入林的那条暗影正伏于一座假山之上，一动不动，显得极有耐心。

纪空手知道时间对自己的重要性，不敢再耽搁下去，心中暗道："这位仁兄，不管你是敌是友，今日却要得罪你一下了。"

他信手拈起一颗豆大的石子，手上略带一股回旋之力，"啪……"地一声弹出，便见这石子破空飞去，飘忽地改变了三次方向，击在了假山上。

他这出手颇有讲究，用强势的玄铁龟异力分出三种迥然不同的力道，一旦弹出，别人根本无法判断这石子弹出的方向。

异声一响，陡然间小楼四周蓦起杀机，"嗖嗖……"之声顿起，四五支弩箭已然破空。同时有六条人影自花木的暗影中闪出，向假山方向飞扑而去。

那伏于假山上的暗影骤然起动，寒芒一闪，剑光劈出了道道气墙，疾速地向来路窜退。

纪空手不敢犹豫，提气一冲，整个人如夜鹰般滑过空际，悄无声息地来到了小楼楼角，看准落脚处，身形一翻，已经上到了楼上的楼廊上。

他照准那透着灯光的窗口往里望去，只见这房里除了帘幔低垂的床榻之外，还有梳妆所用的铜镜等一应物什，一台古筝架于窗前，淡淡的檀香缭绕在整个空间。

纪空手的心中一阵狂动："莫非这楼中女子真是虞姬？檀香古筝，都是她喜好之物。"他的眼芒再闪，便见一个丽人的背影斜靠在另一扇窗前，体态窈窕，长发乌黑，这一幅图画现出，有一种说不出的寂寞与孤独。

他再也无法让自己冷静，抬手一拍，震断窗格，便欲翻身跳入。

就在这时,那丽人闻声回头,长发旋动间一张清秀而淡雅的面容终于跳入了纪空手的眼帘。

纪空手大吃一惊,因为他没有想到,这丽人竟然不是虞姬。

她也许比不上红颜的雍容华贵,比不上虞姬的万千风情,更不能与卓小圆的风骚媚骨相比,可是她却另有一番清纯浪漫的气质,眉间淡淡的一点忧伤,令她浑似山谷中的幽兰,一派清新自然。

她头上的秀发蓬松而柔软,如瀑布般流畅,配合着她修长曼妙的身段,纤细的小蛮腰,修长而无瑕的颈项,洁白的肌肤,都构成了那种让人神为之夺、魂飞天外的艳丽,两只又深又黑的眸子秋波流盼,就像是会说话的星星般动人至极。

这女人既然不是虞姬,那么虞姬呢?

纪空手还没有来得及细想,陡然感到在窗户的两边都有杀气迫至。

"嗤……"剑气刺空的声音,如利刃裂帛,纪空手显然没有想到在这楼中还有埋伏,身形一沉,已经退出了窗外。

"蓬……蓬……"窗户两边的木壁裂成了无数碎块,若箭雨般袭向纪空手,同时两道黑影若大鸟般闪出,紧随这些木块之后现身于廊道之上。

纪空手一让之下,霍然心惊,敌人选择破壁而出,却没有选择从窗口追出,显见经验十分丰富,那凌厉的剑气漫天而起,更表明这两人的武功之高,已可跻身一流。

双剑合璧,互补长短,浑似一个攻防的整体,向纪空手的空间挤压过来。

纪空手并非不能破敌,而是没有时间让他破敌。既然楼中的人不是虞姬,那么他今夜的行动便变得毫无意义。

"啪……"他的手臂一振,单掌拍出,劲气与迫来的剑气一触间,他已翻身下楼,根本就没有与人一战的打算。

"嗖……嗖……"两声惊烈的弦响过后,两支劲箭似是从另外的虚无空间里冒出,标射向纪空手的眉心。

纪空手本可置之不理,迅速退避,可是当他刚要起动身形时,却临时改变了主意,手掌虚抓,产生出一股吸力,竟然空手捏住了这疾射而来的箭矢。

他花费这点时间来做这件事情,在这争分夺秒的形势下,未免有些不智。但纪空手有自己的想法,他需要武器,却不能动用飞刀,为了保证自己的身分不被暴露,他急中生智,权当这双箭为双刀。

就耽搁了这么点时间的功夫,身后的那两名剑客厉叱一声,一左一右地对纪空手形成了夹击之势。

纪空手这才知道这两名剑客竟是女子,心中不由奇道:"据我所知,问天楼下的白板会与幻狐门盛出女子高手,在九江郡时的殳枝梅以及卓小圆都是其中的佼佼者。而这两人且不说容貌如何,这剑法上的造诣已然在殳、卓二人之上,难道说她们既不属白板会,也不属幻狐门,而是另有师门?"

念头一闪间，他的心中丝毫不存怜香惜玉之情，手中的利箭划弧而出，点击在最先杀到的一把剑上。

"叮……"这箭里隐挟刀势，其势之烈，若奔马驰骋，将剑撞开数寸，恰与另一把剑在空中交击。

箭岂能如刀？箭又怎能带出刀势？

这只因为纪空手心中已无刀，所以任何东西到了他的手中，又何尝不是刀？！

其实，他的人便是一把刀，即使两手空空，他的刀锋依旧存在。

"轰……"那两名剑手身形被劲气所带，稍缓得一缓，纪空手的人如大鸟般飞上了竹林。

身形既已暴露，纪空手便再无顾忌，他只想尽快地离开这是非之地。

他的身形轻如灵燕，踏足枝梢，未等枝条下坠，脚已轻点一下，又纵落于另一根竹梢上，几次起落之后，他已跳出竹林，照原路而返。

在花园的另一端，打杀之声十分热闹，纪空手只瞟了一眼，便认出七八人所围的中心正是刚才比他先入竹林的那人。

他乍看那人起动的身形，心中陡然一动，正在寻思间，突然脚边的一蓬乱树裂开，泥土激射间，一道斧光晃眼迫来。

纪空手心中一凛，始知此刻怎是分神的时候？当下箭矢斜刺，整个人绕过斧光，向原路狂奔。

"嗖……嗖……"他一路前行，箭雨扑射而至，只是箭矢虽快，却及不上他前行的速度，纷纷落在了他身后的泥土之中。

当他闯过七十尺的距离之后，他突然停住了脚步。

他不能不停，就算时间再紧，他也必须停住。

因为在他的面前，横着四道人影，或站或立，无论纪空手自哪个方位过去，都将遭到这四人的无情攻击。

更可怕的是这四人身上所散发出来的气息，肃杀无限，绝对是一流高手才拥有的杀气。

对纪空手来说，这是一场恶战，根本是避无可避。

既然避无可避，就只有面对——

这是纪空手做人的原则！

所以他虽惊而不乱，手中的箭矢横出，厉喝了一声："让开！"

回答他的是一阵冷笑，在冷笑声未落之前，纪空手已然出手。

他手中的箭凛凛生寒，在劲力的催逼下，那箭镞散射出一道摧魂夺魄的光芒，剖开这暗黑的夜空，构成了一点绝美的凄艳。

那种似流水般的光影绕行于箭镞之上，以漩涡的形式向外飞泻流淌，箭出虚空的每一寸过程，看起来都是那么生动，那么扣人心弦，让每一个人都将神经绷得很紧很紧，几乎达到崩溃的边缘。

如此凄美的一箭，带着霸烈的气势，杀入了这四人的中心。

"叮……"一连串的爆响此起彼伏，声响各有不同，显示出纪空手的身形之快，已在瞬息之间与每一个敌人都有交手。紧接着一声高亢的厉啸划破这宁静的夜空，纪空手随着这啸声而起，以螺旋般的形式跃上虚空。

那道寒芒随之而动，动得极慢，总在眨眼间又幻成道道亮光，横斜在虚空之中，犹如海市蜃楼般的玄奇。

没有人可以形容得出这幅图画的美丽，也没有人可以不被这凄美的一幕所震撼，就在这四人都为这难忘的一刻而痴迷时，"呀……"纪空手发出一声低啸，就像鱼鹰入水般倒掠而回，将这寒芒尽化成千万道密不可分的杀气，席卷而来。

他在这一刻间爆发，爆发出自己身体的全部潜能。当时间的限制与空间的限制禁锢着他的神经时，他在这一刻间反而让思想得到了自由的放飞，有一种突破模式的快意。当这放飞的思想完全融入了这箭势之中时，他仿佛进入了一个从未有过的境界，难以解释，难以明了，却让心灵一片清明。

这已是真正的忘我境界，惟有忘我，才能做到刀无处不在。

"呀……"四张扭曲变形的脸上同时露出了绝望的眼神，一声惨呼之后，只有三人在退。

还有一人的咽喉上已赫然多出了一个洞，血洞！

纪空手稳稳地落在地上，脸上似有一种高僧得道般的感悟，又显得是那么地轻松惬意。他没有想到自己可以使出如此精妙的一式，这一箭的气势完全让人感到了一种意外之喜，也许他再也使不出如此霸烈的一式，但，这一式所阐释的意境已刻入了他的记忆之中。

他只回头看了一眼，便迅即消失在夜色之中，他甚至没有一丝的提防。

因为他知道，那一箭的气势已足以让敌人魂飞胆丧。

就在他纵上花园的高墙的刹那，十数匹快马在墙下疾奔而来，"啪啪……"鞭响在半空中回荡开来，跟在这十数骑之后的龙赓吹起了一声清脆而响亮的口哨，引起了纪空手的一声轻笑。

纪空手纵身跳上马背，一路狂奔，转眼间到了一处十字路口，两人同时从马背上纵起，在空中一翻，已经跃上了街边的屋脊。

当他们悄然回到府第时，宅院里依然是一片宁静，就像是什么事情都没有发生过一般。

纪空手燃起了密室中的烛火，与龙赓相对而坐，在静默中沉吟了半晌，纪空手才轻轻地叹息一声，然后脸上流露出一丝不经意间的落寞。

"楼中的确有一个女人，却不是虞姬。"纪空手在龙赓的注目下，缓缓说道。

"不是虞姬，那会是谁？"龙赓的脸上显现出一片讶然。

纪空手的眼神深邃而空洞，闪动着一丝微不可察的光芒，一脸肃然道："如果我所料不错，她应该就是韩信的女人凤影。"

他的思绪仿佛又回到了从前的那段岁月，缓缓接道："我从来没有见过这个女人，但是当年在赵高的相府里，韩信曾经对我说起过她，他向我描述得非常详尽，仿佛要将他心中的喜悦与我共同分享。在那个时候，他是多么地真诚，以至于我从来就没有怀疑过他。"

"既然你没有见过她，又怎能肯定她就是凤影？"龙赓心中有些狐疑地道。

"这是一种直觉，当我第一眼看到她时，我就感觉到有一种似曾相识的味道，可是我又确定，自己的确是从来没有见过这个女人。为什么会这样呢？于是我就想到了也许是韩信的描述中给我留下了太深的印象，这才出现了这种情况。"纪空手笑了笑道："而最主要的原因是这个女人的确是韩信最喜欢的那种类型，否则韩信也不会如此痴情，相守至今了。"

纪空手看着桌上的烛火爆了一下，闪出几点火星，看着这点点星火一瞬即灭，他忽然间想到了什么，脸色霍然一变道："我明白了，明白了，怪不得我看他的身形动作，怎么会这么眼熟！"

他突兀地一句话冒出来，倒把龙赓弄糊涂了，不解地道："你明白了什么？"

纪空手精神一振，沉声道："刚才我进入花园之后，曾经遇到了一个人，他也和我一样，是为了楼中人而去的。我没看到他的脸，却觉得他的身形动作十分熟悉，当时来不及细细琢磨，现在回想起来，十之八九他就是我们的老冤家李秀树。"

"他怎么会跑到南郑来？"龙赓一问之下，似乎想到了什么："莫非他是为凤影而来？"

纪空手道："应该如此，这也证明了那楼中的人必是凤影无疑。据我估计，自田荣在齐地举起抗楚大旗之后，韩信人在淮阴，恐怕也想蠢蠢欲动，只是他若加入到争霸天下的行列，早晚有一天会与刘邦为敌，到了那个时候，凤影无疑就是他的心病，行事必然有所顾虑。既然如此，他当然不想受刘邦的这种挟迫，所以在动手之前，他要做的第一件事，就是救出凤影。"

"既然此事如此重要，为什么李秀树要单身前来呢？多一个人岂不是多一分把握？若是他倾力而出，也许真能将凤影救出也未可知。"龙赓所言并非没有道理，但纪空手却不这么认为，他有他的理由。

"李秀树要想从花园中救出凤影，只有一个办法，那就是突然、隐蔽，就算李秀树将门下弟子倾巢而出，以花园里现有的实力，完全可以抵御，更别说李秀树还要投鼠忌器。"他说到这里，忽然间头脑一个机伶，似乎想到了一件可怕的事情。

"不对！"纪空手摇起头来，望向龙赓道："以李秀树的智慧与阅历，应该想到从花园中救出一个人完全是不可能的事情。明知不可为而为之，李秀树恐怕不会做出这样的傻事吧？"

龙赓的眼神陡然一亮，沉吟片刻，叫了起来道："他潜入花园也许并不是救人，而是杀人！"

这看上去的确是一个匪夷所思的答案，但仔细推敲，无疑是最合乎情理的答案。

凤影既然是韩信的心病，那么要去掉这块心病，就只有两个办法，一是救出凤影，二是凤影死去。既然救出凤影是不可能完成的任务，那么相对来说，让凤影死就成了比较轻松而简单的事情。

以李秀树为达目的、不择手段的行事作风，如果让他选择，他当然会选择第二种方法。只要他暗中杀了凤影，然后再嫁祸给刘邦，这不失为两全其美的办法。第一，他帮韩信去掉了这块心病；第二，他让韩信因为凤影的死而与刘邦结下不共戴天之仇。而至于韩信失去了凤影将会如何痛苦，那可不是他要考虑的事情。

纪空手点了点头道："不是也许，而是肯定！李秀树一向做事心狠手辣，这一次也不会例外。"

"那么虞姬和孩子怎么办？她们既不在花园，又会在哪里？"龙赓不无担忧地道。

纪空手看了他一眼，心存感激地道："不管她们现在哪里，我们也无力解救，最好的办法就是加快我们的行动步伐，只要计划成功，她们自然平安。我们现在要考虑的，应该是明天的事情。"

"我已经打听清楚了，刘邦之所以要把这个杀局安排到明天，是因为明天是南郑百姓祭祀河神的日子。到那个时候，城郊东门码头上一定非常热闹。"龙赓道。

"那么，刘邦要杀的人究竟是谁呢？"纪空手提出了一个问题，这个问题也许只有刘邦才可以解答。

第十九章
王道无常

"是项羽。"这三字从刘邦的口中说出，就像是晴空的一记炸雷，不仅突然，更具震撼力。

这是在汉王府中的一间密室里，此时已过了午时，刘邦的情绪并未因昨夜花园中发生的变故而受影响，而是将锋锐的眼芒从纪、龙二人的脸上缓缓扫过。

无论纪空手有多么的冷静，听到这个消息，他的心里都感觉到了不可思议。他甚至认为，这只是刘邦的危言耸听。

他有这样的认为不足为奇，因为谁都知道，就在一两月前，齐王田荣率数十万大军在城阳与项羽的西楚军一战，虽然最终以西楚军的大胜而告终，但田荣的余党重新纠集，在齐国各地纷纷竖起抗楚的旗帜。其中，以田荣之弟田横为首的义军更是攻城掠地，颇具气候。在这种情况下，项羽是很难脱身来到南郑的。

而且，此时的项羽，已是今非昔比，贵为西楚霸王，辖九郡，统兵百万，地位是何等的尊崇，他又怎会甘冒风险，来到大敌的地盘上呢？

刘邦显然从纪空手的脸上看到了狐疑，微微一笑道："其实别说是你们，就是本王，在得知项羽前来南郑的消息时也大吃了一惊。这虽然不可思议，但是本王可以告诉你们，这个消息绝对可靠，因为他来南郑的目的，就是要将本王置于死地！"

纪空手眼见刘邦如此自信，蓦然想到了他在花园时刘邦当他之面撕掉的那张信笺，心中一动："敢情这是卓小圆送来的消息，怪不得你如此相信。"

既然这个消息的真实性已勿庸置疑，那么刘邦又想怎样来对付项羽呢？纪空手很想知道这个答案，于是一脸肃然道："就算我们明知道项羽到了南郑，可南郑这么大，人海茫茫，我们又到哪里去找出他来？"

"这好像不该是你这种聪明人提出的问题。"刘邦笑了笑道："你钓过鱼没有？"

纪空手佯装糊涂道："这与钓鱼有什么关系？"

"当然大有关系。"刘邦道："南郑之大，可以将它比作广阔的水域，而项羽，就是在水域中自由游动的鱼，要想让他上勾，只有先放鱼饵，他便会自己摇着尾巴过来了。"

"谁是鱼饵？"纪空手问得更绝。

"当然是本王亲自作饵，才能钓到项羽这条大鱼！"刘邦断然答道。

"可是我听人说，这河里有一种鱼，狡猾至极，总是会吞掉鱼饵却老不上勾，汉王难道一点也不担心吗？"纪空手不得不提醒刘邦，因为，他虽然很想刘邦死，却不是现在，他需要一个最好的时机，让刘邦照着他的安排死去。

"本王才不担心，一点都不担心。项羽虽然武功高强，又有流云道真气护体，但是自从本王得到了二位，这项羽便不足为惧了。"刘邦露出欣赏之意，望向纪空手道。

"只怕是汉王高看了我们。"纪空手与龙赓相望一眼，同时说道。

刘邦淡淡笑道："本王出道江湖，阅人无数，是龙是蛇，可以一眼判定，所以绝不会看错人。何况本王和你们还有过命的交情，更有一桩大交易，相信你们一定会尽心尽力。"

他似是无意地提到了助陈平登上夜郎王一事，这无疑是在提醒纪空手，只有他好，你才能好。这种提醒的确非常高明，可惜的是，此陈平非彼陈平，这种诱惑的吸引力也就降到了最低。

"这是当然，既然汉王如此看得起我们，敢不尽力？"纪空手适当地表明了一下自己的忠心，继而问道："可是，我们该如何做呢？"

刘邦显然已是胸有成竹，是以非常自信，缓缓而道："本王昔日起事之初，曾与项羽同一军营，所以对本王和本王身边的人，项羽大致都了解一些。只有二位，在项羽的眼中还是完全陌生的，所以在本王布下的这个杀局中，成败的关键就在你二人身上。"

纪空手与龙赓一脸肃然道："愿闻其详。"

刘邦微微笑道："本王已经想过了，无论此次项羽带了多少人到南郑，以他的性格，最终出手取本王性命的，一定是他！所以你们化装成本王的贴身侍卫，不管打得多么热闹，你们都不要出手，等到项羽现身的那一刻，你我三人联手出击。到时候，就算项羽有九条性命，有盖世的武功，只怕也在劫难逃。"

纪空手不得不承认，刘邦的这个杀局十分完美，最重要的一点是他看透了项羽。如果没有什么意外发生的话，只要项羽现身，就必然是凶多吉少。

时交末申，南郑城大部分的子民百姓人人兴高采烈，如同赶集，似潮水般向城郊东门码头涌去。

一年一度的河神大祭即将举行，这是南郑百姓约定俗成的一桩大事，今天的大祭因为有了汉王刘邦亲临主持，使得整个场面更加盛大隆重。

沿途长街之上，人流络绎不绝，在官兵的维持之下，显得紧然有序。

刘邦一行车队在重兵保护下，终于到了东门码头，河水流动的声音，在前方隐隐传来，而新近搭建的主祭台，架设在河岸的一方，披红挂彩，红毯铺地，极尽奢华，显得十分气派。

码头之上早已是万人涌动，翘首以盼，刘邦登上主祭台，台下早已是一片欢呼，气氛热烈。

当萧何、曹参、张良、樊哙等一干人等紧随刘邦登上主祭台时，鼓乐喧天而起。

纪空手的目光望向张良时，不觉心中平生几分感慨。此时的张良，比及在霸上时纪空手所见的张良，明显多了一份老成，双鬓微白，更令他多了几分沧桑感。

而身为汉王朝中丞相的萧何，却是眉飞色舞，意气风发，显得极是得意。若非纪空手亲眼所见，又怎知今日之丞相不过是当年郡令手下的一名小吏？

一阵高亢悠远的号角响起，拉开了祭祀的序幕，全场肃静无声，刘邦昂然而立，气度沉凝，站在主祭台中央，展开祭文大声朗读起来。

纪空手低下眉来，以束音成线的功夫向龙赓道："刘邦果然胆识过人，竟然给了项羽这样一个机会，如果我是项羽，只怕也不会放过这样一个大好时机。"

龙赓却用腹语与之交流："不错，以人来作掩护，无疑是最好的掩护。一旦动手，平白有了这样绝妙的退路，胆气也就十足了。"

"如果你是项羽，你会选择在哪段路上动手？"纪空手问了一个非常实质的问题。

"至少不会选择这里。"龙赓沉吟片刻道："如果我所料不差，项羽之所以到现在还没有动手，是因为他在知道了我们的来路之后，才可以选择一个有利于伏击的地段来布署，当我们沿来路而回时，正好步入他的陷阱之中。"

"你说得很有道理。"纪空手的眉间一跳道："不知为什么，我的心里突然有一种预感：项羽此次带来的人绝对不多，但肯定都是高手中高手，如果我们稍有不慎，很有可能会被他得手。"

"你怎么会有这样的预感？"龙赓的眉头一皱道。

"这从项羽此次来到南郑的行动就可看出，他对这次刺杀显然是势在必得，而要成功击杀刘邦，就必须突然、快捷，在刘邦没有防范的情况下出手，争

243

取一击必中！而要做到这些,就必须做到对自己的行踪保持高度机密,是以项羽绝对不会带太多的人来到南郑。"纪空手说出了自己的推断。

便在这时,台下又响起雷鸣般的欢呼,纪空手重新抬起头来,才知道刘邦已经念完了祭文。

接下来便是大祭仪式开始,当一队队的士兵抬着整头整只的猪、牛、羊等物抛向大河时,东门码头被人们的欢呼声几乎淹没。

此刻刘邦已经退到了纪空手的身边,压低声音道:"如果我是项羽,就一定会选择在五马大街的十字路口动手!"

他说得这么肯定,倒让纪空手感到惊奇:"汉王从何处得来的消息?"

"这不是别人送来的消息,而是本王的直觉。其实刚才在车上的时候,本王留心观察了沿途的地形,发现惟有在那个地点方可攻可退。"刘邦摇了摇头道。

看到纪空手沉默不言,他继而又道:"要想推断项羽会在何处动手,就要了解项羽此人的个性。他虽然很想置我于死地,但有一个前提,那就是要在能够保证他全身而退的情况下他才会出手,否则他宁可放弃这个机会。这样一来,他肯定会先考虑好退路再选择攻击,而五马大街正好合乎他的要求。"

纪空手突然笑了起来道:"如果汉王真的认定项羽会在五马大街动手,恐怕你发现这个地点并不是在刚才的车上,而是早有留意吧?"

"聪明!"刘邦也忍不住得意地一笑道:"不错,事实上我早已看到了五马大街是最适合项羽动手的地方,所以我才会刻意从这条大街上经过。"

"汉王敢于如此安排,显然已是成竹在胸。看来,我和龙兄不过是汉王身边的一个摆设,未必就真能派上用场。"纪空手显得很是轻松。

"不!"刘邦正色道:"你若是这么想,就低估了项羽。项羽自从踏入江湖,到今天的统兵百万,从来未败,可谓是百年不遇的奇才。只要是与他为敌,不到打倒他的最后一刻,你就不能轻易言胜,这只因为他若不死,就永远充满变数!"

说到这里,刘邦的脸上已然流露出一丝紧张,更有一丝迷茫。

对于这一点,连他也无法预测输赢。

刘邦的确非常了解项羽,所以他才算得很准,几乎是分毫不差。

项羽真的到了五马大街,与他一起的,还有拳圣、棍圣和腿圣。

四人分布在四个点上,看似杂乱无章,不成犄角之势,但只有身经百战的人才可以看出,当这四个点同时起动时,它所运行的线路正好构成了一个完美的杀局。

但,有一点是刘邦万万没有想到的,那就项羽的修为之高,大大超出了他的想象!

河神大祭已经结束,当刘邦的车队踏上五马大街时,正是华灯初上时分。

热闹的长街人流如织，在数百铁骑的开道之下，车队所到之处，人流若潮水两分，纷纷站在街边驻足观望，无不艳羡贵为王侯的无上威仪。

　　本是热闹的长街，陡然变得静寂起来，除了"得得"的马蹄声与车轮磨擦地面的声音之外，成千上万的人站满大街两边，竟然不闻一丝吵闹声。

　　纪空手与龙赓双骑两分，守护在刘邦的车驾左右，凝神以对，如临大敌。

　　他们的神经已经绷至极限，无时无刻都让自己处于一种高度紧张的状态中。车马每向前一步，他们的心便提起一分，因为他们根本无法预料项羽会在何时动手。

　　那种风暴来临前所带出的压力，使每一个人都有呼吸不畅的感觉。

　　在五马大街中段的十字路口上，有六七个人正围着一副馄饨挑子埋头吃着馄饨；卖馄饨的老头正忙得头上冒汗；一个沿街乞讨的老乞丐，正牵着一个哭哭啼啼的小丐童在街边的石阶上歇脚；街口上的一个杂货铺里，坐着一个擦脂抹粉、扮相娇冶的老板娘；铺子前有个挑夫挑了一担石灰，正停在那里歇脚擦汗；而一个胖贾模样的老者骑在一匹马上，正从这条路口经过……

　　一切都显得那么平静，根本看不出有什么异样。当纪空手还在百步之外看到这街口上的一切时，仿佛又回到了淮阴的市井中，倍感亲切，他甚至在想："也许项羽根本不在南郑，一切都只是猜想而已。"

　　离十字街口越来越近，十丈、九丈……

　　前面开道的铁骑已经穿过了路口，就在刘邦的车驾到了街口的中心时，突然一声"希聿聿……"的马嘶声响起在另一个街口，一匹惊马狂奔而来。

　　"护住王驾！"负责车驾安全的亲兵统领疾呼起来，同时拍马上前。

　　惊马来得迅猛，马鞍上却空无一人，那统领稍稍放了心，却听到背后有人叫道："小心！"

　　那统领还未回过神来，突然自马腹下窜起一道胖大的人影，杀气迫至，竟然将他一脚踹入半空，直飞上高楼的屋脊。

　　与此同时，原本平静的街口突然变得肃杀无限。那挑夫首先发难，飞腿踢出，将一担石灰全都扬洒空中，弥漫了整个街口。而卖馄饨的老头提起扁担，手臂一振间，整条扁担若游龙扑出，直奔刘邦的车驾。

　　这三人出手虽有先后，但配合精妙，更是突然，犹如平地炸响的一道惊雷，说来就来，如行云流水般流畅。

　　他们出手时与刘邦车驾的距离都不甚远，最多不超过五丈。以他们的速度，完全可以在一息时间内逼近车驾，可是，就在他们全力出击时，只感到眼前一花，在他们每个人的周围陡然间多出了几道人影，就像鬼影般飘忽迅捷。

　　不是像，其实这些人本身就是影子——他们正是卫三少爷的"影子军团"。

　　他们的出现既在纪空手的意料之外，又像是在他的意料之中，更让纪空手感到惊奇的是，卫三少爷竟然亲自出马了。

　　看来，刘邦的确将这一战看得极重。他不仅以权势为饵，让纪空手与龙赓助拳，甚至

245

不惜请出了问天楼最精锐的影子军团，希望这一战能够将项羽葬身于南郑。

三名刺客同时间刹住了身形，没有人再向前踏出半步，不是不想，而是不能。当一个人的身边同时冒出三五个如影随形的高手对你构成威胁时，没有人会轻举妄动。

更何况在这些影子的背后，还站着一个人，虽然没有人看到他的出手，但他不经意地在人前一站，就像一座将倾的大山给人以强大的压迫之感。

无论你怎么估量，卫三少爷都绝对是一个超级高手，对于这一点，毋庸置疑，是一个铁一般的事实。

"敢到南郑撒野的人，实在不多，而且选择撒野的对象是汉王，他的胆子未免也太大了，简直可以包天！我一向喜欢胆大的人，不知三位怎么称呼？"卫三少爷说话的时候总是带着微笑，让人感觉到他始终从容面对一切，大有王者之风。

那胖贾模样的人显然没有料到自己的行动竟然在别人算计之中，一惊之下，倒也不显慌乱，冷然而道："听说过腿圣吗？在下便是！"

"久仰，久仰。"卫三少爷不由得肃然起敬，目光望向另两位道："如果我没猜错，这两位想必就是拳圣与棍圣喽？"

"不错！"那卖馄饨的老头正是棍圣，他把扁担当棍使，丝毫不减气势。

"三圣之名，名动天下，今日相见——"卫三少爷故意拖了一下，方道："不过尔尔。"

他用的是激将法，旨在激怒对手，只要对方心神略分，便是他下手的机会。可是三圣久走江湖，阅历丰富，根本不吃他这一套。

"你说对了，我们的确不过尔尔，而且还自不量力，若是你有兴趣，我们不妨来玩上两招！"腿圣傲然而道。

"我真的很想向你们讨教，可惜的是，我有一个规矩。"卫三少爷淡淡而道。

"什么规矩？"腿圣奇道。

"那就是我从来不向死人讨教！"卫三少爷的声音陡然一冷，变得杀气腾腾，使得在场的每一个人都感觉到了这空气中的寒意。

长街瞬间变得一片死寂，杀意仿佛充斥了整个空间，每一个人都屏住呼吸，似乎在酝酿着一场风暴的到来。

纪空手勒马驻足，立于车驾之边，他完全不为眼前的一切所动，而是将目光盯上了那兀自悠闲地坐在石阶上休息的老丐。

他之所以盯上这个老丐，是因为他觉得这个老丐很有趣。乞丐是最喜欢凑热闹的，总是哪里有热闹往哪里跑，可这个老丐却不同，偏偏是坐在一边，对这边的热闹不仅不凑，而且连看都不看一眼，好像生怕引火烧身一般。更让纪空手感到奇怪的是，这老丐身边的孩子一直哭啼个不停，老丐竟然连哄都不哄一下，这也未免太无情了。

"难道他就是项羽？"纪空手的心里突然闪出了这么一个念头，连他自己都大吃一惊。

就在纪空手暗自揣摩之际，卫三少爷手下的影子战士缓缓地移动脚步，每一个人的手都已按住了自己的兵器。

"杀!"卫三少爷冷冷地吐出了一个字，那酝酿已久的杀机在顷刻之间爆发了。

三圣更在卫三少爷话音未落之际抢先出手!

对三圣来说，他们都已退隐江湖多年，很久没有沾染过血腥之气了，心中似有一种期盼，更希望能痛痛快快地恶战一场。面对如云的高手，还有数百名严阵以待的铁骑，他们非但丝毫不惧，反而燃起了心中熊熊的战意。

"呼……"拳圣不愧是拳圣，他只凭一双肉拳，出手间便力敌五名影子战士。拳风如风雷响动，丝毫不落下风。

他出拳的姿势很怪，总是要双手抱一抱拳，这才出手。可是他每出一拳，带出的劲风便增强一分，七拳过后，竟然逼得那五名影子战士连退七步。

他的动作简单迅快，并没有繁琐的过程，也没有花俏的动作，以一种最原始的出拳方式，向对手展示着拳理中高深的境界。

当他的第八拳击出时，伴着他的一声暴喝，以一只肉拳迎向了一名挥矛而上的敌人。

"砰……"拳击矛上，竟然将精钢所铸的长矛震成两段。

"轰……"同时间他的另一只拳自一个看似匪夷所思的角度出击，重重地砸在了敌人的小腹之上。

"呀……"敌人惨呼一声，立被震飞，眼看活不成了。其他四人一时胆寒，却见拳圣的拳头已然贯满真力，一晃而出，直扑他们面门而来。

腿圣在拳圣的左方，遇到的敌人丝毫不弱，但他的腿却在刀剑中纵横翻飞，神腿所到之处，无不生起一股强烈的狂飙式的杀气，被他击中的敌人，都是全身骨骼碎裂而毙。

而棍圣将一根扁担舞得虎虎生风，棍刀相交，发出清脆的金属响音，显见他这扁担竟是以金属所铸。他的招式一出，一时间攻势如长江大河，掀起一波又一波汹涌的巨浪，袭向敌人，大有淹没之势。

卫三少爷站在局外，眼见这乱局的发生，似乎并不感到惊讶。他虽然身为影子军团的首领，很少在江湖中走动，但对江湖中稍有名气的人物却了若指掌，又何况是曾经名动天下的三圣?

能在某种兵器上称圣的人，当然都不会是无名之辈，即使他不想出名，也有人会找上他让其出名。据说在这三圣称雄江湖的日子里，平均每月至少要接受三个高手的挑战，可是他们依然能在各自的领域中称王，这不得不让人刮目相看。

不过，这种风光的日子并没有延续太久，不知出于什么原因，他们三人在不到一年的时间内都相继归隐，引起江湖上众多猜测。有人说他们是淡泊名利，有人说他们已厌倦江湖，但卫三少爷却知道这些原因都是扯蛋。当一个人登上他事业巅峰之际，是没有人会想到激流勇退的，除非他有迫不得已的苦衷。

所以当三圣现身在这长街之际，卫三少爷明白当年三圣的隐退必定与当时的流云斋有关，否则以三圣的武功与个性，是绝不可能甘心为项羽卖命的。

战局一开始，卫三少爷就已经看出了自己的影子战士绝不是三圣的对手，他们能够做到的，就是用自己的生命去消耗三圣的一部分体力。同时他的心里也暗暗吃惊，这三圣虽然退隐江湖多年，但手底下的功夫依然还是那么厉害。

三圣固然可怕，卫三少爷觉得还不是太难应付。他早已针对这眼前的局势有所安排，事态的发展并没有出乎他的意料之外。

他心里所担心的是项羽。项羽迟迟没有现身，这就让卫三少爷的心里总是悬着，好像头顶上方顶着一块大石，说不准什么时候突然砸下。而且他还得考虑，项羽此行除了这三圣之外，还带来了多少高手？他们没有动手，是不是还在等待机会？

思及此处，卫三少爷的目光看似不经意地瞟了一眼刘邦的车驾，那豪华气派的车驾在众人护卫之下，遮得严严实实，竟然没有一点动静。

"这是怎么回事？"卫三少爷忍不住在心里嘀咕了一句。

他心中虽然有几分诧异，但在这种局势下刘邦尚能稳坐车中，说明其必然是胸有成竹。卫三少爷的眼芒望去，平生一股难言的表情。

在卫三公子死后的一段时间里，卫三少爷的心理并不平衡。他作为卫三公子的影子隐匿江湖数十年，对他这种拥有大智大勇的一代枭雄来说，着实不易。他原想，卫三公子一死，正是自己的出头之日，可是他万万没有想到，卫三公子竟然将问天楼阀主之位传给了刘邦，并且要他全力辅助。

这残酷的事实让他一下子很难接受，如果不是要遵从祖训，服从问天楼历来所立下的规矩，他大可真正退隐江湖，一走了之，落个清静。但是，当他真正接触了这位自小离开家族的后辈之后，不得不承认，当初卫三公子的选择并没有错。

"呀……"又一声惨呼声惊醒了尚在沉思之中的卫三少爷，循声望去，只见拳圣的一只拳头击中了一名影子战士的肚腹，那名战士便若断线的纸鸢飞上了半空。

就在那名战士下坠之际，突然从人群之中飘飞出一条人影，身姿曼妙，袒腹露背，白晃晃的肉色引起一阵惊呼，她单手抄住那名战士，将之当作一块大石砸向拳圣。

此女正是色使者，她看上去妖媚迷人，出手却又是那般狠毒无情，便是同伙的生命也不顾惜，随手将那名战士当作了攻击的武器。

"轰……"眼见躯体即将砸上拳圣的胸口时，拳圣暴喝一声，劲拳出击，直直地撞上那名战士的头颅。

"喀……"地一响，那头骨盖随之迸裂，脑浆溅飞，红白相间，煞是好看。

脑浆溅射空中，飘洒而下，就像下了一场桃花雨，让人备感凄美之下，心生悸动。

围观的人惊呼声起，纷纷后退，色使者却迎着这血雨直进，绸带飘起，如灵蛇般缠向拳圣的手臂。

拳圣微微一怔，似乎没想到这女人的出手会是如此快捷。他刚刚双手抱在一起，那坚韧的绸带便犹如铁箍般紧紧地裹住了他的腕骨，并在一点一点地收紧。

色使者的脸上露出一丝不可思议的神情，惊讶自己竟能如此轻易地得手。不过，她丝毫不觉得拳圣会如此不堪一击，反而心惊之下，劲力直吐，企图束缚住拳圣藉以成名的那一对铁拳。

"开——呀……"拳圣在陡然间发力，双拳朝两边一分，在瞬息间爆发的劲力就像火山喷发，将紧缚在手腕上的绸带震得寸寸断裂，随气流涌上空中，宛若翻飞的蝴蝶。

色使者闷哼一声，踉跄着向后疾退，同时双手微分，本就没有多少的衣裙竟然飘舞起来，那诱人的隐密私处恰似春光乍现，展露在拳圣的面前。

该凸的凸，该凹的凹，优美的形体带着傲人的曲线，突然在长街陡现。如此奇艳的一幕，出现在任何男人的面前，只怕都会怦然心动，为之喷血。

这是每一个正常男人都该起的反应，色使者正因为深深地揣摩到了男人的这种心理，是以总是能在最危险的时刻化险为夷，她坚信，这一次也不例外。

拳圣的眼睛果然为之一亮，但让色使者心惊的是，那眸子里所绽现的，并不是她熟悉的那种色迷迷的神情，而是一股来自内心的浓浓杀意，杀意之冷，让人寒彻心底。

就在色使者感到有些不可思议的刹那，拳圣出手了。

拳出，如电芒快疾，一入虚空，那拳势便如洪水流泻，轰然而至。

这一拳的劲道之大，无可匹御，虽然没有人知道它的力量的精准程度，但单听那拳头发出的"喀喀"暴响，就足以让人相信这是可以与惊雷相媲美的一拳！

这一拳没有丝毫的怜香惜玉，更带有一种毁灭性的无情。它一出现，就彻底摧毁了色使者作为女人的全部自信。

色使者万万没有料到，自己这足以迷倒万千男子的举止，竟然激起了拳圣心中无限的恨意，这只因为，拳圣虽是男人，却是一个——天阉！

身为男人却无法释放男人的本能，这也许是拳圣今生最大的悲哀，正因如此，才造就了他变态和畸形的心理，从而仇恨天下所有的女人，甚至恨上了自己的母亲，并且偏激地认为，给自己带来痛苦的生理缺陷只是父母强加于他身上的，让他永远不能具有男人应有的尊严。是以，他完全有理由去仇视一切。

色使者的举动虽然风情万种，风骚入骨，但对拳圣来说，这更像是一种挑衅。他不容有任何一个女人嘲笑自己的无能，是以他要做的，就是用自己的拳头去维护自己的尊严。

"呀……"拳圣在暴喝声中出拳，以惊人的气势冲向色使者，拳尚在三尺之外，但拳风所带出的沉沉压力，已让色使者为之色变。

249

色使者只有飞退，退向街边的人群。

仓促间，她似乎忘记了一点，那就是她所退的方向不对。人群虽然可以掩护她的身形，却也同样可以阻缓她的去势，只要她的身形稍微减速，就有可能香消玉殒，死于非命。

拳圣当然看出了这一点，所以眼中更是露出亢奋的神情。色使者惹眼跳动的双峰，但在拳圣的眼里，那只是两个祸根，他要一拳将之击爆，让它再也不能傲然挺立。

三尺、两尺、一尺……

拳圣的铁拳眼见就要击上色使者的一刹那，他陡然心中一紧，感到自腰间两侧有两股杀气疾袭而来。

此时色使者刚刚退到人群之中，而杀气正是来自于人群。当拳圣感觉到这两股杀气之时，他忽然觉得这更像是色使者他们布好的一个杀局。

这的确是一个刻意为之的杀局，"声色犬马"虽然在江湖上的名气不大，却无疑是最具杀伤力的杀手组合之一。以声色惑敌之耳目，用犬的灵敏和直觉，奔马的速度与气势，构成一个十分完美的全新组合，这就是"声色犬马"能够崛起江湖的最大秘密。

这迫向拳圣腰间的两道杀气正是来自于犬使者的铁爪与马使者的铜勾，这两件看似普通的兵器，在两人充满力度的手中演绎出来，简直成了阎王判官拿着的催命令牌。

任何意外都可能在关键时刻造成意想不到的结果，尤其是在高手之间。

"声色犬马"绝对算得上江湖上第一流的高手，所以他们适时的出现的确给拳圣心理上造成了震撼的效果。当铁爪铜勾在虚空中闪动着各自绚烂的光弧时，飞退中的色使者突然从飞舞的裙裾里踢出了那条丰满而滑腻的腿。

腿是踢向拳圣的裆底，那里从来都是致命的部位，男人藉此可以让女人在床第之间欲仙欲死，女人同样可以针对这个部位对男人展开最旖旎的谋杀。色使者一改其一贯的柔情作风，以最直接而有效的方式去攻击。

如此美丽迷人的大腿，带出的不是柔情，不是蜜意，面对色使者这近乎疯狂的一踢，拳圣所需要的，是一种临危不乱的冷静。

虚空中，三道杀气同时袭来，令拳圣避无可避，他惟一能做的，便是硬拼！

"轰……轰……"他左右拳几乎在同一时间爆发而出，双拳若开合的山岳，向犬马二位使者发出了惊人的反击。

可惜的是，他只有一双手。他能挡得住犬使者的铁爪，挡得住马使者的铜勾，却无法挡住色使者这温柔却无情的美腿。

人在花下死，做鬼亦风流，男人通常用这句话来作为自己寻花问柳的借口，只有拳圣或许是一个例外。

"砰……"色使者的腿居然踢到了拳圣的裆底，如此容易地踢中目标，这让色使者感到了几分诧异，然而便在这时，拳圣的双腿突然交叉一剪，竟然夹住了色使者的这条美腿。

拳圣不仅没有受到重创，而且展开了反击，这种结果显然与色使者心中所期望的结果相差甚远。

色使者花容失色，脸色变得煞白。她没有料到拳圣能棋险一招，敢于硬受自己的一腿，不由得怒叱一声，手从鬓边轻轻滑过，泛出一道凌厉的光弧。

她的秀发很长，挽成一个髻后，总会斜插上一根长长的发钗，显得特别俏丽。但此时的发钗到了她的手中，却平空生出一股如利刃般的杀气，以最快的速度刺向拳圣的眼睛。

她无法不快，因为她已经承受不住拳圣双腿一夹所产生的巨力。她的玉体渗出丝丝冷汗，腿上的关节"喀喀……"直响，原本俏丽妩媚的脸形甚至扭曲得有几分变形。

但拳圣的脸比她那变形的脸显得更加狰狞，更加恐怖，乍一看去，就像是一头处在发情期的大猩猩。那赤红的眼睛活像兔子，一道道颤抖的皱纹若鸡纹般让人恶心，若非此刻是在生死关头，色使者几欲呕吐。

他的眸子里射出疯狂的杀意，紧紧地盯住那飞行正疾的发钗。虽然他双拳击退了犬马使者的攻势，但这只是暂时的，也就为他赢得了一瞬的时间，他必须充分利用这点时间先行将眼前这让他恶心的女人解决掉。

"嗤……"眼见发钗直逼面门而来，拳圣数十年来经历大小战役所积累的经验在这紧要关头见到奇效，时间上已不容许他有任何的迟疑，或是畏手畏脚。他一直在算计着发钗在空中的攻击角度与后续变化，等到发钗只距面门七寸处时，他才运力将身体一闪。

"噗……"发钗刺中了拳圣的左肩，还没等色使者露出惊喜的表情，拳圣的头由下而上，顶中了色使者的下巴。

"呼……"色使者惨呼不及，口中鲜血直喷，几颗牙齿生生撞裂，如暗器般射向拳圣。

拳圣狂嚎一声，双腿一分，同时双拳出击，向犬马二位使者展开了攻击。

可是他的拳只出到一半，速度明显有所减缓。而跌飞地上的色使者，虽然承受着剧烈的疼痛，但脸上却露出了一丝诡异的笑意。

她之所以笑，是因为她知道这个近乎变态的男人完了。在她的发钗尖上，淬有一种剧毒，当它进入到人的神经中枢时，可以产生一种麻醉的作用，让中毒者的生理机能在瞬息间锐减。

"呀……"所以就在拳圣还没有攻到能够给对方一定威胁的范围之内时，犬马二使者的兵器同时刺入了拳圣的身体。一代拳圣惨呼着飞上半空，竟然在空中爆炸开来。

碎肉和血溅飞，喷洒一地。拳圣死也没有明白，自己何以会在刚过险境时就被人推入了万劫不复的深渊，假如这世上真有轮回，他希望自己再死之时不会是这样的糊涂。

然而卫三少爷的脸上并没有露出胜利者的微笑，一个拳圣已让己方人马煞费苦力，筋疲力尽，这种局面是卫三少爷当初并没有想到的，何况对方除了已经现身的棍圣与腿圣之外，还有多少人马在虎视眈眈？这种未知的变数令卫三少爷感到心理愈发沉重起来。

　　他决定亲自出手，而目标就是这棍圣和腿圣中的一个。

　　他的意念一动，棍圣就明显地感受到了来自卫三少爷身上的那股杀意。他一棍击飞了紧缠着自己的最后一名影子战士之后，缓缓地持棍上抬，以一道极为优雅、极为玄奇的轨迹前伸，遥点向卫三少爷的眉心。

　　一个简单的起手式，却生出了无比狂野的气势，就连纪空手也感到了一股令人窒息的压力。

　　他心里暗忖道："三圣之中，以这棍圣的武功最高，卫三少爷选择他为自己下手的目标，不仅很有自信，而且有速战速决的意图。只是，这场面对三圣的形势愈来愈不利，何以项羽还不动手？"

　　他的目光再一次瞟向那坐卧在街边的老丐，不由怔了一下，那哭哭啼啼的小丐居然不见了，只剩下那个老丐兀自悠然地微笑着，仿佛周围的一切与他都没有太大的关系。

　　纪空手之所以认定这老丐就是项羽，并非是空穴来风。这两人放在一起比较，除了相貌上略有不同之外，身材的大小与高度几乎完全一样，更让纪空手感到吃惊的是，这老丐表现出来的那份冷静，完全有泰山崩于前而色不变的风范。

　　王者之所以能成为王者，就在于拥有非凡的气度，这就是纪空手怀疑这位老丐的根据。因此，纪空手将自己的目光紧紧地锁定住此人，绝不容自己有任何分神的举措。

　　而犬马二使者已经缠上了腿圣，双方展开了最激烈的力拼。倒是卫三少爷和棍圣之间，双方在静默中形成了僵持之局。

　　双方都心知对方是高手，所以都没有采取冒进的策略，只是一点一点地提聚着自己的内力，等待着一个爆发的时机。

　　"三圣，已去其一，看来你们这次的行动注定要以失败告终！"卫三少爷的声音极冷，就像他的人和他所表现出来的气质一样，非常的冷静。他将一件没有结束的事情说得如此斩钉截铁，仿佛是在讲述一个事实，对自己显然极具自信。

　　"这件事情远远还没有到结束的时候，你就敢如此断言，未免太狂妄了。"棍圣的神情肃穆，似乎已经意识到了站在自己面前的敌人是何等可怕的人物。

　　"我从来不做没有把握的事情，既然我敢这么说，当然就有这个自信。"卫三少爷淡淡而道。

　　"幸好用嘴是说不死人的，否则我真的有点害怕。"棍圣不屑地笑了。

　　"嘴的确说不死人，却可以咬死人。"卫三少爷并不为棍圣傲慢的神情而发怒,依然保持着一惯的说话频率。

"难道嘴就是你杀人的武器?"棍圣那形似扁担的长棍在虚空中震颤了一下,连空气也为之颤栗。

"不,它只是其中的一种。对我来说,我身上的每一个部位都是武器。"卫三少爷冷冷地道。

"那么,你为何还不动手呢?"棍圣冷哼一声道。

"我已经出手,在我说第一句话的时候,我就出手了,难道你没有感觉到?"卫三少爷终于露出了一丝微笑,毫无疑问,他在这僵持之局中已经占到了一点先机。

说话之间,棍圣果然感到了一股浓浓的杀意紧逼而至,正如卫三少爷所说,他已经出手了。只不过,这是一只无形的手,是用气机凝成的锋锐之手。

"呼啦啦……"棍圣不再犹豫,也无法再等待下去,手中的棍一抖之间,破开数丈空间疯狂地出击,如点点繁星没于虚空,逼向卫三少爷的面门。

卫三少爷的眼中露出一丝惊诧的神情,一闪即没,同时十分优雅地扬起了自己的手,双指紧靠,如拈花般弹向空中。

围观的人群虽然站得很远,被数百军士隔阻在数丈之外,但仍然感到四溢的劲气所带来的压力,无不在这冰寒的杀气中体会到了那最为残酷的无情!

卫三少爷的手,修长而素白,乍眼看去,仿如少女的柔荑。正当众人怀疑这看似柔弱的手怎会有与人抗衡之力时,那手在虚空中轻轻一抓,竟然平空多出了一把长剑。

卫三少爷当然不会狂妄到用空手应战棍圣长棍的地步,他也从来不轻视自己的任何一个对手。他始终认为,对敌人的轻视,往往就是对自己的无情,他可不想让自己一世的英名就此付诸流水。

"哧……"长剑以无比精确的准度触在棍尖之上,激起一溜耀眼的火花。棍圣手中的长棍竟然是用精钢铸就,若非卫三少爷目力惊人,也以为它只是外表古朴的一根木棍。

如此骇人的准度让棍圣感到吃惊,直到这时,他才知道,眼前的敌人的确有狂妄的本钱,容不得自己有半点失误。

长剑如一颗殒落的流星,划出一道玄奇而深邃的弧线,在剑与棍一触之时,弹向了棍圣的咽喉。

那流泻于剑锋之上的杀气,给这静寂的长街带来了一片肃杀,没有生机,没有活力,空气中涌动的,是沉沉的死气。

卫三少爷的剑招固然集精、准、狠于一体,有着极具创造性的想象和精确的计算,但棍圣的身法同样快得让人不可思议,他也趁着棍剑一触的刹那,身体呈三百六十度地四旋,滑至卫三少爷的身后。

长剑不可避免地落空,刺中的,只是棍圣留在虚空中的幻影。

但卫三少爷并不惊讶,身形前冲之际,反手撩出一剑,竟从一个不可思议的角度挡住了棍圣袭来的势在必得的一棍,同时借力旋过身体,又与棍圣面对。

"好！"两人似乎互为对方精彩的表现喝了声彩，并且战意勃发，无不想着将用何等招式把对方置于死地。

棍圣口中在说，手底下可丝毫不慢，整个人突然滑退数步，棍尖在街面上拖出了一道深达数寸的青痕。

青痕有迹，但棍中所带出的劲气却是无形的。他这一拖之势看似是怯阵而逃，可卫三少爷却已感到了那先抑后发的攻势。

卫三少爷骇然之下，竟不追击，只是将剑点地，竟在身体的四周划了一个圆弧，而他的目光正捕捉着那深藏于幻影之中的那双眼睛！

无论是棍圣，还是卫三少爷，他们无疑都是当世之中少有的高手，所以直觉告诉他们，决定胜负的一刻已经到了，他们没有理由不去全力以赴。

"呀……"棍圣刹住后退的身形，陡然一声暴喝，惊震四野。他这一退，只是想拉开一段距离，以利于自己的冲刺。当他完成了自己的意图之后，陡然发力，身形甫动，手中的长棍拖起一道风雷之势，沿着青痕的轨迹爆射而出。

棍若长龙，迅即在地面疾冲，刚猛的气劲冲激着青痕两边的尘埃，扬上半空，搅出一团乱窜的暗影，而棍锋过处，厚厚的青石板"轧轧"而裂，在街面上留下了一道道如龟纹般的裂缝。

一棍之威，竟如此霸烈，显见棍圣出手，已尽全力。

卫三少爷的脸色骤变，长剑急旋，每旋上一圈，就有一道无形的劲力如浪潮般向四方急涌而出，那剑气便若产生电流的漩涡，一浪紧接一浪地向外围辐射。

两人的脸都变得一片铁青，仿佛都感受到了沉沉的死亡气息。衣袂向后飘飞，就像是迎头面对着一股强势的飓风，呼呼作响。

"轰……"两股气流同时以无匹之势撞击一起，震出一声惊天暴响，紧跟着交汇成一股更大的气流冲天而起，碎石、沙尘齐齐扬上半空，一时间昏乱一片。

"希聿聿……"数百匹战马不堪气浪的冲击，嘶叫起来，更为这乱局平添无数声势。

纪空手不由自主地回过头来瞟了一眼，只见烟尘之中，两条人影伫立不动，但在他们的四周，无数股气流疯狂窜行，到处都是晃动的光影。

当他再回头时，浑身陡然一震，只这一瞬功夫，那老丐竟然不见了！

"小心——"纪空手近乎是出于本能地惊叫了一声，话音未落，他已感到了一股浓烈无比的杀机突然惊现于虚空。

在弥漫的烟尘之中，一道修长的身影在光影的晃动下若隐若现，如雾凄迷，却又是那般清晰。一点寒芒就像是天空深处坠下的一颗流星，由小到大，最终幻成了一团暗云，逼向了刘邦的王者车驾。

如此飘忽而从容的身影，就像是纪空手刚才在老丐脸上看到的那种神情，或者，这两者之间原本就有必然的联系。

但对纪空手来说，已经没有时间去考虑这些问题，他只能在最快的时间内作出反应,同时选择一个最好的方式实施狙击。

他绝不能让刘邦在这个时候死去,不能,绝不能!此时此刻,刘邦的生命在他看来弥足珍贵。

要想让这个愿望成为现实,他必须集中精力,凝神以对,如果这老丐真的如他所料,是由项羽易容而成,那么他将面对的是一场今生最大的挑战。

"呼……"暗云越来越大,也愈来愈清晰,就仿若一团飘忽不定的影像,突然间定格虚空,旋即拉近放大。随着这暗云的每一点变化,那呼啸空中的气流亦增强一分,当它与车驾不过七尺之距时,仿佛这车驾四周的范围全在他的笼罩之下。

便在这时,纪空手出手了,龙赓也在同一时间内出剑,两人近乎天衣无缝的配合,证明刘邦确实有独到的眼光。

他们的配合十分默契,这种默契不是经过训练而成的,而是基于他们对武道的深刻理解,达到了相同的境界所产生的一种相通的意念。当惊变发生的刹那,相同的形势与环境让他们两人不约而同地作出了相同的判断。

这也说明,他们出手的时机,无疑是最恰当而及时的。只有在这个时候出手,他们才有一定的把握让对方陷入一个无法脱身的绝境。

可是,对方既然是身为流云斋阀主的项羽,其一身武学几乎可以说已达到了武道的巅峰,凭纪空手与龙赓的联手一击,就真的能化去他这势在必得的一击吗?

这是一个无法预测的结果,就像谁也不能预测自己的未来一般,充满了无尽的悬念。只有当这一切都发生之后,别人才会说:"哦,原来是这样的结果。"如此而已。

不过,即使这是无法预测的东西,纪空手也并不认为就不可把握,他不信命,只信自己。他能走到今天的这一步,不可否认,的确有机遇和运气的成分夹杂其中,但若是没有个人的努力和非凡的智慧,他也许早已不在人世了,已经埋身黄土,化作一堆白骨。

所以他的出手,如掌,更形同一把锋锐的刀锋,横亘于虚空,犹如一道山梁,封锁住暗云前行的去路。

他出手的角度之妙,与龙赓的剑形成了一个夹角。这种夹角的形成,蕴含了至少一百三十一种变化,可以在任何形势下构成一个完美的绝杀。

绝杀的把握到底有多大?这是不可预料的,但纪空手这一次出手,并没有用自己身上原有的飞刀,这足以证明他已全力以赴。

自从在夜郎舍弃了离别刀之后,他甚至连原有的飞刀也一并舍弃,而是重新选用了三把由陈平提供的飞刀。世间的事总是充满了太多的巧合,纪空手之所以敢在刘邦的眼前使用飞刀,而不怕遭受刘邦的疑忌,只因为夜郎陈家本就是江湖上赫赫有名的暗器世家。

从来没人看过陈平的出手,但只要是真正的高手,当他看到陈平手拈棋子的那份从容,那种充满力度的感觉,就应该可以看出陈平的可怕之处。

刘邦当然是真正的高手，所以他并不因此对纪空手有任何的怀疑。他相信纪空手还有一个重要的因素，那就是他始终认为，如果纪空手想在他的面前化装成另外一个人，就绝不敢再用飞刀。既然敢用飞刀，就不会是纪空手，就算有人想到了这么去做，也绝不可能拥有这样的勇气。

这无疑是非常聪明的一种逻辑，通常只有聪明人才会想到，但刘邦万万没有料到，纪空手设的这个局，本就是针对聪明的人所设，因为他远比一般的聪明人更聪明。

不过此时此刻，纪空手面对项羽这等绝世高手，却无法使出自己的飞刀。因为他十分清楚，对付项羽，他就必须全力以赴，一旦全力以赴，他就只能毫无保留，在这种情况下，以刘邦的聪明，当然不会看不出他的飞刀绝技来源于何处。

而且樊哙就在身边。

纪空手只能以掌代刀，幸好在他的眼里，有刀与无刀的区别并不大，却可以让他在这种紧要的关头全力施为，而不露丝毫破绽。

龙赓的剑，跃入虚空。当他看到这一团暗云之时，浑身上下便涌动出一股剑的活力，更赋予剑以强大的生命力，使得剑与人在刹那间构成一个整体，不分彼此，人剑合一。

剑道者，人道也。剑道的修行，往往是人与自己心魔的斗争，龙赓已是剑道中寥寥可数的几个顶级人物之一，自身便拥有可以征服一切的锐气和杀机，所以他的剑一入虚空，便诠释出一种高深莫测的意境。

"嘶……"一剑一掌，同时挤入了暗云，震颤中发出如裂帛般的惊响，仿如两条游龙搅动着这沉寂如死的空气。

暗云分而又合，合而又分，突然霹雳一声，一道形若闪电的光芒破开暗云，从暗云深处跳跃而出。

是刀芒，一道耀眼夺目的刀芒。当刀芒亮起的刹那，这一刀的风情，足以让人魂飞魄散。

纪空手的脸在这光芒的映照之下，整张脸已变形扭曲。他无畏于这一刀的杀势，可是当他看到这一刀杀出之时，心里陡然间生出了一股强烈的不安。

这是怎么回事？纪空手无法找到答案，他只知道自己很少有过这种不安的感觉。

刀锋凛凛，带起暗云在疾速地旋动，"叮……"龙赓的剑没入到暗云之中，在无法揣度的情况下竟然触到了对方的刀身。

"蓬……"一团火星平空而生，爆裂开来，暗云随之而散，一条人影连退两步，竟似经不住龙赓这惊人的一剑。

"哎呀……"纪空手的手掌本在直进之中，却倏然一停，心中"咯噔"了一下。

他的灵觉为之一亮，终于找到了自己何以会感到不安的答案。

这只因为，他曾经在樊阴的大江之上，领教过项羽那霸绝天下的流云道真气。那种在不经意间震伤自己心脉的从容，那份霸气，给他留下了太深的印象,今生今世,他都难以忘记。

可是,当他看到这团暗影骤起,感受着这凛冽的杀气之时,虽然这杀气汹涌如潮,却少了一份他所熟悉的那种君临天下的王者霸气。等到他看到暗云中的人影竟然被一剑逼退时,他已惊觉,此人绝不是项羽!

因为项羽绝不可能被龙赓一剑逼退,就算龙赓的剑术达到了剑道的极致,就算项羽技不如人,流云道真气赋予他的霸道作风都注定了他宁折不弯的个性。

既然此人不是项羽,那么项羽呢?

想到这里,纪空手已霍然色变,弃眼前的敌人而不顾,陡然转身,扑向了刘邦的车驾。

可惜的是,他依然还是慢了半拍,就在他转身的刹那,一条穿着一袭女人服饰的人影自人群中闪出,带着一股沛然不可御之的气势挥刀而进,直劈向刘邦的车驾。

一刀既出,气流窜动,幻生出一片浮云,悠然而至,刀锋所向,街石为之而裂,便连这广袤的虚空也被一分两断。

"轰……"刀光一闪间,说不出的迅捷,劲风席卷上车驾,坚硬的车厢裂成碎片,碎木横飞,一颗头颅突然跳出,旋上了半空。

这如此惊人的一幕,就在千百人眼皮底下发生,谁也没有想到,一代汉王,又是问天楼阀主的刘邦,竟然不敌别人的一刀,就此殒命。

这名刺客究竟是谁?何以会这般神勇?又何以能如此的霸烈?他莫非才是真正的霸王项羽?

这一串串的问题才涌上众人的心头,甚至还没有来得及回过神来,这条平空现身的人影突然冷笑一声,如风般自众人头顶之上掠过,飞上了长街边上的高楼。

他来去之快,仿若惊雷,甚至不管其他同伙的死活,翩然逸去。如此干脆潇洒,宛若神龙见首不见尾,引起众人一阵惊呼。

纪空手再想追时,已是不及,只得缓缓回过头来,再看刘邦的那颗头颅,已然滚在长街之上,而那裂开的车驾里,一具无头躯体硬直地挺立着,股股鲜血正从颅腔中"咕噜咕噜……"地往外直冒。

纪空手的心里顿时一阵失落,仿佛变得空荡荡的,一种说不清、道不明的复杂之情涌上心头,让他有无所适从之感。

刘邦居然死了!